어쩌다가
전원일기

어쩌다가 전원일기

박하민 장편소설

01

미친 듯이 액셀을 밟아 접어든 마을은 다급한 마음이 무색하게도 고즈넉하기 그지없었다.

> 어서 오세요, 희동리입니다.

또박또박한 글씨의 표지석이 눈에 들어왔다. 그 아래 한자로 기쁠 희, 움직일 동, 마을 리 자를 새겨 둔 건 덤이었다. 지율이 기억하는 한, 아마 20년쯤 전에도 저 표지석은 지금 그 자리에 서 있었던 것 같았다.

물론 변함없는 건 표지석뿐만은 아니었다. 표지석 바로 곁에 서 있는 거대한 느티나무와 조그만 정자, 쭉 뻗은 신작로 양옆으로 아직 휑하게 비어 있는 드넓은 논, 어디선가 환청처럼 들려오는 소 울음소리까지도 예전 그대로였다.

아니, 대체 이 동네는 왜 재개발도 안 돼?

지극히 자본주의적인 의구심을 품은 지율은 내비게이션이 가리키는 대로 거칠게 핸들을 꺾었다. 담장 낮은 시골집들 사이를 지나 길 끝에 푸른 대문의 2층 양옥집이 눈에 들어왔다. 대문 앞에서 연기가 날 정도로 브레이크를 밟은 지율은 차에서 뛰어내리며 달려가 초인종을 미친 듯이 눌렀다.

"할아버지, 할아버지! 저 지율이에요! 지율이 왔어요!"

그러나 안에서는 아무런 반응도 돌아오지 않았다. 불길한 고요함에 이성을 잃고 손가락이 아플 정도로 초인종을 누르며 할아버지를 목 놓아 외치던 지율은 문득 손을 멈췄다.

혹시… 서울에서 내려오는 그 몇 시간 사이에 할아버지가 어떻게 되신 건 아닐까.

할아버지가 위독하다는 연락을 받은 건 세 시간 전, 막 점심을 먹으려던 찰나의 일이었다. 날이 풀리면서 반려동물 예방 접종 예약이 부쩍 늘어, 오전 내내 몰려드는 강아지와 고양이들을 상대하다 겨우 한숨 돌린 참이었다.

같이 동물 병원을 운영하는 친구 윤형과 오랜만에 짜장면이나 시켜 먹자며 핸드폰을 집어 들었을 때였다. 마치 어디서 지켜보고 있기라도 했던 것처럼 전화가 울리기 시작했다. 할아버지의 번호였다. 웬일이지, 하고 의아해하며 전화를 받기 무섭게 낯선 아주머니가 다급하게 소리쳤다.

─ 그, 저, 차 원장님 손자 맞지라? 지금 큰일이 났당께요.

원장님이!

 이게 무슨 소린가 싶어 네? 하고 되묻자마자 핸드폰 너머에서 할아버지의 다 꺼져 들어가는 목소리가 아련하게 넘어왔다.

 ─ …지율아, 할애비다… 할애비가 이제 갈 때가 됐다는데… 우리 손자가 보고 싶어서… 내가 몇 시간이나 더 버틸 수 있을지….

 쿨럭거리는 기침 소리는 옵션이었다. 지율은 저도 모르게 자리에서 벌떡 일어났다. 중국집 메뉴판을 보고 있던 윤형이 야˙ 이 새끼야, 간 떨어져! 하고 버럭 소리를 질렀다. 그러나 지금 윤형의 간이 제자리에 붙어 있든 말든 그건 문제가 아니었다. 당황한 지율은 핸드폰을 부여잡았다.

 "할아버지, 무슨 말씀이세요! 갑자기 왜요! 지금 어디신데요? 네?"
 ─ …갈 준비는 집에서 하려고… 지율아, 얼른 와서 할애비 가는 길이라도 보고….

 곧 숨이 넘어갈 듯한 기침 소리와 함께 원장님, 하고 외치는 아주머니의 비명이 들리더니 전화가 끊겼다. 다급하게 다시 전화를 걸었으나 신호만 갈 뿐, 누구도 전화를 받지 않았다. 결국 윤형에게 할아버지가 위독하시다며 뛰쳐나와 바로 희동리로 달려왔던 것이다.

그런데 정작 할아버지의 집에 인기척 하나 없다는 게 더 환장할 노릇이었다.

설마 그새 무슨 일이 벌어진 건가, 누가 이미 할아버지를 병원으로 싣고 간 건 아닐까, 이걸 어디에다가 물어봐야 하나 오만 생각이 머릿속을 빙빙 돌았다. 문 앞에서 이러지도 저러지도 못하고 서 있던 지율은 에라 모르겠다 싶어 일단 담장을 붙들었다. 담을 넘어갈 생각이었다.

수의사 주제에 쓸데없이 길어서 뭐 하냐며 윤형이 늘 타박을 놓던 다리로 뛰어올라 막 담장 위에 한 발을 걸쳤을 때였다. 무방비하게 내려가 있던 왼쪽 다리를 거둬 오려는데, 순간 누가 발목을 덥석 붙들었다.

기절할 정도로 놀란 지율은 악, 하고 소리를 지르며 아래를 내려다보았다. 동그란 눈동자가 먼저 눈에 들어왔다. 이쪽을 향해 서슬 퍼렇게 번뜩이는 그 눈동자의 주인을 깨달은 건 직후였다.

"어디서 허우대 멀쩡한 젊은 놈이 대낮부터 남의 집 담을 넘어? 당신, 뭐야?"

머리를 뒤로 바짝 당겨 묶은 젊은 여자였다. 당황한 지율은 잡힌 다리를 빼려 했으나, 바짓가랑이를 얼마나 야무지게 움켜쥐고 있는지 다리는 빠질 생각을 하지 않았다.

"저기요, 왜 이러세요?"

지율이 안간힘을 쓰며 묻자, 한 손으로 지율의 바지를 꽉 잡은 여자가 눈을 부라렸다. 그러고 보니 경찰복 차림이었다. 여자가 경계를 늦추지 않은 채 무전기를 꺼내더니 거기 대고 말했다.

"여기 차 선생님 댁인데 빨리 좀 와. 현장에서 절도범 잡았어."

"누가 절도범…."

항변하려 했으나 말을 채 잇기도 전 다리를 확 당기는 통에, 미처 균형을 잡지 못한 몸이 그대로 담벼락 아래로 떨어졌다. 비명을 지르기 무섭게 한쪽 팔이 뒤로 꺾였다.

"악!"

기술 제대로 들어온 유도 선수가 이런 기분일까. 온몸이 제압당한 채 남은 팔 하나 겨우 움직여 흙먼지 폴폴 날리는 바닥을 팡팡 친 지율은 콜록거리며 손을 내저었다.

"저기, 잠깐만요. 오해가 있으신 것 같은데…."

"한 번 오해했더니 담을 넘는데 두 번 오해하면 칼 드시겠어요, 선생님."

여자가 한 귀로 듣고 한 귀로 흘리는 게 역력한 말투로 내뱉더니 수갑을 꺼내 손목에 채웠다. 변호사를 선임할 권리가 있고 어쩌고저쩌고 하는 것 같았으나, 이미 정신이 날아간 지율의 귀에는 아무 소리도 들리지 않았다. 일평생 모범적이고 성실한 시민으로 살아왔는데 대낮에 절도범으로 오해를 받다니, 아니 그보다 할아버지가….

할아버지에게로 생각이 미친 순간 지율은 몸을 벌떡 일으켰다. 지율이 갑자기 일어난 통에 놀랐는지 뒤로 한 걸음 물러난 여자가 삼단 봉을 꺼내 들었다. 그때 먼발치에서 호루라기를 불며 두 사람이 다급하게 달려오는 것이 눈에 들어왔다.

"안 순경, 무슨 일이야!"

목소리를 높이며 먼저 뛰어온 건 30대 초반쯤 되어 보이는 젊은 경찰관이었다. 여자가 지율을 가리키며 대답했다.

"아니, 이 사람이 차 선생님 댁 담을 넘잖아."

그의 뒤를 따라온 나이 지긋해 보이는 경찰관이 여자의 말에 눈을 휘둥그렇게 떴다.

"담을?"

두 사람이 대낮부터 멀쩡하게 생긴 젊은 놈이 남의 집 담을 왜 넘어…라고 써 붙인 얼굴로 지율을 쳐다보았다. 지율은 황급히 고개를 가로저으며 수갑이 채워진 손 대신 턱으로 대문 안쪽을 가리켰다.

"아뇨, 아뇨! 오해십니다. 제가 여기 사시는 차덕진 선생님 외손자예요. 아까 할아버지가 위독하시다고 연락받고 내려왔는데, 할아버지가 댁에 안 계시잖아요! 무슨 일이 있나 싶어서

급한 마음에 그런 겁니다!"

"차 선상님 외손자?"

나이 든 경찰관 쪽이 반신반의하며 되묻더니 지율의 얼굴을 한참 뜯어보았다. 아, 젠장! 나 할아버지랑 하나도 안 닮았는데! 속으로 절규한 지율은 등줄기로 식은땀이 흐르는 것을 느꼈다. 아무리 살펴봐도 안 닮은 게 역시나 수상했는지, 턱을 문지른 경찰관이 고개를 갸웃했다.

"선상님이 위독하시다고 혔다고요? 아까?"

"네. 그러니까 일단 문 좀 열어 주세요! 할아버지가 집에 계신다고 했는데 인기척이 없어요. 무슨 일 있으신 게 분명한데…."

지율은 거의 울먹이며 애원했다. 그러나 눈앞의 세 사람은 뭔가 미묘한 표정으로 지율을 빤히 보고 있을 뿐이었다.

이 냉혈한들! 할아버지가 위독하시다는데 피도 눈물도 없는 인간들! 할아버지가 잘못되시기라도 하면 국민 신문고에 이 인간들 전부 고발해 버릴 거야! 하고 생각하는 사이, 젊은 남 경찰관이 아주 미묘해진 얼굴로 지율에게 말했다.

"일단 파출소로 좀 가시죠."

"아니, 저희 할아버지가…!"

미간을 좁힌 그가 관자놀이를 긁적이며 지율의 말을 끊었다.

"저, 이런 말씀을 드리면 어떻게 생각하실지 모르겠지만 제가 아까 점심시간에 차 선생님을 기차역까지 모셔다드렸거든요. 선생님은 위독하신 데 없고 아주 건강하시고요."

정말 죄송한데 너 지금 경찰관 앞에서 뭐라는 거니, 하는 얼굴이었다. 당황한 지율은 뒤를 돌아보며 문패의 이름을 다시 한번 확인하고는 얼빠진 표정으로 물었다.

"…기차역이요? 무슨 기차역이요?"

차덕진, 맞는데.

이 코딱지만 한 마을에 동명이인이 있을 리 만무했다.

"여기 사시는 수의사 차덕진 선생님 말씀하시는 거 맞아요?"

이게 무슨 상황인지 도무지 이해가 가지 않아 묻자, 남경찰관이 참을성 있게 대답했다.

"네, 덕진 동물 병원 차덕진 선생님이요."

"할아버지가 위독하신 데가 없다고요?"

"지난달에 도내 하프 마라톤에도 출전하셨습니다."

하프 마라톤이라니, 이건 또 새로운 정보였다. 그러나 일단 지금은 그게 중요한 게 아니었다. 지율은 믿을 수 없다는 표정으로 그를 다그쳤다.

"기차역에는 왜 가셨는데요?"

"공항에 가신답니다."

"공항에는 왜요?"

물음표 살인마가 되어 질문을 던지는 지율에게, 그는 어린

이집 선생님처럼 상냥하게 웃어 보였다.

"6개월 동안 유럽 여행 가신대요. 지중해에서 크루즈 타신 다던데요."

이게 무슨 소리야.

유럽 여행에 지중해 크루즈라니?

전화 너머에서 다급하게 자신을 찾던 아주머니와 다 죽어 가던 할아버지의 목소리가 아직도 귓전에 생생한데, 이게 무슨 말도 안 되는 소리인가 싶었다. 얼이 빠진 지율을 아래위로 훑어보던 그가 한숨을 쉬었다.

"일단 서로 가서 얘기하시죠."

"이거 뭐, 암만혀도 그래야겠네."

나이 든 남경찰관이 뒷머리를 긁적이더니 지율을 질질 끌어 저만치 세워 둔 경찰차 뒷자리에 태웠다. 얼결에 생전 처음 경찰차에 탄 건 둘째 치고, 머릿속이 완전히 카오스였다.

할아버지가? 유럽 여행? 지중해 크루즈? 6개월이나?

지율이 도무지 이해할 수 없는 말들을 생각하는 사이, 경찰차는 채 5분도 지나지 않아 조그만 동네 파출소 앞에 멈춰 섰다. 지율이 등을 떠밀려 파출소 안으로 들어서자, 안에서 느긋하게 커피를 마시던 다른 경찰관들이 눈을 휘둥그렇게 뜨며 물었다.

"아니, 대낮부터 뭔 일이당가요?"

"차 선상님 댁 담을 넘는 거를 안 순경이 잡았댜. 저가 선상님 외손자라는디."

나이 든 경찰관이 하품을 쩍 하며 대답했다. 다른 경찰관이 고개를 갸웃했다.

"선상님한테 저런 외손자가 있었당가?"

"조사해 보면 알겠죠, 뭐."

안 순경이라고 불린 여경찰이 다른 사람들의 물음에 대답하며 지율을 자리로 끌어다 놓고 그 맞은편 자리에 앉았다. 혼백이 탈출한 얼굴로 눈만 껌뻑이던 지율은 그녀에게 물었다.

"저기, 진짜 할아버지가 오늘 여행 가신다고 그러셨다고요?"

"저희가 기차역까지 직접 모셔다드렸고요, 짐도 들어 드렸거든요. 성함 먼저 얘기하시죠."

안 순경이 서류를 작성하며 고개도 들지 않은 채 내뱉었다. 어버버하고 있던 지율은 다급하게 말했다.

"제 이름은 한지율인데요. 일단 할아버지하고 통화 좀 할게요. 제가 오기 전에 계속 전화했는데 안 받으셨다고요! 그게 진짜면 할아버지한테 전화해서 저하고 통화 좀 하게 해 주세요!"

"이름이 뭐라고요?"

코앞에 앉아 있으면서 못 들었다는 투로 되묻는 안 순경에게 지율은 최대한 침착하게 대답했다.

"한지율이요. 한, 지, 율."

한지율, 한지율, 하며 자신의 이름을 중얼거린 그녀가 의아하다는 얼굴로 고개를 갸웃했다.

지율을 한동안 빤히 보던 안 순경은 곧 핸드폰을 꺼내 잠시 주소록을 찾더니 어딘가로 전화를 걸었다. 귀에 핸드폰을 대고 있던 여순경은 곧 다른 사람이라도 된 양 활짝 웃었다.

"차 선생님, 저 안자영 순경입니다. 네, 네. 공항 도착하셨어요? 아, 이제 막 도착하셨다고요? 티켓은 찾으셨고요? 네, 네. 아닙니다. 아, 별일은 아니고요. 저희가 순찰을 돌다가 선생님 댁 담을 넘는 사람이 있어서 현장에서 체포했는데, 이분이 본인이 선생님 외손자분이라고 그러시네요. 선생님하고 통화 좀 하게 해 달라고… 네, 잠시만요."

친절과 상냥의 화신처럼 전화를 받던 그녀가 아수라 백작이라도 된 양 즉시 냉랭한 얼굴로 지율을 돌아보았다. 안자영 순경이라고 했나. 방금 들은 이름을 채 곱씹어 보기도 전, 자영이 손을 뻗어 지율의 귀에 스피커폰으로 돌린 핸드폰을 대 주었다.

"할아버지!"

지율이 황급히 할아버지를 부르자, 핸드폰 너머에서 할아버지의 태연자약한 목소리가 돌아왔다.

- 어, 그래. 지율아. 할애비다.

어, 그래. 지율아?

이게 지금 무슨 시추에이션이야?

어쩌다가 전원일기 15

납득할 수 없는 상황에 혼란스러워진 지율은 잠시 눈을 깜빡이고 있다가 말을 더듬거렸다.

"하, 할아버지, 저 지금 희동리에 내려왔는데… 아까 저한테 큰일 났다고 전화하셨잖아요. 위독하시다면서요. 저 보고 싶으니까 빨리 오라고 하셨는데… 그, 저, 아프신 거 아니었어요? 집에 계신다고…."

– 예끼, 이놈아. 내가 언제 위독하다고 그랬어.

껄껄 웃는 소리가 넘어왔다. 머릿속으로 아까의 기억이 플래시백됐다. 분명히 위독하다고… 하신 줄 알았는데, 생각해 보니 정말 할아버지가 위독하다는 말은 한마디도 한 적이 없긴 했다. 그냥 큰일 났다고, 갈 때가 됐다고, 몇 시간이나 더 버틸지 모르겠다고 한 게 다였다. 곧 숨이 넘어갈 것 같은 기침은 덤으로.

하지만 말에 맥락이라는 게 있는 거 아니냐 말이다.

저런 전화를 받았다면 손자 백 명 중에 백 명, 그래, 뭐 만약이라는 게 있으니 천하의 후레자식 하나쯤을 빼고는 나머지 아흔아홉 명은 울면서 할아버지한테 달려갈 게 분명했다. 당연하게도 지율은 본인이 그 아흔아홉 명 중 하나라고 자신할 수 있었다.

그런데 기껏 병원까지 내팽개치고 왔더니 내가 언제 그랬냐고?

"…진짜 유럽 여행 가셨어요? 아니죠? 거짓말이죠?"

─ 아이고, 그게 벌써 소문이 다 났나?

여기는 지금 시사 고발 프로그램 분위기인데, 전화 너머는 아주 한가한 여행 프로그램 분위기였다.

이게 지금 무슨 상황이람.

길 가다가 누가 뒤통수를 후려갈겼어도 지금 같은 기분은 아닐 것 같았다.

"그럼 저한테 아까 전화하신 건 뭔데요!"

─ 아이, 그냥 부탁하면 절대로 안 들어줄 것 같아서 할애비가 연기 좀 했다.

"…부탁이라뇨? 무슨 부탁이요?"

뭔가 불길한 예감이 엄습했다. 무슨 부탁이기에 손자가 절도범으로 오해받고 경찰서에 앉아 있어야 할 정도란 말인가. 지율이 저, 하고 운을 떼기도 전 할아버지의 경쾌한 목소리가 넘어왔다.

─ 할애비 여행 갔다 올 동안 병원 좀 봐줘. 마을에 수의사가 나뿐이라 나 없으면 큰일 나요.

이게 무슨 소리야.

누가 몰래카메라를 찍고 있는 게 분명했다. 아하하, 하고 어색하게 웃은 지율은 다급하게 할아버지에게 말했다.

"그게 무슨 말씀이세요? 저 서울 병원은 어떡하고요. 할아버지, 이러시면…."

─ 내가 윤형이한테도 벌써 전화했어. 윤형이가 절대로 걱

정하지 말고 다녀오시라고 하더라. 너 없이도 병원 잘 돌아간다고. 할애비는 너 믿고 여행 잘 갔다 온다. 아 참, 집 열쇠는 파출소에 맡겨 놨는데, 거기 안자영 순경 좀 다시 바꿔 봐라.

지율과 할아버지의 대화를 듣고 있던 자영이 재빨리 핸드폰을 가져갔다.

"네, 선생님."

— 아이고, 안 순경. 전화받은 놈 내 손자요. 지율이라고. 나 없는 동안 우리 병원은 개가 볼 거야. 우리 집 열쇠 맡겨 놓은 거 주고 잘 가르쳐 줘요. 서울 촌놈이라 뭐 아는 게 없어, 그 놈이. 안 순경만 믿고 내 잘 갔다 올게요.

"네, 건강하게 돌아오세요. 무슨 일 있으시면 언제든지 여기로 연락 주시고요."

전화를 끊은 자영이 곧 지율에게 다가와 수갑을 풀어 주었다. 곁에 있던 남자가 머쓱한 얼굴로 사과를 건넸다.

"이거 죄송합니다. 정말 선생님 손자분인 줄 몰랐네요."

…전 우리 할아버지가 이런 사람인 줄 몰랐어요.

차라리 절도범으로 오해받은 게 나을 지경이었다. 이게 무슨 상황이란 말인가. 하루아침에 여기 얌전히 처박혀 있으라니, 정말 말도 안 되는 소리였다. 다른 사람도 아니고 이 한지율이? 이 깡촌에서? 그것도 반년이나? 할아버지가 한가하게 크루즈 여행을 다닐 동안?

입을 딱 벌리고 있다가 주머니를 뒤져 핸드폰을 꺼낸 지율은 바로 윤형에게 전화를 걸었다. 신호가 두어 번도 가기 전 윤형이 어, 하며 전화를 받았다.

─ 벌써 도착했냐? 엄청 밟았네, 이 새끼.

"너 알고 있었어?"

밑도 끝도 없이 튀어나온 질문이었으나, 윤형은 무슨 말인지 바로 알아차린 듯 느긋하게 대답했다.

─ 너 출발하자마자 할아버지가 나한테 전화하셨더라고. 나 혼자 있으면 병원 문 닫아야 되냐고 물어보시길래 아니라고 그랬지. 한지율 없어도 병원 아주 잘 굴러간다고. 참, 내가 아까 너희 집에 들러서 옷이랑 속옷이랑 뭐 그런 거 다 퀵으로 보냈다. 저녁때쯤 도착할 거야.

"야, 김윤형!"

마치 전화가 오기를 기다리고 있었다는 듯 줄줄 말을 늘어놓는 윤형에게 지율이 기가 막혀 버럭 고함을 치자, 도리어 윤형이 더 언성을 높였다.

─ 뭐, 인마! 할아버지가 평생 그 깡촌에서 일만 하시다 이제 인생 좀 즐기시겠다는데, 손자가 돼서 그 몇 달을 못 참아? 할아버지가 너 어떻게 키우셨어? 너 먹이고 입히고 재우고 서울로 대학 보내고 병원 차리는 것까지 다 도와주셨는데 그거 하나 못 해 드려? 너 그렇게 양심 없는 놈이야?

뭐라고 반박하고 싶었지만 틀린 말이 하나도 없어 반박이 불가능했다. 어릴 적 사고로 부모님이 돌아가시고 천애 고아가 된 지율을 지금까지 키워 준 건 할아버지였다. 수의사인 할아버지 곁에서 내내 지내다 보니 자연스럽게 지율 역시 수의사가 되었고, 할아버지가 그런 자신을 얼마나 아끼고 자랑스럽게 생각하는지 누구보다 잘 아는 건 지율 자신이었다.

"그… 진짜 나 없어도 돼?"

정말 부질없다는 걸 알면서도 혹시나 싶어 조심스럽게 묻자, 칼 같은 대답이 돌아왔다.

- 너나 잘해라.

맞는 말만 하기로 유명한 김윤형 아니랄까 봐, 냉정하기 짝이 없는 태도였다. 매몰차게 끊어진 전화는 덤이었다.

망연자실한 얼굴로 핸드폰을 내려다보는 지율의 앞에, '덕진 동물 병원'이라는 이름과 전화번호가 쓰인 열쇠고리가 놓였다. 몇 개의 열쇠들이 거기 달린 채였다. 고개를 들자 자영이 열쇠를 가리켰다.

"차 선생님이 맡기고 가셨어요."

대답도 없이 열쇠를 집어 들고 주머니에 쑤셔 넣은 지율은 자리에서 일어났다. 땅이 꺼지게 한숨을 쉬어 보았으나, 역시나 땅이 꺼질 리는 없었다. 터덜거리며 파출소를 나서는 지율의 뒤에서 자영의 목소리가 날아들었다.

"선생님, 집까지 모셔다드릴 테니까 타시죠."

집이요? 누구 집이요? 저희 집은 서울시 마포구인데요… 소리가 목까지 나왔으나 지율은 힘없이 고개를 가로저었다.

"…좀 걷고 싶어서요."

"그러세요, 그럼."

자영은 두 번 권하지도 않고 깔끔하게 파출소 문 안으로 사라졌다. 넋을 잃고 서 있던 지율은 이게 무슨 상황인가 싶어 다시 한번 주위를 둘러보았다. 고즈넉하기 짝이 없는 풍경이었다. 그나마도 여기가 마을 제일의 번화가인지, 파출소 인근에 몇 개의 식당이며 작은 슈퍼마켓 따위의 조그마한 가게들이 줄지어 있었다.

이 시간에 지나가는 사람이라고는 목줄도 하지 않은 잡종견을 풀어놓고 산책하는 동네 할머니 한 사람뿐이었다. 서울이었다면 강아지한테 목줄을 왜 안 하시냐며 견주를 야단쳤겠지만, 여기서는 그럴 기력도 없었다. 차도 없고 사람도 없는데 목줄이 무슨 의미란 말인가.

허공을 쳐다보자 남의 속도 모르고 맑은 하늘이 눈에 들어왔다. 쓸데없이 좋은 공기는 덤이었다. 도저히 믿기지 않아 볼을 있는 힘껏 꼬집어 보았으나 정말 아팠다.

더 아파도 좋으니까 제발 꿈이었으면 싶었다. 그러나 코끝으로 솔솔 파고드는 거름 냄새가 갑작스레 시작된 전원생활의 시작을 힘차게 알리고 있었다.

세상에.

사랑하는 자율이에게.

많이 놀랐을 것 안다. 할애비 장난이 너무 짓궂었으면 어쩌나 뒤늦게 걱정이 되는구나.

내가 희동리에서 지낸 지도 어느새 수십 년이 지났다. 물 좋고 공기 좋고 사람 좋은 이 작은 마을에서 여생을 보내려 했는데, 문득 나에게 남은 시간이 얼마나 있는지 생각하게 되었다.

젊어서는 가정을 돌보지 못하고 살았고, 네 부모가 먼저 간 뒤로는 너 하나 보고 악착같이 살았다. 네가 잘 자라 어엿한 어른이 되고, 드디어 저승에서 네 부모를 만나도 하나 부끄럼이 없겠다 생각하니 이 나이가 되더구나.

마음은 아직도 젊은이인데 몸이 늙는 것이 아쉽다.

그래서 더 늦기 전에 긴 여행을 다녀오려 한다.

할애비가 딱히 병원을 부탁할 사람이 없어 오랫동안 생각하다, 그래도 네가 봐주면 좋겠다 싶어 그런 것이니 너무 노여워하지는 말거라.

내가 이 동네 동물들만 수십 년을 보았는데, 그래도 생판 남보다는 손자가 낫지 않겠니.

젊은 너에게 이 마을이 답답하리라는 것을 안다.

그래도 복잡한 서울을 잠시 벗어나는 기회라 생각하고 할애비를 용서해 다오.

노트북 비밀번호와 병원 도어 록 비밀번호는 네 생일로 했다.

방은 편한 곳으로 쓰려무나.

다녀와서 만나자.

할애비가.

지율은 거실에 앉아 이미 열 번쯤은 읽었을 할아버지의 편지를 다시 읽어 보았다. 집에 돌아와 문을 열기 무섭게, 잘 정리된 거실 탁자 한가운데서 가장 먼저 눈에 띈 것이 이 편지였다. 들고 있던 편지를 내려놓은 지율은 낮은 한숨을 쉬며 집안을 둘러보았다.

늘 깔끔한 성격의 할아버지는 여전히 변함이 없었다. 오래된 가구들은 반질거리며 윤이 났고, 부엌의 그릇들은 가지런하게 정리되어 있었다. 냉장고를 열어 보니 칸칸이 규격이 딱 맞는 그릇들로 밑반찬이며 계란 따위가 알차게 채워진 채였다.

찬장에는 제조 일자 최신의 라면과 참치 통조림, 도시락 김까지 알뜰살뜰했다. 지금 당장 전쟁이 터진대도 6개월쯤은 충분히 생존 가능할 것 같았다. 할아버지의 이 말도 안 되는 도주 행각이 아주 계획적이라는 건 누가 봐도 자명한 일이었다.

세상에 믿을 사람 없다더니, 어떻게 할아버지가 나한테!

이건 거짓말이야!

그러나 누가 대한민국 아니랄까 봐, 아까 윤형이 퀵 서비스로 안전하게 보냈다는 대형 캐리어 두 개가 문 앞에 당도한 건 저녁 시간도 되기 전이었다. 덩그러니 놓인 캐리어는 이 현실감 없는 상황에서 전혀 위안이 되지 않았다.

자포자기한 지율은 거실 한복판에서 캐리어를 열어 보았다. 낯익은 옷들이 아침에 출근할 때 옷장에서 본 그대로 얌전히 누워 지율을 반겼다.

역시 말도 안 돼, 지금이라도 다시 서울로 올라갈까… 이미 백 번쯤은 했을 생각을 다시 해 보았으나, 지율은 땅이 꺼지게 한숨을 쉬며 머리를 박았다. 윤형의 말대로 그 나이가 되도록 평생을 일해 오신 할아버지가 처음으로 여행을 떠나시겠다는데, 손자가 돼서 병원 몇 달 봐드리는 것도 못 한다고 드러눕기는 양심에 찔렸다.

오죽하면 이렇게까지 하셨을까.

더구나 마을 인근에 다른 수의사가 한 사람도 없다는 것도 마음에 걸렸다. 집집마다 이런저런 동물을 기르는 시골 마을에서 수의사가 없다면 마을 사람들의 불편이 이만저만이 아닐 터였다. 모른 척하고 그냥 도망갈 수도 있긴 하겠지만, 할아버지가 다녀와서 실망하실 걸 생각하면 도저히 그럴 용기가 나지 않았다.

캐리어를 다시 닫아 놓고 거실에 서서 한참을 고뇌하던 지율은 결국 서울로 튀겠다는 생각을 깨끗하게 포기했다.

여기도 사람 사는 덴데, 반년 지낸다고 뭐 어떻게 되진 않겠지.

병원이 좀 걱정이긴 했지만, 윤형 혼자서 꾸리기 무리한 수준은 아닐 터였다. 정 안 되면 누구라도 부르겠지 싶었다.

"아이고, 모르겠다."

혼잣말을 중얼거린 지율은 소파에 풀썩 주저앉으며 고개를 젖혀 천장을 보았다. 몇 번 수리하기는 했지만, 오래되다 못해 이젠 고풍스럽게까지 느껴지는 집의 분위기는 예전 그대로였다. 처음 이곳에 왔을 때의 기억이 떠오른 건 자연스러웠다.

열 살이 되던 해의 여름이었다. 유독 더웠던 그해 여름, 뉴스에서는 항상 연일 기록을 경신하는 폭염에 대해 떠들었다. 부모님이 늘 바빠 몇 년째 한 번도 여름휴가를 떠나지 못했는데, 그해는 꼭 여름휴가를 가겠다고 봄부터 계획을 세웠다.

지율의 여름 방학이 시작된 다음 날, 부모님은 새벽부터 짐을 꾸렸다. 차 트렁크에 커다란 아이스박스와 텐트, 침낭 따위를 가득 채우고 길을 떠났을 때까지만 해도 모든 게 좋았다. 고속 도로에서 운전하던 아빠는 음악을 크게 틀었고, 엄마와 뒷좌석에 앉은 지율은 지도책을 함께 읽었다. 강원도 계곡에서 물놀이를 하고 밤에는 통발로 물고기도 잡을 생각이었다.

모든 게 뒤틀린 건 한순간이었다.

지율은 그날의 일을 아직도 잘 기억하지 못했다. 커다란 트럭이 차 뒤를 들이받았고, 엄마는 비명을 지르며 지율을 끌어안았다. 기억은 거기서 끊겼다. 지율이 다시 정신을 차린 건 병원에서였다. 사흘 만의 일이었다. 곁에 앉아 있던 외할아버지는 아무 말도 없이 지율의 얼굴을 쓰다듬었다.

병원에 실려 오는 동안 엄마와 아빠는 지율이 먼저, 우리 애 먼저요, 하고 몇 번이나 말했다. 그러나 그런 기억들은 희미했다. 눈을 뜬 지율은 멍하니 할아버지를 쳐다보았다.

할아버지, 우리 엄마랑 아빠 어디 있어요?

그러나 그 물음은 입 밖으로 나오지 않았다. 지율이 깨어난 것을 안 의사와 간호사들이 달려와 뭐라고 계속 질문을 던졌으나 대답할 수 없었다. 낯선 사람들 앞에서 머릿속의 단어들은 그저 헤맬 뿐 길을 찾지 못했다.

그걸 함묵증이라고 부른다는 건 나중에 알았다. 부러진 뼈가 붙고 몸의 상처가 낫자, 할아버지는 지율을 데리고 희동리로 내려왔다. 희동리는 할아버지의 고향이었다. 지율은 그곳에서 할아버지와 그해 여름을 보냈다. 지율이 태어나기 훨씬 전에 지었다는 조그만 양옥에서였다.

외할머니가 돌아가신 뒤에는 한동안 비어 있던 집이었다. 낡았지만 깔끔한 집 안에는 아직 할머니의 흔적이 남아 있었다. 할머니가 담 아래 오래전 심었다는 맨드라미와 봉선화 꽃대는 무성해진 잡초 사이에서 그 여름 내내 빨간 꽃을 피워 올렸다.

"물 좋고 공기 좋은 데서 쉬다 보면 다시 말문이 트일 테니 걱정 마라."

말을 할 수 없어 불안해하는 지율에게 할아버지는 그렇게 말했다. 텔레비전조차 없는 시골 마을에서, 방에 틀어박힌 지율은 책장에 꽂힌 오래된 책들을 읽었다. 책 속의 글자들은 항상 그 자리에 있었지만 머릿속의 글자들은 바깥으로 나오지 않았다. 이대로 영영 말을 하지 못하게 될까 봐 두려웠다.

지율이 처음 밖으로 나간 건 며칠이 지난 뒤였다. 할아버지가 잠시 집을 비운 사이, 선풍기를 틀어 두고 마루에 걸터앉아 책을 읽던 지율의 발치를 어디선가 달려온 황구가 할짝거렸다. 누구네 집 개인지는 알 수 없으나, 지율은 바짓단 끝을 물고 당기는 강아지를 따라 얼결에 문밖으로 나섰다. 강아지는 지율에게 따라오라는 듯 연신 뒤를 돌아보며 시골길을 뛰어갔다.

강아지를 따라간 곳은 산에서 계곡물이 흘러 내려오는 큰 냇가였다. 발을 담그자 시원한 물이 발목을 감아 왔다. 강아지는 어느새 어디론가 사라졌지만, 지율은 냇가의 조약돌에 정신이 팔렸다. 뜨거운 햇볕 아래서 조약돌은 보석처럼 하얗게 반짝였다.

지율은 냇가 바위에 걸터앉아 신발을 벗어 두고는 발끝으로 물속의 조약돌을 훑었다. 한참을 그러고 있는데, 날이 갑자기 흐려지며 머리 위로 먹구름이 드리워졌다. 지율이 고개를 들자 후드득거리며 떨어지기 시작하던 빗방울이 갑자기 기세를 올렸다.

평온하게 흐르던 냇물이 불어나는 건 순식간이었다.

겁에 질린 지율은 바위 위에서 벌떡 일어났다. 이미 물살은 아까와 달리 빨라져 있었다. 발목까지 오던 물은 순식간에 무릉 위로 넘실거렸다. 지율이 어쩔 줄 몰라 하며 쩔쩔매고 있을 때, 갑자기 뒤에서 철벅거리며 뛰어온 누군가가 지율의 손을 있는 힘껏 잡고 끌어당겼다. 그 손길에 끌려 바위 위에서 내려온 지율은 물이 더 붇기 전 냇가를 빠져나왔다.

자신의 손을 잡아 구해 준 건 동그랗고 가무잡잡한 얼굴에 조그만 체구, 만화 캐릭터가 그려진 낡은 빨간색 티셔츠를 입고 있는 소녀였다. 처음 보는 얼굴이었다. 소녀는 근처의 커다란 느티나무 아래로 지율을 데려갔다. 나무 아래서 비를 피하며, 소녀는 흠뻑 젖은 지율의 얼굴을 감싸 닦아 주었다.

"놀랐겠다. 괜찮아. 내가 너 구해 줬잖아."

지율은 멍하니 그 애를 마주 보았다. 무슨 말이든 하고 싶었지만, 마음과 달리 입만 몇 번 벙긋거리던 지율은 자기 입을 가리키며 고개를 흔들었다. 말을 하지 못한다는 걸 금방 눈치챈 듯, 소녀가 나는 여덟 살, 하며 손가락 여덟 개를 하나하나 꼽아 들어 보였다. 지율은 양손을 펼쳐 손가락 열 개를 보여 주었다.

"나보다 두 살 많네."

소녀가 씩 웃었다. 오빠라고 부를 줄 알았지만 그건 오산이었다.

"비 올 때 냇가에 가면 큰일 나. 너 나한테 빨리 고맙다고 해."

허리에 손을 짚으며 당당하게 감사를 요구하는 표정과 말투에, 지율은 저도 모르게 두 손을 맞잡고 공손히 배꼽 인사를 했다. 소녀는 크게 깔깔거리며 웃었다. 비는 제법 오랫동안 내렸다. 마침내 비가 그쳤을 때, 먼저 길 위로 나서던 소녀는 뒤를 돌아보며 지율의 머리 위로 그늘을 드리운 나무를 가리켰다.

"나랑 같이 놀고 싶으면 내일 아침 먹고 여기로 와."

지율은 그날부터 거의 매일 그 애를 만났다. 낯선 사람의 머리끝만 보여도 숨어 버리는 지율을 알아차린 소녀는 인적 드문 곳을 골라 다녔다. 지율은 소녀와 동네 뒷산에서 산딸기를 땄고, 주인 없는 원두막에 앉아 껍질도 깎지 않은 참외를 먹었다.

지율이 가장 좋아한 건 처음 만난 냇가에서 물수제비를 뜨는 일이었다. 서툰 지율과 달리 소녀는 능숙했다. 그 애가 던진 돌은 언제나 물 위를 서너 번은 튕겨 건넜다. 그런 시간은 언제나 편안했다. 둘이 있을 때는 어떤 말도 필요하지 않아서였다. 오래된 동화 같은 여름이었다.

지율이 그 애와 헤어진 건 가을이 오기 전이었다. 할아버지가 지율의 치료를 위해 서울로 돌아가기로 결정한 까닭이었다. 떠나기 전날 지율은 소녀에게 엽서 한 장을 썼다.

> 나는 다시 서울로 가. 그동안 즐거웠어.
> 금방 올게. 꼭 다시 만나자.
> 내 이름은 한지율이야.

서툰 글씨로 그렇게 쓴 엽서를 건넸을 때, 그것을 뚫어져라 보던 소녀의 눈에 눈물이 가득 고였다.

"다시 못 만나잖아."

소녀의 말에 지율은 세차게 고개를 가로저었다. 그러나 소녀는 지율의 말을 들은 척도 하지 않고 엽서를 움켜쥔 채 멀리 달려갔다. 지율이 채 쫓아가기도 전 저만치 멀어진 소녀가 두 손을 모아 외쳤다.

"잘 가!"

소녀의 말대로였다. 지율이 그 애를 본 건 그때가 마지막이었다.

기억을 되짚던 지율은 소녀의 얼굴을 떠올려 보았다.

워낙 오래전 일이라 그 얼굴은 머릿속에서 가물거렸지만, 그 애를 회상할 때면 마음 한구석이 늘 아련했다. 그냥 어릴 적 우연히 잠깐 만난 아이였을 뿐인데, 이상하게도 그 기억은 오랫동안 지워지지 않았다. 지금 생각하면 그건 아마 첫사랑이었던 것 같기도 했다.

첫사랑이라니, 쪼끄만 게 뭘 안다고.

열 살의 자신에게 타박을 놓은 지율은 괜히 보는 사람도 없이 무안해져 빨개진 귀를 만지작거렸다.

그때 초인종 소리가 들렸다. 누군가 싶어 인터폰 화면으로 시선을 돌리자, 얼굴보다 먼저 갓 수확한 브로콜리처럼 뽀글뽀글하게 살아 있는 파마머리가 화면을 가득 채웠다. 지율이 인터폰을 미처 들기도 전 현관 밖에서 쩌렁쩌렁한 목소리가 넘어왔다.

"아따, 문 좀 열어 보쇼!"

아주머니의 목소리였는데, 아무리 봐도 득음한 게 분명한 목청이었다. 쥐고 있던 캐리어 손잡이를 놓고 후다닥 뛰어나간 지율은 문을 열자마자 멈칫했다. 대문 앞에서 브로콜리 군단이 자신을 기다리고 있었다. 같은 미용실에 다니는지, 쌍둥이처럼 똑같은 머리를 한 아주머니 대여섯 명이 일제히 지율을 쳐다보았다.

"차 선상님 손자시라고?"

누군가 묻는 말에 당황한 지율이 네, 하고 대답하자마자 아주머니들이 지율에게 들고 온 반찬 통을 하나씩 안겨 주기 시작했다. 삽시간에 품 안에서 반찬 통이 탑을 쌓았다. 놀란 지율이 반찬 통 너머로 눈을 깜빡이자, 가장 앞에 서 있던 아주머니가 위풍당당하게 허리에 손을 짚었다.

"새 선상님이 오셨대서 동네 부녀회에서 나왔어야."

"아, 네…."

"내가 희동리 부녀회장 장세련이여. 무슨 일 생기면 이리로 연락하시고."

희동리 부녀회장과 장세련이라는 이름은 어딘지 모르게 동치미와 생크림케이크를 함께 먹는 느낌이었다. 지율이 그렇게 생각하거나 말거나, 세련이 힙하기 짝이 없는 몸뻬 바지 허리춤에서 명함을 꺼내더니 반찬 통 제일 위에 척 올려놓았다.

희동리 부녀회장 장 세 련

궁서체로 또박또박 적힌 열 글자 밑에는 집 전화번호와 핸드폰 번호가 적혀 있었다.

"그럼 이만."

세련이 한 손을 들어 보이며 쿨하게 돌아섰다. 얼이 빠져 있던 지율이 뒤늦게 감사합니다, 하고 인사했으나 이미 브로콜리 군단은 저만치 멀어지는 중이었다. 그 브로콜리들이 저마다 옆구리를 쿡쿡 찌르며 소곤거렸다.

"오메, 인물 좋소. 서울 남자라 그런가? 서울 남자애들은 다 저래야?"

"아, 우리가 서울 남자를 만나 봤어야 알제."

"그건 그러네. 근데 누굴 닮았당가? 차 선상님은 키가 쬐끄만디, 손자는 아주 전봇대네, 전봇대여. 테레비 나오는 누구 닮은 거 같은디. 9번에서 아홉 시에 하는 드라마에서 실장님인지 뭣인지로 나오는 총각 말여, 알제? 아따, 내가 한 40년만 젊었어도 기냥⋯."

"옴메, 주책이야. 다 들겄어, 이 양반아!"

물론 여기까지 다 들렸다.

밀물처럼 밀려왔다 썰물처럼 사라지는 브로콜리 군단을 멍하니 보고 있던 지율은 퍼뜩 손에 들린 반찬 통을 내려다보았다.

손이 비지 않아 대문을 제대로 닫지도 못한 채 다시 집 안으로 돌아와 부엌에서 반찬 통을 열어 보자, 김장 김치며 겉절이, 오이소박이, 갓김치, 총각김치, 깍두기까지 온갖 김치들이 담겨 있었다. 아무래도 여기 있는 동안 굶어 죽을 일은 없을 것 같았다.

별별 김치가 다 있는 김에, 지율은 희동리의 첫 저녁을 라면

어쩌다가 전원일기 33

으로 결정했다. 접시에 김치를 조금씩 덜어 내 올리고, 그릇에 옮겨 담은 라면을 곱게 매트까지 깔아 둔 식탁에 차린 뒤 혼자 앉자 어쩐지 약간 처량해지는 기분이 들기는 했지만, 일단 먹기 시작하자 그런 기분은 곧 사라졌다.

그러고 보니 이렇게 직접 담근 김치를 먹어 보는 건 정말 오랜만의 일이었다. 어, 이것도 맛있네, 저것도 맛있네 하며 먹다 보니 접시가 순식간에 비었다.

금강산도 식후경이라고 일단 배가 차고 나니 기운이 났다. 어릴 적 할아버지와 함께 살 때 썼던 할아버지의 침실 옆방을 열어 본 지율은 잠시 멈춰 방을 둘러보았다. 오래된 책상이며 의자, 그때 읽던 책들도 모두 그대로였다. 항상 깨끗하게 청소해 두는 방이라는 건 쉽게 알 수 있었다.

할아버지와 떨어져 서울로 올라가 지낸 지가 거의 15년이었는데, 그 세월 동안 할아버지가 내내 매일 이 방을 청소해 두신 걸까 생각하자 어쩐지 가슴이 뜨끔거렸다. 명절이나 되어야 가끔 한 번씩 내려왔고, 그나마도 나이가 들수록 뜸해지던 판이었다.

오죽했으면 그런 거짓말까지 하셨을까 싶어 마음이 무거워졌다.

한숨을 쉰 지율은 캐리어를 끌고 들어와 빈 옷장 안에 옷가지와 속옷 따위를 차곡차곡 챙겨 넣었다. 해가 지기 무섭게 더 고요해지는 창밖의 풍경은 아직 적응되지 않았다. 서울이었다면 도시의 저녁은 이제 한창일 텐데, 희동리의 창밖은 개미 새끼 한 마리 안 지나갈 것처럼 어둡고 조용했다.

다시 거실로 나온 지율은 텔레비전을 켰다. 저녁 뉴스가 막 시작된 참이었다.

볼륨을 올린 지율은 욕실로 들어가 샤워를 시작했다. 몸을 씻는 사이 복잡했던 머릿속도 천천히 깨끗해졌다. 하기야 생각해 보면 뭐 그리 나쁜 경험은 아닐 것 같았다. 대학 선후배 중 일부러 시골로 내려가 수의사를 하는 사람도 그리 드물지는 않았다.

사람 사는 거야 어차피 다 똑같은 거 아닌가.

매일 서울에서 강아지나 고양이만 보던 생활에서 벗어나 여러 동물을 볼 수 있으니 경험 면에서도 괜찮을 것 같았다.

그래, 한지율. 이게 뭐 별거냐.

속으로 파이팅을 외친 지율은 물기를 대강 닦고 허리에 수건 한 장만 두른 채 밖으로 나왔다. 어차피 혼자 있는 집이었다…고 생각했는데, 몸을 숙여 젖은 머리를 털던 지율이 고개를 든 순간 마주친 건 웬 외간 여자의 얼굴이었다.

내가 헛것을 보는 건가.

눈을 의심한 지율은 아직 물이 뚝뚝 떨어지는 머리를 부여잡은 채 눈앞의 여자를 뚫어지게 보았다. 동그란 눈동자가 지율의 얼굴에 머물렀다가 천천히 위아래로 움직였다. 저도 모르게 그 시선을 따라가던 지율은 눈을 깜빡였다.

그러고 보니까 낯이 익었다. 틸그린 컬러의 셔츠 위에 형광색 경찰 조끼…. 낮에 담장 아래서 자신의 발목을 잡고 수갑을 채워 파출소까지 끌고 갔던 바로 그 여자였다. 이름이 뭐랬더라, 안, 안, 안….

"…안자영!"

저도 모르게 삿대질을 하며 머릿속에 떠오른 이름을 그대로 뱉자, 그때까지 눈을 화등잔만 하게 뜨고 있던 자영이 황급히 손으로 두 눈을 가렸다.

"저 아무것도 안 봤습니다!"

그제야 자기 꼴을 내려다본 지율은 악, 하고 소리를 지르며 욕실 문 뒤로 숨어 머리만 내밀었다.

"어디서 거짓말이에요, 다 봤으면서!"

당황과 쪽팔림이 뒤섞여 빽 소리를 지르자 자영도 지지 않고 맞받아 고함을 쳤다.

"경찰이 왜 거짓말을 합니까, 안 봤다니까요!"

"눈동자가 올라갔다 내려가는 걸 내가 다 봤는데 지금 장난해요?"

"착각이시겠죠!"

그런가?

두 눈을 가린 채 항변하는 자영의 얼굴에 잠시 수긍하려던 지율은 곧 정신을 차렸다. 이 꼴로 자영과 마주친 게 문제가 아니라, 자신이 샤워하는 사이 자영이 집 안에 들어와 있었다는 게 문제였다. 서둘러 바닥에 벗어 두었던 티셔츠와 바지를 문 뒤에서 후다닥 주워 입은 지율은 숨을 고르며 자영에게 따졌다.

"아니, 경찰이면 남의 집에 아무 때나 이렇게 막 들어와도 됩니까? 이건 주거 침입 아니에요?"

눈을 가린 손가락을 살짝 벌려 지율이 옷을 다 입은 걸 확인한 자영이 그제야 안심한 얼굴로 손을 내렸다.

"대문하고 현관이 다 열려 있어서 순찰하다 무슨 일이 생겼나 하고 들어와 본 겁니다."

지율은 그제야 자영의 너머로 열려 있는 현관을 보았다. 기억을 되짚어 보자, 아까 아주머니들이 몰려왔을 때 반찬 통을 드느라 빈손이 없어서 문을 제대로 닫지도 않고 들어온 것이 떠올랐다. 도로 나가서 문단속을 한다는 걸 깜빡한 모양이었다. 머쓱해진 지율은 헛기침을 하며 말을 돌렸다.

"벨을 먼저 누르셨어야죠!"

"눌렀는데요."

"저를 부르시든지!"

"불렀는데요."

침착하게 대답하는 자영의 얼굴에 지율은 더 할 말을 찾지 못하고 입을 다물었다. 그러고 보니 씻는 도중이었고, 게다가 텔레비전 볼륨까지 크게 올려 둔 터라 자영의 말대로 벨을 누르고 자신을 불렀어도 못 들었을 것 같기는 했다. 지율은 산소 모자란 금붕어처럼 뻐끔대며 더듬거렸다.

"알았으니까 그, 저, 다음부터는 문 열려 있어도 막 들어오지 마세요!"

"요즘 좀도둑 신고가 많으니까 문단속 잘하십시오."

지율이 그러거나 말거나 들은 척도 안 하는 얼굴로 대꾸한 자영이 무전기를 꺼내 들고 현관을 나갔다. 후다닥 자영을 쫓아 나가 대문을 잠그고 들어온 지율은 현관을 닫으며 티셔츠를 걷어 올려 황급히 몸을 확인해 보았다. 최근 며칠 바빠서 운동을 쉬긴 했지만, 아직 다행히도 복근 성수기였다.

고맙게도 잘 유지돼 준 식스 팩을 티셔츠 위로 만져 보며 안도의 한숨을 쉬던 지율은 정신을 번쩍 차렸다.

안도의 한숨은 무슨!

문이 열려 있다고 아무나 막 들어오는 게 말이 되냐!

서울이라면 있을 수도 없는 일이었다.

"아, 진짜 성격에 안 맞아…."

현관 앞에 쭈그려 앉은 지율은 무릎에 얼굴을 파묻었다. 지금쯤 비행기를 타고 하늘 위를 날고 있을 할아버지를 떠올리자, 할아버지에 대한 조금 전의 감동과 반성은 어디로 사라지고 어쩐지 약간 울고 싶은 기분이 되었다.

전화를 받고 미친 듯이 희동리로 달려왔고, 도둑으로 오해받고 체포도 당하고, 하루아침에 이 깡촌에서 반년을 살게 생긴 판에 하루의 마무리는 본의 아닌 반나체 쇼라니. 기나긴 하루를 되짚어 보던 지율은 으아아, 하며 머리를 감쌌다. 눈을 동그랗게 뜨고 자신을 아래위로 훑어보던 자영의 얼굴이 선명했다.

자신에게 수갑을 채운 여자도 처음이지만, 만난 첫날 반나체를 보여 준 여자도 처음이었다. 첫 단추를 잘못 끼우면 계속 망하는 건데. 어쩐지 불길한 예감이 등줄기를 엄습했다. 아무래도 자신의 희동리 생활에 이 안자영 순경이 자꾸 길바닥에 튀어나온 돌부리처럼 걸릴 것 같다는 예감이었다.

그 예감에 답하기라도 하듯 뒷산에서 뻐꾸기 우는 소리가 들렸다.

02

지율은 대문 앞에 놓여 있던 자전거를 타고 한적한 시골길을 가로질렀다. 서울과는 확연히 다른 상쾌한 아침 공기를 가르며 읍내로 접어들자, '덕진 동물 병원'이라는 간판이 붙은 동물 병원이 눈에 들어왔다. 지은 지 몇십 년은 돼 보이는 단층 상가였으나, 그래도 간판은 새로 한 지 얼마 안 된 듯했다. 전면 유리 앞에는 조그만 현수막이 붙어 있었다.

> 덕진 동물 병원
> 약품 조제 및 판매
> 애견, 애묘, 애조 치료
> 소 치료 및 출산 전문
> 언제든지 연락 주세요

지율은 그 현수막 앞에 서서 문구들을 천천히 읽어 보았다.

약품 조제 및 판매, 오케이. 애견, 애묘, 애조 치료, 이것도 오케이. 소 치료 및 출산 전문… 아니, 잠깐만. 이건 낫 오케이.

소 치료에 출산이라니, 학부 시절 산업 동물 임상 실습을 나갔을 때 축사에서 실제 소를 보고 예방 접종이나 채혈법, 질병 진단법, 임신 진단 같은 걸 배우긴 했지만, 그 이후로 그런 대동물은 근처에도 가 본 적이 없었다. 졸업하고 난 뒤로는 서울 한복판에서 소라는 건 먹을 때 빼고는 만날 일이 있을 리 만무한 동물이었다.

벌써부터 머리가 지끈거렸지만 일단 일어나지 않은 일은 나중에 걱정하자 싶었다. 할아버지가 알려 준 대로, 도어 록에 자신의 생일을 입력하자 문이 열렸다. 지율은 유리문을 활짝 열어 놓고는 병원 안의 불을 켰다. 내부도 집처럼 잘 정리되어 있었다. 요즘 도시 동물 병원처럼 아주 아기자기한 분위기는 아니었으나, 생각보다 훨씬 깔끔한 느낌이었다.

할아버지 혼자서 이 병원을 수십 년 꾸려 왔다는 걸 생각하자 새삼 존경스러운 마음이 들었다. 재작년에 윤형과 서울에서 병원을 개업한 뒤로, 이게 결코 쉬운 일이 아니라는 걸 매일같이 느끼는 참인 탓에 더 그랬다.

책상 뒤의 책장에 빼곡하게 꽂힌 전공서를 눈으로 훑어보던 지율은 컴퓨터를 켰다. 책상 위에는 할아버지가 미리 뽑아 놓은 듯한 프린트물이 놓여 있었다. 위에 '지율'이라고 쓰인 포스트잇이 붙어 있는 걸 보니 할아버지가 두고 간 것인 듯했다.

종이를 집어 들어 넘겨 보자, 단골이나 약품 거래처의 주소와 담당자 이름, 연락처 등이 적힌 리스트가 눈에 들어왔다. 약품 보관 장소와 기계 사용법, 수기 차트 보는 법도 함께 적혀 있었다. 일종의 인수인계서인 셈이었다.

"하여튼 할아버지도…."

중얼거린 지율은 뒷머리를 긁적였다. 어제는 너무 황당해서 뭐 이런 일이 다 있나 싶었고 다른 사람도 아닌 할아버지가 그랬다는 데 배신감이 느껴져 인간 불신의 늪에 발을 담그긴 했지만, 막상 할아버지가 일을 벌이기 전 세세한 것 하나하나 다 준비해 뒀다는 걸 알게 되자 어떤 마음으로 그랬을까 싶어져서였다.

지율은 책장에 꽂혀 있던 옛날 수기 차트 파일을 하나 꺼내 열어 보았다. 할아버지의 글씨로 적힌 차트는 여지없이 꼼꼼했다. 감탄한 지율이 차트를 보고 있는 사이, 누군가가 열린 문으로 들어서며 지율에게 인사를 건넸다.

"아이고, 선상님. 일찍 출근하셨네?"

놀란 지율은 고개를 들었다. 사람 좋아 보이는 아주머니가 생글생글 웃으며 고개를 꾸벅 숙였다. 얼결에 마주 인사를 건넨 지율이 물었다.

"누구시죠?"

"아, 지는 오영숙이라고 여기 조무사여요. 차 원장님허구는 한 10년 일했지라."

그러고 보니 목소리가 어쩐지 낯이 익었다. 잠시 생각하던 지율은 관자놀이 부근을 긁적였다.

"혹시 어제 할아버지 큰일 났다고 말씀하셨던 분…."

"오메, 시상에. 눈치를 까셨당가요."

영숙이 입을 막았다. 그러나 아무리 봐도 썩 미안해하는 기색은 아니었다. 가까이 온 영숙이 팔꿈치로 지율의 옆구리를 콕콕 찔렀다.

"죄송혀요. 원장님이 한 번만 도와달라고 하도 그래 싸싱께 나가 우짜겠어요. 나가 학교 다닐 때 연극부였다고. 그, 좀 실감 났지요?"

아, 예. 너무 실감 나서 그만 서울에서 여기까지 미친 듯이 달려왔네요.

할 말을 잃은 지율은 하하하, 하며 어색하게 웃었다. 남의 속을 알 리 없는 영숙이 자연스럽게 구석에 세워진 대걸레를 들고 나오더니 바닥을 쓱쓱 닦기 시작했다.

"제가 할게요. 그냥 두세요."

놀란 지율이 영숙을 만류했으나, 영숙은 힘차게 대걸레질을 하며 대꾸했다.

"이거 허실 시간이 어딨을까. 오늘 양씨 아저씨네 축사에 돼지 접종 가셔야 되는디."

"…네?"

영숙의 말에 당황하며 되묻자 영숙이 지율을 보지도 않고

어쩌다가 전원일기 43

턱짓으로 벽에 걸린 달력을 가리켰다.

"달력 못 보셨소?"

지율은 얼결에 고개를 돌려 달력을 보았다. 오늘 날짜 밑에 할아버지의 글씨로 적힌 글자가 눈에 들어왔다.

양진봉네 돼지 구제역 접종.

돼지 구제역 접종이라니, 이것도 학부 때 뽑기를 잘못하는 바람에 나갔던 실습 이후로는 해 본 적이 없었다. 돼지 접종을 어디에 어떻게 하더라? 약품은 뭘 썼지? 백신 보관법은?

같은 수의사라도 대동물 수의사와 소동물 수의사 사이에는 넘을 수 없는 벽이 있었다. 말하자면, 같은 약국에 있어도 용도는 천지 차이인 소화제와 물파스 같은 사이라고나 할까. 간혹 야심만만하게 나는 둘 다 보는 수의사가 되겠다며 수의대에 입학하는 겁대가리 없는 것들이 있었으나, 대체로 한두 학기가 지나기 전 하나라도 잘하자며 좌절하기 마련이었다.

물론 지율은 애당초 그런 꿈조차 꾸지 않았던 타입이었다. 오랜 시간 곁에서 할아버지를 지켜본 결과, 시골 대동물 수의사의 생활에 낭만 같은 건 전혀 없다는 사실을 일찍 깨달은 탓이었다. 작고 귀여운 데다 깔끔한 병원에서 만날 수 있는 강아지와 고양이를 두고, 왜 굳이 축사에서 땀을 뻘뻘 흘리며 소와 돼지를 봐야 한단 말인가.

당연히 개보다 큰 동물을 볼 일은 평생 없을 줄 알았다. 그런데 첫날부터 돼지 접종이라니, 아무리 생각해도 이건 자신보다 축주가 더 프로페셔널할 확률이 높았다.

이 황당한 상황에 지율의 영혼이 실시간으로 탈출하는 사이, 바닥을 다 닦은 영숙이 얼이 빠진 지율을 보고는 등짝을 쳤다.

"워메, 어따가 정신을 빼고 그란다요?"

어디서 각도라도 연구했는지, 인절미 반죽에 떡방아 내리치듯 그 손바닥이 차지게 등짝으로 철썩 달라붙었다. 매운 손길에 정신이 번쩍 들어 네? 하며 되묻자, 영숙이 대걸레 자루를 코앞까지 들이밀며 심각한 표정을 했다.

"아 참, 원장님이 이 말은 꼭 전해 드리라고 그라시던디."

"뭘요?"

뭔가 중요한 얘긴가 싶어 아픈 등짝을 문지르며 진지하게 묻자, 영숙이 목소리를 낮추며 비밀스럽게 속삭였다.

"허면 된다."

…뭘 하면 되냐고! 군대도 아니고!

속으로 절규하는 지율의 귓전을 경쾌한 벨 소리가 강타했다. 영숙이 날 듯 빠른 동작으로 책상 위에 놓인 전화를 받았다.

"네, 덕진 동물 병원이여. 아이고. 네. 새로 오신 선상님 지금 바로 가실 거여요. 아이고, 그렇당께요. 네, 네."

생글생글 웃으며 대답하고는 전화를 끊은 영숙이 구시렁거렸다.

"하여튼 성질은 드럽게 급혀, 증말."

"누군데요?"

"양씨 아저씨가 득달같이 재촉하잖아요. 얼른 주사기 챙겨서 가셔. 성질이 아주 불같아서 늦으면 난리 난당께요."

영숙이 비품실로 지율의 등을 떠밀었다. 어버버하던 지율은 황급히 머나먼 기억 속에 묻혀 있던 학부 시절의 필기 노트를 떠올렸다.

돼지 백신 접종 시에는 백신을 섭씨 2도에서 8도 사이로 냉장 보관하고, 백신이 얼지 않았는지 확인하고, 성돈 또는 자돈은 18G나 19G 주사침을 사용할 것. 주사를 놓을 때는 귀 뒤의 목 근육에 주사침을 수직으로 찔러서…[1] 다행히 전액 장학금에 빛나던 머리가 어딜 가진 않은 것 같았으나, 그걸 행동으로 옮기는 건 다른 문제였다.

지율은 일단 황급히 일회용 주사기와 주사침을 챙겨 가방에 넣었다. 영숙이 등을 떠밀어 병원 밖으로 지율을 내보내고는 길 끝을 가리켰다.

"선상님, 이쪽으로. 이 길로 기양 주구장창 가다가 오르막길 쬐끔 올라가면 뻘건 지붕 집이요. 딴 데로 새지 말고 그냥 쭈욱 가셔요. 아셨지라?"

---

[1] 농림축산검역본부 동물질병관리부 배포 「올바른 구제역 백신 접종 요령」, 16.02.01. 공시자료 참조.

아 네, 하고 떨떠름하게 고개를 끄덕인 지율은 자전거에 올라타 페달을 밟기 시작했다. 첫날부터 느낌이 좋지 않았다. 아니지. 다시 생각해 보니 어제부터 느낌이 안 좋았던 것 같긴 했다.

불길한 예감은 틀리는 법이 없는데.

지율은 애써 긍정적인 생각을 하려 노력하며 양진봉 씨 댁을 향해 달렸다. 그러나 양진봉 씨 댁에 도착했을 때는 긍정적인 생각이고 뭐고 이미 다 날아간 뒤였다. 영숙이 분명히 '오르막길 쬐끔 올라가면'이라고 했는데, 그 쬐끔이 결코 쬐끔이 아니었던 것이다. 동네 쌀집에서나 쓸 법한 이 자전거로는 턱도 없는 언덕길이었다.

이럴 줄 알았으면 윤형이한테 MTB 자전거 택배로 부치라고 할걸!

아니, 애초에 차를 가지고 왔어야 됐어!

부질없는 후회를 한 지율은 숨을 몰아쉬며 자전거를 세웠다. 농협 로고가 붙은 초록색 모자와 점퍼 차림으로 대문 앞을 서성거리던 중년의 남자가 지율을 보자마자 대뜸 호통을 쳤다. 문제의 양진봉 씨였다.

"워메, 아아아까 출발했다는데 거 읍내에서 기어 왔나! 기다리다 숨넘어가겠소!"

제 숨도 넘어가기 직전인데요.

물 한 잔만, 하고 말하려 했으나 입도 떼기 전 등부터 떠밀렸다. 어어 하는 사이 축사로 들어선 지율은 마른침을 삼켰다. 수백 마리는 돼 보이는 돼지 떼의 압도적 시선이 일시에 낯선 침입자에게 몰린 탓이었다.

의사가 초보인 걸 눈치챘는지, 적대적인 돼지들의 기세에 눈알을 굴리던 지율은 뒤를 돌아보았다. 그새 백신이 든 스티로폼 박스를 안고 온 진봉이 얼굴을 구겼다.

"뭣 허요, 돼지 앞에 두고 고사 지내나?"

"아저씨, 죄송해요. 제가 늦었죠?"

그때 진봉의 등 뒤에서 밝은 목소리가 넘어왔다. 어쩐지 익숙한데, 하고 생각하기 무섭게 진봉의 어깨 너머로 낯익은 경찰모가 먼저 눈에 들어왔다. 진봉이 구겨진 휴지 같던 얼굴을 활짝 펴며 손뼉을 짝짝 쳤다.

"아이고, 안 순경. 허벌나게 바쁜디 워떻게 또 와 줬당가."

안자영 순경이었다.

그 얼굴을 보자마자 어제저녁 초면에 반라로 마주쳤던 일이 바로 떠올랐다. 오늘은 머리부터 발끝까지 다 갖춰 입은 상황인데도 어쩐지 부끄러워져, 지율은 공연히 헛기침을 하며 축사 천장으로 시선을 돌렸다. 천장이 참 높네요, 하며 아무도 안 물었고 아무도 안 듣는 혼잣말을 중얼거린 지율은 게처럼 옆걸음으로 슬슬 자리를 옮기려 했다.

"아니에요. 일손 부족한데 저라도 도와드려야…."

미소를 지으며 대답하던 자영이 지율을 발견했는지 말을 멈쳤다. 진봉이 자영의 시선을 따라 지율을 보더니, 도로 인상을 구기며 손을 뻗어 지율의 뒷덜미를 움켜쥐었다.

"참게탕 끓일라니까 냄비 부여잡고 나오는 게처럼 어딜 실실 간당가, 이 양반이."

"…네?"

뭘 끓이려는데 뭐가 어쨌다고?

당황한 지율이 뒷덜미를 잡힌 채 되물었으나, 진봉은 들은 척도 하지 않고 자영에게 끌탕을 하며 지율의 흉을 보았다.

"진즉 시작했어야 되는디, 젊은 양반이 어찌나 꾸물거리는지 말도 못 헌당께."

"아니, 그게…."

죽도록 밟아 올라왔더니 꾸물거린다니!

억울해진 지율은 뭐라고 항변하려다 이쪽을 빤히 보는 자영의 얼굴에 입을 다물었다. 하필이면 또 자영 앞에서 아침부터 이런 꼴을 당하다니. 자영이 웃음을 참는 게 뻔한 표정으로 팔을 걷더니 진봉이 들고 있던 박스를 받아 내려놓았다.

"얼른 시작하시죠."

입 안이 바짝 말랐다. 우선 물이라도 좀 마시고 시작하고 싶었으나, 진봉에게 물 한 잔만 달라고 했다가는 무슨 소리를 들을지 모를 노릇이었다. 쭈뼛거리는 지율을 본 자영이 미간을 좁혔다.

"왜 그러고 서 계세요?"

"그, 제가 돼지는 처음이라….."
"이 양반이 지금 뭐라는 겨?"

지율이 미처 변명하기도 전 진봉이 대뜸 말을 끊으며 눈을 부라렸다. 등줄기로 식은땀이 흘렀다. 저, 하고 운을 떼려는데 자영이 손을 내밀었다.

"주사기 줘 봐요."

뭘 어쩌려는 건가 싶었으나, 뭐라도 줘야 할 것 같은 카리스마에 지율은 저도 모르게 주섬주섬 가방을 열어 주사기를 내밀었다. 능숙하게 주사침 커버를 빼고 백신 병에 찔러 백신을 채워 넣은 자영이 비켜요, 하며 지율을 한쪽 팔로 휙 밀어내고는 가장 가까이 있던 돼지의 목덜미를 콱 움켜쥐었다.

"아니, 지금 뭐 하시는…."

놀란 지율이 자영을 말리려 했으나, 자영은 꽤액 소리를 지르는 돼지의 뒤통수를 누르더니 귀 뒤에 주사를 푹 꽂았다. 자영이 단번에 주사를 놓자 기다리고 있던 진봉이 잽싸게 페인트로 방금 주사를 맞은 돼지의 등짝에 줄을 그었다. 그렇게 몇 마리를 삽시간에 접종한 자영이 얼이 빠진 채 서 있는 지율에게 눈을 부라렸다.

"언제까지 가만히 계실 거예요?"

그 말에 정신이 돌아온 지율은 황급히 자영을 따라 주사를 놓기 시작했다. 돼지는 처음이라도 주사는 놔 볼 만큼 놔 봤다고 생각했는데, 자영 앞에서 그런 자만심은 순식간에 물먹은 휴지처럼 너덜너덜해졌다. 접종 기계처럼 순식간에 동에 번쩍, 서에 번쩍 하며 주사를 놓아 대는 자영의 모습은 가히 돼지를 지배하는 축사의 여신이라 칭하기에 부족함이 없었던 것이다.

마침내 간신히 마지막 한 마리까지 접종을 끝내자, 자영은 빈 백신 병과 주사기까지 꼼꼼히 치우고는 축사 안을 둘러보았다. 땀으로 범벅이 된 지율이 숨을 고르며 이마를 닦는 사이, 진봉이 자영에게 인사를 건넸다.

"아이고, 우리 안 순경님 없었으면 큰일 날 뻔했당께. 고마워 죽겄어, 아주."

저기요, 저도 같이 했는데요.

부질없이 뒤에서 손을 휘적거려 보았으나 진봉은 이미 지율 따위는 안중에도 없는 듯했다. 모자를 벗어 땀을 닦은 자영이 뭔가 생각난 듯 문가를 돌아보았다.

"별말씀을요. 참, 어제 사모님이 부엌 형광등이 안 켜진다고 그러시던데."

자영의 말이 끝나기 무섭게 진봉이 아니, 하며 혀를 찼다.

"워메, 이놈의 여편네. 갈아 준다니께 그단새를 못 참고 또 쪼르르!"

"부엌 불 안 들어오면 얼마나 불편한데요. 새거 가져왔으니까 갈아 드릴게요."

웃으며 나가는 자영의 뒤를 진봉이 따랐다. 지율은 그 등에 대고 소심하게 부탁했다.

"어르신, 저 물 한 잔만 주시면…."

"아따, 이 냥반은 헌 것도 없이 물만 달라네."

타박을 놓은 진봉이 그래도 따라오라는 손짓을 했다. 어쩐지 구박덩어리가 된 기분으로 쫓아가자, 그새 진봉의 집 부엌에서는 자영이 의자를 가져다 놓고 위로 올라가 수명이 다 된 등을 빼는 참이었다.

냉장고를 열어 본 진봉이 이 여편네가 물은 또 어디다 끓였어, 하고 구시렁거리며 다시 부엌을 나갔다. 졸지에 뻘쭘하게 자영과 둘이 남게 된 지율은 어색한 헛기침을 하며 물었다.

"경찰이 이런 것도 합니까?"

자영은 끝이 새까맣게 죽은 형광등을 빼서 아래서 올려다보는 지율에게 내밀며 되물었다.

"왜요?"

얼결에 먼지투성이 형광등을 받아 든 지율은 잠시 대답할 말을 찾지 못했다.

왜냐고?

경찰이 민중의 지팡이기는 하지만 남의 집 돼지 예방 접종에 형광등까지 갈아 주는 경찰 얘기는 들어 본 적이 없어서였다.

"그냥 궁금해서요."

"경찰이 이런 거 하면 누가 잡아간대요?"

몸을 숙여 싱크대 위에 놓아둔 새 형광등을 집어 든 자영이 손을 뻗어 등을 끼우며 대답했다. 그러고 보니 아까 진봉에게는 그렇게 상냥하더니, 이상하게 자신에게는 무뚝뚝한 건 기분 탓인가 문득 궁금해졌다.

기억을 되짚어 보자, 경찰서에서 할아버지에게 전화할 때도 무척이나 친절했던 것이 떠올랐다. 아니, 외지인이라고 괄시하는 거야 뭐야.

안 그래도 진봉 때문에 내내 서럽던 마음이 울컥했다.

"원래 그렇게 오지랖이 넓어요?"

마음에도 없이 뾰족하게 되묻자, 전등갓을 제자리에 다시 끼워 넣던 자영이 어이없다는 표정으로 지율을 내려다보았다. 뭐라고 하려는 듯 자영이 몸을 움직였으나, 그 순간 딛고 선 의자 다리가 비틀거리며 균형을 잃은 자영의 몸이 휘청거렸다. 등받이 없는 의자가 바닥으로 미끄러지는 순간 지율은 거의 본능적으로 어어, 하며 팔을 뻗었다.

품으로 들어오는 몸을 휘감아 안으며 뒤로 넘어가는 것을 채 자각하기도 전, 머리가 먼저 바닥에 부딪혔다. 쿵 소리와 함께 눈앞이 핑 돌았다. 잠시 무슨 일이 벌어졌는지조차 인식이 되지 않아 멍하니 누워 있는 사이, 멀리서 진봉의 목소리가 맴돌았다.

"아니, 젊은 양반이 넘의 집 부엌에서 이게 뭣 허는 거여?"

아주 멀게 들리던 그 목소리가 점점 또렷해졌다. 마지막의 뭣 허는 거여, 가 아주 선명하게 귀에 박히는 통에 겨우 정신을 차린 지율은 눈을 떴다. 그때까지 지율의 가슴팍에 파묻혀 있던 자영이 고개를 들었다. 겨우 한 뼘이나 될까 말까 한 거리에서 눈이 마주쳤다.

이게 무슨 상황이지, 지금.

멍하니 눈을 깜빡이던 지율은 몸을 벌떡 일으켰다. 그 바람에 자영의 이마에 턱을 그대로 들이받힌 건 덤이었다. 뒤통수의 아픔도 아직 가시지 않았는데, 혀까지 깨무는 바람에 악, 하고 소리를 지른 지율은 얼굴을 감쌌다.

황급히 몸을 뗀 자영이 옷자락을 터는 사이, 20년쯤은 족히 썼을 것 같은 주전자를 들고 서 있던 진봉이 눈을 가늘게 뜨더니 달려들었다.

"나가 아주 잠깐 자리를 떴는디, 이 양반이 그단새를 못 참고 우리 안 순경을…."

"오해십니다!"

뒤통수도 아프고 턱도 아파서 어디를 붙잡아야 할지 알 수 없었으나, 일단 중요한 건 그게 아니었다. 진봉이 뭔가 오해를 해도 단단히 한 것 같았다. 멱살을 잡으려는 진봉을 막으며 서둘러 부인하자 곁에 있던 자영이 넘어진 의자를 세우며 그를 말렸다.

"그게 아니고요, 어르신. 제가 형광등 가는데 의자가 넘어져서 잡아 주신 거예요."

"아, 그래요?"

말은 그렇게 했으나 전혀 안 믿는다는 표정이었다. 영 탐탁 잖은 듯 지율을 아래위로 훑어보던 진봉이 싱크대에 놓인 사발을 하나 들어 물을 따르더니 지율에게 내밀었다.

"옜소."

체할 것 같은 기분으로 미지근한 보리차를 숨도 안 쉬고 들이켠 지율은 잘 마셨습니다, 하고는 얼른 진봉의 집을 나섰다. 약간 울적해진 기분으로 가방을 둘러메고 세워 둔 자전거를 타려는데, 뒤에서 뛰어온 자영이 지율의 팔을 잡았다.

"머리 괜찮으세요?"

"네."

부루퉁한 지율의 대답에, 자영이 저만치 세워 둔 경찰차를 가리켰다.

"타고 가시죠."

"됐습니다."

자영을 외면하며 자전거에 탄 지율은 부리나케 언덕을 내려갔다. 올라갈 때와는 다르게 바람을 가르며 제법 속도가 붙어 내려가는 자전거에 타고 있으려니 그래도 기분이 좀 나아졌다. 비록 바람이 지나칠 때마다 축사 냄새가 나는 것 같긴 했지만.

큰길로 접어들자 어느새 따라온 건지, 옆으로 지나가던 경찰차에서 운전석 창문을 연 자영이 지율을 쳐다보며 말했다.

어쩌다가 전원일기 55

"병원 가 보시고요."

"알아서…."

할 건데요, 하고 대꾸하려 했으나 이미 할 말 다 했는지, 자영이 쌩하게 지율을 지나쳐 갔다. 순식간에 멀어지는 경찰차 뒤꽁무니를 따라 페달을 밟으며, 지율은 깊은 한숨을 쉬었다.

"…어디 가서 사주라도 봐야 되나, 진짜."

갑자기 없던 망신살이 생긴 게 아닐까 하는 심각한 고민이 들기 시작한 참이었다.

⸻

"안 순경, 뭐 좋은 일 있는가?"

"네?"

턱을 괴고 있던 자영은 깜짝 놀라 고개를 들었다. 앞에서 파출소장 만성이 언제나처럼 믹스커피 세 봉지를 때려 넣은 머그컵을 들고서는 수상쩍다는 표정으로 자영을 내려다보고 있었다.

"아니, 하루 죙일 실실 쪼개잖여. 좋은 일 있으면 같이 좀 알자고."

"제가요?"

"아침부터 계속 쪼개고 있는디."

"민중의 지팡이가 얼굴 구기고 있을 순 없잖아요."

"아아니, 그건 그런디⋯."

만성이 고개를 갸웃거리며 저만치 멀어지는 걸 확인한 자영은 두어 번 헛기침을 하며 표정을 감췄다.

그새 그게 그렇게 티가 났나.

진봉의 집 축사에서 지율을 만난 이후로, 지율을 떠올리기만 하면 저도 모르게 웃음부터 나는 통에 일이 손에 잡히지를 않았다.

자영이 축사 예방 접종을 도와주기 시작한 건 처음 희동리로 발령받았던 재작년부터였다. 지율의 할아버지인 차덕진 선생이 파출소에 손을 좀 빌려달라기에, 갓 들어온 신입인 자영이 지원을 나갔던 것이다.

어릴 적부터 소나 돼지를 보는 일에는 익숙했다. 접종을 척척 돕는 자영을 보고, 덕진이 수의사는 안 순경이 해야겠다며 추켜세울 정도였다. 축주들도 자영이 오면 더 안심된다며 반기곤 했다.

그런데 정작 수의사라는 지율이 축사에 와서 넋이 나간 얼굴로 허둥대는 꼴은 뭐란 말인가. 무슨 놈의 수의사가 저래, 싶었으나 사방으로 도망치는 돼지를 잡으러 아침부터 땀을 뻘뻘 흘리며 뛰어다니는 게 좀 귀여워 보인 건 사실이었다.

한지율.

자영은 손끝으로 책상 위에 그 이름을 끄적여 보았다. 한지율. 흔한 이름은 아닌데. 담을 넘는 지율을 붙잡아 파출소로 데려왔을 때, 덕진의 외손자라며 지율이 자기 이름을 말했던 순간 심장이 덜컥하던 게 생각났다. 깊숙이 숨겨 두었던 일기장을 오랜만에 펼쳤을 때처럼, 그 이름을 듣자마자 불현듯 머릿속에 떠오른 장면들이 있는 까닭이었다.

자영의 기억 속에서 엄마와 아빠는 매일 큰 소리를 내며 싸우는 사람들이었다. 군인이었던 아빠는 무뚝뚝했고, 엄마는 늘 그런 아빠에게 지겹다며 소리를 질렀다. 그러던 어느 날, 아빠는 한밤중에 잠든 자영을 깨우며 말했다.

아빠 잠깐 나갈 거야. 금방 올게.

그게 마지막이었다. 그날 이후 자영은 더 이상 두 사람과 함께 살지 못했다. 엄마는 여름 방학이 시작되던 날 자영을 데리고 희동리로 내려왔다. 외할머니는 오랫동안 엄마와 얘기했고, 그날 밤 자영이 잠든 사이 엄마는 혼자서만 서울로 돌아갔다. 울면서 전화를 걸자 엄마는 지친 목소리로 그렇게 말했다.

엄마가 일이 있어서 그래. 할머니랑 열 밤만 기다려. 금방 올게.

그러나 엄마는 여름 내내 한 번도 오지 않았고, 자영은 그해 여름을 할머니와 함께 보냈다. 또래 친구가 드문 마을이었다. 할머니가 밭일을 나가면 자영은 혼자서 동네를 돌아다녔다.

그 애를 만난 건 그 무렵이었다.

갑자기 비가 쏟아지던 날이었다. 여느 때처럼 바깥에서 놀다 빗속을 뛰어 집으로 돌아가던 자영은 냇가 한가운데서 어쩔 줄 몰라 하는 어린 소년을 보았다. 여기서는 처음 보는 얼굴이었다.

할머니는 늘 자영에게 비가 올 것 같으면 냇가에 가지 말라고 신신당부를 하곤 했다. 물이 순식간에 불어나는 탓이었다. 그런데 죽으려고 작정한 사람도 아니고, 떡하니 거기 서 있다니. 저게 미쳤나 싶어 앞뒤 재지도 않고 뛰어들어 끌어낸 게 그 애와의 첫 만남이었다.

소년은 말을 한마디도 하지 못했다. 어디 사느냐고, 몇 살이냐고, 이름은 뭐냐고 물었지만 그 애는 난처한 얼굴로 고개를 가로저을 뿐이었다. 하지만 곧 그런 건 그다지 상관없는 일이 되었다. 자영은 그 애와 함께 여름 방학 내내 마을을 휘젓고 다녔다.

아침저녁으로 불어오는 바람이 제법 선선해지던 어느 날, 소년은 처음으로 자영에게 엽서 한 장을 건넸다.

> 나는 다시 서울로 가. 그동안 즐거웠어.
> 금방 올게. 꼭 다시 만나자.
> 내 이름은 한지율이야.

서툰 글씨로 정성껏 쓴 몇 줄의 글에서 자영이 가장 먼저 본 건 '금방 올게'라는 말이었다.

그때 자영은 그 애를 다시 못 볼 거라는 걸 알았다.

아빠와 엄마가 그랬듯이.

여름이 지난 뒤에도 엄마는 무척 바쁘다고 했다. 할머니 말씀을 잘 듣고 있으라는 얘기는 덤이었다. 자영은 그때부터 희동리에서 지냈다. 어린 마음으로도 어렴풋이 이제 엄마와 아빠를 함께 볼 수 없으리라는 생각이 든 건 그때였다.

먼저 아빠의 연락이 점점 뜸해졌고, 언젠가부터 자영은 아빠를 기다리지 않게 되었다. 아빠에게 다른 가족이 생겼을지도 모른다고 짐작했으나 한 번도 물어본 적은 없었다. 엄마는 처음 몇 번은 자영을 보러 희동리에 내려왔지만, 그나마도 곧 걸음을 끊었다. 바쁘다는 이유였다.

자영은 대신 방학이 되면 서울의 엄마 집에 올라가 한 달을 보냈다. 엄마는 아침 일찍 출근했고 밤늦게야 들어왔다. 자영은 엄마가 없는 사이 집을 치우고 혼자 밥을 해 먹고 하루 종일 텔레비전을 봤다. 방학이 끝나면 다시 희동리로 돌아왔다. 엄마의 집을 방문하는 것이 설렘과 기다림에서 서로의 의무감만 남은 일이 되기까지는 그리 오랜 시간이 걸리지 않았다.

자영은 그런 생활을 열아홉 살까지 반복했다. 1년에 겨우 두 달 보는 엄마는 늘 낯선 사람이었고, 서울은 외로운 도시였다. 할머니의 강권으로 서울로 대학을 가긴 했지만, 거기서 살 마음 같은 건 없었다.

자영이 혼자 올라왔다는 걸 알면서도, 엄마는 빈말로라도 같이 살자는 말을 하지 않았다. 아빠 역시 마찬가지였다. 도움을 기대한 건 아니었지만, 두 사람 모두 자신에게 손을 내밀기를 꺼린다는 걸 알았을 때 마음에 남아 있던 마지막 끈마저 끊어진 기분이었다.

그 사실을 안 할머니가 노발대발한 뒤에야 아빠와 엄마는 마지못해 자영에게 돈이 필요하냐며 연락해 왔다. 그건 자영을 더 비참하게 만들었다. 장학생이라 등록금은 알아서 해결할 수 있다고 대답한 자영은 그 이후로 두 사람에게 절대 먼저 연락하지 않았다. 방학에 엄마를 찾아가는 일도 그만뒀다.

대신 방학이 되면 더 눈코 뜰 새 없이 아르바이트를 하러 다녔다. 혹시라도 부모에게 손을 벌려야 하는 일이 생길까 봐서였다. 할머니는 아무 생각 말고 공부만 열심히 하라며 늘 자영을 나무랐으나, 자영은 그 말을 웃어넘겼을 뿐이었다. 두 사람과의 추억은 이제 자영에게 돌아가고 싶은 시간이 아니었다.

대학을 졸업한 자영은 경찰관 채용 시험을 봤고, 정말 운 좋게도 희동리 파출소로 발령받았다. 처음 자영이 파출소에 출근하던 날, 할머니는 떡을 해서 온 동네에 돌렸고 마을 잔치를 열었다. 현수막까지 건 건 덤이었다.

남들은 다 서울로 못 나가 안달이라는데 이 촌구석으로 왜 다시 들어왔냐며 안타까워하는 사람들도 없지는 않았으나, 자영은 여기가 좋았다. 아름답고 따뜻한 기억들은 모두 여기 있었다.

여덟 살 때 만났던 그 애처럼.

그러니 지율이 처음 자기 이름을 말했을 때 놀란 건 당연했다.

어쩌면 같은 사람일까 싶어 얼굴을 자세히 보았지만, 사진 한 장 없는 옛 기억 속의 얼굴을 되살리기는 쉽지 않았다. 기억 속의 소년은 마르고 작았기에 더 그랬다. 지금은 자신보다 머리 하나는 더 큰 지율이 정말 그 애인지 확신할 방법이 없었다.

혹시 그런 적 있냐고, 있다면 날 기억하냐고 묻고 싶었지만 자영은 곧 그런 생각을 포기했다. 만약 그게 정말 지금의 지율이라고 하더라도 그렇게 오래된 일을 기억할 수 있을 리 없었다.

설령 기억한다 해도 뭘 어쩔 것도 아니었다. 그냥 한때의 꿈 같은 아련한 추억이면 그걸로 충분했다…고 생각했는데, 그렇다 한들 이상하게 지율이 자꾸 신경 쓰이는 걸 어쩔 수는 없었다.

그렇지 않아도 외지인 드물고 젊은 사람은 더더욱 드문 마을이었다. 그 때문에, 요즘 희동리 사람들은 모이기만 하면 지율의 얘기를 하는 판이었다.

"아, 서울에서 온 차 원장 손자 있잖여. 봤당가? 인물이 아주 기냥…."

"우리 손녀하고 선이나 한번 보라 했으면 딱 좋겠는디."

"하이고, 그 인물로 서울에 두고 온 처자 하나가 없겄소? 언감생심이여."
"못 먹을 감이면 찔러나 보더라고 안 허요."
"고만 찔러! 식겁혀서 서울로 냅다 내빼면 어쩔라고!"

하기야 얼굴만 봐도 여자 없을 상은 아니긴 한데.
괜히 딴생각을 하기 싫어, 순찰 돌 때 지율과 마주치면 부러 더 쌀쌀맞게 구는 것도 있었다. 덕진이 있을 때는 늘 오후면 병원에 한 번씩 들러 별일 없죠? 하고 묻는 게 일과였는데, 지율이 온 후부터는 영숙이 안 순경 왔냐고 반겨도 지율 쪽으로는 눈 한번 돌리지 않았다.
그게 티가 났는지, 요 며칠 짝꿍인 상현이 너 이상하다, 하며 눈치를 살피는 참이었다.

"너 한지율 선생님하고 뭐 안 좋은 일 있었어?"
"왜?"
"아니, 거기 갈 때마다 갑자기 내외하니까."
"나 낯가림 심해."

상현이 몇 번을 물었으나, 자영은 뻔뻔하게 씨도 안 먹힐 변명으로 대답을 일관했다. 온 동네 잡일은 다 해 주고 다니면서, 유독 지율에게만 낯을 가린다는 말을 상현이 곧이곧대로 들은 것 같지는 않았다. 그러나 아무래도 상관없는 일이었다.

어차피 반년이면 다시 돌아갈 사람인데 뭐.

"순찰 나갑니다. 자영아, 가자."

자리에 앉아 있던 상현이 시계를 보더니 몸을 일으켰다. 벌써 시간이 그렇게 됐나. 속으로 생각하며 상현을 따라나서자 순찰차에 타 문을 닫은 상현이 시동을 걸며 턱을 만지작거렸다.

"꿈에서 조상님이 복권 당첨 번호 알려 줬냐? 하루 종일 쪼개더니 계속 그러네."

깜짝 놀라 사이드 미러를 봤더니, 여지없이 거울 속의 얼굴이 실실 웃고 있었다. 이런 젠장. 자영은 황급히 손끝으로 입꼬리를 매만지며 대꾸했다.

"내일부터 출근 안 하면 나 복권 당첨된 줄 알아."

"야, 나 두고 어딜 가게."

상현이 진심으로 서운한 표정을 했다. 자영은 대답 대신 듣기도 싫다는 얼굴로 손을 휘적거렸다.

이장님 댁 막내아들인 상현은 본래 옆 마을인 마정리에 살다가, 20년 전 가을 희동리로 이사를 오면서 자영과 이웃사촌이 되었다. 마을에 또래들이 없다 보니 내내 어울려 다닌 사이였다. 대학도 같이 서울로 갔다가 경찰이 되어 돌아온 시기도 비슷했다.

그러다 보니 어릴 때부터 둘이 결혼하면 딱 좋겠다는 소리를 귀에 못이 박히도록 들었으나, 서로 그럴 생각은 전혀 없었다. 상현은 그런 말을 들을 때마다 가족끼리 그러는 거 아니라며 치를 떨곤 했다.

순찰차가 동네를 한 바퀴 돌아 읍내로 접어들었다. 날이 좋아서 그런지, 지율의 동물 병원 문이 열려 있었다. 가게 앞을 빗자루로 쓸던 영숙이 먼저 자영을 알아보고는 손을 흔들었다.

"둘 다 안 바쁘면 들어와서 커피 한잔허고들 가."

"그럴까요?"

자영이 대답하기도 전 끼어든 상현이 가게 앞에 차를 세우고는 내렸다. 영숙이 어서 오라는 손짓을 하며 병원 안으로 들어갔다. 무심코 그 뒤를 따라 들어간 자영은 자리에 앉아 있던 지율을 보고 멈칫했다. 두꺼운 책을 펼쳐 놓고 뭔가를 한참 적고 있던 지율이 인기척에 고개를 들더니 자리에서 일어났다.

"어, 안녕하세요."

"네, 원장님. 아주머니가 커피 한잔하고 가라고 그러셔서요. 별일 없으시죠?"

상현의 물음에 지율이 웃으며 대답했다.

"매일 이렇게 챙겨 주시는데 무슨 일이 있겠어요. 차 드시고 가세요."

그러더니 자영에게 시선이 돌아왔다. 눈이 마주치기 무섭게 진봉의 집에서 만났던 날의 일이 반사적으로 되살아났다. 뜻하지 않게 남의 집 부엌에서 부둥켜안은 꼴이 됐던 걸 떠올리자 갑자기 목덜미가 홧홧해졌다. 자영이 헛기침을 두어 번 하며 괜히 병원 안을 둘러보자, 무슨 생각을 하는지 잠깐 이쪽을 빤히 보던 지율이 소파를 가리켰다.

"오 선생님도 같이 앉아 계세요. 차는 제가 드릴게요."

지율이 돌아서서 전기 포트에 물을 올리고 컵을 꺼냈다. 커피믹스 포장을 따서 붓고는 물이 끓기를 기다리는 뒷모습이 눈에 들어왔다. 옅은 하늘색 셔츠에 청바지. 별거 아닌 차림인데도 키가 크고 늘씬해서 그런지 자꾸 눈이 갔다. 거의 뚫어질 기세로 지율을 쳐다보는 걸 알아차렸는지, 상현이 옆구리를 쿡 찌르며 소곤거렸다.

"야, 너 왜 그래."

뭘 왜 그래, 뒤에서 봐도 잘생겼으니까 그런다!

차마 입 밖으로 낼 수 없는 말을 속으로 삼키는 사이, 커피를 가져온 지율이 영숙과 상현에게 먼저 잔을 주고는 마지막으로 자영 앞에 잔을 내려놓으며 시선을 맞춰 왔다. 움찔한 자영이 눈을 깜빡이자, 마주 앉은 지율이 부드럽게 물었다.

"안 순경님은 눈이 많이 안 좋으세요? 아까 들어오실 때도 오 선생님한테만 인사하시고 저 못 보시는 것 같던데."

눈을 피하려고 황급히 뜨거운 커피를 마시던 자영은 그 말에 사레가 들려 콜록거렸다. 누가 들어도 너 지금 나 무시하냐, 이 소리를 상냥하게 돌려 말한 게 분명해서였다. 갑작스러운 기침에 더 놀란 상현이 테이블 위의 티슈를 뽑아 건네며 면박을 주었다.

"야, 천천히 마셔. 누가 보면 파출소에 커피도 없는 줄 알겠다."

남의 속도 모르고 그런 소리를 하는 상현의 손에서 냅다 티슈를 빼앗은 자영은 땀을 닦는 척 화끈대는 목덜미를 눌렀다. 상현이 눈치도 없이 자영을 가리켰다.

"아니에요. 애 눈 엄청 좋아요. 양쪽 다 1.5라니까요."

이걸 죽여 버릴까, 정말.

상현의 옆구리를 쥐어박고 싶어 안달이 난 팔꿈치를 애써 누르며 자영은 어색하게 네, 하고 어물거렸다. 의뭉스럽게 이쪽을 보던 지율이 씩 웃었다.

그 얼굴에 저도 모르게 마른침을 삼킨 자영은 황급히 커피잔으로 시선을 내렸다.

웃긴 왜 웃니, 또.

사람 설레게.

03

 다행히도 첫날 이후로는 그렇게 넋이 나갈 정도의 일이 자주 일어나진 않았다. 진봉의 집을 시작으로 몇 군데의 축사에 출장을 다녔는데, 첫날의 기억이 원체 강렬했던 탓에 만반의 준비를 갖추고 출전해 무사히 접종을 마친 뒤로는 지율도 슬슬 이 마을에 적응해 가고 있었다.

 물론 가는 축사마다 자영을 마주친 건 덤이었다. 자영은 매번 축사마다 접종을 도와주는가 하면, 진봉의 집에서처럼 온갖 자질구레한 일까지 해치워 주곤 했다. 아무리 민중의 지팡이라지만, 저래서야 잠잘 시간은 나는지 궁금해질 정도였.

 빠진 자전거 체인을 다시 걸어 준다든지, 벽에 못을 박아 준다든지, 서울로 자식 보러 가는 노부부의 기차표 예매를 대신해 준다든지 하는 온갖 사소한 일을 귀찮은 기색 하나 없이 해 주는 모습에 내심 대단하다는 생각도 들었다. 가는 데마다 마을 사람들이 안 순경, 안 순경 타령을 하는 것도 당연하다 싶었다.

다만 그 친절함은 여전히 지율에게는 적용되지 않았다.

아무리 봐도 남들에게는 다 친절한데 왜 꼭 자신에게만 그러는지 모를 노릇이었다.

아니, 쌀쌀맞아도 내가 쌀쌀맞아야 하는 거 아니냐고! 다짜고짜 수갑을 채우질 않나, 남의 반나체를 보질 않나, 뒤통수를 바닥에 갖다 박질 않나!

외지 사람이라 텃세를 부리는 건가 싶어, 지율은 내심 부루퉁한 참이었다.

그러나 사실 오래 부루퉁할 겨를도 없긴 했다. 희동리에 온 이후로 개나 고양이보다는 소나 돼지를 볼 일이 더 많았기에, 짬이 날 때마다 병원과 집에 있는 관련 서적들을 읽고 퇴근 후에는 집에서 해외 사이트를 뒤지며 공부를 시작한 까닭이었다. 학부 시절에도 이렇게 열심히 공부하지는 않았던 것 같았다.

대동물 쪽에서 일하는 선후배들에게 도움도 여러 번 요청하고, 학부 교수님께 부탁해 주말에 짬이 나는 대로 근처에 있는 한국대 수의소 연구소로 참관이며 실습 보조까지 다녔다. 그 바람에 채 한 달도 지나기 전 동문들 사이에서 한지율이 갑자기 전공을 바꿨다는 소문이 파다하게 퍼진 모양이었다.

오늘도 언제나처럼 출력한 해외 논문을 펼쳐 놓은 지율은 전자레인지에 즉석밥을 넣고 버튼을 눌렀다. 즉석밥이 돌아가는 사이 영숙이 집에서 기르는 닭이 낳았다며 가져다준 달걀을 하나 부친 건 덤이었다.

지율이 부녀회의 사랑이 가득 담긴 밑반찬과 함께 소박한 저녁 식사를 막 시작하려는 찰나였다.

갑자기 핸드폰이 울리기 시작했다. 긴장한 지율은 다급하게 발신자를 확인했다. 서울에서처럼 퇴근한다고 일이 끝나는 게 아니라, 시도 때도 없이 마을 사람들이 좀 봐 달라고 전화하는 게 일상인 탓이었다.

다행히도 액정에 선명하게 뜬 이름은 김윤형이었다.

희동리에 내려온 이후로 연락 한번 없던 윤형이 무슨 일인지 모를 노릇이었다. 이 새끼가 사람 간 떨어지게, 하고 속으로 투덜거린 지율은 전화를 받았다.

"어, 웬일이냐. 나 없으니까 병원 잘 돌아가?"

― 너무 잘 돌아가서 탈이지. 목소리 들으니까 잘 지내는 거 같구만. 살 만하냐?

혹시 병원에 무슨 일이 생겼나 걱정한 것도 잠시, 너무 태연하게 돌아오는 윤형의 목소리에 바람 빠진 풍선 같은 기분이 된 지율은 젓가락으로 반숙 노른자를 찌르며 대꾸했다.

"엄청 살 만해. 아주 좋아. 좋아 죽겠다."

― 그래, 그건 다행인데 너 거기서 뭘 하길래 사람들이 다 너 전공 바꿨냐고 놀라서 연락을 하냐?

"뭘 하긴 뭘 해, 공부하지. 지금 내뺄 수도 없잖아. 저녁 먹고 논문 읽어야 되니까 중요한 일 없으면 끊어라. 우리가 언제부터 그렇게 안부 묻는 사이….”

대수롭지 않게 내뱉는데, 윤형이 아 참, 하더니 말을 끊었다.

– 아까 병원에 민이 왔었어.

민이?

뜻밖의 이름에 잠시 사고가 정지했다. 기억을 더듬던 지율은 윤형에게 되물었다.

"최민?"

– 엉.

민은 지율과 윤형의 두 학번 후배였다. 최민이라는 이름은 몰라도, 수의대 여신이라고 하면 학교에서 모르는 사람이 없었다. 학교 사이트에 수의대 여신을 찾으며 상사병을 앓는 익명의 글이 주기적으로 올라올 정도였다.

당연히 지율도 민을 잘 알고 있었다. 단짝인 윤형과 민이 친했기에 더 그랬다. 학부 시절에 셋이서 수업을 같이 듣거나, 도서관에서 시험공부를 하거나 하는 일이 잦았던 편이었다. 그러나 졸업하고는 워낙 바빴기에 민과 개인적으로 만나거나 한 적은 없었다.

얼마 전 유명한 대형 동물 병원에 들어갔다는 소식은 들었는데, 뜬금없이 민이 병원에 왔다니 이게 무슨 소린가 싶었다. 지율은 젓가락으로 달걀프라이 한 조각을 집어 먹으며 물었다.

"걔가 왜?"

― 몰라. 근처에 출장 왔다가 들렀대. 근데 걔가 갑자기 너 찾더라고. 나랑 병원 같이 한다고 들었는데 넌 어디 갔냐고. 그래서 지방에 몇 달 내려갔다고 그랬지.

"무슨 일이지?"

― 내가 아냐. 급한 일이면 전화하겠지. 캬, 근데 진짜 민이 미모 어디 안 갔더라. ICU 있다던데….

아무래도 묻지도 않은 남 얘기가 줄줄 나올 것 같은 기세였다. 논문 한 단어 더 보기도 바쁜 판에 쓸데없는 남의 근황으로 시간을 뺏기고 싶지 않았기에, 지율은 황급히 윤형의 말을 끊었다.

"뭐 그냥 생각나서 들렀나 보지. 나 저녁 먹어야 돼. 너도 몸 잘 챙기고 무슨 일 있으면 또 전화해라."

― 아니, 이 새끼는 사람이 오랜만에 전화했는데 반갑지도 않나. 왜 벌써 끊으려고 그래!

"그렇게 아쉬우면 평소에 자주 걸어, 평소에. 끊어!"

윤형이 뭐라고 말꼬리를 잡기 전 재빨리 통화 종료 버튼을 누른 지율은 한숨을 뱉으며 펼쳐 놓은 논문으로 시선을 돌렸다. 그러나 흐름이 끊긴 탓인지 단어들은 눈에 잘 들어오지 않았다.

한 달 정도를 정신없이 보내느라 여태까지는 크게 느끼지 못했지만, 윤형의 전화 탓인지 갑자기 서울 생활이 생각나는 건 어쩔 수 없었다.

지율은 창밖으로 시선을 주었다. 해가 지고 나면 거의 암흑천지인 바깥 풍경이 눈에 들어왔다. 여기서는 퇴근하고 친구들과 맥주 한잔을 한다거나 영화를 보러 간다거나 하는 건 꿈도 못 꿀 일이었다. 가장 가까운 영화관이 차로 20킬로미터 밖이었다. 게다가 마을에 지율의 또래도 거의 없었다. 청년 회장이 봄에 환갑잔치를 했다는데 말 다 한 판이었다.

그나마 지율이 만날 수 있는 또래라면 파출소의 안자영 순경과 이상현 경장이었다. 상현은 첫날 자영과 함께 자신을 파출소로 데리고 갔던 남자 경찰이었는데, 알고 보니 희동리 마을 이장 댁의 막내아들이라고 했다. 다른 자식들은 다 서울로 올라갔고 상현만 돌아와 마을 파출소에서 근무하고 있다는 얘기를 들은 적이 있었다.

상현은 서글서글한 성격에 그럭저럭 순박한 듯 훤칠한 축이라 부녀회에서 인기가 많았다. 지율도 매일 상현이 마을 순찰을 돌며 한 번씩 병원에 들러 별일 없냐고 안부를 묻는 통에 상현에게는 제법 익숙해져 있었다. 하지만….

상현의 생각을 하다 보니 자영이 떠올랐다. 병원에 들를 때마다 영숙에게는 그렇게 친절한 자영이, 왜 자신만 보면 그렇게 찬바람이 쌩쌩 부는 건지 진심으로 궁금해질 때가 한두 번이 아니었다. 처음 담 넘다 걸렸을 때 빼고는 딱히 밉보일 짓은 안 한 것 같은데, 대체 왜인지 모를 노릇이었다.

얼마 전에도 영숙이 병원에서 차 한잔하고 가라고 불렀더니, 들어와서는 사람 얼굴도 안 쳐다보고 인사도 안 하길래 내심 맘 상한 건 사실이었다.

고맙다는 말 들으려고 한 건 아니었지만, 남은 뒤통수가 깨질 뻔했는데 인사도 안 하는 건 너무하지 않냐 이거야. 커피 주면서 혹시 눈 나쁘냐고 한마디 했더니 대꾸도 없이 커피만 원샷하질 않나!

흥, 나라고 뭐 좋아서 상냥한 척하는 줄 아냐.

속으로 구시렁거리던 찰나, 밖에서 대문을 쾅쾅 두드리는 소리가 났다. 화들짝 놀란 지율은 자리에서 벌떡 일어나 현관을 열었다. 동네가 떠나가라 우는 아이 목소리가 먼저 넘어왔다.

대체 뉘 집 애가 이 저녁에 남의 집 앞에서 이러나 싶어 황급히 달려가 대문을 열자, 뜻밖에도 먼저 눈에 들어온 건 자영의 얼굴이었다. 아니, 호랑이도 제 말 하면 온다더니 이 여자가 왜? 해도 다 졌는데? 남자 혼자 사는 집에 뭐 하러?

당황한 지율은 시선을 내렸다. 자영의 한 손을 꼭 붙잡고 눈물 콧물로 범벅이 된 어린애 하나가 서서 끅끅거리고 있었다.

"…안 순경님?"

이게 무슨 일인가 싶어 저도 모르게 자영을 부르자, 자영이 대답 대신 아이를 앞으로 슬쩍 밀며 말했다.

"선동아, 선생님이 바둑이 봐주실 거야. 울지 말고 선생님한테 말씀드려."

오늘도 역시 인사고 뭐고 없다는 사실을 깨닫고 약간 심상하려는 찰나, 선동이라고 불린 아이가 그 말에 손등으로 줄줄 흐르는 콧물을 닦더니 훌쩍이며 지율을 올려다보았다.

"선상님, 우리 집 바둑이가 아까부터 막 토하구, 암것두 못 먹는당께요."

꺽꺽대며 말하는 통에 뒷말은 잘 들리지 않았으나 아무래도 집의 강아지가 아픈 모양이었다. 말을 채 끝맺지도 못한 선동은 무작정 지율의 소매를 끌었다.

"자영이 누나가 선상님이 다 고쳐 준댔는디, 빨리 좀 가서 봐주쇼잉."

저녁을 먹다 말고 끌려와서 이게 웬 날벼락인가 싶었다. 병원 문 닫았는데 퇴근한 뒤에 집까지 찾아오는 건 반칙 아니냐고!

하지만 어린애가 엉엉 우는 걸 못 본 척하고 내일 오라고 매몰차게 쫓아낼 정도의 냉혈한은 아니었다. 집에서 대충 입는 반팔 티셔츠에 트레이닝복 바지 차림이라는 사실을 깨달은 건 직후였으나, 아무리 스타일이 중요하다 해도 눈물 콧물 줄줄 흘리며 자기만 쳐다보고 있는 애 앞에서 옷 좀 갈아입고 오자는 말은 나오지 않았다.

마지못해 서둘러 집을 나선 지율은 자영과 함께 선동의 집으로 향했다. 선동의 집은 동네 끄트머리였다. 집에 들어서자마자 마당 구석에 엎드려 축 늘어진 강아지가 눈에 들어왔다.

"얘가 바둑이니?"

지율이 강아지에게 가까이 가서 묻자 선동이 목이 떨어져라 고개를 끄덕였다. 마당이 어둑어둑한 탓에 잘 보이지 않아 핸드폰 플래시라도 켜려고 주머니에 손을 넣었으나, 그러자마자 지율은 핸드폰을 집에 두고 왔다는 걸 알아차렸다.

"저기, 손전등…."

좀 줄래, 하고 선동을 향해 말하려던 참에 자영이 주머니에서 조그만 손전등을 꺼내 이쪽을 비춰 주었다.

지율은 한쪽 무릎을 꿇고 앉아 얼른 바둑이를 살펴보았다. 시골 마을에 흔한 믹스견이었는데, 귀가 축 늘어져 기운이 하나도 없는 게 뭘 잘못 먹은 모양이었다. 앞에 놓인 밥그릇에는 먹다 만 밥이 놓여 있었다. 생선 대가리에 남은 밥을 비벼 준 듯했다.

"바둑이가 뭐 이상한 거 먹은 적 없어?"

지율이 묻자 선동이 팔뚝으로 눈가를 슥슥 문지르더니 눈치를 보며 웅얼거렸다.

"아까 학교 마치고… 학교에서 간식으로 초코파이 두 개 준 거 가지구 왔다가 바둑이가 자꾸 달라구 그래서 하나 줬는디…."

아무래도 안 먹던 걸 먹은 게 탈이 난 모양이었다. 강아지들이 초콜릿 중독으로 내원하는 경우는 제법 흔한 편이었다. 그래도 초코파이라면 초콜릿 함량이 낮기도 했고, 이미 토했다니 별일 없을 것 같기는 했다.

그래도 혹시 몰라, 지율은 바둑이를 묶은 줄을 풀고 강아지를 안아 들었다. 꼬리를 축 늘어뜨린 바둑이가 경계하는지 귀를 바짝 세우면서도 기운 없이 안겨 왔다.

"병원에 가서 봐야 할 것 같은데."

병원이라는 말을 듣자마자 불안한 얼굴로 눈치를 살피던 선동이 다시 엉엉 울기 시작했다. 그때까지 말이 없던 자영이 선동을 달랬다.

"선생님이 고쳐 주려고 데려가시는 거야. 울지 말고 기다리고 있어."

자영은 마당 수돗가에서 물을 틀어 엉망이 된 선동의 얼굴을 몇 번이나 닦아 주었다. 그러고 보니, 밖이 이렇게 소란한데도 집에서 어른이 아무도 안 나와 보는 게 이상했다. 뭔가 사정이 있는 모양이었다.

선동을 방 안으로 들여보낸 자영이 먼저 대문 밖으로 나섰다. 어둑해진 길이 낯설어, 지율은 부러 자영의 뒤에서 한 걸음 떨어져 따라갔다. 병원까지 가는 내내 자영은 한 번도 뒤를 돌아보지 않았다.

아니, 잘 따라오나 한 번쯤은 돌아볼 수도 있는 거 아냐?

속으로 생각하며 병원에 도착한 지율이 닫았던 병원 문을 다시 열고 불을 켜는 사이, 바둑이를 받아 안은 자영은 한쪽 의자에 앉아 바둑이를 쓰다듬었다. 강아지도 자영이 낯익은지, 꼬리를 흔들며 얌전히 그 품에 안겨 있었다.

노트북을 켠 지율이 엑스레이 기계에 전원을 넣고 진료실로 자영을 부르자, 자영이 조심스럽게 바둑이를 안고 와 진찰대 위에 올려놓았다. 금속 진찰대의 감촉이 차가운지 바둑이가 낑낑거리며 불평 어린 소리를 냈다.

"야 인마, 너 주인이 준다고 그렇게 아무거나 막 받아먹으면 돼, 안 돼?"

지율이 나무라는 걸 알아들었는지, 뭘 잘했다고 기운도 없는 게 고개를 들더니 힘없이 몇 번 짖는 소리를 냈다. 알았어 알았어, 하고 그 머리를 쓰다듬어 준 지율은 기계를 맞추고 엑스레이를 찍었다. 노트북으로 전송된 엑스레이 사진을 확인하자, 다행히도 큰 문제는 없는 것 같았다.

지율은 바둑이의 배를 다시 한번 만져 보고는 고개를 들었다. 곁에서 내내 불안한 기색으로 기웃거리던 자영이 눈을 맞춰 왔다. 이마에 어떻게 된 건지 걱정돼 죽겠다고 대문짝만하게 써 붙인 표정이라, 속으로 피식 웃은 지율은 선반에서 캔 사료를 두어 개 꺼내 자영에게 내밀었다.

"엑스레이에 이상 없고, 아까 다 토했다니까 괜찮을 거예요. 기운 없는 건 토해서 그런 거니까 다른 거 주지 말고 오늘 저녁하고 내일은 이거 먹이라고 하세요. 혹시 이상 증세 보이면 바로 전화하라고 하시고요."

아 네, 하고 대답하며 캔을 받아 든 자영이 몸을 숙여 한참 바둑이를 쓰다듬었다. 바둑이가 혀를 내밀어 자영의 손바닥을 할짝였다. 어지간히 익숙한 사람인 모양이었다. 바둑이를 만지는 손길에 애정이 가득해, 내심 놀란 기분이 된 지율은 턱을 만지작거렸다.

동물 좋아하는 사람치고 나쁜 사람 없다고 그랬는데…. 하긴 나한테나 툭툭거리지 남들한테는 잘하긴 하는데….

"이거 전부 얼마죠?"

잠깐 혼자 생각에 빠져 있던 지율은 자영의 목소리에 퍼뜩 현실로 돌아왔다.

"왜요, 안 순경님이 내시게요?"

처음부터 진료비를 받을 생각으로 데리고 온 건 아니었으나, 괜히 장난치고 싶은 기분이 되어 되묻자 자영이 뜻밖에도 네, 하고 대답했다. 그 말에 눈이 약간 가늘어진 지율은 자영을 응시했다. 선동의 집에 어른이 있는 것 같지는 않았지만, 아무리 오지랖이 넓다고 해도 이런 것까지 선뜻 자기가 내겠다고 하는 건 아무래도 이상했다.

"혹시 아까 그, 선동이인가 걔가 친동생입니까?"

뜬금없는 물음에 자영이 무슨 소리냐는 얼굴을 했다.

"아닌데요."

"그럼 바둑이가 안 순경님 개예요?"

"그것도 아닌데요."

역시 이상해.

속으로 생각한 지율은 손을 휘적였다.

"돈 안 받을 거고요, 애한테 다음부터 주의하라고 얘기해 주세요."

"아니, 그래도…."

"원장이 저고 제가 안 받겠다는데, 문제 있습니까?"

대답한 지율은 진료실 안을 정리했다. 그러나 아무래도 뭔가 맘에 걸리는지, 자영이 쭈뼛대며 무슨 말인가를 하려는 얼굴로 지율을 쳐다보았다.

남들이 그렇게 자기한테 신세 지는 건 아무렇지도 않은 사람처럼 굴면서, 자기가 남한테 빚진 기분이 되는 건 불편한 건가.

생각보다 요령 없는 사람이네, 속으로 중얼거린 지율은 진찰대 위에 엎드려 있던 바둑이를 안아 들었다. 묵직하게 안겨 온 바둑이가 그새 낯이 익었는지 가슴께의 티셔츠를 물어 잡아당겼다. 지율은 바둑이를 쓰다듬으며 자영에게 말했다.

"강아지는 제가 데려다줄 테니까 그만 들어가세요."

"길 아세요?"

"당연히…."

…모르겠다.

퇴근 후에 어두워지면 집 밖을 돌아다닐 일이 거의 없었던 데다, 아까도 선동이 끌고 가니 얼결에 끌려간 거라 길이 기억나지 않았다. 말을 뚝 멈추는 지율을 본 자영이 말 안 해도 알겠다는 듯 먼저 병원을 나섰다. 서둘러 그 뒤를 따라 나와 병원 문을 다시 잠근 지율은 이번에는 자영의 곁에서 나란히 걷기 시작했다.

가로등도 드문드문 선 시골길은 쥐 죽은 듯 조용했다. 간혹 먼 산에서 처음 듣는 새소리 같은 것만이 간간이 들릴 뿐이었다. 자영이 말 걸기 전에는 절대 먼저 말 안 걸 거라고 다짐하며 나왔으나, 결국 그 침묵을 참지 못한 지율이 먼저 입을 열었다.

"진짜 그냥 궁금해서 그러는데, 원래 성격이 그래요?"

"뭐가요."

자영은 앞만 보고 걸어가며 대답했다.

이 여자가 정말. 대화할 땐 사람을 쳐다보는 척이라도 해야 하는 거 아니냐고! 기껏 병원까지 데려와서 진료도 그냥 봐줬는데! 부루퉁해진 지율은 입을 삐죽이며 말을 덧붙였다.

"원래 그렇게 온 동네일 다 참견하고 다니냐고요."

"그러면 안 돼요?"

"안 되는 건 아니지만⋯."

지율은 말을 멈췄다. '너 호구니?'를 어떻게 하면 잘 돌려 말할 수 있는지를 잠시 고민하기 위해서였다.

"그, 아무리 생각해도 이상해서요. 그렇게 일하면 누가 초과 근무 수당이라도 줘요?"

"오지랖 넓으시네요."

댁한테는 그런 말 듣고 싶진 않거든요, 라는 말이 목까지 올라왔으나 지율은 애써 그 말을 참았다.

"걱정돼서 하는 소리예요. 아무리 경찰이라도 남자 사는 집에 문 열려 있다고 막 들어와 보고, 사람들이 부른다고 혼자 여기저기 그렇게 돌아다니고 그러다 무슨 일 생기기라도 하면 어쩌려고 그래요?"

나름대로 진지하게 한 말이었는데, 자영이 소리를 내어 웃었다. 자신의 앞에서 자영이 웃는 걸 본 게 처음이라, 놀란 지율은 무심코 툭 내뱉었다.

"어, 웃을 줄 알긴 아네요."

자영이 무슨 소리냐는 표정으로 고개를 돌렸다. 눈이 마주치자 왠지 멋쩍어져, 지율은 공연히 품에 안은 바둑이를 추슬러 올리며 덧붙였다.

"나 있는 데서는 한 번도 웃는 거 못 봐서 내가 뭐 잘못한 줄 알았죠."

"선생님이 못 본 거겠죠."

생각할 필요도 없다는 듯 즉각 돌아온 대답에 지율은 입을 딱 벌렸다.

"와, 거짓말. 아니잖아요. 맨날 나만 보면 표정 뚱하면서. 커피 마시러 왔을 때도 나한테 인사 안 했잖아요."

"그건 그냥…."

"못 본 거라고 하지 마요. 시력도 1.5라면서요."

자영의 말을 싹둑 자르자, 자영이 웬일로 그녀답지 않게 선뜻 대답할 말을 찾지 못하고 머뭇거렸다. 흥, 이거 봐. 진짜 내 앞에서 일부러 안 웃은 거 맞네. 그간 자영에게 쌓였던 울분이 울컥 치솟았다. 걸음을 뚝 멈춘 지율은 진지하게 물었다.

"솔직히 말해 봐요. 그동안 나한테 텃세 부린 거 맞죠?"

"네."

고민할 필요도 없다는 듯 대답이 돌아왔다. 당황한 지율은 잠시 어버버하다 되물었다.

"…그렇게 순순히 인정하면 안 되는 거 아니에요?"

"솔직히 말해 보라면서요."

"그러긴 했죠."

"그래서 솔직히 말했는데요."

"아니, 이렇게까지 솔직할 필요가 있냐고요."

아니라고 잡아뗐으면 정말 화가 났을 것 같은데, 너무 쿨하게 그렇다고 인정하니 뭐라고 할 말이 없었다. 자기가 텃세 부렸다는데 내가 뭐 어쩔 거야.

"왜요, 텃세 부렸다고 민원이라도 넣으시게요?"

자영이 되물었다. 그 목소리에 묘하게 웃음기가 어린 것 같았다. 아직 쌀쌀한 날씨인데, 까닭 없이 목덜미에서부터 열이 올랐다. 강아지를 안고 있어서 그럴 거라고 필사적으로 생각하며, 지율은 애써 태연한 척 대꾸했다.

"저 그렇게 쪼잔한 사람 아닙니다."

"아, 네. 다행이네요."

한 귀로 듣고 한 귀로 흘리는 게 역력한 말투였다. 괜히 헛기침이 나왔다.

"제가 오늘은 정말 안 순경님 때문에 바둑이 봐준 거니까, 앞으로는 최소한 인사라도 좀 하고 살죠. 저 여기 몇 달은 더 있어야 하는데, 누구하고 불편한 거 딱 질색이에요."

큰맘 먹고 한 말이었는데, 대답은 너무 쉽게 돌아왔다.

"그러죠, 뭐."

…이거 왜 나만 쿨하지 못한 것 같은 기분이지?

고개를 갸웃한 지율은 자영과 나란히 걸었다. 어둑한 밤길에서 멀리 뻐꾸기 소리가 들렸다. 뭐, 이것도 나름대로 운치 있네. 속으로 생각한 지율은 걸음을 조금 늦췄다. 흘끔 내려다본 자영의 새까만 머리칼이 희미한 가로등 빛을 받아 반짝거렸다.

뜻밖의 밤 산책도 그렇게 나쁘지 않다는 생각이 들었다.

―❦―

오늘은 상현이 없어 혼자 자전거로 오후 순찰을 도는 참이었다. 언제나처럼 덕진 동물 병원 앞에서 빗자루로 길을 쓸고 있는 영숙이 눈에 들어왔다. 자전거를 멈춘 자영이 별일 없으시죠, 하며 건넨 의례적인 인사말이 채 끝나기도 전 빗자루를 들고 서 있던 영숙이 안타깝다는 표정으로 길 저편을 가리켜 보였다.

"아이고, 워쩐대. 우리 원장님 좀 전에 저그 최 씨네 축사에 출장 나갔는디."

얼굴을 보자마자 원장님 소리부터 나오는 게 아무래도 뭘 잘못 들었나 싶어, 자영은 귀를 의심하며 되물었다.

"네?"

"원장님 보러 온 거 아녀?"

영숙이 으흐흐 웃더니 반대편 팔꿈치로 자영의 옆구리를 쿡쿡 찔렀다. 아직 더워지려면 한참인 날씨였는데, 까닭 없이 이마로 땀이 맺혔다.

아니, 내가 그렇게 티를 냈나? 그 정도는 아닌 것 같았는데?

"아니에요, 왜 그러세요. 그냥 매일 지나가다 들르는 거 아시면서."

최대한 자연스럽게 웃으며 대꾸하려 했으나, 표정이 어색한 게 스스로도 느껴졌다. 자영은 경련하는 입꼬리를 애써 내리며 영숙의 시선을 피했다.

지난번 바둑이 일 이후로 지율이 더 신경 쓰이게 된 건 사실이었다. 자신이 일부러 냉랭하게 대하던 걸 지율이 빤히 알고 왜 그러냐고 물었을 때도 당황했는데, 그날 자신에게 텃세 부린 거 맞냐고 묻던 게 진심인지 떠보는 건지 도무지 짐작할 수가 없었다. 그 뒤부터는 전처럼 딱딱하게 굴기가 쉽지 않았다.

아니, 그리고 어차피 몇 달 살다 갈 사람이 인사에는 왜 그렇게 집착해. 남이야 인사를 하든 말든 그냥 그러려니 하면 될 걸, 괜히 앞으로는 인사라도 좀 하고 지내자는 말까지 해서 사람을 심란하게 만들고 말이야.

자영은 자리에 없는 지율을 탓하며 공연히 자전거 핸들만 만지작거렸다. 그날 병원 문 닫고 들어간 걸 뻔히 알면서 집까지 찾아가 불러낸 데다, 지율이 진료비까지 안 받는 바람에 신세를 더블로 진 판이었다.

그 때문에 인사 좀 하자는 말을 무시할 수가 없어 그 후로는 지나갈 때마다 인사를 했더니, 부쩍 친하게 굴기 시작하는 바람에 더 부담스러웠다.

솔직히 말하자면 잘생긴 남자가 잘해 주는 게 싫지는 않았다. 게다가 그날 바둑이를 데려다주며, 선동에게도 심심하면 언제든 병원에 놀러 오라고 하는 얼굴이 너무 친절해 옆에서 보기만 하는데도 설렜던 건 사실이었다.

아무래도 젊은 남자 본 지가 너무 오래돼서라고 생각하고 싶었다. 그러나 어쨌든 요즘 지율을 만날 때마다 심장이 제멋대로 나대는 통에, 자영은 내가 부정맥이 있나, 하고 의심하는 중이었다.

"엄머머, 내가 우리 안 순경을 하루 이틀 본 게 아닌디."

영숙이 눈을 슬며시 흘겼다. 말마따나 영숙이 자신을 본 게 하루 이틀도 아니었고, 게다가 영숙은 눈치가 빠른 편이었다. 티를 안 내려고 애는 썼지만, 유심히 봤다면 지율에 대한 자신의 태도가 달라진 걸 알아차렸을 게 분명했다.

이 상황을 어떻게 빠져나가지, 하고 머리를 굴리는 사이, 병원 옆 철물점의 권 씨가 영숙에게 면박을 주었다.

"아따, 몇 달 있지도 않을 사람인디 왜 안 순경헌티 바람을 넣어 싸!"

"아니, 정말 그런 거 아니라니까요!"

누가 들으면 진짜 바람 든 줄 알겠네 싶어 황급히 부정하자, 영숙이 배실배실 웃으며 의뭉스럽게 자영을 쳐다보았다.

"그로콤 딱 잡아띠면 나는 더더욱 의심을 허는디?"

조금만 더 있다가는 등줄기에 나는 식은땀으로 지도도 그릴 수 있을 것 같았다. 자영은 서둘러 단호하게 말을 끊었다.

"자꾸 이러시면 저 이제 안 와요."

자영이 평소답지 않게 정색하자 두 사람이 서로 눈치를 슬쩍 보았다. 진짜 기분이 상했나 싶었는지, 권 씨가 얼른 자영의 자전거 핸들을 밀며 허허 웃는 소리를 냈다.

"아따, 그냥 젊은 처녀 총각 있으니까 늙은이들이 재미가 붙어서 그라제. 바쁜데 얼렁 가."

더 있다가 지율이 돌아오기라도 하면 낭패일 것 같았다. 자영은 모자를 고쳐 쓰며 갈게요, 하고는 횡하니 그 자리를 빠져나왔다. 논둑을 따라 페달을 밟던 자영의 눈에 저만치 앞서가는 조그만 머리통이 눈에 들어왔다. 낡은 운동화 뒤축을 끌며 터덜터덜 걷는 뒷모습에, 자영은 자전거의 경적을 울렸다.

"누나!"

뒤를 돌아본 까무잡잡한 얼굴이 확 밝아졌다. 선동이었다. 자영은 선동의 곁에 잠시 자전거를 멈추며 물었다.

"이제 학교 끝나고 가는 거야?"

"엉. 순찰 돈당가?"

"집까지 태워 줄 테니까 타."

자영이 뒷자리를 가리키자, 선동이 얼른 자전거 짐칸에 앉았다. 땡잡았다고 생각했는지 등 뒤에서 이히히 웃는 소리가 났다. 자영은 잘 잡아, 하며 페달을 다시 밟기 시작했다.

선동은 산 아래 사는 약초꾼인 박 씨 내외의 손자였다. 이혼한 큰아들이 다섯 살 난 선동을 할아버지와 할머니에게 맡겨 놓고 서울로 가 버린 지가 벌써 5년째였다. 선동이 처음 희동리에 왔을 때는 매일같이 엄마 아빠를 찾으며 밤새도록 울고 마을을 헤매는 통에, 박 씨 내외가 자다 말고 기겁해 뛰쳐나와 손자를 찾기도 여러 번이었다.

자영이 선동을 처음 만난 건 희동리로 발령받은 해의 일이었다. 박 씨 내외는 나중에 선동이 학교 보낼 때 팔아서 보탠다며 집의 조그만 외양간에 송아지 두 마리를 길렀다. 초등학교에 간 선동은 학교를 마치고 오면 혼자서 송아지 두 마리를 끌고 나가 뒷산에서 풀을 먹였다.

순찰을 돌던 자영은 어린애 혼자 송아지 두 마리를 데리고 나온 걸 보고 말을 걸었다가, 선동의 처지가 자신과 무척 비슷하다는 걸 알게 되었다. 선동의 아빠는 5년 전에 여기 선동을 맡긴 후로 한 번도 내려오지 않았다. 매달 돈을 부치고 간혹 전화만 하는 게 전부였다.

걸어서 30분은 넘게 걸리는 학교에는 전교생이 열댓 명을 간신히 채우는 수준이었다. 그중에서도 희동리에서 다니는 아이는 선동뿐이었다. 자영은 동네에 또래 친구가 없는 선동에게 친구가 되어 주기로 했다. 이제 열 살이 된 선동은 마을에서 자영과 가장 친한 사람 중 하나였다.

"나 오다가 강아지 선상님 봤는디."

길 양옆의 논에서는 모내기 전 물 로터리[2] 작업이 한창이었다. 그 사이를 휙 지나가는데, 갑자기 선동이 뒤에서 옷자락을 당기며 말했다.

"응?"

뜻밖의 말에 자영은 선동을 돌아보았다.

바둑이를 봐준 날부터 선동은 항상 지율을 강아지 선생님이라고 불렀다. 지율이 언제든 놀러 와도 된다고 말한 뒤로, 선동이 종종 학교 마친 뒤나 주말에 지율에게 놀러 가는 건 알고

---

2 봄철 모내기 전 논을 갈아 평평하게 고르고 물을 대어 모내기를 할 수 있게 하는 것.

있었다. 병원에 들를 때면 지율이 먼저 어제 선동이 왔었어요, 하고 얘기하거나, 지금처럼 선동이 먼저 나 오늘 강아지 선생님한테 놀러 갔었다, 하고 얘기하곤 했다.

그런데 오다가 봤다니.

아까 영숙이 아줌마가 분명히 최 씨 아저씨네 축사에 출장 갔다고 한 걸 들었는데, 하고 생각하기 무섭게 선동이 조잘거렸다.

"학교에서 마정리로 넘어오는 길에 최 씨 아저씨네 축사 있잖여, 거기 새끼 밴 소 보러 왔댜. 아저씨가 시앙치 낳으면 나 보여 준다고 그랬는디, 오늘내일하는가 보더라고. 근디 선상님 얼굴이 허벌나게 심각했어야."

선동이 말하는 걸 들으니 그제야 며칠 전에 최 씨 아저씨를 만났던 게 떠올랐다. 소가 곧 출산한다고 얘기했었는데, 지율이 그걸 봐주러 간 모양이었다. 순산이라면 어설픈 수의사보다 베테랑 축주들이 더 익숙할 텐데 굳이 지율을 부른 데다, 선동이 지율의 얼굴이 심각하더라고 하는 걸 보니 무슨 문제가 있는 모양이었다.

"왜 심각해?"

"소가 워디가 안 좋은가 벼."

"그래?"

처음 희동리에 왔을 때 돼지 백신 접종도 제대로 못 하고 쩔쩔매던 지율을 떠올리자 걱정부터 먼저 들었다. 병원에 들를 때마다 항상 두꺼운 책이며 영어로 된 논문 같은 걸 쌓아 놓고 공부하는 중이에요, 하면서 멋쩍어하는 걸 보긴 했지만 아무래도 괜찮을까 싶었다.

잠시 지율 생각에 빠져 있던 자영은 선동이 누나, 하며 옷자락을 당기는 통에 퍼뜩 정신을 차렸다. 어느새 선동의 집 앞이었다. 자전거를 멈추자 선동이 짐칸에서 풀쩍 뛰어내렸다. 선동의 발소리를 알아듣고 뛰어나온 바둑이가 꼬리를 흔들었다.

"바둑이는 이제 안 아파?"

자영이 몸을 숙여 바둑이에게 손을 내밀며 묻자, 달려온 바둑이가 손바닥을 할짝거렸다. 선동이 고개를 끄덕였다.

"엉, 그때 선생님이 준 보양식 먹고 다 낫었지. 인자 초코파이는 절대로 안 줄라고. 선상님이 개는 초코렛 먹으면 죽는다고 그러면서 절대 주지 말랬어야."

"다행이네."

가방을 고쳐 멘 선동이 문득 생각났다는 듯 바닥을 툭툭 차며 말했다.

"강아지 선상님 참말 괜찮은디. 인물도 훤하고, 서울 사람이라 긍가 말도 사분사분하고."

애도 보는 눈은 다 똑같은가 싶어 자영이 픽 웃자, 선동이 고개를 들어 자영을 올려다보았다.

"거시기, 나도 난중에 서울 가서 살면 선상님처럼 될랑가?"

"서울 가서 살고 싶어?"

자영의 물음에 선동이 눈을 반짝이며 손을 높이 들어 보였다.
"응. 서울 가면 막 이따만 한 건물이 많다매. 눈깔이 막 핑핑 돌아간다고 그러더만. 텔레비에서 보니까 차도 허벌나게 많고 사람도 뭣이 그렇게 많은지….'

선동이 귀여워 소리를 내어 웃자, 선동이 뭔가 생각난 듯 의아한 표정을 했다.

"참, 누나도 서울에서 살았잖여. 근데 뭣 헐라고 이 촌구석에 다시 왔당가?"

"살아 보니까 여기가 제일 좋더라."

그 말에 선동이 믿을 수 없다는 얼굴로 입을 딱 벌렸다.

"워메, 촌시럽구만. 다 산 사람처럼."

"박선동이 누구보고 촌스럽대."

쥐어박는 시늉을 했더니 재빨리 머리를 감싼 선동이 배실거리며 웃었다.

"할아버지랑 할머니는 나가셨지? 밥 챙겨 먹어. 누나는 간다."

장난스럽게 눈을 흘기고는 자전거를 돌린 자영은 손을 흔들었다. 선동이 뒤에서 잘 가 누나, 하며 인사를 했다.

간 길을 되밟아 파출소로 돌아오는 사이, 자영은 선동의 말을 곱씹었다. 쓸데없는 오지랖인 걸 알면서도, 시골에서 소는 큰 재산이라 지율이 잘못 손을 댔다가 괜히 난처한 일을 당하지는 않을까 하는 걱정이 드는 건 어쩔 수 없었다. 하지만 사실 그렇다 해도 무슨 상관이란 말인가. 자신이 가 본다고 상황이 달라질 리도 만무한 일이었다.

그런데도 심란함이 가라앉질 않았다. 결국 자영은 잠깐 민원이 있어서, 하고 핑계를 대며 파출소를 빠져나왔다. 순찰차를 몰고 나와 옆 마을인 마정리로 나가는 길에 있는 최 씨네 축사 근처에 차를 세우자, 때마침 밖에 나와 있던 최 씨가 눈을 동그랗게 뜨며 차에서 내리는 자영을 보았다.

"워메, 안 순경 아녀. 부르지도 않았는데 뭔 일로 왔당가."

"그냥 순찰 지나가다 들렀어요. 별일 없으시죠? 아까 선동이가 송아지 곧 태어날 것 같다고 그러던데요."

"엉, 근디 초산이라 암만 혀도 불안허네. 정 안 되면 수술해야 되겠다고 그러는디…."

짧은 대화를 나누는 사이, 자영은 슬쩍 축사 쪽으로 시선을 던졌다. 혹시 그새 다시 병원으로 간 건가 막 생각하는 찰나, 최 씨가 뒤를 돌아보았다. 그때 축사 안에서 막 나오는 지율이 눈에 들어왔다.

"안 그래도 의사 선상 불러서 얘기하던 참이여. 저그, 저깄네."

지율을 가리킨 최 씨는 다시 축사로 향했다. 장갑을 벗으며 이쪽으로 다가오던 지율이 자영을 알아보고는 고개를 가볍게 까딱이며 인사를 건넸다.

"어, 안녕하세요. 웬일이에요?"

"아, 그게….'"

댁이 걱정돼서 오지랖 좀 부리러 왔는데요, 라고 곧이곧대로 얘기할 수는 없었다. 적당히 순찰 다니다 들렀다고 핑계를 대려 했는데, 말을 시작하기도 전 지율의 표정이 대뜸 굳어졌다.

"또 무슨 심부름 해 주러 왔어요?"

생각도 못 한 반응에 자영은 잠시 멈칫했다. 뭐라고 반응해야 할지 당황하는 사이, 눈썹을 좁힌 지율이 자영을 내려다보았다.

"혼자 그렇게 다니는 거 아니라니까. 이 동네 경찰은 안 순경님밖에 없어요?"

놀란 자영은 눈을 깜빡이며 지율을 마주 보았다.

이 남자가 남의 심장 뛰게 왜 정색을 해.

걱정돼서 하는 소리예요, 하고 말하던 얼굴이 떠올랐다. 워낙 어릴 적부터 지냈던 마을이었고, 누구 집에 젓가락이 몇 개 있는지도 알 만큼 다들 가까웠다. 당연히 혼자 순찰을 돌고 남의 집에 일을 도와주러 가는 것이 누가 걱정할 만한 일이라고는 생각해 본 적이 없었다.

스스로도 좀 오버했나 생각했는지, 곧 지율의 얼굴에 조금 멋쩍은 기색이 지났다. 왠지 어색해진 자영은 서둘러 말을 돌렸다.

"축사에 무슨 문제 있어요?"

"곧 출산할 것 같은 애가 있는데 아무래도 난산이에요. 수술해야 할 것 같은데…."

말끝을 흐린 지율이 아무도 없는데 주변을 한 번 더 둘러보더니 목소리를 낮춰 소곤거렸다.

"…실습해 본 적은 있는데, 실전 경험이 없거든요."

웃을 일은 아니었으나, 방금 정색하던 얼굴은 어디 갔는지 안절부절못하는 게 귀여워 저도 모르게 실실 웃으려던 자영은 황급히 입을 틀어막았다. 다행히 눈치를 못 챈 듯, 한숨을 쉰 지율이 머리칼을 쓸어 올렸다.

"별일 없이 나오면 다행인데, 이런 경우에는 엄마랑 아기 둘 다 죽을 수도 있어서 조심스럽네요. 일단 다시 병원에 가서 좀 알아보고 와야 될 것 같아요. 아, 나 좀 태워 줄 수 있어요?"

자연스러운 부탁에 자영은 얼결에 고개를 끄덕였다. 어차피 얼굴 보러 온 거니 태워 달라는 걸 거절할 이유가 없기도 했다. 지율을 태우고 병원 앞으로 돌아가자, 차에서 내리려던 지율이 문득 생각났다는 듯 물었다.

"커피 한잔하고 갈래요?"

왜 요새 시도 때도 없이 커피는 마시고 가래, 사람 설레게.

물론 평소였다면 못 이기는 척 그럴까요, 하고 커피를 마시러 갔겠지만, 아까 있었던 영숙과의 일을 생각하니 모골이 송

어쩌다가 전원일기 95

연해졌다.

"아니에요. 바빠서…."

"또 바빠요? 안 바쁠 때 와요, 그럼."

자영이 아쉬움을 애써 감추며 거절하자 지율이 차에서 내리며 손을 흔들었다. 병원 안으로 들어가는 지율을 보고 있으려니 한숨이 절로 나왔다.

권씨 아저씨 말마따나 어차피 몇 달 있으면 서울로 돌아갈 사람인데, 왜 자꾸 쓸데없는 오지랖을 부리고 싶은 건지.

이름이 하필 한지율만 아니었어도 이렇게 자꾸 신경 쓰일 일은 없었을까.

저 사람이 그 애일 리가 없는데.

먼 기억 속의 소년이 흐릿하게 어른거렸다. 말을 하지 못하는 대신 늘 가만히 자신을 마주 보던 그 애의 눈은 항상 어딘지 모르게 쓸쓸하게 느껴졌는데.

그러나 홈 쇼핑의 스팀다리미 광고 속 셔츠처럼 구김 하나 없어 보이는 지율을 떠올리자 헛웃음이 났다. 같은 사람일 리가 있나. 미쳤지, 안자영. 세상에 이름 똑같은 사람이 얼마나 많은데. 걔는 이제 나 같은 거 하나도 기억 못 할 수도 있는데.

이게 다 쓸데없이 사람 설레게 하는 지율 때문이라고 속으로 구시렁거린 자영은 다시 파출소로 돌아왔다. 자영이 안으로 들어서기 무섭게 파출소장 만성이 의아한 얼굴로 물었다.

"뭔 민원인디 그러코롬 뿔나게 갔다 왔냐?"

"최씨 아저씨네 축사에요. 소가 난산인가 보더라고요."

만성의 물음에 대충 둘러대자, 만성이 그냐, 하며 혀를 찼다.

"하여튼 아주 별일을 다 가지고 불러 싼당게. 안 순경헌티 말만 허면 아무거나 다 되는 줄 알어."

가만히 있다가 욕을 먹은 최 씨에게 좀 미안한 마음이 들긴 했지만, 평소에도 별별 일을 다 해 주니 이 정도는 괜찮지 않을까… 하며 속으로 자기 합리화를 한 자영은 헛기침을 했다. 이번 주는 주간 근무라, 얼마 남지 않은 퇴근 시간 전까지 일지를 정리하는 동안 이상하게도 머릿속에서 아까의 지율이 떠나지 않았다.

갑자기 정색을 하는가 하면 금방 귀엽게 소 수술은 해 본 적이 없다고 소곤거리고, 좀 태워다 줄 수 있냐면서 커피 한잔하고 가라고 붙잡고.

괜히 귀가 빨개지는 통에 자영은 서둘러 입가를 가리며 고개를 숙였다. 거울을 안 봐도 실실 쪼개고 있을 게 분명해, 내일부터는 아무래도 마스크를 하나 사서 끼고 있든지 해야 할 것 같았다.

"안녕하세요."

"어, 왔당가. 안 순경은 인자 퇴근혀."

야간 근무인 상현이 하품을 늘어지게 하며 출근하자, 만성이 자영에게 그만 들어가라고 손짓을 했다.

두말없이 서둘러 퇴근한 자영은 집에 들어오자마자 침대에 누워 멀거니 천장을 올려다보았다. 그러자 갑자기 지율의 얼굴이 어른거렸다. 놀란 자영은 으아아, 하며 베개로 얼굴을 눌렀다.

나한테 관심 있나, 혹시?

머릿속으로 그 생각을 떠올리기 무섭게 자영은 이불을 걷어차며 몸부림쳤다. 누가 없는 게 천만다행이었다. 떡 줄 사람은 생각도 않는데 김칫국을 끓이려고 배추씨부터 쏟아붓고 있는 기분이었다.

아니야, 그냥 이름이 한지율이라 그래! 그냥 이름이 같아서! 이름이!

얼굴을 누른 베개에 대고 푸, 하고 한숨을 뱉은 자영은 눈을 감았다. 20년 전 일인데, 애도 아니고. 걔는 결혼을 했어도 벌써 했을 수도 있고, 그게 아니라도 애인쯤은 있을 거고, 혹은 아예 그때 이 마을을 떠나면서 나 같은 건 잊어버렸을 수도 있고.

누가 20년 전 일 가지고 이렇게 질척거리냐고, 쿨하지 못하게.

모로 누운 자영은 시선을 돌렸다. 책상 위에 놓인 사진이 눈에 들어왔다. 경찰복을 입은 자신과 외할머니가 함께 찍은 사진이었다. 처음 희동리로 발령받아 돌아왔을 때, 할머니가 가장 먼저 한 일은 사진관에서 자영과 사진을 찍은 것이었다. 작게 인화한 사진을 늘 손가방에 넣고 다니던 할머니는 돌아가실 때도 그 사진을 쥐고 있었다.

할머니를 떠올리자 조금 울적해진 탓에 저녁 생각도 싹 달아났다. 자영은 이불을 뒤집어쓴 채 오랫동안 꼼짝도 하지 않았다.

얼마나 그러고 있었는지, 깜빡 선잠이 들었던 자영은 문득 바닥에 놓아둔 핸드폰이 진동하는 소리를 듣고 퍼뜩 정신을 차렸다. 사방은 이미 빛 한 점 없이 깜깜한 한밤중이었다. 바닥에서 액정을 연신 빛내는 핸드폰을 주워 들어 보자, 파출소 번호로 온 전화였다.

"네, 안자영입니다."

잠긴 목소리로 전화를 받기 무섭게 핸드폰 너머에서 상현이 다급하게 말했다.

— 자영아, 최씨 아저씨네 축사에서 누구 좀 빨리 보내 달라 그러거든. 영숙이 아줌마는 주무시는지 전화를 안 받는데, 지금 절도 신고가 들어와서 출동 중이라 파출소에 갈 사람이 없어. 너 아직 안 자면 거기 가 봐. 급하대.

"아니…."

자다 깨서 웬 날벼락인지 모를 노릇이었다. 무슨 말을 하기도 전 자기 할 말만 다다다 쏟아 내고 전화를 끊은 상현 탓에, 멍하니 핸드폰을 귀에 대고 있던 자영은 에휴, 하며 자리에서 일어났다. 하루도 편하게 쉴 팔자가 아닌 모양이었다.

그런데 이 시간에 축사에 누구를 보내 달라니. 낮에 본 난산인 암소 때문인 게 틀림없었다. 혹시 무슨 일이 생긴 건가 싶어 가슴이 덜컥 내려앉았다. 실전 경험이 없다며 걱정하던 지율이 먼저 떠올라서였다. 뭔가 잘못돼서 사람을 부르는 건 아닐까 싶어 마음이 급해졌다.

흐트러진 머리를 대충 모아 묶은 자영은 문 앞에 세워 둔 자전거를 타고 최 씨네 축사로 향했다. 축사에 도착한 자영이 황급히 자전거를 내팽개치고 안으로 뛰어 들어가자, 끙끙대며 낮은 울음소리를 내는 암소의 배를 만져 보던 지율이 인기척에 고개를 들더니 멈칫했다.

"누가 안 순경님 여기 불렀어요?"

또 저 얼굴.

누가 봐도 화남 반에 걱정 반인 얼굴이라 공연히 가슴이 쿵쿵거렸다.

"무슨 일이에요?"

"누가 불렀냐고 묻잖아요."

대답 대신 묻는 말에 지율도 대답 대신 되물었다. 곁에 서서 안절부절못하고 있던 최 씨가 지율을 나무랐다.

"아, 지금 그게 뭣이 중혀요! 소가 죽게 생겼는디 아무나 오면 워떻다고!"

무슨 말인가를 하려던 지율이 가벼운 한숨을 뱉으며 미간을 문질렀다. 자영은 시선을 피하며 서둘러 소를 살폈다. 출산이 시작돼 새끼의 뒷다리 일부가 밖으로 나온 채였다. 머리가 이미 묶여 고정된 어미 소가 다시 낮은 울음소리를 냈다. 눈이 잔뜩 충혈된 데다 바닥이 흥건한 걸 보니 벌써 양수가 터진 듯했다. 분만하기 시작한 지 꽤 된 모양이었다.

"난산이에요? 그냥 당겨서 빼면 안 되나?"

분만 시간이 길어지면 길어질수록 스스로 출산하기는 더 어려웠다. 덕진이 있을 때도 종종 소 분만을 도우러 가 본 적이 있었기에 이런 일에는 익숙했다. 그러나 자영의 말에 지율은 고개를 가로저었다.

"송아지가 너무 크고 역산逆産[3]이라, 당겨서 그냥 빼면 골반이 찢어져서 엄마가 죽어요."

그 말을 할 때 얼핏 지율의 목소리가 흔들렸다. 소가 쌕쌕대며 거친 숨을 몰아쉬었다. 최 씨가 머리를 쓸어 주며 소를 진정시키려 했으나, 고통이 심한지 푸르르 떠는 소리를 낸 소가 축사 난간에 머리를 기댔다.

잠시 생각하던 지율이 가져온 가방에서 소독수를 꺼내 자기 손과 팔을 소독하더니 송아지의 뒷다리가 삐져나온 후구後軀에도 소독수를 부었다.

"워메, 어쩔라고 그라요?"

---

3 소의 출산 시 정상 태위의 경우 송아지의 머리는 앞을 향하고, 앞발은 가지런히 뻗어 앞쪽부터 먼저 나오게 된다. 그러나 태위가 잘못되어 뒤쪽부터 나오는 경우를 역산逆産이라 한다.

최 씨의 물음에 지율이 대답했다.

"옆구리를 절개해서 송아지를 꺼내고 봉합할 겁니다. 송아지가 죽어도 엄마라도 살려야죠. 일단 절개하면 두 분이 송아지 꺼내는 것 좀 도와주세요."

"아따, 그거 대수술인디…."

최 씨가 말끝을 흐리면서도 어쩔 수 없다는 표정을 했다. 그대로 두면 어미 소와 송아지가 둘 다 죽을 판이었다. 아까 자신 없다고 소곤거리던 지율을 떠올리며 약간 불안해진 자영은 일단 그를 지켜보았다. 지율은 결연해진 얼굴로 먼저 소의 꼬리 쪽에 마취 주사를 놓았다. 소가 낮게 우는 듯한 소리를 한 번 더 내자, 지율이 엉덩이 부근을 토닥였다.

"괜찮아, 괜찮아. 금방 끝나니까 조금만 참자."

소의 옆구리를 신중하게 만져 보던 지율이 소독한 메스로 옆구리를 절개했다. 배 속에 남은 양수가 아래로 피와 함께 후드득 쏟아졌다. 뜨끈한 비린내가 훅 끼치는 가운데, 안으로 손을 집어넣은 지율이 송아지의 앞발을 꺼내 로프로 묶었다. 곁에 서 있던 자영은 재빨리 로프로 묶인 앞발을 당겨 송아지를 꺼냈다.

어미 배 속에 있는 것도 제법 고된 일이었는지, 짚이 깔린 바닥 위로 나온 송아지가 들썩이며 숨을 쉬었다. 살았어요? 하고 묻는 지율에게 고개를 끄덕이자, 안도의 한숨을 쉰 지율이 재빨리 절개한 옆구리를 봉합하기 시작했다.

그사이 자영은 최 씨와 함께 송아지를 옮겼다. 개복 수술을 한 탓에 어미젖을 먹을 수 없어, 수술하는 사이 미리 짜 둔 다른 소의 젖을 먹여야 했다. 송아지에게 젖병을 물린 최 씨가 드라이기로 젖은 송아지의 몸을 말리며 털을 쓸었다.

"허이구, 명줄도 긴 놈이네."

송아지가 젖병을 문 채 커다란 눈을 끔뻑거렸다. 잠시 후 지율이 봉합과 소독까지 모두 마치고는 이쪽으로 다가왔다. 옷이며 얼굴에 피와 분비물이 잔뜩 묻은 채였으나, 지율은 얼굴을 닦을 생각도 않고 갓 태어난 송아지 옆에 쭈그리고 앉아 신기한 듯 송아지를 들여다보았다.

"수술 잘됐어요?"

한참을 그러고 있더니, 자영의 물음에 퍼뜩 정신을 차린 듯 고개를 든 지율이 자영을 마주 보았다.

"네. 2주 있다가 검사 한 번 더 해 봐야 하긴 하는데 괜찮을 것 같아요."

이제야 긴장이 풀린 얼굴이었다. 잠시 자영을 응시하던 지율이 씩 웃더니 물었다.

"이런 것도 해 본 적 있어요?"

"차 선생님 계실 때 많이 했죠."

"안 해 본 게 없네요."

놀리는 건지, 감탄하는 건지 분간이 가지 않는 말투였다.

최 씨가 어미 소에게 돌아간 사이 지율은 피가 묻은 장갑을 벗었다. 자영은 그 손이 덜덜 떨리고 있다는 걸 그때 알아차렸다. 해 본 적 없다는 말이 진짜였던 모양이었다.

좀 놀려 주고 싶은 기분이 되었으나, 이마에 땀까지 송골송골 맺힌 채로 그 큰 키를 구겨 앉아 송아지만 마냥 쓰다듬고 있는 걸 보니 차마 그럴 수가 없었다. 뭐가 그렇게 신기하고 좋은지 한참 송아지에 집중하는 지율의 얼굴을 흘끔흘끔 훔쳐보고 있는데, 지율이 갑자기 자영에게 시선을 돌렸다.

"근데 진짜 안 순경님은 못 하는 게 뭐예요?"

깜짝이야.

"연애요."

농담 반 진담 반으로 대답하자 지율이 에이 설마, 하는 표정으로 자영을 훑어보았다.

"농담이죠?"

"진짠데요."

연애 같은 건 생각도 한 적 없었다. 외할머니의 입버릇은 내가 우리 자영이 신랑은 보고 가야 되는디, 였으나 자영은 그럴 때마다 웃는 걸로 대답을 대신했을 뿐이었다. 이제는 얼굴도 잘 기억나지 않는 아빠와 이름뿐인 엄마를 떠올릴 때면, 누군가를 만나고 그 사람을 자신의 삶으로 들인다는 건 자영에게 늘 두려운 일이었다.

"무슨 야그를 그렇게 깨가 쏟아지게 허쇼?"

송아지 옆에 쭈그리고 앉아 있는 두 사람의 머리 위로 최 씨의 목소리가 날아왔다. 지율이 웃으며 몸을 일으켰다.

"아닙니다. 소는 괜찮죠?"

"고생혔응께 몸보신 좀 시키고 푹 쉬게 혀야지. 밤늦게 불러서 미안혀요. 선상님 아니었으면 우리 소는 똑 죽었네. 안 순경도 고마워. 후딱 들어가쇼, 인자."

최 씨와 지율이 수술비에 대해 얘기하는 동안, 자리에서 일어난 자영은 최 씨에게 인사를 건네고는 먼저 축사를 나섰다. 자전거를 끌고 걸어가는데, 멀리서 안 순경님, 하는 소리에 뒤를 돌아보자 자전거를 타고 이쪽으로 휭하니 달려온 지율이 브레이크를 잡으며 물었다.

"같이 좀 가죠. 뭐가 그렇게 바쁘다고 혼자 갑니까?"

"밤길 무서워서 그러세요?"

자영이 되묻자 지율이 하하, 하고 웃는 소리를 내더니 자전거에서 내렸다. 자영이 먼저 걸음을 옮기자 곁에서 나란히 자전거를 끌고 걷는 지율의 그림자가 길게 늘어졌다. 달이 밝은 밤이라, 드문드문 선 가로등 사이에서도 그림자가 또렷했다. 풀벌레 소리를 지나 걷던 자영은 어쩐지 어색한 침묵을 깨려 먼저 입을 열었다.

"그런데 선생님은 여기 내려와 있는 거 부모님이 아무 말씀 안 하세요? 서울에 병원 따로 있다면서요."

지율이 멋쩍은 얼굴로 눈썹 부근을 만지작거리며 대답했다.

"두 분 다 일찍 돌아가셨어요. 가족은 외할아버지 한 분인데, 뭐 아시다시피 우리 할아버지는 지금쯤 지중해 크루즈 타고 계실 테니까."

뜻밖의 이야기였다. 홈 쇼핑 스팀다리미 광고 속의 셔츠처럼 구김 없는 인상이라, 당연히 어지간히 도련님처럼 자랐겠다 넘겨짚고 물은 말이었다. 돌아온 대답에 어쩐지 미안해져 아, 하고 어색하게 맞장구를 치자, 그걸 알아차렸는지 지율이 말을 돌렸다.

"안 순경님은 고향이 어디예요? 초임일 텐데, 이런 데로 발령받은 거 안 답답해요?"

"전 여기 오래 살았어요."

"어, 그래요? 나 이제 동네 사람들 다 대충 아는데, 누가 부모님이신데요? 집이 어디예요?"

부모님이라. 마지막으로 엄마와 전화한 게 언제였더라 생각하자 입이 썼다. 외할머니가 돌아가신 뒤 엄마는 자영에게 서울로 근무지를 옮기자고 말했다. 원한다면 집을 얻어 주겠다는 말은 덤이었다. 자영은 즉시 그 말을 거절했다. 엄마는 두 번 권하지 않았다. 그 이후로는 몇 달에 한 번 정도 오는 의례적인 안부 전화가 전부였다.

"…저도 뭐 일찍 돌아가셔서. 그래서 여기서 외할머니랑 살았는데 저 발령받고 얼마 안 돼서 돌아가셨거든요."

"오, 우리 좀 공통점이 있네요. 그죠?"

지율의 목소리가 밝아졌다. 민감한 부분을 건드렸다고 생각한 게 틀림없었다. 미안해서 그런다는 걸 알아차린 자영은 좋은 사람이네, 하고 속으로 생각했다. 잠시 말없이 걷던 지율이 머쓱하게 덧붙였다.

"나 엄청 친한 척한 거 같아서 갑자기 좀 민망한데요. 너무 민감한 얘기였나?"

"쌤쌤이라고 치죠, 뭐."

"그렇긴 하네요."

가볍게 대꾸한 지율이 웃었다. 저만치 덕진의 빨간 양옥 지붕이 눈에 들어왔다. 어지간히 급하게 나왔는지, 거실 불이 환하게 그대로 켜진 게 여기서도 보였다. 이제 헤어져야겠네 생각하는데, 지율이 생각났다는 듯 갑자기 고개를 돌려 자영에게 물었다.

"아 참, 안 순경님은 저녁 먹었어요? 나 저녁 못 먹었거든요."

저녁?

생각해 보니 낮에 지율을 축사에서 만난 뒤로 괜히 심란해져서 저녁 내내 공복으로 뒹굴다 잠들었던 터였다. 배가 고픈 줄도 몰랐는데, 지율이 저녁 얘기를 꺼내기 무섭게 허기가 졌다. 잠깐의 침묵을 긍정이라고 생각했는지, 지율이 고개를 까딱였다.

"라면 먹고 갈래요?"

"네… 네?"

너무 자연스럽게 물어서 무심코 네, 하고 대답하던 자영은 화들짝 놀라 되물었다.

이 남자가 미쳤나? 라면을 먹고 가라고? 갑자기? 이 밤에?

이건 내가 이상한 게 아니야, 이 남자가 사람 오해하게 만들어서 그래!

속으로 오만 가지 생각을 다 하는 자영의 표정을 읽었는지, 지율이 눈을 동그랗게 뜨더니 손가락질을 했다.

"잠깐, 이상한 생각 하지 마요. 안 순경님 은근히 위험한 사람이야."

"이상한 생각 뭐요! 뭐!"

도둑이 제 발 저리다고 더 빽빽댔더니, 지율이 내가 지금 이게 잘하는 짓인지 모르겠다, 하고 이마에 써 붙인 표정으로 손을 내저었다.

"보조해 준 거 고마워서 같이 밥이나 먹자는 거예요."

"아무 말도 안 했어요!"

"알았어요!"

덩달아 목소리를 높여 대답한 지율이 누가 뭐랬나, 하며 투덜거렸다.

대문 앞에 자전거를 세워 놓고 어색하게 지율을 따라 들어가자, 지율이 먼저 욕실에서 피가 묻은 옷을 갈아입은 뒤 얼굴을 닦고 나왔다. 자영이 손을 씻는 사이 부엌에서 냄비를 꺼내 물을 올리던 지율은 등을 돌린 채 물었다.

"혹시 이 집 와 본 적 있어요?"

그러더니 자영이 대답하기도 전 생각났는지, 몸을 돌려 싱크대에 기대선 지율이 의뭉스럽게 자영을 마주 보았다.

"아 참, 나 여기 처음 온 날도 안 순경님 들어왔었지."

왜 잊어버리지도 않니, 진짜.

"정말 고의 아니었거든요? 문단속 안 한 사람이 잘못이죠!"

"그렇다고 칩시다."

괜히 민망해져 버럭하는 자영을 본 지율이 코웃음을 쳤다. 귓가가 화끈거렸다. 까맣게 잊어버리고 있었는데. 외간 남자가 벗은 꼴을 볼 일이 없다 보니 자영도 놀랐던 건 사실이었다. 젖은 머리를 털며 나오던 지율이 자신을 보고 대경실색하던 얼굴을 떠올리자, 지금이라도 당장 이 집에서 도망쳐 어딘가에 머리라도 박고 싶은 기분이었다.

그런 자영의 기분을 알 리 없는 지율은 느긋하게 냉장고에서 파와 계란, 김치를 꺼냈다. 물이 끓자 라면 두 봉지를 털어 넣고 그사이 썰어 놓은 파와 계란을 냄비에 함께 넣은 지율은 식탁 매트 하나를 깔아 놓은 맞은편 자리에 새 매트를 하나 더 꺼내 깔았다.

곧 완성된 라면을 그릇에 나눠 담은 지율이 식탁 위에 그릇을 놓았다. 김치도 조그만 접시에 정갈하게 담아 놓아 준 바람에, 라면 주제에 쓸데없이 예쁜 상차림이었다. 지율이 거실에 앉아 있던 자영을 불러 맞은편에 앉히고는 자기도 자리에 앉앉다.

"많이 먹을 건 없는데 많이 먹어요."

"잘 먹을게요."

시선을 피하며 대답한 자영은 그릇 아래 깔린 식탁 매트를 만지작거렸다. 세상에, 드라마 주인공들이나 이런 거 깔고 밥 먹는 줄 알았더니 진짜로 쓰는 사람이 있네. 희동리에서 이게 뭔지 아는 사람이 있기나 할까. 자영의 속내를 읽기라도 한 듯, 지율이 라면을 먹으며 말했다.

"고등학교 때 혼자 살기 시작하면서부터 할아버지가 밥은 잘 차려 놓고 먹으라고 그러셨거든요. 사람 하는 일이 다 먹고 살자고 하는 건데, 대충 먹는 거 습관 되면 사는 것도 시시해진다고요. 항상 너 자신을 손님처럼 대접해라, 그릇도 좋은 거 쓰고 예쁘게 차려서 먹어라, 맨날 그렇게 잔소리하셨죠. 어릴 땐 그게 진짜 귀찮았거든요. 설거지할 그릇만 늘어나잖아요."

지율이 잠시 젓가락질을 멈추더니 진지한 표정을 했다.

"근데 정말 기분이 달라요. 이렇게 하면 밥 차리는 게 의식처럼 느껴지니까. 저녁에 퇴근하고 들어와서 이렇게 딱 차려 놓고 밥 먹으면서 야 한지율, 오늘 수고했어, 하는 거죠."

자영은 눈을 들어 지율을 마주 보았다. 할머니가 살아 계셨을 때, 근무를 마치고 집에 돌아가면 할머니는 늘 잠을 자지 않고 자영을 기다리고 있었다. 다녀왔습니다, 하고 안방에 들어가 인사하면 할머니는 자신보다 한 뼘은 더 큰 자영을 안고 등을 토닥이며 우리 손녀 오늘도 수고했네, 하고 말하곤 했다.

"안 순경님도 오늘 수고했어요."

다음 순간, 마음을 읽기라도 한 것처럼 지율이 그렇게 말했다.

불현듯 아주 오랫동안 꺼져 있던 초에 누군가 불을 붙이듯, 심장 어딘가가 확 뜨거워졌다. 당황한 자영은 젓가락을 들고 있던 손을 멈췄다. 이건 뭘까. 찬물을 황급히 들이켰으나, 속에 붙은 불은 꺼질 기미가 없었다. 라면을 너무 맵게 끓여서 그럴 거야. 속으로 애써 생각하는 자영의 속을 알 리 없는 지율이 미소를 지었다.

"어때요, 기분 괜찮죠?"

왜 이렇게 다정할까.

아무것도 아니면서.

뜨거워진 심장 부근에서 뭔가가 작은 소리를 내며 무너지는 것 같았다. 자영은 옷매무새를 만지는 척하며 심장 위를 손목으로 꾹 눌렀다. 인정하기 싫은데, 그럴 리가 없는데… 언젠가 이런 기분을 느껴 본 적이 있었던 게 떠올랐다.

그날.

그 애와 마지막으로 만났던 날.

다시 만나자고 쓰인 엽서를 주며 자신을 마주 보던 그 애의 얼굴이 머릿속에서 되살아나 가슴이 덜컥했다. 몇 달 있지도 않을 사람인디, 하고 영숙에게 면박을 주던 권 씨의 말이 맴돌

앉았다.

이 사람도 그 애처럼 그냥 여기 잠깐 머물다 떠날 텐데.

언젠가 헤어질 사람은 절대로 좋아하지 않기로 했는데.

"…왜 그래요?"

멍하니 지율을 응시하던 자영은 돌아온 물음에 퍼뜩 정신을 차렸다. 아무것도, 하고 입술을 달싹이며 시선을 피한 자영은 젓가락을 쥔 손을 움직였다. 라면이 코로 들어가는지 입으로 들어가는지도 분간이 가지 않았다.

누가 봐도 이상해 보일 것 같은 꼴이었다. 차라리 어차피 이상해 보일 거면 지금 당장 벌떡 일어나 춤이라도 출까, 그럼 이렇게 라면 먹는 것쯤은 하나도 안 이상해 보일지도 몰라…. 자영이 심각하게 고뇌하던 찰나 지율이 화제를 돌렸다.

"아까 퇴근했다더니 거긴 어떻게 온 거예요?"

"아저씨가 사람 좀 불러 달라고 하셨다는데 다른 사람들은 다 출동했다고 그러고, 영숙이 아주머니는 전화를 안 받으신다잖아요. 그럼 누구라도 가야죠."

"아니, 귀찮잖아요. 그리고 저번에도 위험하다고 말했는데…."

"별걱정을 다 하시네. 선생님, 저한테 관심 있으세요?"

되묻기 무섭게 물을 마시던 지율이 사레가 들려 콜록거렸다. 농담으로 한 말이긴 했지만, 그렇다고 먹던 물까지 뿜을 건 또 뭔가 싶었다. 누군 자기한테 관심 있는 줄 아나, 하고 속으로 구시렁거리던 자영은 곧 양심의 가책을 느꼈다.

내가 관심이 없는 건 아니긴 하지.

"아니 뭐, 동네 분들이 어릴 때부터 저 키워 주신 것도 있고 하니까."

괜히 혼자 찔려서 서둘러 말을 덧붙이자, 지율이 흥미롭다는 얼굴로 물었다.

"안 순경님은 여기서 계속 살았어요?"

"대학만 서울에서 다녔죠."

"그럼 보통 서울에 계속 살고 싶어 하지 않나?"

"할머니 옆에 있으려고 내려왔어요."

자영의 대답에 지율이 으아, 하며 순식간에 민망한 표정이 되어 뒷머리를 긁적였다.

"그렇게 말하면 내가 뭐가 돼요. 난 할아버지 여기 혼자 두고 서울 가서 사는데."

진심으로 창피해하는 얼굴이라, 자영은 저도 모르게 웃었다. 따라 웃은 지율이 말을 이었다.

"할아버지가 서울에서 저 중학교 다닐 때까지 계시다가 다시 여기 내려오셨죠. 그때 몸이 되게 안 좋아지셨거든요. 의사가 요양이 필요하다고, 고향 내려가시면 어떻겠냐고 권했었대요. 저 때문에 결정 못 하셨는데, 제가 얘기 듣고 기숙사 있는 고등학교 가기로 했어요. 그리고 나서 입학식 전날 할아버지가 진짜 펑펑 우셨죠."

"차 선생님이요?"

자영이 놀란 표정으로 되묻자 지율이 심각하게 고개를 끄덕였다.

"그래서 엄청 걱정했거든요. 나 없으면 어떻게 사시지 싶어서. 근데 막상 떼어 놓고 보니까 야, 내가 그 귀찮은 걸 어떻게 끼고 살았냐, 미쳤다, 이러셨나 봐요."

"설마요."

"진짜예요. 입학하고 처음 외출하는 날 기차표 끊어서 우리 할아버지 어떡하냐고 울면서 내려갔는데 막상 보니까 너무 멀쩡하신 거죠. 하루 자고 나니까 너 언제 올라가냐고 아침부터 저녁까지 한 열 번은 물어보시더라고요."

"서운해서 그러셨겠죠. 차 선생님이 그런 분이 아닌데."

못 믿겠다는 투로 대꾸하자, 지율이 짐짓 한숨을 폭 쉬었다.

"와, 그때 우리 할아버지 못 봐서 그래요. 난 진짜 어디 숨겨 둔 새 할머니라도 있는 줄 알았다니까요."

고개를 절레절레 흔든 지율이 라면을 마저 먹기 시작했다. 잠시 식탁 위로 조용히 식사하는 소리만이 내려앉았다. 역시나 코로 들어가는지 입으로 들어가는지 알 수 없는 라면을 밀어 넣는 사이, 젓가락을 리드미컬하게 움직이는 지율의 손에 자영은 잠시 시선을 빼앗겼다.

당장 교과서에 실려도 될 것 같은 자세로 젓가락을 쥔 손은 묘하게도 지율이 지나온 시간 중 짧은 한 단면을 암시하는 것처럼 느껴졌다.

 지율이 첫날 희동리에 왔을 때, 자초지종을 들은 파출소 사람들은 지율이 사흘도 못 버티고 도망갈 게 뻔하다고 쑥덕거렸다. 할아버지가 미리 일언반구도 없이 불러들여 병원을 맡기고 유럽으로 튀었는데, 멀쩡하게 서울에 병원까지 차려 놨다는 사람이 며칠이나 그 짓을 하겠냐는 것이었다.

 자영 역시 남의 집 축사에서 지율을 마주칠 때마다 내심 이 인간이 며칠이나 더 있다가 야반도주를 할까 생각했던 건 사실이었다. 그런데 뜻밖에도 지율은 묵묵히 덕진의 병원을 지켰다. 처음에는 영 못 미더워하던 동네 사람들도 차츰 지율에게 정을 붙여 가는 참이었다.

 "그럼 방학 때만 여기 왔었어요?"

 잠깐의 침묵이 어색해 자영이 물은 말에 지율이 잠시 기억을 되짚는 듯 눈을 굴리다 대답했다.

 "음, 고등학교 입학하고 처음 한 번 내려갔었고 그 뒤에는 거의 할아버지가 올라오셨어요. 어릴 때는 제가 여기 오는 거 안 좋다고 생각하셨나 봐요."

 "왜요?"

 "부모님 돌아가신 게 나 열 살 때거든요. 여름 방학 시작하고 가족끼리 여행 가는 길에 사고가 엄청 크게 났어요. 병원에서 두 분 다 돌아가시고, 저는 며칠 있다가 깨어났대요."

 지율의 말투는 남의 얘기를 하듯 담담했다. 멈칫한 자영은 저도 모르게 손을 멈췄다.

"사실 그때 일은 기억이 잘 안 나요. 열 살짜리 애한테는 충격이 심했겠죠. 말도 아예 못 하게 됐었어요. 당장 맡아 줄 만한 친척도 없고 하니까 할아버지가 일단 여기로 저 데리고 내려오셨죠."

열 살.

몇 살이냐는 물음에 펴 보이던 조그만 손가락 열 개가 퍼뜩 뇌리를 지났다.

아니지, 이게 무슨 소리야.

물 묻은 손으로 콘센트 만지다 감전된 사람 같은 기분으로, 자영은 멍하니 지율을 마주 보았다.

"그때 여기 한 달쯤 있었어요. 할아버지 생각에는 안 좋은 기억이 있으니까, 좀 나아지기 전에는 일단 여기보다는 다른 데 있는 게 낫다고 판단하셨나 봐요. 그러고 나서 할아버지가 서울에 집도 알아보시고, 강의도 나가시고 하면서 저 중학교 졸업할 때까지 있었던 거죠."

그 애도 열 살이었고.

말을 하지 못했고.

여름이 지나고 여기를 떠났는데.

"…저기, 한 선생님, 지금 몇 살이에요?"

의지와는 상관없이 자영은 말을 더듬었다. 물어봐서 뭐 할 건데, 맞으면 어쩔 거고 아니면 또 어쩔 건데. 속으로 생각했지만 말은 머릿속의 생각보다 훨씬 빨리 입으로 튀어나왔다. 지율이 의아한 표정을 하더니 고개를 약간 기울였다.

"올해 서른인데요."

그때 난 여덟 살이었고 그 애는 열 살이었고.

지금 난 스물여덟이고 이 사람은 서른.

내 이름은 한지율이야…. 편지에 쓰여 있던 글자들이 뇌리를 지났다. 심장이 쿵쿵거리며 뛰기 시작했다. 그냥 동명이인인 줄 알았는데. 세상에 널린 게 이름 같은 사람인데. 나이도, 이름도, 그 기억들도 전부 겹치는 다른 사람이 있다는 우연이 존재할 수 있을까.

"잘 먹었습니다."

자영은 자리에서 벌떡 일어났다. 갑작스러운 자영의 행동에 놀랐는지, 눈을 동그랗게 뜬 지율이 자영을 올려다보았다.

"어, 가려고요?"

"네. 늦었고, 저기, 주무셔야 되고, 저도 내일 출근해야 되는데, 시간이 너무 늦었고, 피곤하니까, 그, 아무튼 시간이 늦었다고요."

입에서 나오는 대로 아무 말이나 횡설수설하는 자영을 빤히 응시하던 지율이 자영의 어깨 너머로 걸린 벽시계에 눈을 주었다. 늦긴 했네, 하고 혼잣말처럼 중얼거린 지율은 자영을 따라 몸을 일으켰다.

"그럼 데려다줄게요."

어쩌다가 전원일기

"괘, 괜찮아요! 괜찮다고! 진짜 괜찮아요!"

사색이 되어 사양하자 지율이 씩 웃었다.

"난 누가 막 그렇게 싫다고 그러면 더 하고 싶어지던데."

"아니, 안 싫어요! 완전 좋아요! 진짜 너무 좋아요!"

다급하게 말을 바꿨으나 함정에 걸렸다는 사실을 깨달은 건 직후였다.

"그렇게까지 좋아하는데 어떻게 거절해요, 나 그런 사람 아니에요."

이 남자가 정말!

남의 속도 모르고 이놈의 인기 어쩌고 하며 씨알도 안 먹히는 소리를 한 지율이 자영을 현관으로 떠밀었다. 얼결에 지율과 함께 집을 나선 자영은 후드 집업 주머니에 두 손을 찔러 넣고 바닥만 보며 걷기 시작했다. 이 심란한 마음을 아는 건지, 멀리서 소쩍새 우는 소리가 났다.

젠장, 비지엠 끝내주네.

달이 밝은 날이었다. 가로등 없이도 사방이 환했다. 모내기를 준비하는 논에 채워진 물이 떨어지는 달빛에 반짝였다. 지율이 곁에서 무슨 노래인가를 나지막하게 흥얼거렸다. 수로로 흘러가는 물소리와 길 위로 드리워지는 긴 그림자 속에서 문득 심장이 뜨끔거렸다.

다시 만나자고 했었는데.

지켜지지 않을 약속이라는 건 이미 알고 있었다. 다시 만나

자고 한 사람은 누구도 돌아오지 않았으니까. 그래도 늘 혹시나, 하고 생각했었다. 그 애는 어떻게 자랐을까. 뭘 하면서 살고 있을까. 너도 언젠가 내 생각을 할 때가 있을까. 그냥 언젠가 한 번은 다시 만나고 싶다고… 그렇게 바랐던 적이 있을까.

자영은 다음 순간 왜 이런 기분이 됐는지 깨달았다. 지율에게 이곳은 가장 불행했던 순간 잠시 머물렀던 장소에 지나지 않았다. 자신이 가진 아름답고 따뜻한 기억들은 지율과는 공유할 수 없는 것이었다. 담담하게 털어놓던 이야기의 장면들 속에 그 여름을 함께 보냈던 여자애 따위는 존재하지 않는 게 당연했다.

"여기 맞죠?"

한참을 걷던 지율이 먼저 발을 멈추며 물었다. 자영은 고개를 들었다. 익숙한 파란색 기와지붕이 눈에 들어왔다. 자영은 주머니 속을 깊숙이 더듬었다. 현관 열쇠가 짤각거렸다. 괜히 기분이 가라앉았다.

고백할 생각도 없었는데 차인 기분 뭐야, 이거.

"안 데려다주셔도 되는데."

고맙다는 인사 대신 멋없게 내뱉은 말에 지율이 불현듯 몸을 숙여 눈을 맞춰 왔다. 예상하지 못한 지율의 행동에 놀란 자영은 한 걸음 물러났다. 등 뒤에 부딪힌 대문이 철컹 소리를 냈다.

팔을 뻗은 지율이 자영의 얼굴 옆으로 손을 짚었다. 그림자가 얼굴 위로 온통 덮일 만큼 가까워져, 숨을 멈춘 자영이 저도 모르게 어깨를 움츠리자 웃는 소리가 났다. 등을 기대고 있던 대문이 뒤로 밀리며 몸이 따라 기울어졌다. 균형을 잃을 뻔한 자영을 재빨리 잡아 준 지율이 다른 쪽 손으로 문을 마저 열어 주며 말했다.

"남한테만 친절하게 굴지 말고, 가끔은 남이 본인한테 친절한 건 어떤 건지 경험해 봐요."

얼결에 대문 안으로 들어선 자영은 눈을 깜빡였다. 뭐라고 말하기도 전, 지율이 먼저 미소를 지었다.

"피곤했을 텐데 미안해요. 오늘 고마웠어요."

오밤중이라 뵈는 게 없어서 그런지 새삼 더 잘생겨 보이는 얼굴에 귀가 뜨거워졌다. 눈에 뭐가 씌었나 싶어 공연히 눈을 비벼 보았으나, 눈을 비비고 봐도 여전히 잘생긴 건 똑같았다.

세상에, 이 자존심도 없는 안자영.

고백하지도 않고 차였는데 이 와중에도 얼굴이 눈에 들어오냐.

"잘 자요."

손을 흔들어 보인 지율이 문을 닫았다. 닫힌 대문 너머로 지율의 발소리가 멀어졌다. 그 자리에 멀거니 서 있던 자영은 고개를 숙여 가슴 부근을 내려다보았다. 심장이 입으로 튀어나

올 기세로 뛰고 있었다. 역시 없던 부정맥이 생긴 게 분명했다.

04

영숙이 라디오를 틀어 놓고 병원 청소를 하는 사이, 책장을 정리하고 있던 지율은 문이 열리는 소리에 고개를 돌렸다. 열린 문틈으로 고개를 들이민 얼굴은 낯이 익었다.

"선상님!"

선동이었다. 학교 마치고 가는 길에 들른 모양이었다. 지율은 반가운 얼굴로 손짓을 했다.

"어, 선동이 왔어? 들어와."

선동이 배시시 웃더니 병원 안으로 쑥 들어왔다. 한쪽의 낡은 소파를 가리킨 지율은 자리에 앉은 선동과 눈을 맞추며 물었다.

"학교 끝났어?"

"네. 인제 끝나서 갈라다가 선상님 뵙구 가려구 왔당께요."

선동이 고개를 끄덕였다. 지난번에 바둑이를 봐준 이후로, 선동은 오늘처럼 자주 병원에 들르곤 했다. 영숙에게 선동의 집안 사정에 대해 대강 들어 알고 있던 터라 안쓰러운 마음도 있었고, 선생님 선생님 하며 잘 따르는 선동이 귀엽기도 해서 지율도 이 꼬마 손님을 사양하지 않았다.

"잘했어. 마실 거 좀 줄까?"

선동의 대답을 듣기도 전 냉장고 문을 연 지율은 주스 두 병을 꺼냈다. 하나는 영숙에게 건네고, 다른 하나는 뚜껑을 따 선동의 앞에 놓아 주자 선동이 머쓱하게 뒷머리를 긁적였다.

"이런 거 안 주셔도 되는디."

"선생님이 주고 싶어서 그래."

지율의 말에 이히히 웃은 선동이 주스를 홀짝거렸다. 지율은 그사이 창을 활짝 열어 놓고 다시 총채로 책장의 먼지를 털어 냈다. 주스를 마시며 지율의 모습을 빤히 보고 있던 선동이 갑자기 물었다.

"선생님, 혹시 서울에 애인 있당가요?"

생각지도 못한 질문에 지율은 손을 멈추며 뒤를 돌아보았다.

"왜?"

"아녀, 그냥 궁금혀서요."

"그런 거 없어, 인마."

"에이, 저가 애라구 그러시는 거 아니지라."

쪼끄만 게 뭘 안다고 싶어 피식 웃자, 선동이 그 속을 읽기라도 한 양 대꾸했다. 총채를 내려놓은 지율은 팔짱을 끼며 선동을 내려다보았다.

"뭘 그래, 그러긴. 진짜 없다니까."

선동이 에에이, 하며 말끝을 늘이더니 다 안다는 표정으로 고개를 설레설레 흔들었다.

"다 선상님 서울에 애인 두고 왔다고 그라던디."

"누가 그래?"

"어른들이 그라던디요."

이 사람들이 애한테 무슨 소리를 하는 거야, 도대체.

대체 왜 그런 소문이 나기 시작했는지 도무지 이해가 가지 않았다. 대체 누가 그런 소리를 했을까 싶어 자신이 아는 동네 사람들의 얼굴을 하나씩 떠올려 보던 지율은 곧 그만두었다. 용의자가 너무 많았다.

"오메, 원장님, 그 인물로 워째 애인 하나 없당가요."

영숙이 개수대에서 걸레를 쫙쫙 짜며 말을 보탰다. 그러게요, 제가 애인이 왜 없을까요. 갑자기 약간 서글퍼진 지율은 어색하게 웃으며 대답했다.

"어쩌다 보니까 그렇게 됐네요."

솔직히 말하자면 인기가 없는 편은 아니었…을 거라고 생각하고 있었다.

다만 대학 다닐 때는 장학금에 눈이 뒤집혀 여자에게 쓸 신경이 없었다. 할아버지가 대학 졸업할 때까지는 아무 걱정 하지 말라고는 했지만, 생활비에 적지 않은 등록금까지 할아버지 못으로 돌리기는 싫어서였다. 그때 붙은 별명이 수의대 철벽남이었다.

악착같이 전액 장학금을 받아 내며 졸업한 뒤에는 대형 동물 병원에 들어가 일했다. 3교대 근무에 응급실이라도 걸리는 주에는 눈코 뜰 새 없이 바빴다. 쉴 때는 운동을 하고 집에서 잠을 잤다. 순식간에 바닥나는 체력을 보충하기 위해서는 다른 짓을 할 겨를이 없었다.

그러다 친구인 윤형이 같이 개원하자며 꼬시는 바람에, 모은 돈을 다 털어 넣고 병원을 열었다. 할아버지에게 빌린 돈도 있다 보니, 투자금은 회수해야 한다는 생각으로 또 죽어라 일했다. 입소문이 나고 어느 정도 궤도에 오르기까지 1년이 넘게 걸렸다. 이제는 좀 안정되긴 했지만, 그렇다고 대충 일할 수는 없는 노릇이었다.

물론 젊은 고객 중 자신에게 관심을 보이는 사람도 꽤 있었다. 연배가 좀 있는 고객들은 선 한번 안 보겠냐고 종종 권하기도 했다. 그러나 연애라니, 지금의 형편을 생각하면 그건 사치 중의 사치였다.

"혹시 뭔 하자가…."

그런 사정을 알 리 없는 영숙이 의혹 어린 눈초리로 지율을 아래위로 훑어보았다. 선동이 옆에서 영숙을 거들었다.

"우리 할배랑 할매가 남자가 멀쩡한디 여자가 없으면 그거라구 그러던디, 그, 저기."

"…그거라니?"

 단어가 생각이 안 나는 듯 눈을 굴리는 선동의 얼굴에, 어쩐지 불안해진 지율이 되물었다. 그러자 선동이 답답한 듯 발을 동동거렸다.

"아따, 왜 그거 있다 안 혀요. 안 되는 거."

"고자?"

 안 되다니, 뭐가… 하고 생각하기 무섭게 영숙이 물었다. 두 사람의 시선이 일제히 지율에게 쏠렸다. 사색이 된 지율은 펄쩍 뛰었다.

"오 선생님, 애 앞에서 무슨 말씀 하시는 거예요! 선동아, 아냐! 그런 거 아니라고!"

 다만 시간과 상황이 허락하지 않아서 그럴 뿐 그게 안 되거나 그런 게 절대 아니라고 변명하려 했으나, 미처 입을 떼기도 전 누군가가 벌컥 문을 열고 들어섰다.

"대낮부터 뭣이 그러코롬 아니라고 난리를 부려 쌌소?"

 대체 어떻게 말면 저토록 강력한 컬이 유지되는지 신기할 정도로 뽀글거리는 머리가 먼저 눈에 들어왔다. 희동리의 여성 주민이라면 누구나 하고 있는 그 헤어스타일 아래로 매처럼 번뜩이는 눈이 병원 안을 훑어보았다. 부녀회장 세련이었다.

"아, 아무것도 아닙니다. 어쩐 일이세요?"

 식은땀을 닦은 지율이 묻기 무섭게 세련이 팔짱을 끼며 지율을 아래위로 훑어보았다.

"원장님, 음주 가무 좀 허요?"

"…네?"

오늘 아무래도 마을 사람들이 한지율 당황시키기 챌린지라도 하는 모양이었다. 무슨 소린가 싶어 얼빠진 표정으로 되묻자, 세련이 혀를 끌끌 찼다.

"음주 가무 몰러? 술 먹고 노래허고 궁딩이 좀 흔드냐, 이 말이여."

물론 음주 가무가 무슨 말인지 몰라서 물어본 건 아니었다. 뜬금없이 술 마실 때 남의 엉덩이 사정이 갑자기 왜 궁금한지 이해가 가지 않았다. 사생활 없고 오지랖이 뻗치는 동네 사람들에게도 이젠 어느 정도 적응됐다고 생각했는데, 아무래도 그건 오판인 듯했다.

"그… 술은 가끔 먹긴 하는데 가무는…."

"워메, 술은 먹는데 가무를 왜 안 혀? 인생 헛살았네."

지율의 말이 채 끝나기도 전 다시 한번 끌탕을 한 세련이 손가락을 하나 척 들어 보였다.

"거두절미허고, 우리 부녀회에서 원장님헌티 부탁이 있소."

"무슨 부탁이신지…."

지율은 말끝을 흐렸다. 까닭 없이 뭔가 불길한 예감이 찾아든 탓이었다. 갑자기 음주 가무 좀 하냐고 묻더니 부녀회에서 부탁할 게 있다니, 심상치 않은 일이 분명했다.

"들어주실 건지, 안 들어주실 건지 그것부터 딱 말하랑께."

"뭔지 알아야 얘기를 하죠."

경계하는 지율의 태도를 눈치챘는지, 세련이 허리에 한쪽 손을 짚더니 다른 쪽 손으로 삿대질을 했다.

"아따, 무슨 남자가 이러코롬 잔말이 많어! 사내답게 딱 허겄습니다, 그러면 되지!"

"회장님 부탁이시면 들어드리긴 할 건데요, 아무리 그래도 뭔지는 알고…."

뭔지 몰라도 일단 거절하고 싶은 기분이었으나 예의상 차마 그렇게 말할 수는 없었다. 영 떨떠름한 지율의 얼굴 따위는 안중에도 없다는 듯, 세련이 지율의 양팔을 덥석 붙들었다.

"그럼 됐소. 노래자랑 한번 나갑시다."

"…네?"

내가 지금 뭘 잘못 들은 거겠지?

지율이 귀를 의심하며 눈을 깜빡이자, 세련이 씩씩대며 콧김을 뿜었다.

"마정리 부녀회장 고것이 아주 느이 동네는 인물 없어서 예심부터 똑 떨어진다고 사람을 살살 긁으면서 염병을 해 쌌는디, 나가 또 지고는 못 사는 사람이여. 코를 아주 납작하게 눌러 불랑게."

아무래도 농담이 아닌 것 같았다.

"저기, 잠깐만요, 회장님. 어딜 나가라고요?"

도저히 믿을 수가 없어 조심스럽게 묻기 무섭게 세련이 삿대질을 했다.

"아따, 젊은 사람이 귓구멍이 막혔소? 노래자랑! 전! 국! 노! 래! 자! 랑! 일요일 점심 먹을 때 허는 프로 말이여!"

"아니, 그건 아는데요. 갑자기 무슨 노래자랑을…."

"갑자기고 자시고! 벌써부터 안 순경도 나간다 혔어!"

갑자기 등장한 자영의 얘기에 지율은 더 당황했다. 이 여자가 안 끼는 데가 없다 없다 하니까 이젠 전국 노래자랑에도 나간다고? 이게 보통 오지랖으로 가능한 일인가 의심이 갔으나, 그 와중에 뜬금없이 자영이 노래를 잘하는지 갑자기 궁금해졌다.

대체 애창곡이 뭘까. 할머니 할아버지들하고 그렇게 어울리는 걸 보면 역시 트로트겠지. 아냐, 의외로 댄스곡일지도… 발라드는 아닐 것 같고… 설마 힙합 취향인가 따위의 생각을 떠올리던 지율은 퍼뜩 현실로 돌아왔다.

"회장님, 잠깐만요! 안 순경님이 나가는 거랑 제가 무슨 상관인데요!"

"아따, 잠깐은 무신! 그냥 원장님은 우리 안 순경이 시키는 대로만 허면 된다 그 말이여!"

뭘 시킬 줄 알고 시키는 대로만 하라는 건데요.

울고 싶은 기분이 된 지율이 막 뭐라고 항변하려는데, 다시 병원 문이 열렸다. 이제 병원 문이 열리면 겁부터 났다. 얼어붙은 지율은 열린 문으로 고개를 홱 돌렸다. 자영이 들어오려다 말고 병원 안의 사람들을 보더니 의아한 표정을 했다.

"무슨 일 있어요?"

무슨 일이 있긴 있죠.

지율이 대답하기도 전 세련이 손뼉을 쳤다.

"아이고, 호랭이도 지 말 허면 온다더니 우리 안 순경 왔네."

문 앞에 선 자영을 끌어당겨 가까이 오게 한 세련이 자영의 옆구리를 쿡쿡 찔렀다.

"그 전국 노래자랑 이번에 여기 오잖여."

"네. 그게 왜요?"

"안 순경이 예심 나간다구 혔지?"

세련의 말에 자영이 생전 처음 듣는 소리라는 얼굴로 자기를 가리켜 보였다.

"…제가요?"

그 순간 덫에 걸린 사람이 자신 혼자가 아니라는 사실을 직감한 지율은 황급히 끼어들었다.

"회장님, 이건 얘기가 다르잖아요!"

"다르긴 뭣이 달러! 안 순경이 나가는 거여!"

자영 역시 이마에 이게 지금 뭔 소리야, 하고 써 붙인 표정으로 두 사람을 번갈아 보았다. 위풍당당한 자세로 콧김을 뿜고 있는 세련을 유심히 보던 자영이 뭔가를 알아차린 듯 고개를 약간 기울였다.

"그, 일단 그렇다고 치고 그게 왜요?"

뭐가 일단 그렇다고 치고야!

이 상황을 너무나 순순히 받아들이는 자영에게 속으로 울분을 터트리려는데, 세련이 지율과 자영을 손가락으로 가리켰다.

"이왕 나가는 거 원장님허구 안 순경허구 둘이 같이 나가!"

"네?"

"마정리에서두 이번에 새로 온 보건소 의사랑 간호사랑 나간다는데 우리가 질 수 없당께!"

마정리 얘기가 나오기 무섭게 자영이 뭔가 눈치챘다는 표정으로 한숨을 쉬었다. 아무래도 세련에게 순응할 것 같은 그 분위기에, 지율은 이미 부질없다는 걸 알면서도 다시 한번 소심하게 항변하려 했다.

"회장님, 이건 아무래도….”

"아따, 그 잘난 얼굴 뒀다 어디 쓸라고 그라요! 냄비에 코 박고 사골 되도록 우려먹으라고? 잘돼서 테레비 타면 서울 두고 온 애인도 테레비서 원장님 얼굴 보고 좀 좋겠소!"

물론 역시 서두도 시작하기 전 세련이 호통을 치며 칼같이 말을 잘랐다. 그러자 그때까지 가만히 듣고만 있던 선동이 불쑥 끼어들었다.

"거시기, 선상님 그런 거 없당게요."

"뭣이 없어?"

세련이 갑자기 끼어든 선동에게 되물었다. 선동이 순진무구한 얼굴로 이쪽을 가리켰다.

"선상님이 서울에 두고 온 애인 없다잖여요."

"워메, 사지가 멀쩡한 총각이 뭔 일이랴?"

눈을 휘둥그렇게 뜬 세련이 지율에게 시선을 돌렸다. 자영도 동그란 눈을 깜빡이며 지율을 빤히 쳐다보았다. 애인 없는 게 뭐 남이 들으면 안 될 얘기는 아니었으나, 자영의 표정에 괜히 마음이 초조해졌다.

아니, 여기서 애인 없다는 얘기가 왜 나와.

내가 잘해 준 게 딴 맘 있어서라고 생각하면 어쩌라고!

솔직히 말하자면 요즘 들어 자영이 부쩍 신경 쓰이는 건 사실이었다. 한밤중에 최 씨의 축사까지 달려와 자신을 도와준 날 이후부터 더 그랬다.

그냥 오지랖 넓고 남 일에 참견하기 좋아한다고만 생각했는데, 부모님이 일찍 돌아가시고 외할머니 손에서 자랐다는 걸 알게 되자 일종의 동질감 같은 게 생겨난 건 사실이었다. 게다가 데려다준다고 했더니 그녀답지 않게 팔짝 뛰며 당황하는 건 솔직히 귀여웠다.

그날 어쩐지 좀 친해진 기분이 들었는데, 그게 혼자만의 착각이든 뭐든 최근 들어 그간 자영에게 품었던 서운함은 타 놓은 믹스커피에 물 붓듯 맹맹해지고 있는 참이었다.

그러니까 뭐, 솔직히 말하자면 호감이 좀 생긴 참이었다. 하지만 아직 무슨 짓을 한 것도 아닌데 자영에게 벌써부터 오해를 받고 싶진 않았다.

"원장님, 고것이 참말이당가? 서울에 두고 온 애인이 없어야?"

심란해진 지율의 속 따위는 알 바 아니라는 듯 세련이 눈을 빛냈다. 흐흠, 하고 팔짱을 끼며 지율을 아래위로 몇 번이나 훑어보던 세련이 은근하게 물었다.

"원래 없었당가, 아니면 여기 와서 찢어졌당가?"

"원래 없었습니다."

"아아니, 말이 안 되는디. 그 인물로 왜?"

"바빴습니다."

반쯤 자포자기한 심정이 된 지율은 한숨처럼 대답했다. 세련은 영 탐탁잖다는 얼굴로 고개를 갸웃거렸다.

"워메, 암만 그래도 여자들이 가만둘 상이 아닌디. 혹시 남자끼리 좋아하는 그런 건 아니고?"

"네?"

이 촌구석에서 부녀회장에게 듣기에는 지나치게 리버럴한 질문이었다. 이걸 개방적이라고 해야 하는 건지, 편견이 없다고 해야 하는 건지. 잠시 헷갈린 지율은 발끈할 기력도 없어 손만 내저었다.

"그럴 리가요."

"그라면 그, 밤일이 잘 안 되나?"

"아닙니다!"

방금 발끈할 기력도 없다고 한 게 무색하게, 저도 모르게 목소리가 올라갔다. 고자에 게이도 모자라 발기 부전 취급까지 당할 수는 없었다. 자영이 먼 산으로 시선을 돌리며 헛기침을 하는 얼굴이 눈에 들어와, 지율은 정말 울고 싶은 기분이 되었다.

이게 지금 어디서부터 잘못된 걸까.

남이야 그러거나 말거나 귓구멍을 후비적거린 세련이 씨익 웃었다.

"아따, 나 귀 안 먹었소. 그라면 더 잘됐구마잉. 테레비 타면 혹시 알어, 거기서 보고 애인 될 여자들 줄 설지. 찾아오는 여자 있어서 잘되면 나가 중신비는 안 받겠소. 워뗘, 아주 혹 허제? 막 나가고 싶고 그라제?"

옆구리를 팔꿈치로 쿡쿡 찌르며 대답을 강요하는 얼굴에 지율은 네에, 하며 마지못해 대답했다. 그 대답에 드디어 만족했는지, 세련이 배를 쭉 내밀더니 달력을 가리켰다.

"예심이 담주 금요일잉께 그날 보더라고."

지율이 뭐라고 대꾸를 하기도 전 나 가네, 하고 손을 흔든 세련이 위풍당당한 황제펭귄 같은 폼으로 사라졌다. 열린 문 밖으로 멀어지는 세련의 뒷모습을 멀거니 보고 있던 지율은 실낱같은 헛된 희망을 걸고 자영을 돌아보았다.

"…회장님이 농담하시는 거겠죠?"

그러나 돌아온 자영의 대답은 역시나 가차 없었다.

"아닐걸요."

"에이, 설마."

"설마가 사람 잡죠."

너무나 평온한 말투에 울컥한 지율은 자영에게 삿대질을 했다.

"안 순경님도 오늘 처음 듣는 얘기라면서요!"

"그렇긴 한데 원래 마정리 부녀회장님하고 상극이시라, 저렇게 나오면 아무도 못 말려요. 어릴 때부터 두 분이 라이벌이었대요."

그 말을 듣고 있던 영숙이 옆에서 고개를 주억거렸다.

"그라제. 마정리 부녀회장 강말녀하고 둘이서 아주 못 잡아먹어 안달이랑께. 둘이서 여중 다닐 때부터 앙숙이여. 장세련이가 마정리 야그만 나오면 눈깔이 뒤집혀 분당게요. 강말녀 고것도 희동리 얘기만 나오면 마빡에 핏대가 빡 서제."

그 기나긴 라이벌의 역사가 대체 나랑 무슨 상관이라고! 고래 싸움에 등이 터져도 유분수지! 속으로 절규하는 지율 따위는 아랑곳하지 않고, 영숙이 말을 이었다.

"강말녀 고것이 아마 호시탐탐 장세련 득득 긁을라고 눈치를 봤을 것이여. 원장님 오시고 마을에 잘생긴 총각 왔다고 소문이 짜했당게. 장세련이가 에지간히 자랑을 하고 다녔응게

강말녀 고게 아주 칼을 갈고 노래자랑 이길라고 할 것인디."

세련이 자신을 동네방네 자랑하고 다녔다는 것도 놀라웠으나, 마을 동물 병원 의사 잘생긴 게 남의 동네 부녀회장 자존심을 긁을 일이 된다는 게 더 놀라웠다. 도무지 믿을 수가 없어 입을 벌리고 있던 지율은 조심스럽게 물었다.

"…동네 분들이 그걸 다 아세요?"

"아따, 근방 사람들이면 다 알제. 둘이 붙으면 아무도 못 말린당께. 성격은 좀 보통이여? 우리 안 순경은 재작년에 장세련이 하도 성화를 부려서 단감 아가씨도 출전했어야."

"네?"

뜻밖의 정보에 놀란 지율은 자영 쪽으로 고개를 휙 돌렸다. 자영이 보기 드물게 당황한 얼굴로 오 선생님, 하고 불렀으나 영숙은 킬킬거리며 말을 덧붙였다.

"강말녀가 지 조카 단감 아가씨 출전하는데 일등은 따 놨다고 하도 그라니께, 장세련이가 질 수 있나. 근데 갸는 여자 조카가 없어서 안 순경을 내보냈쟎여. 강말녀 조카는 똑 떨어지고 우리 안 순경이 단감 아가씨 2등상을 혀 가지고 동네잔치도 했당께."

"아니, 그 얘기는 왜 하세요!"

자영이 귀까지 빨개지며 팔짝 뛰었다. 지율은 저도 모르게 새어 나오는 웃음을 감추기 위해 황급히 입가를 가렸다. 단감 아가씨라니. 이건 뜻밖의 정보였다.

"워메, 가문의 자랑인디 뭣이 어떻다고!"

도리어 영숙이 면박을 주자, 불 위에 올려놓고 잊어버린 프라이팬은 저리 가라 할 정도로 빨개진 자영이 황급히 말을 돌렸다.

"…아무튼 그러니까 선생님도 대충 하세요. 예심이야 뭐 방송국에서 보는 건데, 떨어지면 할 수 없잖아요."

"안 한다는 선택지는 없는 겁니까?"

"그건 자유인데 대신 피곤해지시는 것도 자유니까."

그 대답에 방금 찾아왔던 세련을 떠올리자 모골이 송연해졌다. 아무래도 노래자랑에 안 나간다고 했다가는 매일같이 찾아와 들볶는 건 물론이고, 예심 날 납치당해 심사장에 끌려갈 수도 있을 것 같았다.

차라리 자영의 말대로 대충 하다 예심에서 떨어지는 게 덜 피곤한 길일지도 몰랐다. 지율은 자신이 빨리 타협하는 스타일이라는 걸 잘 알고 있었다.

"…무슨 노래 할 건데요?"

"안 순경, 예심 준비는 잘돼 가는가?"

세련이 찾아온 지 채 하루도 지나기 전, 동네에서 자영과 지율이 노래자랑 예심에 나간다는 이야기를 모르는 사람이 없게 된 판이었다. 파출소에서도 며칠째 틈만 나면 그 얘기만 하는 통에, 질려 버린 자영은 자처해서 순찰을 돌고 있었다.

오늘도 오후 순찰을 돌고 들어오기가 무섭게, 믹스커피를 대접으로 타서 마시고 있던 만성이 마치 기다렸다는 듯 묻는 말에 자영은 자리에 앉으며 건성으로 대답했다.

"대충 하는 거죠, 뭐."

"아따, 희동리의 미녀 가수 안자영인디 대충이 어딨당가."

뒤에 앉아 있던 배용천 경장이 놀림 반 진심 반으로 끼어들었다. 미녀 가수 다 죽었네요, 하고 대꾸한 자영은 남몰래 한숨을 내쉬었다.

아닌 게 아니라, 그날 동물 병원에서 세련의 얘기를 들었을 때까지만 해도 부녀회장님이 또 시작이구나, 적당히 대충 하다 예심 떨어지면 그만이지 하고 생각했던 터였다.

그런데 문제는 지율이었다.

그렇게 말도 안 된다며 하기 싫은 티를 팍팍 내더니, 막상 예심 접수를 끝내자마자 갑자기 열의에 불타기 시작하는 게 아닌가. 무슨 노래를 부를까부터 시작해서 의상 콘셉트니 제스처니 율동이니 아주 아이디어가 넘치는 모양이었다.

수시로 이건 어때요? 하고 오는 메시지에 원래 가무를 죽도록 사랑하는 사람인가 의심이 될 지경이었다. 물론 그렇게 묻자 지율은 펄쩍 뛰었으나, 아무래도 믿을 수가 없었다.

"그나저나 한 선생 기생오래비같이 생겨서 뭐 노래는 좀 할 줄 안디야?"

노래만 좀 하나요, 춤도 좀 춘다는데요.

용천의 물음에 목까지 나오려던 말을 누른 자영은 헛기침을 두어 번 하고는 말을 돌렸다.

"기생오라비라뇨, 그건 잘생긴 거죠."

말을 뱉자마자 실수했다는 생각이 들었다. 역시나 파출소 안 모든 사람의 시선이 일순간 자영에게 쏠렸다. 만성이 들고 있던 커피를 마실 생각도 않고 오메, 하며 의뭉스러운 눈으로 자영을 보았다.

"아이니, 안 순경…."

뒤로 이어질 말은 보나 마나 뻔했다. 자영이 다급히 그게 아니라, 라고 하려는데 때마침 전화벨이 울리기 시작했다. 의혹에 찬 표정으로 자영을 보던 만성이 마지못해 수화기를 들었다.

"야, 파출소인디."

언제나처럼 느긋하게 전화를 받던 만성의 목소리가 갑자기 올라갔다.

"아이고메, 환장하겠네 증말. 또? 언제 그랬당가? 워메, 이 육시럴 놈들을 워쩐디야. 그 뭐시기냐, 거시기, 씨씨티비는 봤소? 아이고, 염병할! 내가 씨씨티비 좀 진즉에 고쳐 놓으라고 혔소, 안 혔소! 환장해 부러! 일단 알았어야, 알았고 지금 사람 보낼 텡게 기다리고 있으라고!"

수화기를 내려놓기 무섭게 혀를 끌끌 찬 만성이 다시 한번 아이고메, 하며 구시렁거렸다. 사건이랄 만한 것이 워낙 없는 동네에서 만성이 저렇게까지 반응하는 건 흔치 않은 일이었다. 자영은 의아한 표정으로 물었다.

"무슨 일인데요?"

"아따, 송춘식이네 축사에서 소를 도둑맞았다잖여."

만성의 말이 끝나기 무섭게 용천이 눈을 휘둥그렇게 떴다.

"워메, 또?"

"이 육시럴 놈의 소도둑 새끼들, 아주 다리몽댕이를 칵 조져 부러야지. 벌써 한두 번도 아니고 이 일을 우짠디야. 허필 씨씨티비도 고장 난 거 고치지도 않고 그냥 뒀다는디 미쳐 불겄다. 엊그제 새끼 낳은 소라는디."

끌탕을 한 만성이 대꾸했다. 처음에는 산 아래 사는 황평훈네 축사에서 태어난 지 두 달 된 송아지 두 마리를 도둑맞았고, 그다음에는 마을 경계의 양삼영네서 젖소 한 마리, 이번에는 송춘식네의 암소 한 마리까지 벌써 올해 들어 소도둑 신고만 세 번째였다.

희동리는 남의 집 숟가락 젓가락 개수조차 빤히 알 정도로 작은 마을이었다. 외지인이 드나드는 것이 눈에 띄지 않을 리 없었다. 그러나 마을 내부인이라면 더 말이 안 되는 소리였다. 서로 사정이 환한데, 남의 집 소를 훔쳐다 팔아먹는다는 건 상상도 하지 못할 일인 탓이었다.

"야, 상현아. 혹시 모르니께 전화 좀 돌려 보더라고. 우리만 이런가."

만성의 말에 상현이 네, 하며 수화기를 들었다. 인근 경찰서 몇 군데에 전화를 돌려 본 상현이 심각한 표정으로 말했다.

"희동리만 그런 게 아니고 일대에 소도둑이 다 기승이래요. 마정리랑 당리, 이평리에서도 벌써 소 도둑맞았다는 게 열 집도 넘는다는데요."

인근 마을이라고 희동리와 딱히 다를 것 없는 처지였다. 다른 곳에서도 소도둑이 그렇게 난리라면 아무래도 전문꾼들인 게 분명했다. 만성이 오만상을 찌푸렸다.

"허이구, 이 사지를 매달아서 쫙쫙 찢어 불 것들. 지난번에 동리에서 면사무소에다 씨씨티비 더 달아 달라고 한 건 워떻게 됐는지 물어봤고?"

"다른 동네에서도 그 민원이 많이 들어갔는데 예산이 아직 안 내려왔나 봐요. 안 그래도 시청 쪽에서 조금 전에 소도둑 때문에 민원이 많다고, 야간 순찰 좀 확실히 돌아 달라고 공문 내려보냈다고 하더라고요."

공문 얘기를 듣기 무섭게 만성이 탄식을 했다.

"아따, 느자구 없는 인간들. 저들 일 아니라고 어따가 야간 순찰을 돌라 마라여. 사람도 없는디."

때마침 상현이 말한 공문인지 팩스 들어오는 소리가 났다. 아이고오, 하고 죽는 소리를 낸 용천이 자리에서 느적대며 일어나 팩스로 향했다. 전송된 공문을 읽어 본 용천이 종이를 팔락거렸다.

"근무표 다시 짜야겠어요."

"염병, 잡히기만 혀 봐. 오뉴월 염천에 타 죽은 거시렝이마냥 아주 대로에 매달아서 뼈와 살을 다 말려 불 것인게."

당장이라도 그럴 기세로 허공에 삿대질을 한 만성이 자영에게 말했다.

"안 순경이 송 씨네 가 보더라고. 뭣이 워떻게 된 건지 물어보고, 주변에 거시기, 저, 블랙박스 있나 없나도 좀 보고."

"네."

자리에서 일어난 자영은 부리나케 파출소를 나섰다.

순찰차를 몰고 춘식의 축사에 도착한 자영이 차 문을 열고 내리자, 축사 입구 근처에 서 있던 낯익은 뒷모습의 남자가 이쪽을 돌아보았다. 지율이었다.

"어, 안 순경님!"

지율이 멀찌감치서 손을 흔들었다. 아니, 이 사람은 왜 또 여기 있어.

"여긴 어쩐 일이에요?"

가까이 다가간 자영이 묻자, 지율이 축사 안쪽을 가리켰다.

"엊그제 출산한 암소 젖에서 계속 고름이 나온다고 좀 봐 달라고 하셔서 왔는데, 그 소가 없어졌다고 하시네요."

지율에게 보이려고 했던 소가 그 도둑맞은 소인 모양이었다. 축사 안에 있던 춘식이 말소리를 들었는지 부스럭대며 고개를 내밀었다.

"어이구, 안 순경 왔는가."

"네, 아저씨. 어떻게 된 거예요?"

자영이 묻기 무섭게 춘식이 속상해 죽겠다는 표정으로 땅이 꺼지게 한숨을 쉬었다.

"워메, 아주 미쳐 불겄어. 대낮에 눈까리를 뻔히 뜨고 있는데 소를 홀랑 집어 간다냐."

"축사에 사람이 없었어요?"

"그라제. 점심 먹을라고 잠깐 내려갔는디 고단새 없어졌어야."

춘식이 축사 아래편의 집 지붕을 가리켰다. 축사와 춘식의 집은 걸어서 5분도 걸리지 않는 거리였다. 점심을 먹으러 갔다면 실제로 축사를 비운 건 30분에서 길어야 한 시간 정도였을 텐데, 그사이 소를 훔쳐 갔다는 소리였다.

자영은 축사를 살펴보았다. 바깥 도로에 접한 뒷문 쪽 자리가 하나 비어 있었다. 차를 바짝 대고 가장 가까운 곳에 있는 소를 밀어 넣어 바로 도주하는 그림이 머릿속에 그려졌다. 천장을 보자 불이 꺼진 CCTV가 부질없이 매달린 게 눈에 들어왔다.

자영은 손가락으로 천장을 가리키며 물었다.

"CCTV는 고장 났다면서요?"

춘식이 풀이 죽은 얼굴로 고개를 주억거렸다.

"가을에 고장 난 걸 고친다 고친다 하면서 미뤘더니 딱 이렇게 돼 부렀잖여. 허필 몸 푼 지 며칠 되지도 않은 걸 집어 가서, 에잉. 성찮다고 어디다 내다 버리지는 않나 몰러."

마음이 영 안 좋은지 춘식이 구시렁거렸다. 아파서 보이려고 했던 소가 그새 사라졌으니, 혹여 남의 손을 타다 잘못되기라도 할까 봐 걱정인 듯했다.

"여기서 내려가는 길은 저 뒷길 하나뿐이니까 내려가면서 혹시 CCTV나 블랙박스 찍힌 거 있는지 알아볼게요. 일단 소 사진 있으면 좀 보내 주세요."

"그랴."

순순히 대답한 춘식이 축사를 나간 사이, 자영은 핸드폰으로 우선 여기저기 사진을 찍었다. 올해 봄은 가문 편이라, 땅이 완전히 말라 있어 발자국도 잘 보이지 않았다.

자영이 사진을 다 찍고 차로 돌아가려 하자, 그때까지 뒤에서 기웃거리며 자영을 지켜보고 있던 지율이 좀 태워 줘요, 하며 뒤를 따라왔다.

"소도둑이 원래 흔해요?"

순찰차 옆자리에 탄 지율이 묻는 말에 자영은 관자놀이 부근을 긁적였다.

"그런 일이 잘 없었는데 요새 아주 조직적으로 활동하나 봐요. 희동리만 그런 게 아니고 다른 동네에서도 난리라고 그러네요. 면사무소에서 야간 순찰 좀 많이 돌아 달라고 하는 거 보니까."

자영의 말을 들은 지율이 눈을 동그랗게 떴다.

"그럼 안 순경님도 야간 순찰 다 나가요?"

"그럼요."

"위험하잖아요. 사람이 안 순경님밖에 없는 것도 아니고."

걱정스러운 기색이 역력했다. 별생각 없이 하는 말일 거라고 생각하면서도, 그 말에 이놈의 부정맥이 또 시작이었다. 순식간에 심장이 입으로 튀어 나올 것 같은 기분이 된 자영은 애써 심호흡을 했다.

왜 나댈 데 안 나댈 데를 모르고 팔딱거려, 얘는.

"저한테 무슨 일 생기면 노래자랑 예심 못 나갈 테니까 더 좋을 거 아니에요."

부러 밥 얻으러 온 흥부 보는 놀부 같은 말투로 대꾸하자, 지율이 갑자기 진심으로 서운한 표정을 했다.

"무슨 말을 그렇게 해요."

그쪽이야말로 말을 왜 그렇게 해요, 하고 묻고 싶은 마음이 굴뚝같았다. 서울 남자들은 다 이렇게 다정이 병인가 싶었으나, 대학 시절 학교에서 목격했던 서울 남자들을 생각하니 그건 절대 아닌 것 같았다.

대체 차 선생님은 손자를 어떻게 키우셨기에 이렇게 쓸데없이 외간 여자의 호수 같은 마음에 돌을 던지는 거야? 공연히 지금쯤 유유자적하게 지중해 크루즈를 타고 있을 덕진을 잠시 원망한 자영은 황급히 화제를 돌렸다.

"그나저나 노래 연습은 잘돼요?"

희동리 읍내에 딱 하나뿐인 노래방을 최근 지율이 전세 내고 있다는 건 마을에서 모르는 사람이 없었다. 아예 노래방에 선금을 걸어 놓고 병원 문 닫기 무섭게 들어앉아 연습하는 모양이었다.

고심에 고심을 거친 끝에 '사랑의 배터리'를 부르기로 했는데, 노래 안 한 지가 오래돼서 연습을 좀 해야 한다며 자영은 근처에도 못 오게 하고 있었다. 지율의 실력을 궁금해하는 마을 사람들에게, 며칠 전 노래방 주인인 김향화 사장이 한마디로 지율의 노래를 평해 주었다.

"들어 줄 만혀."

노래방 운영만 20년을 한 향화는 기계보다 냉철한 평가로 이름이 높았다. 그런 점을 고려했을 때, 들어 줄 만하다는 평가는 극찬에 가까웠다. 물론 향화는 그 뒤에 한마디를 덧붙이기는 했다.

"아, 근디 낯짝하고 같이 봐야 뒤여."

그러다 보니 떨어지는 노래 실력을 얼굴로 상쇄한다는 뜻인가, 하고 짐작하는 사람들도 많았다. 노래 연습 얘기가 나오기 무섭게 지율의 표정이 어두워진 걸 보니 후자일 가능성이 높겠다고 자영 역시 점치고 있는 바였다.

"…예심 떨어지면 회장님이 나 가만히 안 두겠죠?"

울적해진 지율을 본 자영은 잠시 세련을 떠올렸다. 예심 탈락 소리를 듣는 순간 마정리 부녀회장 말녀가 그럴 줄 알았다며 깔깔거리고, 세련이 빠글빠글 볶은 머리 아래로 분노에 찬 눈을 번뜩이는 그림이 마치 본 듯 그려졌다.

"최선을 다했는데도 떨어지면 어쩔 수 없죠."

마음에도 없는 말을 하자 지율이 불안한 투로 물었다.

"안 순경님이 봐도 떨어질 것 같아요?"

"보질 못해서 모르겠는데 일단 얼굴로 밀어 보세요."

무심코 대답하자마자 머리를 박고 싶은 기분이 되었다. 거짓말 못 하는 성격이 꼭 이럴 때 주책이었다. 지율이 잘생긴 건 사실이었고 마을 사람 모두가 그 사실을 인정하고 있었으며 자영 역시 그걸 부정하고 싶지는 않았으나, 본인 앞에서 이렇게 말할 생각은 절대 없었던 것이다.

"잠, 잠깐만, 오해하지 마시고."

자영이 다급히 변명하려 했으나 지율은 그렇게 호락호락하지 않았다. 방금까지의 불안한 기색은 어디로 갔는지, 순식간에 의뭉스러운 표정을 한 지율이 자영을 아래위로 훑어보았다.

"단감 아가씨에 빛나는 안 순경님이 절 그렇게 보시는 줄은 미처…."

그놈의 단감 아가씨!

영숙의 질량 낮은 주둥이를 원망한 자영은 얼른 손을 내저었다.

"제 얘기가 아니라 사람들이 그러니까!"

"안 순경님은 아니고요?"

"아니란 건 아니지만!"

"그럼 맞다는 소리네."

뻔뻔하게 자기의 잘생김을 수긍하는 지율이 얄밉기는 했지만, 딱히 할 말이 없었다. 입을 다문 자영이 운전을 하며 창밖으로 도로에 설치된 CCTV가 있는지, 세워 둔 차들이 있는지 살펴보는 사이 지율이 갑자기 옆에서 물었다.

"단감 아가씨는 어쩌다가 나간 거예요?"

"어쩌다 보니까 그렇게 됐어요."

민망하게 뭘 그런 걸 자꾸 궁금해하는지 모를 노릇이었다. 세련이 나가라고 성화를 부리며 서류까지 접수해 둔 통에, 어차피 서류 탈락이겠지 뭐, 하며 안일하게 생각했던 게 화근이었다.

놀랍게도 어쩌다 보니 본선에 진출했고, 더 놀랍게도 그해의 단감 아가씨 선이 되는 바람에 지역 신문에 사진까지 실렸다. 마을 어귀부터 현수막이 걸린 건 당연했다. 할머니는 자영이 한복을 입고 단감 한 박스를 든 사진을 대문짝만하게 인화해 집 거실에 걸어 두기까지 했다. 물론 그 사진은 지금 창고에 들어가 있었다.

"그게 그렇게 막 대충 나가도 뽑히고 그런 건 아닐 거 아니에요."

"그런 거 맞아요."

세워 둔 트럭의 차 번호를 메모하며 건성으로 대꾸하자, 등 뒤에서 에이, 하는 지율의 목소리가 들렸다.

"아닌데. 오 선생님이 사진도 보여 주셨는데."

"뭐라고요?"

그 말에 화들짝 놀란 자영은 뒤를 홱 돌아보았다. 지율이 빙글빙글 웃으며 대답했다.

"단감 아가씨 할 만하던데요."

사람 놀리나, 하고 생각했으나 지율의 말투로 미루어 보아 그건 분명한 칭찬이었다.

삽시간에 귀가 빨개진 자영은 단감 아가씨는 무슨, 이 동네는 대봉시가 맛있는데, 오 선생님 댁 감나무 대봉시를 작년에 얼려 먹었는데, 하고 입에서 나오는 대로 아무 말이나 중얼거렸다. 헛소리일 게 확실한데도 진지한 표정으로 이쪽을 빤히 보는 지율의 시선이 느껴져, 자영은 지율 쪽을 쳐다보지도 못하고 병원 앞에 차를 세웠다.

"아, 아무튼 한 선생님도 혹시 무슨 얘기 들으면 파출소로 제보 주세요."

민망함에 평소답지 않게 더듬거리자, 지율이 무슨 말인가를 하려는 듯 잠시 사이를 두었다가 미소를 지었다.

"네. 그건 그렇고, 이번 주에 야간 순찰 없는 날 있으면 퇴근하고 올래요?"

"…왜요?"

누가 들어도 데이트 신청하는 말투라 저도 모르게 긴장한 자영이 되묻자, 지율이 씩 웃었다.

"노래 연습 좀 하려고요."

좋다 말았네.

"너무 열심히 하는 거 아니에요?"

성급하게 나댄 심장을 원망한 자영은 애써 부루퉁함을 감추며 대꾸했다. 그런 속을 알 리 없는 지율이 진지한 얼굴을 했다.

"나 뭐 하나 시작하면 대충 하는 건 싫어하거든요."

어련하시겠습니까.

하기야 서울 한복판에서 동물 병원 하면서 강아지 고양이나 보던 사람이, 하루아침에 시골구석에 처박혀 소와 돼지를 보게 됐는데도 그렇게 열성적인 걸 떠올리자 이해가 안 가는 건 아니었다.

아무 때나 설레는 내 죄가 크다, 하고 속으로 생각한 자영은 예에, 하고 건성으로 맞장구를 치며 창을 올렸다. 그때 갑자기 지율이 손으로 올라가는 창을 붙잡더니 불쑥 얼굴을 들이밀었다.

"아, 저기요."

"왜, 왜요!"

갑자기 가까워진 얼굴에 기겁해서 반사적으로 목소리가 높아졌다. 자영은 왜 이렇게 더워, 하고 공연히 중얼거리며 화끈대는 목덜미를 부여잡았다. 그러나 정작 지율은 잠시 말없이 자영을 물끄러미 마주 볼 뿐이었다. 민망한데 여기서 눈이라도 찔러야 하나, 하며 자영이 무서운 생각을 하던 찰나, 지율이 씩 웃었다.

"야간 순찰 혼자 돌지 말라고요. 걱정되니까."

"수, 순찰은 2인 1조니까! 괜찮아요!"

더듬거리고 싶지 않은데 입만 열면 없던 병이 생기는 기분이었다. 그 말에 아 다행이다, 하고 웃은 지율이 손으로 전화하자는 제스처를 만들어 보였다.

"연락 줘요."

고개만 끄덕인 자영은 황급히 차창을 올리며 액셀을 밟았다. 천진난만한 얼굴로 손을 흔드는 지율의 모습이 사이드 미러로 점차 멀어졌다.

아무 때나 설레는 나도 잘못인 건 아는데.

아무 때나 설레게 하는 사람도 잘못인 거 아니냐고.

"나를 사랑으로 채워 줘요, 사랑의 배터리가 다 됐나 봐요…."[4]

누가 자다가 툭 치면 바로 벌떡 일어나서 부를 수도 있을 것 같은 경쾌한 노래가 집 안에 울려 퍼졌다. 부엌 가스레인지 앞에 선 지율은 프라이팬 위의 계란을 휘적거리며 노래를 흥얼댔다.

우유를 넣어 풀어 둔 계란이 녹은 버터와 함께 몽글몽글하게 덩어리질 때쯤, 토스터에 미리 넣어 뒀던 식빵 두 쪽이 톡 튀어 올라왔다. 거실에 틀어 둔 텔레비전에서 밤 9시를 알리는 시보 소리가 들렸다. 요즘은 퇴근 후에 노래방으로 직행해 최소 한 시간은 연습하는 통에, 저녁 식사 시간이 점점 뒤로 밀리고 있었다.

노래가 자신 없으면 일단 얼굴로 밀어 보라던 자영의 충고에 따라, 부어 보이는 걸 피하기 위해 요즘은 저녁을 최대한 간단히 먹는 중이었다. 내일이 예심이니 하루만 더 지나면 이 지긋지긋한 노래 연습과 식단 조절도 끝날 터였다.

지율은 접시 위에 구워진 식빵과 대충 썰어 둔 양배추에 오이, 방금 만든 스크램블드에그를 세팅해 식탁 앞에 앉았다. 이

---
4 「사랑의 배터리」, 홍진영, 『사랑의 배터리(single)』, 2009.06.19.

건 무슨 브런치 카페도 아니고. 음식을 내려다보다 헛웃음을 뱉은 지율은 포크로 오이 한 조각을 집어 씹다 문득 식탁 한쪽에 아무렇게나 놓인 사진 몇 장에 시선을 주었다.

손을 뻗어 사진을 가까이 가져온 지율은 한쪽 턱을 괴며 심각한 얼굴로 오이를 아작거렸다. 사진 속에는 단감 한 박스를 들고 활짝 웃는 자영의 얼굴이 선명했다. 연두색 저고리에 주황색 치마까지 더해져 그야말로 인간 단감이었다. 며칠 전 영숙이 집에서 찾았다며 준 사진이었다.

"원장님이 여엉 안 믿는 거 같길래 내가 집을 다 뒤져 가지고 찾아왔다는 거 아니여."

그렇게 불신에 가득했었나. 약간의 반성을 한 지율은 사진 속 자영을 물끄러미 들여다보았다. 동그란 얼굴에 동그란 눈동자. 첫인상은 영 아니었으나 요즘은 가끔, 사실은 자주 의외로 귀여운 데가 있네, 하고 생각하는 중이었다.

게다가 까닭이 뭔지는 모를 노릇이었으나, 최근 들어 자영이 자신 앞에서 자주 당황하거나 귀가 빨개지거나 한다는 것도 눈치채고 있었다.

설마 나한테 관심 있나?

말도 안 된다고 생각하면서도, 지율은 마음 한구석에서 그게 왜 말이 안 되냐고 속삭이는 악마의 목소리에 마지못한 척

수긍했다.

그래, 말이 안 될 건 없지.

물론 그런 자신감이 그리 길게 가지는 않았다. 이건 연애를 너무 안 해서거나, 이 촌구석에 너무 오래 있어서일 게 분명했다. 한숨을 쉰 지율은 다음 사진을 보았다.

동네 어귀에서 '희동리의 자랑 미스 단감 안자영'이라고 쓰인 현수막 아래 자영과 마을 사람들이 함께 찍은 사진이었다. 현수막의 글씨 위를 손끝으로 두어 번 오가던 지율은 손을 멈췄다.

"그냥 물어볼까, 말까…."

혼잣말처럼 중얼거린 지율은 눈썹 위를 문질렀다. 요 며칠 사이 머릿속에서 떠나지 않는 궁금증이 하나 생긴 탓이었다. 시작은 며칠 전 영숙이 이 사진을 가져오던 날의 대화에서부터였다.

"그런데 대체 안 순경님은 왜 그렇게 안 하는 게 없어요? 원래 그랬어요?"

무심코 던진 질문에 영숙은 커피를 홀짝거리며 대꾸했다.

"아따, 콩알만 할 적부터 마을 사람들이 다 같이 키웠는디요, 그럼. 애비고 애미고 나 몰라라 하는 걸 지 할매가 거둬

왔는디, 맴이 영 안됐잖여요. 마을에서 어린것 밥 멕이고 도시락 싸 주고 하면서 키웠으니께 안 순경도 은혜 갚을라고 그라지. 맴씨가 허벌나게 곱당게. 가만있자, 그랗게 안 순경이 희동리 온 게 벌써 한 20년 된 일인가. 올해 스물여덟잉게. 아이고, 좋은 자리 있으면 시집이나 보내면 쓰겄는디."

마지막 문장에서 어쩐지 영숙의 눈이 번쩍 빛났으나, 지율은 미처 그녀의 눈빛을 보지 못했다. 갑자기 화살처럼 날아들어 머리에 팍 꽂힌 말 때문이었다.

희동리에서 20년을 살았고, 올해 스물여덟이라고.

지율이 그 순간 떠올린 건 당연하게도 그해 여름 냇가에서 만났던 소녀였다. 여름이 지나고 희동리를 떠난 뒤 다시 만나지 못했었는데. 이름도 모르고 사진 한 장 없는 기억 속의 아이였다. 가끔 방학 때 여기로 돌아오면 늘 그 애를 생각했지만, 매번 비슷한 소녀조차 본 적이 없었다.

그러니까.

하하, 이 미친 자식.

그럴 리가 없잖아.

"…그러면 안 순경님이 20년을 여기서 살았다고요?"

"그라지요. 그, 거시기 뭐냐, 대학 다닐 때 고 몇 년은 용돈이며 방값이며 죄 자기가 벌어서 낸다구, 고때만 서울에 붙어 있었당께요. 고때 말고는 쭈욱 여기 있었지요."

"학교도 계속 여기서 다녔고요?"

"워메, 그러면 핵교를 워디서 댕겨요. 고등핵교는 면에 있어 가지고 버스 타고 댕겼던가, 암튼 안 순경이 자랄 때 희동리 밖으로 나가 보질 않았는디."

또래 아이들이 드문 마을이었다. 그러니 자신이 아무리 가끔 왔대도 자영이 눈에 띄지 않았을 리 없었다. 그러니 아닐 거야, 하고 생각하기 무섭게 영숙이 아아, 하며 손뼉을 딱 쳤다.

"아아, 참. 방학 되면은 거시기, 한 한 달씩 서울에 가 있긴 했네."

"서울에요?"

한 달씩이나 서울에 있을 이유가 뭔가 싶어 되묻자, 영숙이 순간적으로 낭패라는 표정을 했다. 그러나 그 순간은 너무 찰나라 헛것을 본 것 같기도 했다.

"야. 암튼 그랬는디, 암튼 이 촌구석에서만 딱 붙어 살았당께요."

영숙이 서둘러 말을 돌렸다.

어쨌든 자영이 왜 방학에 서울로 갔는지는 이미 중요한 게 아니었다. 맞추다 말고 대충 박스에 아무렇게나 집어넣어 둔 퍼즐 조각 같은 기억들이 머릿속에서 분주하게 움직이기 시작했다. 20년 전, 지금 스물여덟이면 꼭 두 살 차이, 방학 때만 마을을 떠났다면….

지율은 황급히 자영의 얼굴을 떠올렸다. 흐릿한 기억 속 그 애의 얼굴은 자영의 얼굴과 겹쳐지는 것 같기도 했고, 아닌 것 같기도 했다. 정신이 멀쩡하던 시절이 아니었으니 기억을 제대로 하지 못하는 건 당연했지만, 갑자기 없던 빈혈이 오는 기분이었다.

"…그러고 보니까 희동리에 안 순경님 또래는 없나요?"

이거 뭐, 완전 드라마 주인공 된 기분이네.

속으로 생각하며 애써 태연한 척 묻자, 눈치 빠른 영숙이 뭔가 수상쩍은 기미를 느꼈는지 눈을 가늘게 뜨며 지율을 마주 보았다. 저게 뭔 생각으로 자꾸 꼬치꼬치 캐묻나 싶은 모양이었다. 그러나 영숙은 곧 순순히 대답했다.

"또래라 허면 상현이가 두 살인가 많을 것이고… 안 순경허고 비슷헌 여자애들은 없당께요. 진즉에 다 나가 부렀지요. 자영이 다음으로 젤 어렸던 게 저그, 저기 국밥집 충주댁 손녀들인디 자영이보다 네 살인가 다섯 살인가 많은 게 작은애고 큰애가 일곱 살이 많았나. 염병, 나이가 드니께 머리가 오락가락 허네. 그 집 손녀들은 국민핵교 마치기 전에 서울 갔어야."

영숙의 말을 다시 떠올리던 지율은 멍하니 자영의 사진 위를 덧그리다 퍼뜩 현실로 돌아왔다. 아무리 논리적으로 생각해도, 그때 만났던 그 소녀가 자영이라는 확신이 점점 짙어지는 중이었다.

결국 며칠 전 우연히 송춘식 씨 댁 축사에서 만났던 날, 자신을 순찰차에 태워 병원 앞까지 데려다준 자영에게 혹시 나 기억하냐고까지 물을 뻔했다. 5분도 안 되는 시간 동안 속으로 최소한 백 번쯤은 고민한 기분이었다.

이게 뭐라고.

별것도 아닌데 그냥 물어보면 되지 뭐.

마침내 그렇게 결심하고 저기요, 하고 운을 뗐지만 막상 그렇게 물어보려 하니 입이 떨어지지 않았다. 갑자기 든 생각 탓이었다. 만약 자영이 정말 그 애라면… 헤어질 때 준 편지에 분명히 이름을 적었었다. 한지율. 흔한 이름은 아니니 만약 자신을 기억하고 있다면 처음부터 알아보지 않았을까.

편지를 주었을 때 그 애는 그렇게 말했다. 다시 못 만나잖아. 마치 이미 모든 걸 알고 있는 사람처럼. 아니라고, 꼭 다시 돌아올 거라고 고개를 흔들었지만 결국 그 애의 말처럼 되어 버렸다. 그 이후로 한 번도 만나지 못했으니까.

아냐, 너무 어릴 때잖아. 하지만 얘기하면 기억하지 않을까. 그런데 기억해서 뭘 어쩌려고. 결국 약속을 못 지킨 건 난데. 기억한다면 지금까지 말을 꺼내지 않은 건 실망해서일지도 몰라. 만약 기억을 못 한다면 굳이 그런 얘기를 할 필요가 있을까…. 대학 원서 접수할 때보다 더 갈등하며 괴로워하던 지율의 선택은 '일단 보류'였다.

그렇지 않아도 요새 기승을 부린다는 소도둑 때문에 노래 연습이고 뭐고도 없는 자영이었다. 다른 일에 신경 쓰게 하고 싶지는 않았다.

"밥이나 먹자, 밥이나."

혼잣말을 중얼거리며 다시 포크로 양배추를 찍기 무섭게, 식탁 위에 둔 핸드폰이 시끄럽게 진동하기 시작했다. 지율은 의아한 얼굴로 벽에 걸린 시계를 보았다. 분명 9시가 넘은 시각이었다.

이때쯤이면 거의 잘 준비를 하는 게 마을 사람들의 패턴이었기에, 이 시간에 전화가 오는 건 드문 일이었다. 윤형인가, 속으로 생각하며 핸드폰을 본 지율의 눈에 뜻밖의 이름이 들어왔다.

오영숙 선생님

칼출근과 칼퇴근의 화신인 영숙이었다. 저녁 6시면 시계보다도 정확히 퇴근하는 영숙이 이 시간에 전화를 한다는 게 이상했다. 병원에 무슨 일이 생겼나 싶어 가슴이 덜컥해진 지율은 서둘러 발작하듯 웅웅대는 핸드폰을 집어 들었다.

"네, 한지율…."

입니다, 하고 말을 채 끝맺기도 전 영숙의 다급한 목소리가 돌아왔다.

– 원장님, 지금 싸게 우리 집으로 좀 와 주실 수 있당가요?

"…네?"

이 밤중에 무슨 소리인가 싶어 되묻자, 숨이 턱 끝까지 찬 영숙이 호들갑을 떨었다.

– 시상에, 나가 퇴근하고 저그 경산댁 집에서 여태 고스톱 치다가 들어왔는디 집에 도둑이 든 거 같아야. 대문도 열려 있구 막 인기척이 나는디, 무서워서 들어갈 수가 없당께요. 싸게 싸게 좀 와 주셔요, 예?

"경찰에는 신고하셨어요?"

– 혔는디 지금 허필이면 다 순찰 돌러 나갔다잖여.

"알겠습니다. 지금 바로 갈게요."

지율은 바로 자리에서 일어나 거의 손도 대지 않은 저녁을 내팽개치고 집을 나섰다. 영숙의 집은 자전거로 채 5분도 걸리지 않았다. 미친 듯이 페달을 밟아 이제는 좀 익숙해진 밤길을 달린 지율이 영숙의 집 근처에 멈춰 서자, 멀찍감치 나와 있던 영숙이 입가에 손가락을 대며 다른 쪽 팔을 휘적거렸다.

"선생님, 괜찮으세요?"

길가에 대충 자전거를 세워 놓은 지율이 묻자마자 영숙이 대문 쪽을 가리키며 발을 동동 굴렀다.

"어째야쓰까, 나 염통 떨려 죽겄네. 거시기, 닭장 쪽에서 누가 겁나 뿌시락거려야. 뉘 집 개새끼인 줄 알았는디 사람이여, 사람."

"아직 안에 있어요?"

"그런 것 같어야. 이게 뭔 일이당가."

지율이 그쪽으로 한 걸음 내딛기 무섭게 영숙이 뒷덜미를 덥석 잡았다.

"워딜 가실라고?"

"제가 한번 가 볼게요."

지율의 말이 떨어지자마자 영숙의 매서운 손바닥이 등짝으로 날아들었다.

"오메, 미쳤소. 뭔 일이 날 줄 알고 저길 갈라 허요."

"그러면 밤새 가만히 기다리고 계시려고요?"

"고것은 아니지만…."

눈치를 살피는 영숙을 안심시킨 지율은 마른침을 삼키며 대문 안으로 조심스럽게 들어섰다. 기름칠이 덜 된 철문이 삐익 소리를 내며 마저 열렸다. 마당에 서서 귀를 기울이자, 영숙의 말대로 뒤뜰 부근에서 인기척이 났다. 닭장 속의 닭들이 푸드

득대며 꼭꼭 소리를 냈다.

 설마 진짜 도둑은 아니겠지. 희동리는 점심에 어느 집에서 닭 한 마리 고아 먹었다고 하면 그게 뉴스가 될 정도로 평화로운 마을이었다. 그런 곳에서 범죄라니, 아무래도 어울리지 않았다. 누가 어지간히 취해 집을 잘못 찾은 게 분명했다.

 그렇게 스스로 안심해 보려 했으나 야속하게도 심장은 쿵쿵거렸다. 무의식중에 등줄기로 얇게 식은땀이 배었다. 핸드폰의 손전등을 켠 지율은 숨을 죽이며 뒤뜰 쪽으로 향했다.

 장독대 부근에서 부스럭대는 소리가 다시 한번 들렸다. 영숙의 집 뒤뜰은 동네 뒷산과 접해 있었다. 살쾡이 같은 게 산에서 내려왔나 싶어, 걸음을 멈춘 지율은 그쪽으로 손전등을 비췄다.

 "거기 누구 있어요?"

 다음 순간 지율의 눈에 들어온 건 검은 인영이었다. 아무리 봐도 사람이라, 대경실색한 지율은 그 자리에 뚝 멈춰 섰다. 놀란 건 상대도 마찬가지인 듯했다. 시커먼 점퍼에 모자를 뒤집어쓴 남자가 얼굴에 지푸라기를 잔뜩 묻힌 채 장독대 뚜껑을 들고 지율을 마주 보았다.

 "당신, 뭐야?"

 몇 시간처럼 느껴지는 몇 초의 정적을 먼저 깬 건 지율이었다. 남자의 얼굴이 눈에 들어왔다. 인근에서는 처음 보는 사람이었다. 사오십 대쯤 됐을까, 어둠 속에서도 짙게 그을린 얼굴이며 억센 턱이 눈에 띄었다. 어디서 굴렀는지 지푸라기가 묻은 얼굴 왼쪽에는 긴 흉터가 선명했다.

지율의 물음에 상대도 정신이 번쩍 들었는지, 들고 있던 장독대 뚜껑을 이쪽으로 내던지더니 냅다 지율을 밀치며 달아났다. 지율은 황급히 남자의 뒤를 쫓았다. 궁금했는지 대문 밖에서 고개를 기웃거리던 영숙이 갑자기 뛰쳐나온 남자와 부딪쳐 뒤로 나동그라졌다.

"아이고, 사람 죽네!"

영숙의 비명에 지율은 황급히 오 선생님, 하며 넘어진 영숙을 부축했다. 그사이 도망친 남자는 어디로 간 건지 흔적조차 보이지 않았다. 아마 길가의 논두렁 쪽으로 숨은 모양이었다. 때마침 길 저편에서 사이렌을 울리며 순찰차가 가까이 다가왔다. 바닥에 주저앉은 영숙이 여기여, 여기, 하며 손을 흔들었다. 집 앞에 선 순찰차에서 상현과 자영이 내렸다.

"이제 오면 워쩐당가!"

영숙이 보자마자 면박을 주자, 상현이 바로 변명했다.

"빨리 오려고 했는데 요새 소도둑 때문에…."

"어떻게 된 거예요? 한 선생님은 여기 어쩐 일이시고요?"

그사이 옆에서 열린 대문 안으로 집 안을 넘겨다본 자영이 물었다. 지율은 영숙의 옷에 묻은 흙을 털어 주며 대답했다.

"오 선생님이 집에 누가 있는 것 같다고 전화하셔서요. 제가 들어가 보니까 웬 남자가 집 뒤에서 장독을 뒤지더라고요.

누구냐고 물어보니까 갑자기 사람을 확 밀고 도망가서…."

"칼이라도 들고 있었으면 어쩌려고 거길 들어가요!"

말이 끝나기도 전 자영이 버럭 고함을 쳤다. 갑자기 자영이 소리를 지르는 통에 화들짝 놀란 지율이 눈을 동그랗게 뜨자, 영숙과 상현도 이게 뭔 일인가 하는 표정으로 자영을 보았다. 곧 너무 심했나 싶었는지, 자영이 두어 번 헛기침을 하더니 말을 돌렸다.

"얼굴은 봤어요?"

"네. 잠깐…."

"그러면 일단 파출소로 같이 가시죠. 여기서 기다려요."

순찰차 쪽을 가리킨 자영이 상현과 함께 영숙의 집 안을 샅샅이 살폈다. 거실 창도 흔들어 보고, 뒤뜰로 난 부엌 창까지 꼼꼼히 둘러본 자영은 잠시 후에 다시 나와 영숙에게 말했다.

"일단 없어진 물건은 없는 것 같은데 범인도 도망치고 했으니까, 오늘은 다른 데서 주무세요. 저희가 알아보고 내일 연락드릴게요."

"워메, 무셔라. 이 오밤중에 누구 집에를 간당가?"

영숙의 말에 상현이 얼른 끼어들었다.

"저희 집으로 가시죠."

"이장님 댁에? 나야 괜찮은디…."

"제가 가서 어머니한테 말씀드릴게요. 일단 한 선생님하고 차에 타세요."

영숙과 지율을 뒷좌석에 태운 상현이 순찰차 운전석에 앉았다. 밤중에 이게 무슨 날벼락이람. 속으로 생각하는 사이 이장님 댁에 영숙을 내려 준 두 사람이 파출소로 향했다.

파출소 문을 열고 들어서자마자 만성이 하품을 쩍 하며 갔다 왔냐, 하고 말을 붙이다 지율을 알아보고는 멈칫했다.

"한 원장님은 무신 일로?"

"아주머니가 무서워서 선생님한테 전화하셨나 봐요. 선생님이 집에 들어갔다가 뒤뜰에 누가 있는 걸 봤대요."

자영이 대신 대답하자 만성이 어어, 하며 자리에 앉으라는 손짓을 하더니 혀를 찼다.

"아따, 원장님 간댕이가 부었당가. 그런 데 함부로 들어가면 큰일 난당께. 거시기, 뭐여, 암튼 몽타주라도 좀 작성혀 봐. 요새 동네가 흉흉해 죽겄네."

다시 한번 입이 찢어지게 하품을 한 만성이 커피를 홀짝였다. 그사이 자리에 앉은 지율은 문득 자영의 책상 위에 놓인 종이를 보았다. 누군가의 몽타주를 프린트한 것이었다. 이상하게 낯이 익은 건 기분 탓만은 아닌 것 같았다. 억센 턱에 왼쪽 뺨의 흉터.

지율이 그 종이를 한참 뚫어져라 보자 자영이 의아한 얼굴로 물었다.

"왜요?"

"내가 아까 본 사람 이 사람하고 무지 닮았어요."

"네?"

자영이 눈을 동그랗게 떴다. 지율은 몽타주 위를 가리키며 물었다.

"그 사람도 턱이 되게 세고 왼쪽 얼굴에 흉터가 길게 있었는데, 이 사람 뭐예요? 범죄자예요?"

"이거 아까 낮에 다른 동네에서 소도둑 몽타주라고 온 건데."

곁에서 고개를 쑥 내민 상현이 말을 보탰다. 뒤에서 얘기를 듣고 있던 만성이 자리에서 벌떡 일어났다.

"뭣이여? 그럼 오 선생 집에 든 도둑이 고 소도둑놈이라고? 고놈 워디로 갔는디?"

"논으로 뛰어내려서 숨은 것 같았어요."

지율이 대답하자 자영이 서둘러 전화를 들었다.

"수색 지원 요청하고 바로 다시 나가 볼게요."

당장이라도 출동할 기세인 자영을 말린 건 용천이었다. 용천은 자영이 들고 있던 수화기를 얼른 빼앗아 들며 자영을 떠밀었다.

"아이고, 안 순경. 퇴근 시간 지났어야. 이번 주 내내 쎄가 빠지게 순찰 돌았으면 되야지, 시간이 몇 신디 지금 다시 나간다고 그랴. 어제랑 그제도 야간 돈다고 한숨도 못 잤잖여!"

한숨도?

용천의 말에 지율은 자영에게로 휙 시선을 돌렸다. 연습은 커녕 요 며칠 바빠서 미안하다며 코빼기도 한번 제대로 안 비친 이유가 이거였나. 여기 남자가 몇 명인데, 자영이 온갖 동네 잡일 도맡아 하는 것도 모자라서 잠도 못 자고 순찰하러 다니는 건가 싶어 저도 모르게 표정이 굳어졌다.

"괜찮아요."

남의 속을 알 리 없는 자영이 하품을 하며 심드렁하게 대답했다. 다음 순간 반사적으로 말이 날카롭게 튀어나갔다.

"아니, 그럼 지금 며칠째 초과 근무인데 뭐가 괜찮아요? 여긴 경찰이 안 순경님밖에 없습니까?"

자영이 하품을 하다 말고 눈을 동그랗게 뜨며 지율을 쳐다보았다. 파출소 안의 공기가 삽시간에 싸하게 가라앉았다. 사람들의 시선이 일제히 지율에게 쏠렸다. 저마다 이마에 저 자식이 갑자기 뭣을 잘못 먹었당가, 하고 써 붙인 표정들이었다.

이놈의 주둥이!

욱하는 김에 뱉은 말인데, 분위기를 보니 빨리 주워 담아야 할 것 같았다.

"그게, 내일이 예심인데 그러면 목도 안 좋고 그렇잖아요!"

황급히 변명을 덧붙이기 무섭게, 잠시 머릿속에서 그 대형 이벤트를 완전히 잊고 있었다는 걸 깨달은 지율은 좌절하고 싶은 기분이 되었다. 그러게. 그러고 보니 내일이 그놈의 노래자랑인데!

눈을 껌뻑이며 자영과 지율을 번갈아 보던 용천이 어어, 하며 손뼉을 딱 쳤다.

"워메, 날짜가 벌써 그렇게 됐당가. 원장님 야그가 맞네잉. 그랴, 안 순경. 내일이 노래자랑 예심인디 목 잠겨서 노래 못 허면 어쩔라고 그랴. 언능 들어가더라고. 이것은 우리가 알아서 할 텡게, 내일 예심 잘허고 와서 마저 혀."

자영이 영 마음에 걸리는 표정으로 그래도요, 하고 대꾸하자 만성이 거들었다.

"아이고, 안 순경 하나 없다고 워떻게 되는 것도 아니고. 지원 요청은 우리가 할 텡게 휘딱 한 원장님 데불고 가."

마지못해 자리에서 일어난 자영이 가요, 하며 먼저 파출소를 나섰다. 소도둑보다 더 중요한 게 노래자랑 예심이라니, 여긴 아무래도 뭔가 잘못됐어. 서둘러 뒤따라 나온 지율은 속으로 생각했다. 물론 그 말을 차마 입 밖으로는 꺼낼 수 없었다.

자영이 괜찮다는 걸 위험하다고 우겨 집 앞까지 데려다주는 사이, 사실 지율의 머릿속에는 소도둑과 노래자랑 예심보다 더 중요한 문제가 내내 떠돌고 있었다. 물론 당연하게도 그건 자영이 과연 자신의 기억 속 소녀냐 아니냐였다.

10분도 되지 않는 시간 동안 이걸 물어볼까 말까를 최소한 이백 번쯤은 고민한 것 같았다. 얼마나 넋을 놓고 있었는지, 자영이 눈앞에서 손가락을 흔들어 보이는 통에 퍼뜩 정신이 돌아왔다.

"무슨 생각을 그렇게 하세요?"

"아, 아, 아닙니다."

누가 봐도 아닌 게 아니었으나, 자영은 의혹에 찬 눈초리를 하면서도 더 묻지는 않았다. 내일 아침에 동네 입구에서 보죠, 하고 덧붙인 자영이 문을 닫고 들어가는 뒷모습을 보고 있던 지율은 한숨을 내쉬며 머리를 흩었다.

나도 모르겠다.

어떻게든 되겠지.

아마 내일 노래자랑도…까지 생각이 미치자 조금 더 울적해지긴 했다. 집으로 돌아온 지율은 후다닥 씻고 잠을 청했다. 부엌 식탁 위에 그대로 남겨진 부실한 저녁 식사 따위는 이미 잊은 지 오래였다.

다음 날 아침 일찍 일어나 준비를 마치고 동네 입구로 나가자, 뜻밖에도 세련이 자영과 함께 차를 세우고 기다리고 있었다. 회장님은 무슨 일로, 하고 운을 떼기도 전 세련이 얼른 가자며 재촉을 했다.

예심장에 도착하자 이른 오전인데도 벌써 사람들이 우글거렸다. 우시장 근처라, 그렇지 않아도 새벽부터 경매 온 사람들까지 더해져 인산인해를 이루는 중이었다. 멀리서 들리는 소 울음소리와 크게 틀어 놓은 트로트 음악이 한데 섞여 묘한 분위기를 자아냈다.

"원래 이렇게 사람이 많아요?"

주차장에 내린 지율이 놀라서 묻자 세련이 대신 대꾸했다.

어쩌다가 전원일기 169

"아따, 노래자랑 예심 하는 것도 여태 못 봤소? 서울에서도 하더만."

"…못 봤는데요."

"오메, 원장님 완전 서울 촌놈이구마잉."

순식간에 서울 살면서 노래자랑 예심도 한 번 본 적 없는 촌놈이 된 건 좀 억울했으나, 뭐라고 항변하는 순간 말이 길어질 것을 직감한 지율은 입을 다물었다. 지율이 그러거나 말거나, 세련이 트렁크를 열더니 뭔가 바리바리 싸 온 짐을 내렸다. 초록색과 주황색이 뭉쳐진 커다란 뭔가를 끄집어낸 세련이 옜소, 하고 지율에게 그것을 내밀었다.

"이게 뭔데요?"

얼결에 정체도 모르는 물건을 받아 든 지율은 시선을 내렸다. 자세히 보니 천으로 만든 주머니 안에 솜을 채워 만든 단감 모형을 하와이 꽃목걸이처럼 엮어 둔 단감 목걸이에, 누가 봐도 머리에 올리기 딱 좋게 생긴 대형 단감 쿠션이었다.

이걸 뭐 어쩌라고?

당황한 지율이 얼어붙어 서 있자, 세련이 허리에 양손을 척 짚었다.

"잔말 말고 허더라고. 목걸이는 모가지에 딱 걸고! 모자는 대그빡에 딱 쓰고!"

"아니, 뭔지는 알고…."

"아따, 젊은 양반이 눈까리가 모지란가. 단감 아니요, 단감.

십 리 밖에서 봐도 단감이네."

 아, 예. 그런 것 같긴 한데요.

 "…그건 알겠는데, 이걸 꼭 이렇게 해야 되나요?"

 지율이 아무래도 영 내켜 하지 않는다는 걸 눈치챘는지, 척척 걸어온 세련이 지율의 손에서 단감 목걸이를 빼앗아 냅다 걸어 주었다.

 뜬금없이 하와이 여행객의 기분이 된 지율이 반항하기도 전, 뒷머리를 꽉 눌러 지율의 목을 숙이게 한 세련이 잽싸게 머리 위에 단감 쿠션을 얹고 턱 밑에서 끈을 묶었다. 가히 암살자라고 해도 믿을 만큼 빠르고 정확한 손길이었다.

 "아따, 보기 좋구만."

 손을 탁탁 턴 세련이 만족스럽다는 표정으로 지율을 훑어보았다. 머리 위에 얹힌 단감 쿠션과 목에 걸린 단감 목걸이 탓에 순식간에 인간 단감이 된 기분이었다.

 나이 서른인 남자가 이 꼴이 된 게 정말 보기 좋은 걸까.

 답을 알 수 없는 의문을 떠올린 지율이 그래도 이건, 하고 소심하게 저항하려는데, 세련이 한마디를 덧붙였다.

 "진짜 단감으로 할라던 것을 오 선생이 모가지 부라진다고 말려서 산 줄 알어."

 "…네?"

 "우리 원장님 모가지 작살날까 봐 부녀회에서 한 땀 한 땀 아주 손가락 지문이 다 닳아 불게 만든 것이랑께."

아, 예.

심지어 핸드메이드.

물론 이런 걸 어디서 팔 것 같진 않긴 했다. 목에 주렁주렁 매달린 미니 단감 쿠션을 멍하니 매만지던 지율은 곧 현실에 순응했다. 대충 세어 봐도 여기 들어간 단감 모형이 이십 개는 넘는데, 목에 진짜 단감 이십 개를 걸고 있다가는 급성 디스크가 올 게 분명했다.

그래. 어차피 걸 단감이면 가벼운 게 낫고, 죽은 사람 소원도 들어준다는데 산 부녀회장님 소원이 이거라면 못 들어드릴 이유도 없지.

윤형이 늘 너는 가만 보면 쓸데없이 긍정적일 때가 있다며 야단치던 이유를 이제야 납득할 수 있었다. 사람이 역시 무슨 일에서든 배우는 게 있다니까.

"어이, 장세련이!"

그때 멀리서 도발적인 외침이 들렸다. 무심코 그리로 시선을 주자, 세련과 쌍둥이라고 해도 믿을 정도로 닮은 브로콜리 머리의 여인이 멀찍감치서 다가왔다. 이 근방에는 미용실이 한 군데밖에 없는 게 아닐까, 하는 합리적인 의심을 하는 사이 세련이 콧방귀를 뀌며 대꾸했다.

"오냐, 말녀야. 모가지에 부목을 댔냐, 언니를 보면 재깍재깍 인사를 해야제. 그러코롬 싸가지가 없어서 이 험한 세상 어찌 살라고 그러냐."

그녀가 바로 그 문제의 마정리 부녀회장 강말녀인 모양이었다. 키도, 머리 모양도, 얼굴도, 심지어 빨간색 윗도리에 보라색 월남치마까지 똑같이 입은 통에 얼핏 보면 분간이 가질 않았다. 가까이 온 말녀가 지율을 아래위로 훑어보더니 팔짱을 끼었다.

"흥, 꼴에 노래로 이길 자신은 없어서 깜찍하게 단감으로 싸맸당가."

죄송하지만 그 깜찍하게 단감으로 싸맨 놈이 절 말씀하시는 건가요.

차마 입 밖으로 나오지 않는 물음을 삼키며 어색하게 웃은 지율이 안녕하세요, 라고 인사를 하려 하자 세련이 옆구리를 꼬집었다. 먼저 인사하면 지는 거여, 하고 복화술로 윽박지른 세련이 턱을 치켜들었다.

"하이고, 인물이 좋아야 노래도 잘허는 것 모르냐. 말녀 너는 인물로 이길 자신 없으면 짜져 있으랑께. 희동리는 단감 아가씨 배출 마을이여, 이 잡것아. 예선에서 똑 떨어진 마정리하고는 비교가 안 되제."

"오메, 이것이 아침부터 간댕이가 배 밖으로 나왔구만."

"아따, 니는 창자가 아주 뒤집혀 부는 모양이제? 뒤집힌 김에 주둥이로 오장육부 구경 좀 해 볼 것이여?"

아침부터 듣기에는 상당히 과격한 발언들이 오갔다. 사색이 된 지율과는 달리, 옆에 선 자영은 늘 있는 일이라는 얼굴로 태연하게 먼 산을 보고 있을 뿐이었다. 잠시 내장 구경에 대한 대화가 몇 마디 더 오간 뒤, 두 사람은 서로 씩씩거리며 어디론가 향했다. 당황한 지율은 자영에게 물었다.

"저분들 어디 가시는 거예요?"

"커피 마시러요."

"…커피요?"

커피가 아니라 목을 따고 적장의 피를 마실 기세였는데?

지율이 귀를 의심하며 되묻자 자영이 한마디를 덧붙였다.

"저러고 사신 지 한 50년 됐대요."

50년 동안 얼굴만 보면 저런다니, 어떤 의미에서 본다면 너무 심각하게 절친한 것 같기도… 하고 생각하던 지율은 곧 정신을 차렸다. 지금은 남 걱정을 할 때가 아니었다. 목에 매달린 단감들이 강렬하게 자기주장을 하는 걸 내려다보고 있던 지율은 불신하는 투로 물었다.

"그… 괜찮을까요…?"

"괜찮다니까요."

부녀회장님들 얘기인 줄 알았는지 자영이 건성으로 대답했다. 지율은 황급히 손을 내저었다.

"아니, 그거 말고 저요."

안 괜찮다고 해도 이제 와 어쩔 수 없는 일이었으나, 그 말에 자영이 시선을 돌려 이쪽을 보았다. 아래위로 몇 번이나 지율을 훑어보던 자영이 곧 심각한 표정으로 대답했다.

"귀여운데요."

머리 하나는 더 큰 남자에게 할 만한 칭찬인가, 이게.

물론 단감 쿠션을 머리에 묶고 단감 목걸이를 건 남자에게 멋있다고 칭찬하는 건 더 시력과 진의를 의심해야 할 일이긴 했다. 잠시 말을 잃고 있던 지율은 곧 체념했다.

"아, 그래요. 단감 아가씨가 귀엽다니까…."

그래도 혼자 죽을 순 없지.

아니나 다를까, 그 말이 나오기 무섭게 지금까지 평온하던 자영이 바로 돌변해 눈을 번뜩이며 입을 틀어막았다. 진심으로 죽일 것 같아 농담이라고 팔을 휘적이며 온몸으로 자비를 구걸하자, 자영이 눈을 부라렸다. 한 번만 더 단감 아가씨 소리를 했다가는 곶감으로 만들어 버릴 기세였다. 콜록거린 지율은 서둘러 말을 돌렸다.

"긴장 안 돼요?"

지율의 물음에 자영이 어이없다는 표정으로 웃었다.

"얼마나 잘하려고 긴장을 그렇게 해요?"

"이왕 나온 거 떨어지기 싫다니까요."

"하던 대로 해요, 하던 대로."

하던 대로라니.

읍내 노래방에 저녁마다 처박혀 '사랑의 배터리'를 열창하던 자신의 모습을 떠올리자 갑자기 짙은 회한이 밀려들었다.

그때 저만치서 스태프가 예심 참가자들을 불러 번호표를 나

뉘 주기 시작했다. 지율과 자영의 번호는 무려 90번이었으나, 그 뒤로도 줄을 선 사람들이 끝이 없었다.

시장 국밥집에서 아침 겸 점심을 해결하고 수정과 한 잔씩을 홀짝이며 나란히 앉아 몇 시간을 기다리는 사이, 예심장 안에서는 노래 한 소절도 부르기 전 탈락하는 사람들이 속출하는 중이었다.

하도 기다려서인지 처음의 긴장감은 이미 온데간데없이 사라진 지 오래였다. 단감을 뒤집어쓴 꼴을 남들이 흘끔거리는 데도 그새 익숙해졌다. 뭐가 됐든 빨리 집에 가고 싶다는 생각만이 간절했다. 예심장 안에서 들리는 소리를 듣고 있자니, 아마 안의 심사 위원도 같은 기분일 게 분명했다.

마침내 천막 안쪽에서 나온 스태프가 외쳤다.

"87번, 88번, 89번, 90번까지 대기하세요!"

천상의 나팔 소리가 있다면 바로 지금 이 소리일 게 분명했다. 자리에 너무 오래 앉아 있었던 탓인지, 지율은 벌떡 일어나기 무섭게 앞의 의자에 발이 걸려 휘청거렸다. 재빨리 옆에서 지율을 잡아 준 자영이 아무래도 안심이 안 된다는 표정으로 물었다.

"청심환이라도 사 올까요?"

"아, 아니에요. 괜찮아요."

얼른 손사래를 친 지율은 가슴을 쓸어내렸다. 자영이 재차 다그쳤다.

"가사 안 잊어버릴 자신 있어요?"

가사를 잊어버릴 만큼 부를 수나 있을지가 더 문제 같은데요.

대답 대신 하하하, 하며 한껏 어색하게 웃은 지율은 대기석으로 걸음을 옮겼다. 우시장 경매를 마치고 구경 온 사람들이 근처에서 우글거렸다. 하필 키까지 큰 탓에, 남들 머리 위로 쑥 솟은 단감 쿠션은 시선을 끌기에 충분했다.

관심 못 받아 미친 애처럼 보이는 거 아닌가, 이거.

쏠리는 사람들의 시선에 새삼 울적해진 지율은 자리에 앉으려다 말고 문득 멈칫하며 시선을 돌렸다. 멀찌감치서 기웃대는 사람들 중 누군가가 눈에 들어온 탓이었다.

"어?"

눈썹 위로 손을 올려 그 남자를 주시하던 지율은 서둘러 자영에게 말했다.

"잠깐만요, 금방 올게요."

"어디 가는데요!"

놀란 자영이 뒤에서 불렀으나, 지율은 다급히 사람들 사이를 헤치고 그쪽으로 다가갔다. 그새 남자는 시장 가판대 앞에서 물건을 뒤적이고 있었다. 어쩐지 불안해 보이는 뒷모습에, 지율은 남자의 팔을 덥석 붙들었다.

"저기요, 잠깐 저 좀 보시죠."

흠칫한 남자가 고개를 돌렸다. 단감 쿠션을 머리에 올리고 목에다가도 주렁주렁 매단 놈이 대뜸 말을 거니 놀랄 만도 했으나, 지율은 본인의 꼴도 잠시 잊은 채 남자를 붙든 손에 힘을 주었다. 그의 얼굴에는 억센 턱에 왼쪽 뺨의 흉터가 선명했다.

확실했다. 어제 영숙의 집과 몽타주 속에서 본 그 남자가 분명했다. 입고 있는 검은 점퍼의 소매 부근에는 말라붙은 고추장 자국이 또렷했다. 어제 영숙의 집 장독대를 뒤지다 묻은 모양이었다.

"선생님, 어젯밤에 희동리에 계셨죠?"

당황한 표정으로 지율을 쳐다보던 남자가 희동리 얘기를 듣는 순간 지율의 손을 냅다 뿌리치고 달아나기 시작했다. 지율은 머리에 얹고 있던 단감 쿠션을 일단 팽개치고는 남자를 뒤쫓았다.

"야, 거기 서!"

뜻밖의 추격전이었다. 그 문제의 소도둑이 사람들을 마구 밀치고 가판대까지 넘어뜨리는 통에, 갑자기 예심장 부근은 아수라장이 되었다.

남자가 길가에 앉아 채소 파는 할머니가 늘어놓은 바구니를 걷어차며 도망쳤다. 그 뒤를 쫓던 지율의 얼굴 옆으로 갑자기 획 하며 뭔가가 날아들었다. 몇 발짝 앞서가던 남자가 뒤통수에 그것을 맞더니 앞으로 나동그라졌다. 놀란 지율은 저도 모르게 멈춰 바닥에 굴러온 문제의 물체를 보았다. 실하게 속이

찬 무였다.

"이 육시럴 놈의 새끼가, 느는 애비 애미도 없냐! 넘이 장사하는 것을 어디서 발로 걷어차고 지럴이여, 지럴이!"

무를 집어 던져 사람을 맞히다니, 대체 어떤 재야의 메이저리거인가 싶어 뒤를 돌아보자 채소 팔던 할머니가 육두문자를 내뱉으며 삿대질을 하는 것이 눈에 들어왔다. 그사이 무를 얻어맞은 남자가 비틀거리며 일어나 다시 도망치려 했다.

"저, 저놈 좀 봐!"

할머니가 다시 무 한 덩이를 집어 든 덕에 정신을 차린 지율은 잽싸게 남자를 덮쳤다. 남자가 억, 하며 신음하더니 지율을 밀쳐 내려 버둥거렸다.

"한 선생님!"

그새 따라온 건지 저만치서 자영의 목소리가 들렸다. 예심장 근처를 순찰하던 경찰들이 부는 호루라기 소리도 함께였다. 위에서 남자를 덮쳐 올라탄 지율이 뒤를 돌아보며 여기요, 하려는 찰나였다. 구경하던 사람들의 눈이 놀라 휘둥그렇게 뜨였다.

"오메, 오메!"

무슨 일인가 싶어 다시 시선을 돌리는 순간 시야에서 뭔가 번쩍하더니 가슴 위로 충격이 가해졌다. 퍽 소리와 함께 눈앞이 아찔해졌다. 저도 모르게 숨을 들이켜며 방금 충격을 받은 가슴을 부여잡자, 어디를 찔린 건지 이미 손잡이만 나온 과도가 눈에 들어왔다.

지금 나 찔린 건가?

멍하니 그렇게 생각하는데 몸이 옆으로 쓰러졌다. 자영이 비명처럼 고함을 질렀다.

"한지율!"

언제부터 우리가 이름 부르는 사이였더라.

이게 뭔가 생각하기도 전 달려온 자영이 바로 가슴 위를 꽉 누르더니 사람들에게 외쳤다.

"119 불러요!"

함께 온 경찰들이 남자에게 그새 수갑을 채우는 듯 주변이 부산했다. 몇 분을 전속력으로 달린 데다 심장 부근으로 충격을 받아서인지 잠시 호흡을 할 수가 없었다. 지율이 턱까지 찬 숨을 제대로 쉬지 못하고 셔츠 칼라를 움켜쥐자, 자영이 갑자기 지율의 고개를 뒤로 젖혔다.

뭘 하려고 그러나 얼떨떨한 정신으로 생각하기 무섭게 코가 움켜잡혔다. 숨도 못 쉴 만큼 세게 잡힌 통에 저절로 입이 벌어졌다. 가슴보다 코가 더 아픈데요, 라고 말하고 싶었으나 그다음 말은 이어지지 않았다. 자영이 바로 인공호흡을 시작한 탓이었다.

갑자기 입 안으로 남의 숨이 들어오는 기분은 좀 낯설었다. 아니, 솔직히 말하자면 엄청나게 낯설었다. 상대가 강아지나 고양이, 앵무새일 때를 제외하고 언제가 마지막이었는지 기억도 나지 않는 키스의 기억을 떠올려 보려 했으나 무슨 생각을 하는 것 자체가 불가능했다.

립스틱의 향인지, 샴푸의 향인지, 아니면 뭔가 다른 건지 몇 단어로 설명하기 어려운 좋은 향기가 불시에 밀어닥쳤다. 맞닿은 입술은 따뜻했고, 마지막으로 마신 수정과의 흔적인지 희미한 단맛이 느껴졌다. 분명히 시장 바닥에 뻗어 있는 꼴일 텐데 현실감이 깨끗하게 사라졌다. 흔치 않은 경험이었다.

멍하니 넋을 놓고 있던 지율은 퍼뜩 현실로 돌아왔다. 얼굴을 잡은 자영의 손이 부들부들 떨리는 것을 느낀 탓이었다. 울음이 터지려는 걸 참는 사람처럼 덜덜 떨면서도 숨을 불어 넣던 자영이 입술을 떼더니 가슴 위를 꽉 눌렀다. 갈비뼈를 부러뜨릴 기세로 누르는 통에, 거의 반사적으로 억 소리가 먼저 났다.

"…잠, 잠깐만요. …나 멀쩡해요."

아무래도 이대로 뒀다가는 남아나는 갈비뼈가 없을 것 같았다. 겨우 숨을 고르며 자영을 붙들자, 눈물이 그렁그렁해진 눈으로 지율의 가슴팍 위를 누르고 있던 자영이 이게 무슨 소리야, 하는 표정을 하며 지율에게 말했다.

"구급차 금방 올 거예요. 조금만 참아요."

안 참아도 될 것 같은데.

누워 있던 지율은 고개만 들어 가슴을 보았다. 과도는 정확히 목에 주렁주렁 걸고 있던 미니 단감 쿠션에 꽂힌 채였다.

지율이 가슴 위를 더듬거려 거기 꽂힌 과도를 뽑자, 지켜보고 있던 사람들이 히익, 하며 입을 틀어막았다.

 피가 분수처럼 뿜어져 나오고 자신이 몸부림치는 모습을 상상한 것 같았으나, 아쉽게도 사람들의 풍부한 상상력을 만족시켜 줄 만한 장면은 나오지 않았다. 과도를 뽑기 무섭게 단감 쿠션이 속에 가득 채워졌던 솜을 삐질삐질 뱉어 내며 장렬한 최후를 마쳤을 뿐이었다.

 "나 진짜 괜찮아요."

 방금 뽑은 과도를 바닥에 던진 지율이 부스스 몸을 일으키자, 멍한 얼굴을 하고 있던 자영이 지율을 붙들고 온몸을 더듬어 보았다. 지율이 무사하다는 걸 깨닫기 무섭게 자영의 목부터 귀까지 점점 빨개지기 시작하는 게 눈에 들어왔다.

 사람이 저렇게 빨개질 수도 있구나.

 지율이 아무 생각 없이 감탄하고 있는데, 자영이 단감 목걸이를 빼앗아 들고 벌떡 일어났다. 단감 아가씨가 아니라 홍옥 아가씨 출신이라고 해도 믿을 정도로 새빨개진 자영이 뭐라고 말하려던 찰나, 시장 입구에서 구급차 사이렌 소리가 들렸다.

 결연한 표정으로 들것을 들고 달려온 대원들이 멀쩡하게 일어나 앉아 있는 지율을 보더니 눈을 껌뻑이며 물었다.

 "…환자는요?"

05

"아따, 아무튼 될 놈은 뒤로 나자빠져도 백덤블링을 한당께."

만성이 읍내 입구에 걸린 현수막을 흐뭇하게 바라보며 감탄을 내뱉었다.

> 경 용감한 시민상 수상 축, 희동리 덕진 동물 병원 한지율 원장 대행

다들 고개를 주억거리는 와중에 자영은 혼자서만 다른 세계에 있는 기분이었다.

노래자랑 예심 날, 갑자기 뛰쳐나간 지율이 붙잡은 건 일대를 술렁이게 만들었던 문제의 소도둑 일당 중 하나였다.

일당은 인근 마을 축사로 사료를 배달하는 위탁업체 직원들로, 사료 배달을 다니며 동네 사정은 물론 축사의 현황도 잘 파악하고 있던 자들이었다. 주로 CCTV가 없거나 상주하는 사

람들이 적은 곳을 골라, 축사가 잠시 빈 사이 배달용 탑차에 소를 훔쳐 다른 지역에 팔아넘기는 수법을 썼던 것이다.

경찰은 우시장에서 붙잡힌 놈을 족쳐 일당을 일망타진했다. 마지막으로 소를 도둑맞았던 춘식은 다행히 암소를 돌려받을 수 있었다. 아픈 소라 팔리지 않고 남아 있었던 덕이었다. 게다가 소도둑을 잡는 데 결정적인 역할을 한 지율이 용감한 시민상을 받게 됐다는 연락이 온 건 어제 오후의 일이었다.

희동리는 예심도 못 봐 부렀네, 하며 말녀가 놀리는 통에 이마를 싸매고 드러누웠던 세련이 그 소식을 듣자마자 벌떡 일어나 가장 먼저 한 일은 바로 읍내 입구에 현수막을 거는 것이었다.

"흥, 그까짓 노래자랑 예심 따우 붙어서 뭣 헐라고! 소도둑 잡은 것이 중허제!"

화병이 씻은 듯이 나은 모양이었다. 물론 노래자랑 본선에서 마정리가 1절도 다 부르기 전에 탈락했다는 소식을 전해 들은 것도 한몫했을 터였다.

일 년을 가도 이벤트랄 게 거의 생기지 않는 조그만 시골 마을에서 이런 일이 벌어졌으니, 다들 잔치 분위기인 건 당연했다. 모두가 지율을 찬양하며 소라도 잡아 마을 잔치를 벌일 궁리를 하는 그 시각, 희동리에서 심란한 건 오로지 자영뿐이었다.

 그날 지율이 정말 죽는 줄 알고 눈물까지 쏟아 가며 생난리를 쳤던 걸 생각하면 자다가도 이불을 차며 벌떡 일어날 지경이었다. 그 망할 단감 쿠션이! 하며 분노했다가 다음 순간 아니지, 그게 아니었으면 지금 최소한 중환자실행인데… 하고 진정하기를 며칠째 밤마다 열댓 번씩은 더 한 터였다.

 아무도 뭐라고 안 하는데 괜히 찔려 며칠째 지율의 병원 근처로도 못 가고 있는 건 덤이었다. 읍내 순찰 타임만 되면 상현에게 별별 핑계를 다 대고 도망치는 중이라, 그 눈치 없는 상현조차 슬슬 뭔가 이상한 낌새를 챈 것 같았다.

 "자영이 너, 핸드폰 고장 났어?"

 오후 순찰을 마치고 돌아온 상현이 파출소 문을 열자마자 물었다. 뜬금없이 봉창 두드리는 소리에 자영이 뭐? 하고 되묻자 상현이 대꾸했다.

 "아니, 한 선생님이 너한테 연락이 안 된다고 혹시 핸드폰 고장 났냐고 물어보길래."

 당연히 그럴 리가 없지.

 처음 개통한 이래 요금 한 번 밀린 적이 없었으며 기기 교체한 지 아직 1년도 지나지 않은 핸드폰이 갑자기 맛이 갈 이유가 어디 있단 말인가.

 "배…터리가 나갔나?"

 너무나도 창의력 없는 변명을 애매하게 중얼거린 자영은 고개를 푹 숙여 책상 아래서 서랍을 뒤지는 척하며 이 난관을 어떻게 돌파해야 할지 고민하기 시작했다. 병원 근처에 발을 끊은 이후부터 며칠째 지율에게서 온 메시지와 부재중 통화가 차곡차곡 쌓이고 있는 참이었다.

「갑자기 신고 들어왔다면서요? 별일 없죠?」
「오늘도예요? 일 좀 적당히 하지.」
「저녁은 먹었어요?」
「혹시 핸드폰 고장 났어요?」

그리고 아까 왔던 마지막 메시지를 떠올리던 자영은 무심코 고개를 들었다. 그러기 무섭게 쾅 소리와 함께 뒤통수로 얼얼한 아픔이 따라왔다. 책상 상판에 장렬하게 박은 머리를 감싸며 아욱, 하고 신음하는 찰나에도 그 마지막 메시지가 눈앞에 어른거렸다.

「설마 나 피하는 건 아니죠?」

왜 아니겠습니까.
설마가 사람 잡는다잖아요.
"워메, 안 순경 왜 그랴? 괜찮어?"
뒤에서 팩스를 보내던 용천이 눈을 휘둥그렇게 뜨며 물었다. 괘, 괜찮아요, 하고 손을 내젓는 자영에게 상현이 고개를 갸웃하며 한마디를 덧붙였다.

"한 선생님이 오늘 너 당직 아니면 이따가 잠깐 들러도 되냐고 물어봐 달래."

왜! 왜 들러! 무슨 말을 하려고!

당연히 안 된다고 말하고 싶었으나, 언제 나타났는지 만성이 더 빠르게 대답을 가로챘다.

"아따, 서울에서는 별걸 다 묻는구마잉. 그냥 슬쩍 디밀어 보면 될 것인디."

"저도 그러라고 했어요."

상현이 좋다고 맞장구를 쳤다. 야, 너는 그러라고 했을지 몰라도 내가 그러라고 안 했다고! 내가! 속으로 절규한 자영은 애매한 얼굴로 어색하게 웃으며 이 상황을 타개할 방책을 찾았으나, 마땅한 수가 없었다.

점점 다가오는 퇴근 시간이 오늘만큼 초조한 건 처음이었다. 아무래도 혹이 난 게 분명한 뒤통수의 아픔 따위는 전혀 중요하지 않았다. 벽에 걸린 시계의 초침이 돌아갈 때마다 심장이 시시각각 조여드는 기분이었다.

망할, 역시 부정맥 검사를 받을 걸 그랬어!

뒤늦은 후회를 한 자영은 퇴근 시간을 5분 남기고 자리에서 벌떡 일어났다. 의자가 와당탕 소리를 내며 나동그라질 정도로 격하게 일어난 탓에, 놀란 만성이 가슴을 부여잡았다.

"아이고, 염통 쪼그라드는 줄 알았네잉."

"저 5분만 일찍 퇴근하겠습니다!"

"5분만?"

만성이 되물었으나 대답을 듣기도 전 자영은 이미 파출소 문밖으로 튀어 나간 뒤였다. 그려, 하는 만성의 대답이 허무하게 자영의 등 뒤로 흩어졌다. 세워 둔 자전거를 타고 스포츠카의 속도로 질주한 자영이 도착한 곳은 덕진 동물 병원 앞이었다.

옛말에 매도 먼저 맞는 게 낫고, 호랑이를 잡으려면 호랑이 굴에 들어가라고 했는데…. 지율이 찾아오기 전 알아서 자진 납세를 하려고 오긴 했지만, 이게 잘하는 짓인지 여전히 확신은 서지 않았다.

자영이 잠시 망설이는 사이, 퇴근하려는지 문을 열고 나오던 지율이 자영을 보고 눈을 동그랗게 떴다. 방금 추격전이라도 하고 온 사람 꼴로 숨을 몰아쉬며 씩씩거리는 자영을 마주 보던 지율이 뭐라고 운을 떼려는 찰나, 자영은 재빨리 선수를 쳤다.

"할, 할 말이 있는데요!"

이런 젠장, 말은 왜 더듬거리는 거야.

태연한 척하려고 했던 계획이 시작부터 무너져 평정을 잃은 자영에게 지율이 되물었다.

"지금요?"

"이, 이따가 해도 되고요!"

"지금 해도 되는데? 들어와요."

지율이 손을 뻗어 자영의 팔을 자연스럽게 끌어당겼다. 이게 아닌데, 하고 생각했으나 몸은 이미 병원 안 소파에 앉아 있었다. 거의 반사적으로 지율이 준 주스까지 따서 벌컥벌컥 들이켠 자영은 탁 소리가 나게 병을 내려놓으며 간신히 제정신을 차렸다.

"무슨 일이에요?"

그때까지 가만히 자영을 보고만 있던 지율이 물었다.

"그, 저…."

막상 호랑이 굴에 들어오긴 했는데, 호랑이를 보니까 뭐라고 해야 할지 모를 노릇이었다. 평정심을 잃고 어버버하며 부산하게 흩어지던 자영의 시선이 한곳에 머물렀다. 책장에 놓인 용감한 시민상 상장이었다. 자영의 시선을 따라 고개를 돌린 지율이 아, 하더니 활짝 웃었다.

"참, 덕분에 저런 상도 받아 보고 고마워요. 여기 와서 별걸 다 해 보네요."

그 웃는 얼굴 때문에 지율이 뭐라고 말하는지 잠시 귀에 들어오지도 않았다. 넋을 잃고 있다가 퍼뜩 현실로 돌아온 자영은 손을 휘적였다.

"아니에요. 선생님이 소도둑 잡았으니까…."

"난 그냥 보고 쫓아간 것밖에 없는데요 뭐."

왜 쫓아갔냐고, 왜! 차마 밖으로 낼 수 없는 절규를 속으로 삼키는 자영을 알 리 없는 지율이 팔짱을 끼었다.

"어쨌든 지금 그 얘기 하려고 온 건 아닌 거 같고."

그건 그랬다. 본연의 목적을 상기한 자영은 마른침을 삼켰다.

"그, 그러니까!"

"그러니까?"

"그러니까!"

"네, 그러니까."

지율의 평온한 얼굴을 보자 더 말이 떨어지지 않았다. 그러나 할머니가 살아 계실 때 손녀 주겠다고 읍내 이불집에서 큰맘 먹고 장만한 목화솜 이불을 며칠 새 구멍이 나도록 밤마다 걷어차고 있는 참이었다. 진짜 귀한 이불 구멍 나기 전에 할 말은 해야 했다.

"그, 그날 그건 제가 실수했어요!"

자영은 눈을 질끈 감으며 에라 모르겠다, 하고 내뱉었다. 잠깐의 정적 후 지율이 되물었다.

"뭘요?"

뭐냐고?

그걸 뭐라고 설명해야 할까. 그러니까, 시장 한복판에서 가슴팍에 과도 꽂고 쓰러져 숨넘어가는 선생님을 살려 보겠다고 다짜고짜 코를 막고 기도를 확보한 뒤 입으로 숨을 불어 넣으며 흉부를 압박한 행위는 어디까지나 인도적 차원에서 실행된 것이며 결코 미필적 고의라든가 그런 의도는….

"인공호흡 한 거요?"

…없었습니다. 정말입니다.

머릿속에서 떠돌던 수많은 단어를 짧게 정리한 지율의 표정이 미묘했다. 귀까지 빨개진 자영은 테이블을 쾅 내리쳤다. 방금 마신 주스 병이 위에서 흔들거렸다. 아무리 봐도 웃음을 참는 것 같은 표정으로 두어 번 헛기침을 한 지율이 물을 마셨다.

"그, 저기, 그건 제가 책임질 테니까!"

다음 순간 자영의 결연한 말에 마시던 물을 도로 뿜은 지율이 입을 막으며 기침을 했다. 한참을 콜록거리던 지율이 티슈를 뽑아 입가를 닦고는 자영을 마주 보았다.

"책임을 진다고요?"

"…네."

"뭐에 대해서 책임을 지겠다는 거예요?"

그러게요.

내가 뭐에 대해서 책임을 져야 하는 걸까요.

일단 지르긴 했는데, 생각해 보니 뭘 책임지겠다는 건지 스스로도 모를 노릇이었다. 이럴 땐 뭘 책임지겠다고 해야 되는 걸까 속으로 생각하며 눈알을 굴리는 자영에게, 지율이 재차 확인하듯 물었다.

어쩌다가 전원일기

"내 동의 없이 마우스 투 마우스를 한 행위에 대해서 책임을 지겠다는 얘기 같은데, 맞아요?"

인공호흡에 누가 동의를 받아요, 하고 반박하려다 보니 지율이 멀쩡한 상태였다는 게 떠올랐다. 그렇게 달려들기 전에 10초만 확인했더라면 시장 바닥에서 외간 남자의 입술을 덮치는 사태 따위는 벌어지지 않았을 텐데. 쓸데없이 급한 성격을 탓하며 자영이 입을 다물자, 지율이 손끝으로 턱을 만지작거리며 고개를 약간 기울였다.

"사람 많은 공공장소에서 공개적으로 입술을 뺏긴 건 좀 당황스럽긴 했는데…."

예, 물론 그러시겠지만 칼에 찔린 줄 알았던 사람이 벌떡 일어났을 때의 제 심정도 좀 이해해 주시겠어요?…라는 말은 차마 나오지 않았다. 잠시 사이를 둔 자영은 다시 주먹으로 테이블을 내리쳤다.

"그러니까 책임을 지겠다고요!"

"어떻게 책임질 건데요?"

그것도 생각 안 해 본 사항이었다.

도대체 생각이란 게 있긴 한 건가. 자영은 처음으로 심각하게 자신의 뇌를 의심하기 시작했다. 부정맥만 온 줄 알는데, 아무래도 머리에도 문제가 생긴 것 같았다. 물론 남이야 심각하게 당장 종합 검진을 고려하거나 말거나, 지율은 생글생글 웃으며 자리에서 일어났다.

"그럼 일단 저녁이나 같이 먹으면서 생각해 보죠."

이게 아닌 것 같았으나 이게 아닌 것 같다고 말이 나오지 않았다. 지율이 병원 문을 닫고 나와 자기 자전거에 먼저 올라탔다. 집으로 돌아가는 길을 나란히 자전거로 달리는 사이, 기묘하게 평화로운 분위기가 감돌았다. 일이 뭔가 이상하게 돌아가고 있는 게 분명했다.

얼결에 지율의 집 부엌 식탁 앞에 앉아 예약 취사 기능으로 갓 지은 밥에 소고기뭇국을 비롯해 부녀회의 솜씨가 분명한 각종 반찬으로 차려진 구첩반상을 마주하니 그 확신에 더 무게가 실렸다. 맞은편에 앉은 지율이 수저를 놓아 주며 가운데의 갈비찜을 가리켰다.

"부녀회장님이 아침에 가져오셨더라고요. 노래자랑에서 마정리가 물먹어서 기분이 좀 좋으신 것 같던데요."

마정리가 물을 먹는 건 둘째 치고 지금 목이 탄 건 자영이었다. 입이 말라 물병에서 물을 따르는데, 손이 덜덜 떨려 컵 밖으로 흐르는 게 반이었다. 그런 자영을 유심히 보던 지율은 물이 흥건해진 식탁 위를 티슈로 닦아 내더니 입을 열었다.

"핸드폰 고장 났던 거 아니죠?"

"배, 배터리가 나갔던가?"

반사적으로 되물었지만 물론 씨도 안 먹힐 변명이었다.

"좋아요. 그건 그렇다 치고, 순찰 때도 나 안 마주치려고 일부러 이 경장님한테 일 있어서 병원 쪽으로 못 온다고 계속 핑계 댄 건 맞죠?"

"…네."

바로 다시 치고 들어오는 지율 앞에서, 자영은 이 이상의 변명은 부질없다는 걸 직감하고 순순히 자백했다. 평소에는 저칼로리 젤리처럼 말랑해 보이던 지율이, 오늘따라 제철소에서 방금 나온 스테인리스 강판처럼 구는 통에 더 좌불안석이었다. 공연히 죄 없는 의자를 탓하며 자세를 고쳐 앉는 자영에게 지율이 말했다.

"안 순경님한테 그게 되게 신경 쓰이는 일이었나 봐요."

"아니, 저, 뭐, 그렇긴 한데, 선생님이 신경 안 쓰신다면…."

평정심을 잃지 않는 지율의 표정에 역시 이 여자 저 여자 다 만나 본 서울 남자라 그런가, 속으로 생각하며 눈치를 슬쩍 살피다 운을 떼기 무섭게 지율이 말을 잘랐다.

"나도 당연히 신경 쓰이죠."

당연히, 라는 말을 몹시 강조한 것 같은데 착각일까.

팔짱을 낀 지율은 눈을 약간 가늘게 떴다.

"생각해 보니까 안 순경님이 날 그렇게 덮친 게 처음이 아니잖아요."

"지금 누굴 파렴치한으로…."

발끈하기 무섭게 지율이 말을 잘랐다.

"양씨 아저씨네 댁에서 전구 갈 때도 이런 적 있었죠?"

지율의 말에 완전히 잊고 있었던 기억이 번뜩 스쳤다. 진봉의 집에서 부엌 전구 좀 갈아 달라는 부탁을 받은 통에 의자에 올라가서 전구를 갈다, 의자가 넘어져서 본의 아니게 지율의 위로 올라타게 됐던 장면이 잊히지도 않고 선명하게 되살아났다.

"…기억력 좋으시네요."

순식간에 눈앞에 놓인 갈비찜 뼈로 매질당해도 싼 파렴치한이 된 기분에, 자영은 맥없이 지율의 말을 인정했다. 지율이 하, 하며 입을 삐죽였다.

"나한테 한두 번 실례한 게 아니네."

죄인은 말이 없습니다.

구첩반상을 앞에 두고 침묵하는 자영을 빤히 보던 지율이 몸을 앞으로 내밀었다. 갑자기 가까워진 얼굴에 또 이놈의 심장이 나댈 데 안 나댈 데를 모르고 빨라지기 시작했다. 지율이 나지막하게 말했다.

"책임질 일 아니라고 생각했는데 생각 달라졌어요."

눈을 깜빡이던 자영은 갑자기 억울해진 기분에 항변했다.

"아니, 남자가 한 번 아니라고 생각했으면 아닌 거지!"

"할아버지가 남자는 신중해야 된다고 그러셨거든요. 신중하게 생각해 보니까 그런 것 같아서요."

단호하게 자영의 클레임을 차단한 지율이 검지를 하나 들어 보였다.

"이렇게 하죠. 안 순경님이 저한테 밥 열 번 사는 걸로."

이거 완전 벼룩 간으로 디너 코스 먹을 사람이네. 입을 딱 벌린 자영은 기도 안 찬다는 표정으로 대꾸했다.

"경찰 공무원 월급이 얼만데 밥을 열 번 사요!"

"내 입술 값이 밥 열 번도 안 돼요?"

즉각 돌아온 대답에 말문이 막혔다. 눈앞에서 빙글거리는 지율의 얼굴을 뚫어지게 응시하던 자영은 결국 깨끗하게 승복했다. 그래, 뭐 그 입술이면 밥 열 번은 되고도 남겠다. 이왕 이렇게 된 거 스무 번 사고 한 번 더 해도…까지 생각하다 황급히 제정신을 되찾은 자영에게 지율이 물었다.

"토요일에 비번이죠?"

"그런데요?"

"그날 점심에 안 순경님 집 앞에서 만나죠. 맛있는 거 먹어요."

"뭐 얼마나 비싼 걸 드시려고….'

말끝을 흐리는 자영을 본 지율이 대답 대신 씩 웃었다. 그 얼굴을 본 자영은 머릿속으로 통장 잔고를 계산하다 바로 때려치웠다.

"이거 먹어 봐요. 맛있더라고요."

지율이 해맑은 표정으로 쌀밥 위에 갈비찜을 올려 주었다. 에이, 몰라. 까짓거 비싸 봤자 적금 깨기밖에 더하겠냐. 무서운 생각을 태연하게 한 자영은 갈비찜을 입 안으로 밀어 넣었다. 내일 흩날릴 잔고는 내일 걱정하고, 오늘은 오늘의 한우

소갈비찜에 집중하는 삶을 살고 싶었다.

정말 맛있었다.

"…뭐 얼마나 좋은 데 가려고 그러세요?"

대문을 나서자마자 지율을 본 자영이 그 자리에 뚝 멈춰 서더니 경계하는 빛이 역력한 얼굴로 물었다. 지율은 하하하, 하고 어색하게 웃고는 차 조수석 문을 먼저 열어 주었다.

이런, 너무 들떴나.

"그냥 가까운 데요."

"그냥 가까운 데?"

지율의 말을 되풀이한 자영은 의혹에 가득 찬 눈초리로 지율을 아래위로 훑어보았다. 지율은 공연히 먼 산을 쳐다보며 딴청을 부렸다. 처음 개시한 트렌치코트에 새로 산 니트까지 꺼내 입은 탓에, 마주치는 사람마다 오늘 무슨 좋은 일 있냐고 묻긴 했지만 정작 자영이 이런 반응일 줄은 미처 예상하지 못했던 것이다.

하긴 뜯어먹으려는 놈이 너무 차리고 왔으니 불안할 만도 했다. 적당히 입고 올걸, 하며 뒤늦은 후회를 한 지율은 제일 가까운 시내로 향했다. 제일 가깝다고 해 봐야 차로 30분은 나가야 하는 곳이었다.

운전을 하는 동안 슬쩍 자영의 표정을 살피자, 무슨 생각을 하는지 자영은 초연하기 짝이 없는 얼굴이었다. 월급을 뜯길 만반의 준비가 됐다는 듯한 그 얼굴에, 웃김 반에 미안함 반의 기묘한 감정이 오갔다.

　근처에 차를 세우고 예약해 둔 레스토랑에 들어서자, 자영의 동공이 커졌다. 무슨 말인가를 하려는 듯 산소 모자란 금붕어처럼 뻐끔거리던 자영이 마지못해 지율이 끄는 대로 창가 자리에 앉았다. 크게 난 창으로 봄날 햇살이 쏟아져 들어왔다.

　"메뉴판 먼저 드리겠습니다."

　자영의 심정 따위는 알 바 아닌 종업원이 다가와 메뉴판을 내려놓았다. 메뉴판을 펼쳐서 가격을 확인한 자영의 이마에 즉시 '이 자식을 죽여 버릴까'라고 쓰인 환영을 본 것 같았으나, 지율은 그 환영을 외면하며 자영을 마주 보았다.

　"뭐 좋아하는 거 있어요?"

　"⋯아무거나요."

　돌아온 대답은 모든 것을 체념한 말투였다. 삐질삐질 새어 나오는 웃음을 애써 감춘 지율은 종업원을 불러 메뉴판을 돌려주며 말했다.

　"제일 비싼 코스로 두 개 주시고요."

　말이 떨어지기 무섭게 테이블 위에서 자영이 주먹을 꽉 쥐었다. 지율은 헛기침을 두어 번 하고는 카드를 꺼내 건네며 말을 이었다.

"계산은 지금 이걸로 해 주세요."

자영의 머리 위에 커다란 물음표가 뜨는 것이 보였다. 종업원이 카드를 받아 네, 하고 돌아감과 동시에 그 물음표는 느낌표로 바뀌었다. 대경실색한 자영이 눈을 휘둥그렇게 떴다.

"아니, 이건 말이 다르잖아요!"

"오늘 맛있는 거 먹자고 했지, 사라고는 안 했어요."

"어…."

생각해 보니 그건 그런 모양이었다. 안 그래도 동그란 눈이 더 동그래진 얼굴에 푹 웃자, 자영이 목덜미부터 빨개지며 아니 그럼 미리 말을 하든가, 하고 혼잣말처럼 뭐라고 중얼거렸다.

"이따 나갈 때 계산하려고 했는데 그러면 안 순경님이 밥 못 먹을 거 같아서요."

"…아니, 뭐 그 정도까지는…."

"그 정도예요."

지율의 말에 자영이 입을 다물었다. 아무리 그래도 그렇지, 진짜 여자한테 밥 열 번 얻어먹을 놈으로 보였나? 뒤늦은 의문에 그간 자신의 행적을 잠시 고찰하던 지율은 자영을 마주 보았다. 목덜미부터 시작된 홍조가 그새 귀와 뺨까지 올라온 채였다.

민망하면 목부터 빨개지는 건 습관인가. 길게 드리워지는 햇살에 자영의 눈동자가 밝은 갈색으로 반짝여, 평소와는 뭔가 달라 보였다. 속눈썹 위로 알알이 맺히는 조그만 빛무리에 저도 모르게 잠시 시선을 빼앗겼던 지율은 앞에 놓이는 접시에 퍼뜩 정신을 차렸다.

"요새 서울 사람들은 아무 때나 스테이크 썰어요?"

자영이 먼저 샐러드를 먹기 시작하며 물었다. 지율은 노래자랑 예심 전에 하도 먹어 대 이젠 물리려고 하는 양배추를 입 안에 밀어 넣으며 대답했다.

"일단 전 아닌데요."

"선생님은 언제 써는데요?"

"기분 내고 싶을 때요."

"지금 기분 내고 싶으세요?"

불시의 습격에 잠시 말문이 막힌 지율은 갈등했다.

이걸 그렇다고 해야 돼, 아니라고 해야 돼?

솔직히 말하자면 자영이 며칠 동안 자신을 피하는 사이 지율이라고 아무 생각 없었던 건 아니었다. 그렇지 않아도 요즘 들어 자영이 슬슬 신경 쓰이기 시작하던 참이었다. 공개적으로 입술을 뺏긴 건 사실 지율에게 그다지 중요한 문제는 아니었다. 그보다 더 신경 쓰이는 건 그때 본 자영의 얼굴이었다.

눈물이 그렁그렁해서 금방이라도 울어 버릴 것 같던 그 표정.

아무리 죽는 줄 알았다고 해도 아무 사이도 아닌 사람한테 그런 얼굴을 할 수가 있을까. 보통 이런 상황이라면 놀라거나,

당황하거나, 분노하거나 하겠지만… 그때 자영의 표정은 분명 어느 쪽도 아니었다.

어쩌면, 진짜 그 애일지도 몰라.

이미 내가 그 한지율인 걸 알고 있다면.

희미한 가정은 이상하게도 점점 확신 쪽으로 기울고 있었다. 내가 미쳤나, 하면서도 지율은 요 며칠 내내 그 생각에 사로잡힌 채였다. 그게 자영이라는 증거는 어디에도 없다는 걸 알면서도, 자꾸만 잃어버린 퍼즐 조각을 손에 쥐고 있는 것 같은 기분이었다. 자영을 생각할 때면 당장이라도 찾아가 말하고 싶었다. 날 기억하냐고. 내가 그 한지율이라고.

하지만 아니면 어쩔 건데.

아니면….

"고사 지내세요?"

맞은편에서 돌아온 목소리에 지율은 벼락을 맞은 듯 정신을 차렸다. 양상추를 찍은 포크를 든 채 어지간히 넋을 잃고 있었던 모양이었다. 하하, 하고 어색하기 짝이 없는 얼굴로 웃은 지율은 곧 도착한 스테이크를 서둘러 썰어서는 자영의 접시와 바꿔 주었다. 저도 손 있는데요, 하는 표정으로 지율을 쳐다보던 자영이 눈을 깜빡이더니 스테이크를 한 점 집어 먹었다.

"맛있어요?"

지율이 물은 말에 심각한 표정으로 스테이크를 음미하던 자영이 대답했다.

"맛은 있는데 이 돈이면 다음엔 그냥 한우 구워 먹으러 가시죠."

…내가 무슨 부귀영화를 보겠다고.

약간 슬퍼진 지율은 말없이 자기 몫의 고기를 먹었다. 후식으로 나온 커피까지 한 잔씩 마시고 레스토랑을 나서자, 막 정오가 지난 토요일의 햇살이 기분 좋게 떨어졌다. 커피는 이미 마셨지만 한 잔 더 마시자고 할까, 아니면 전통 찻집이라도… 하고 머리를 굴리는 사이, 자영이 먼저 입을 열었다.

"참, 동네 근처 수목원 좋은데 혹시 가 보셨어요?"

"아, 아뇨."

"지금 갈까요?"

뭐지, 이 적극적인 태도는. 뜻밖의 제안에 당황한 지율이 어어, 하고 당황하는 사이 자영이 주차해 둔 차에 먼저 지율을 밀어 넣었다. 수목원은 시내에서 희동리로 돌아가는 길 근처에 자리하고 있었다.

날 좋은 주말이라 그런지, 수목원 주차장에 늘어선 차들이 제법 많았다. 나름대로 알려진 곳인 듯했다. 수목원 입구에서 이런 데가 있었나 생각하는데, 마음을 읽기라도 한 양 자영이 말했다.

"원래 그냥 산이었는데 몇 년 전에 수목원을 만들었어요. 어릴 때 자주 왔었는데."

어릴 때.

그러고 보니 그런 적도 있었다. 마을 어귀를 벗어나 그 애와 함께 숲이 울창한 산기슭에서 다람쥐를 쫓아다니거나 떨어진 나뭇잎을 주워 모으던 기억이 불현듯 되살아났다. 지율이 무슨 생각을 하는지 알 리 없는 자영이 먼저 수목원 안으로 들어섰다. 수목원이라기보다는 자연 그대로의 숲에 더 가까운 풍경이었다.

산책로 사이로 드문드문 사람들이 보였다. 지율의 눈에 가장 먼저 들어온 건 아이 하나를 데리고 온 젊은 부부였다. 양손으로 엄마와 아빠의 손을 한쪽씩 잡고 몸을 띄우며 장난을 치는 아이의 모습에 괜히 코끝이 아릿해졌다. 아까 겨자를 너무 찍었나, 하고 부러 혼잣말을 중얼거린 지율은 서둘러 말을 돌렸다.

"여기 좋네요."

"밥은 못 샀으니까 관광 코스라도 소개하려고요."

"난 또 안 순경님이 나랑 헤어지기 아쉬워서 그런 줄…."

농담 반 진담 반의 말이 채 끝나기도 전에 자영이 눈을 부릅떴다. 쥐도 새도 모르게 숲속에서 매장당하고 싶지는 않았으므로, 얌전히 눈을 내리깐 지율은 자영과 나란히 걷기 시작했다. 흰 꽃이 가득 핀 조그만 나무가 연이어 서 있는 것이 눈에 들어왔다. 손끝으로 가지를 살짝 만져 본 지율은 자영을 돌아보았다.

"이 나무 뭔지 알아요?"

"이팝나무요."

대답은 쉽게 돌아왔다. 그쯤이야, 하는 투였다. 이팝나무라는 이름은 책에서나 봤지, 이렇게 꽃이 피어 있는 나무를 본 건 처음이었다. 아예 다리를 접어 앉아 한참이나 나무 구경을 하고 있던 지율은 옆에 선 나무로 시선을 돌리며 물었다.

"그럼 저건요?"

"배롱나무예요. 원래 7월이면 꽃이 피는데, 여기 있는 건 워낙 오래돼서 그런지 8월이나 돼야 피더라고요."

"여기 있는 나무 다 아는 거 아니에요?"

"어지간한 건 다 알죠."

수목원 가이드처럼 대답하는 자영에게 지율은 오, 하며 감탄했다.

"이제 보니 완전 나무 박사네요."

"선생님이 서울 촌놈이라 너무 모르시는 거 아니고요?"

"아니, 촌…."

반박하려던 지율은 입을 다물었다. 틀린 말은 아니긴 했다. 쿡쿡 웃은 자영이 걸음을 옮겼다. 울창하게 우거진 나뭇잎 사이로 스민 햇살이 어두운 땅 위로 아롱지며 불어오는 바람에 따라 점멸하듯 흔들거렸다.

먼 기억 속의 장면들도 머릿속에서 그렇게 깜빡거렸다. 그 애는 그때 날 뭐라고 불렀더라. 쥐여 줬던 건 아마 느릅나무 잎이었던 것 같고. 지난해에 떨어져 알맹이 없이 벌어진 밤송이를 만지다 마른 가시에 손끝을 찔렸던 적도 있었는데. 발치에서 마른 잎과 폭신한 흙이 밟히는 따뜻한 소리에 잠시 잡다한 생각들이 지워졌다.

한참을 걷던 지율은 커다란 나무 아래 평상에 자영과 나란히 앉았다. 다리를 쭉 뻗은 자영이 앞으로 몸을 숙였다. 언제나처럼 하나로 수수하게 묶은 머리칼이 불어오는 바람에 흩어졌다가 제자리로 돌아왔다. 가만히 그 모습을 보고 있는데, 시선을 느꼈는지 자영이 이쪽을 돌아보았다. 서둘러 눈을 피한 지율은 말을 돌렸다.

"대학은 서울에서 다녔다면서요. 여기 있는 거 안 답답해요? 친구도 없고, 할 것도 없고. 연애도 남자가 없어서 못 하잖아요."

마지막 말은 괜히 했다고 후회했으나 이미 엎질러진 물이었다. 지율을 빤히 쳐다보던 자영이 되물었다.

"선생님은 여자 많은 서울에서 살다 왔는데 왜 연애 안 하세요?"

"뭐, 어쩌다 보니까…."

"진짜 오 선생님 말대로 하자가 있나?"

말이 채 끝나기도 전 자영이 고개를 갸웃하며 중얼거렸다. 혼잣말이라기엔 너무 컸다.

"아니거든요!"

이게 다 오 선생님 때문이야!

발끈하는 지율의 얼굴에 자영이 더 의혹에 찬 눈초리로 지율을 훑어보았다.

"강한 부정은 강한 긍정이라던데."

"진짜 아니라니까요!"

"그렇다고 치죠, 뭐."

"그렇다고 치는 게 아니라 진짜라니까요! 증명해 봐요?"

내가 지금 뭐라는 거야.

당황해서 입에서 나오는 대로 말하긴 했는데, 그 말이 나온 순간 잠시 정적이 흘렀다. 야, 한지율 이 미친놈아! 뭘 증명한다고! 어떻게 할 건데! 등줄기로 식은땀이 주르륵 흘러내리는 것이 느껴졌다.

"그, 그만 갈까요?"

지율은 황급히 자리에서 일어났다. 자영이 무슨 말을 하고 싶은 얼굴로 지율을 물끄러미 마주 보다 입을 다물었다. 뭐라고 하는 것보다 그 얼굴이 더 신경 쓰여 미칠 지경이었다. 하여튼 입이 방정이지, 입이 방정이야. 주둥이를 쥐어박고 싶은 기분이 된 지율은 말없이 수목원을 나섰다.

자영의 집 앞에 차를 막 세우고 내리는데, 때마침 나물이라도 캐고 오는 건지 바구니를 하나씩 낀 브로콜리 군단이 이쪽을 보더니 후다닥 달려왔다. 자영이 안녕하세요, 하고 먼저 인사를 하자 가장 앞에 서 있던 세련이 씩씩거리며 숨을 몰아쉬더니 두 사람을 번갈아 가리켰다.

"둘이 워디 갔다 온디야?"

"시내에서 점심 먹었어요."

별일 아니라는 듯 대답하는 자영을 본 세련이 눈을 가늘게 떴다.

"둘이서만?"

"네."

"워메?"

뒤에 서 있던 아주머니들의 눈이 화등잔만 하게 커졌다. 아니 그것은, 하고 뭐라고 한마디 보태려는 전주댁 아주머니의 옆구리를 꼬집은 건 세련이었다.

"아따, 뭔 말을 할라고 그랴! 주책이여!"

"아무 말도 안 했어야!"

옆구리를 꼬집힌 전주댁이 항변했으나, 세련은 들은 척도 않고 삿대질을 했다.

"요새 젊은 사람들은 남자 여자 같이 밥 먹고, 그런 거 아무나 다 한당께! 저스트 후렌드라고, 저스트 후렌드!"

"후렌드인지 후라이팬인지 그것은 나가 모르겄고, 암튼 젊은 사람들끼리 잘 지내니까 보기 좋구마잉. 그랴, 앞으로도 밥 많이 먹어야."

듣고 있던 부안댁이 흐뭇한 표정으로 손을 휘적거렸다. 세련이 가장께, 하며 브로콜리 군단을 몰아 저편으로 사라졌다. 그러나 지율의 눈에 들어온 건 방금까지 저스트 프렌드를 강조하던 세련이 다른 아주머니들과 서로 옆구리를 찌르며 속닥거리는 뒷모습이었다.

"둘이 뭐가 있나 본디?"

분명히 속닥거리는 것 같은데 왜 여기까지 들리는 건지.

좌절한 지율은 자영을 돌아보았다. 팔짱을 끼고 선 자영의 표정은 언제나처럼 태연해 보였으나, 목덜미가 빨개진 게 눈에 들어왔다. 그 목덜미를 보기 무섭게 어쩐지 귓가가 뜨거워졌다. 지율은 손을 올려 귓가를 만지작거렸다. 분명히 심장이 평소보다 빠르게 뛰고 있었다.

저스트 프렌드라고?

설레기 시작하면 친구가 아닌데.

06

 올해의 첫 모내기를 시작한 곳은 이장님 댁의 논이었다. 상현이 새벽같이 나와 못줄을 잡아 놓은 논에 모내기를 도와주러 마을 사람들이 삼삼오오 모여들었다. 자영도 언제나처럼 예외는 아니었다. 일요일 아침부터 남의 집 모내기라니, 그다지 상쾌한 일은 아니었으나 연례행사였기에 딱히 불평할 마음은 없었다.

 논둑에 걸터앉아 작업복 위로 무릎까지 올라오는 장화를 신고 있는데, 등 뒤에서 누가 어깨를 살며시 짚었다. 뭐가 이렇게 은근해, 속으로 생각하며 무심코 뒤를 돌아본 자영은 곧 소스라쳤다. 이쪽을 내려다보며 씩 웃는 지율의 얼굴과 마주친 탓이었다. 자영은 거의 동물적인 반사 신경으로 자리에서 튕겨 올라오듯 벌떡 일어났다.

 "아침부터 여긴 웬일이세요?"
 "이 경장님이 오늘 모내기 좀 도와달라고 그러시길래 왔죠."

 때마침 양반 못 되는 상현이 저만치서 지율을 발견했는지 원장님, 하고 지율을 부르며 해맑게 양팔을 휘적거렸다. 아니, 저게 일을 하려면 혼자 하지 왜 뭣도 모르는 사람까지 불러 제껴! 속으로 생각하며 상현에게 눈을 부라렸으나, 그렇지 않아도 눈치 없는 상현이 그것을 알아차렸을 리 만무했다.
 "…모내기 할 줄 아세요?"
 아무래도 불안해진 자영이 묻자 지율이 활짝 웃더니 고개를 흔들었다.
 "아뇨. 걱정하면서 왔는데 다행이다, 자영 씨가 가르쳐 주시면 되겠네요."
 으윽, 내 심장.
 안 순경님, 안 순경님 하던 지율이 아주 자연스럽게 자영 씨, 하고 이름을 부르기 시작했다는 걸 깨달은 건 며칠 전의 일이었다.
 지율이 대체 언제부터 그랬는지 기억을 되짚어 보려 했으나, 아무리 생각해도 정확한 지점을 확신할 수 없었다. 몇 월 며칠에 그랬는지 알면 달력에 표시라도 해 두고 싶은 심정이었는데, 졸지에 구렁이가 넘어간 담이라도 된 듯 얼떨떨할 따름이었다.
 사실 그것 말고도 요즘 지율의 행동은 여러 가지로 수상쩍은 데가 많았다. 밥 열 번 사라고 먼저 말한 사람이, 몇 주가 지나도록 밥 한 번 살 기회를 주지 않는 것도 그랬다. 같이 밥 먹자고 해서 만나면 항상 먼저 계산을 하는데, 몇 번 그런 식으로 카드조차 못 꺼내 보고 당하는 일이 반복되자 자영도 슬슬 기분이 희한해지는 참이었다.

밥만 깔끔하게 먹는 것도 아니고, 자기는 밥을 먹으면 꼭 차를 마셔야 한다며 굳이 카페를 가는 것도 그랬고 거기서도 커피 한 잔 못 사게 하는 건 더더욱 그랬다. 심지어 당직 후라 일찍 퇴근한 그저께는 차로 한 시간은 떨어진 시내로 나가 영화까지 본 터였다.

밥 먹고, 차 마시고, 영화 보고, 드라이브하고… 집에 돌아와 공연히 심란해진 자영은 어제 하루 종일 그간의 일들을 곰곰이 되짚어 보았다. 저스트 후렌드라고, 하던 세련의 말을 떠올리며 그래 뭐 그럴 수도 있지 생각하려 했으나 결론은 하나였다.

그건 친구가 아닌 것 같은데.

"왜 그렇게 봐요?"

반쯤 넋을 놓고 있던 자영은 지율의 목소리에 퍼뜩 정신을 차렸다. 제, 제가 뭘, 하고 저도 모르게 더듬거리는데, 지율이 아무 말도 없이 눈 한 번 안 깜빡이고 이쪽을 빤히 마주 보았다.

그러니까 그 눈.

그게 자꾸 사람을 이상하게 만든다고.

가끔 지율이 지금처럼 가만히 자신을 응시할 때면, 자영은 뭔가 복잡한 기분이 되곤 했다. 그때마다 그럴 리가 없다고 생각하면서도 하얀 얼굴의 어린 소년이 겹쳐지는 탓이었다. 늘 하고 싶은 말이 가득한 눈으로 자신을 보던 그 얼굴.

그럴 때마다 무슨 말이든 해 줘야 할 것 같았다. 그래서 자영은 그 애에게 늘 많은 얘기를 했다. 맹꽁이와 개구리는 어떻게 다른지, 밤에 뒷산에서 우는 새 이름은 뭔지, 왜 잎이 둥근 나무와 뾰족한 나무가 있는지, 논에 푸르게 올라온 벼가 어떻게 밥이 되는지… 그 애가 그때 들은 얘기를 기억하고 있을지 자영은 문득 궁금해졌다.

"아따, 둘이서 논둑에 나란히 앉아서 무슨 수작질을 허는가? 얼른 내려오덜 않고!"

아래서 모판을 옮기며 춘식이 소리를 쳤다. 괜히 민망해진 자영은 얼른 자리를 털고 일어나 논으로 내려갔다. 멀리서 상현이 그새 이앙기를 몰고 미리 쳐 놓은 못줄을 따라 털털거리며 움직이는 것이 눈에 들어왔다.

"저게 이앙기죠? 요즘은 저렇게 기계로 다 하던데."

어느새 따라온 지율이 묻는 말에, 곁에서 모를 쥐던 부안댁이 대신 대답했다.

"그라제, 근디 논이 똑바로 돼 있으면 기계로 샥 헐 수 있는디 논 모양이 바르지 않으면 기계로 다는 못 허요. 기계가 못 가는 곳은 사람이 해 줘야 항께. 저그, 저쪽에 보이는가? 가생이는 죄다 사람이 한당께요."

"아, 그러네요."

손을 펴 눈썹 근처에 대고 부안댁이 손가락으로 가리키는 곳을 보던 지율이 고개를 돌렸다.

"자영 씨, 어떻게 하는지 가르쳐 줄래요?"

그 순간 모를 잡고 있던 동네 아주머니들의 시선이 일제히 이쪽으로 쏠렸다. 정작 당사자인 지율은 해맑게 생글생글 웃고 있었으나, 등줄기로 식은땀이 쭉 솟았다. 방금 자영 씨라고 했당가, 하며 소곤대는 소리가 여기까지 들렸다. 부안댁이 이게 뭣이여, 하는 표정으로 눈을 가늘게 뜨고는 손가락으로 둘을 번갈아 가리켰다.

"그, 둘이서 후, 후, 뭐여, 후라이팬인가 뭣인가 하기로 한 거여?"

"…후라이팬이요?"

지율이 영문을 모르겠다는 표정으로 되물었다. 그건 아마 후라이팬이 아니라 후렌드가 아닐까요… 하고 속으로 생각한 자영은 더 무슨 말이 나오기 전 지율에게 반강제로 모를 떼어 쥐여 주고는 멀찍감치 떠밀었다.

"그거, 그거 하나씩 떼서 줄 맞춰서 꾹 눌러 심으면 돼요."

후렌드고 후라이팬이고 간에 그렇지 않아도 심란한 판국이었다. 소문이 30분이면 온 마을에 퍼지는 이 조그만 마을에서 가십의 중심에 서는 건 사양이었다. 물론 이쪽을 흘끔거리는 아주머니들을 보니 이미 한참 늦은 일인 것 같긴 했다.

이렇게 하는 거 맞아요? 하고 몇 번 묻던 지율은 곧 익숙해진 듯 못줄을 따라 모를 심어 나갔다. 처음이라 아무래도 좀 서툴러 보이긴 했지만 그럭저럭 한 사람 몫은 하는 폼이었다. 곁눈질로 지율 쪽을 흘끔 보며 하여튼 못하는 게 없어, 하고 속으로 중얼거리던 자영은 혼자 소스라쳤다. 세상에, 이젠 별게 다 좋아 보이네. 미쳤나.

이앙기가 몇 번 오가며 논 가운데 가지런히 심어 놓은 모가 채워지기 시작했다. 그사이 한쪽 가장자리를 끝낸 사람들이 다른 쪽 가장자리로 옮겨 갔다. 저만치 간 춘식이 이쪽을 향해 외쳤다.

"못줄 좀 팍 땡겨 보드라고!"

아따 지가 땡기지, 하고 구시렁거리며 곁에 서 있던 세련이 못줄을 세게 당겼다. 그 통에 논에 찼던 진흙이 여기저기로 튀었다. 모내기를 하다 보면 늘 있는 일이라, 손등으로 대강 이마 부근에 튄 진흙만 문질러 닦은 자영이 모를 쥐고 움직이려는데 갑자기 곁에 있던 지율이 팔을 잡아 왔다.

"자영 씨, 여기 좀 봐요."

무심코 지율을 돌아보기 무섭게, 시선보다 먼저 얼굴로 닿는 손의 감촉에 놀란 자영은 얼어붙은 채 눈만 깜빡였다. 한쪽 장갑을 벗은 지율이 손끝으로 이마며 뺨 위로 튄 진흙을 닦아 주며 혀를 찼다.

"다 튀었잖아요."

"아니, 원래 하다 보면…."

이 남자가 진짜로 뭘 몰라서 이러는 거야, 수작을 부리는 거야.

도무지 판단이 서지 않아 어버버하고 있는데 지율이 씩 웃었다.

"닦아 가면서 해요."

사람 심장이 이렇게 뛰어도 되는 건가. 30초만 더 이대로 뛰었다가는 곧 심장이 입으로 튀어 나올 것 같은 기분이었다. 동네에 소문 다 나겠네, 하고 속으로 생각했으나 동시에 소문이야 나든가 말든가 에라 모르겠다, 하는 심정이 된 것도 사실이었다.

까놓고 말해서 내가 잘못한 게 뭐 있다고! 죽는 줄 알고 인공호흡 한 것밖에 더 있냐! 밥도 자기가 사고, 커피도 자기가 마시자고 하고, 영화도 자기가 보자고 했는데! 나는 내 맘대로 설레지도 못하냐!

…라고 속으로 항변함과 동시에 자영은 좌절했다. 설렌다는 건 인정하고 싶지 않았는데. 남자를 못 만나 봐서 친절과 호감을 착각하는 거면 어떡하지. 김칫국 마시려고 배추씨부터 뿌리는 거면 쪽팔려서 어떡하냐고!

그러나 남의 속이야 어떻거나 말거나, 얼굴을 닦아 준 지율은 유유자적 모를 심으러 이미 저만치 떠나간 뒤였다. 병원이고 집이고 깔끔하게 잘해 놓고 살더니 그게 성격인지, 지율이 지나간 자리로 심어 놓은 모들이 반듯했다. 뒤에서 그 모양을 보고 있던 양주댁이 흐뭇하게 고개를 주억거렸다.

"아따, 우리 원장님은 얼굴도 잘난 놈이 못 허는 게 없당께."

그러자 곁에서 남편인 권 씨가 모를 심다 말고 기가 막힌다는 표정으로 양주댁을 쳐다보았다.

"허이구, 염병. 아, 모는 기계가 다 심었지 원장님이 뭘 혔다고 그려?"

"워메, 이 양반이 눈까리가 삐었소? 다 늙어서 쭈그렁 방탱이가 되니까 눈까리도 쪼그라 붙었는가, 눈깔은 두 개 뒀다가 뭣에 쓴당가? 크게 뜨고 잘 보쇼! 이쁘게 잘만 심었구만!"

"아, 남들도 다 그만큼은 심제!"

"그라면 헛소리 뻑뻑 하지 말고 모나 부지런히 심으쇼! 헐 게 없어서 쭈그렁 할배가 젊은 남자한테 질투를 허요!"

"질투는 누가!"

누가 봐도 질투인 게 분명한 얼굴로 권 씨가 항변했으나 양주댁은 들은 척도 하지 않았다. 그때 위에서 상현의 경운기에 탄 이장댁이 내려서는 사람들을 불렀다.

"고만하고 얼른 새참 먹으러 오더라고!"

옥신각신하던 양주댁이 에잇, 하고 권 씨를 밀고는 논둑으로 올라갔다. 권 씨가 뒤에서 저놈의 여편네가, 하고 구시렁거리며 그 뒤를 따라갔다. 돗자리를 펼치고 경운기 짐칸을 가득 채운 새참 광주리를 내린 상현이 자영과 지율에게도 얼른 오라는 손짓을 했다.

"잘 먹겠습니다."

자리에 앉은 지율이 이장댁에게 인사를 하자, 이장댁이 먹으라는 손짓을 하며 걱정스러운 표정을 했다.

"원장님, 많이 듭쇼. 아이고, 뽀얀 얼굴 다 타서 워쩐당가."

"괜찮습니다."

"볼수록 아까워 죽겄네. 상현이 밑으로 딸만 하나 더 있었어도 내가 한번 들이밀어나 봤을 것인디."

옆에 앉아 상추쌈을 밀어 넣던 자영은 그 말에 사레가 들릴 것 같아 황급히 입을 틀어막았다. 아무리 들어도 진담에 가까운 것 같은 말이었으나, 지율은 대답 대신 웃기만 했다. 의뭉스러운 눈으로 그런 지율을 보던 부안댁이 총각김치를 으적거리며 말을 보탰다.

"근디 요새 원장님허고 안 순경허고 거시기하던디?"

"네?"

화들짝 놀란 자영이 목소리를 높이자, 부안댁이 실실 웃으며 되물었다.

"내가 저저번주인가, 저녁에 둘이 사알짝 워디를 갔다가 오는 것을 봤는디?"

"그, 저, 그냥 저녁 같이 먹은 거예요."

어쩌다가 전원일기

평소답지 않게 더듬거리며 변명하는 자영을 슬쩍 본 지율이 덧붙였다.

"저녁 먹고 자영 씨랑 잠깐 산책했어요."

이 남자가 미쳤나 봐.

당황한 자영은 눈을 크게 뜬 채 지율을 쳐다보았다. 순간 새참을 먹던 모든 사람의 손이 일제히 멈췄다. 저녁 먹고? 자영 씨랑? 잠깐 산책? 모든 단어 하나하나가 버릴 데 없이 수상했다. 안자영, 침착해라. 저스트 프렌드라도 저녁 먹고 산책은 할 수 있….

"워메, 처녀 총각이 저녁을 같이 먹으면 볼 장 다 본 것인디?"

…다고 남들이 생각할 리가 없었다. 지율의 말이 끝나기 무섭게 춘식이 호들갑을 떨었다. 볼 장을 다 봤다뇨, 아직 손도 안 잡았는데! 인공호흡밖에 한 거 없는데! 어쩐지 억울한 기분이었다. 춘식이 뭐라고 말을 더 잇기도 전, 부인인 덕녀가 춘식의 옆구리를 팔꿈치로 콱 찔렀다.

"아따, 이 양반이 못 허는 말이 없네. 주둥아리 조심혀!"

억, 하고 비명을 지른 춘식이 옆구리를 만지면서도 항변했다.

"아아니, 그게 그렇잖여. 왜 멀쩡하게 각자 집 두고 저녁을 같이 먹구, 산책은 왜 혀? 맘이 요맨큼도 없는디 그게 되겄는가? 자고로 남자라는 것은 맴 없는 여자하고 절대로 그런 짓을 안 허는 동물인디? 안 그래요, 원장님? 우덜끼리 있으니께 솔직히 말씸해 보더라고."

춘식이 지율에게 동의를 구했으나, 대답을 듣기도 전 덕녀가 고봉밥을 크게 퍼서 춘식의 입에 쑤셔 넣었다.

"시답잖은 쌈소리 고만하고 밥이나 처먹으랑께, 이 양반아. 주책이 넘치면 병이여, 병."

이미 당사자들의 의사 따위는 상관없이 진행되는 대화였다. 해명을 포기한 자영이 말없이 밥만 퍼먹고 있는데, 갑자기 부안댁이 끼어들었다.

"근디 뭐 워뗘, 잘만 어울리는디. 한 원장 정도면 우리 안순경 짝으로 나무랄 데가 없구만."

"그거야 그렇지. 고놈의 소도둑만 아니었어도 전국 노래자랑 예심에 철썩 붙어서 단감 총각 단감 처녀로 나갔을 것인디. 인물들은 좀 좋은가?"

춘식이 아직도 아픈 듯 옆구리를 문지르며 고개를 주억거렸다. 그러나 눈앞에서 그런 소리가 오가도 아무 생각이 없는지, 지율은 예의 그 생글거리는 얼굴로 남들의 얘기를 듣기만 하고 있을 뿐이었다. 그런 지율을 유심히 보던 세련이 물었다.

"원장님, 정말로 서울에 두고 온 애인 없지라?"

"네."

여태 기면 기다, 아니면 아니다 한마디도 안 하더니 그 대답은 또 바로 돌아왔다. 이건 나 들으라고 하는 소리일까. 말도 안 되는 착각이라고 생각하고 싶었으나, 지율이 자꾸 사람을 착각하게 하는 게 문제였다.

그래도 친구가 좋다고, 맞은편에 앉아 있던 상현이 자영의 눈치를 살피다 서둘러 손을 휘적였다. 어지간히 심란해하는 걸 알아차린 모양이었다.

"아이고, 안 순경 민망하겠어요. 그만들 하시고 얼른 드시죠."

가끔 한 대 쥐어박고 싶을 때가 많은 상현이었으나 지금만은 고마웠다. 상현의 말에 이장댁이 고개를 주억거렸다.

"그랴, 해 떨어지기 전에 후딱 끝내더라고."

"아이고, 옛날 같으면 새참 먹기도 전에 끝났을 것인디. 인제는 늙어서 기계가 있어도 새참 먹고도 한참이여."

그제야 너무 주책이었나 싶었는지 춘식이 말을 돌렸다. 자영의 표정을 곁눈질하던 사람들도 얼른 그러게 말이여, 하고 한마디씩 보탰다. 다행이라면 다행인 일이긴 했으나, 아무래도 오늘 안으로 온 마을에 지율과 보통 사이가 아니라고 소문이 날 게 분명해 없던 위장병이 생길 것 같았다.

아니, 우리가 무슨 사이인데.

그냥 동네 주민, 동물 병원 원장하고 마을 경찰, 같이 노래자랑 예심 나간 사이, 그거 말고 뭐.

아무 사이도 아닌데.

…그런데 왜 한마디도 안 하는 거냐고.

이쯤 되니 지율의 속이 더 궁금했다. 지율은 아무렇지도 않게 그새 밥 한 그릇을 다 비우고 자리에서 일어났다. 이장댁과 함께 새참 먹은 자리를 정리한 지율은 사람들을 따라 다시 논으로 내려갔다. 지율이 손에 잡은 모를 거의 다 심어 갈 때쯤, 저쪽으로 가 있던 덕녀가 손짓을 했다.

"선생님, 거기 끝났으면 이쪽으로 넘어오시요."

"네, 갈게요."

계속 허리를 숙이고 심어야 하는 데다 낯선 일이라 힘들 텐데도, 지율은 그런 기색 하나 없이 웃으며 대답했다. 지율이 성큼성큼 저만치 멀어지는 걸 보고 있던 자영이 한숨을 폭 내쉬며 모를 마저 심는데, 머리 위의 논둑에서 문득 낯선 목소리가 들렸다.

"저기요, 말씀 좀 여쭤볼게요."

자영은 무심코 고개를 들었다. 먼저 눈에 들어온 건 베이지색 구두에 새하얀 원피스 끝단이었다. 이 동네에서 낯선 비주얼인데, 하고 생각하며 시선을 더 올리자, 연예인인가 착각할 정도의 얼굴이 눈에 들어왔다.

20대 중후반쯤 되어 보이는 젊은 여자였다. 이 근방에서는 본 적이 없는 미모였다. 자영과 함께 그쪽을 본 사람들이 일순간 다들 눈도 깜빡이지 못한 채 그쪽을 쳐다보았다. 그녀가 방금 샴푸 광고에서 빠져나온 것 같은 긴 생머리를 찰랑이며 낭랑하게 물었다.

"한지율 선생님 만나러 왔는데, 덕진 동물 병원 가려면 어디로 가야 되죠?"

한지율 선생님?

만나러 왔다고?

저도 모르게 입을 벌리고 있던 부안댁이 밥 찾는 붕어처럼 뻐끔거리더니 지율 쪽을 보았다. 여기의 사정을 까맣게 모른 채 모를 심고 있던 지율이 원장님, 하고 부르는 소리에 의아한 표정으로 이쪽을 돌아보았다. 부안댁이 논둑 위에 서 있는 여자를 다시 한번 보고는 더듬거리며 소리쳤다.

"저, 저기, 거시기, 이 아가씨가 선상님 만나러 왔다고 그라는디!"

지율이 저요? 하는 듯 손가락으로 자기 쪽을 가리켜 보이더니 이쪽으로 다가왔다. 지율이 채 몇 걸음 오기도 전에, 여자의 얼굴이 순식간에 밝아졌다. 여자가 손을 올려 크게 흔들며 지율을 불렀다.

"오빠!"

누군가 싶었는지 눈을 가늘게 뜨던 지율이 곧 놀란 표정을 하며 이쪽으로 뛰어왔다. 자영은 사이에서 뭔가 미묘한 기분이 되어 못 박힌 듯 선 채 여자와 지율을 번갈아 보았다. 오빠? 오빠라고? 여동생이 있었나? 동생 있다는 얘기는 여태 들어 본 적이 없는데?

"민이?"

민이라니, 이름도 예쁠 건 또 뭐야.

가까이 온 지율이 논둑 아래서 여자를 쳐다보더니 믿을 수가 없다는 표정을 했다.

"너 진짜 최민 맞아?"

성이 다르니 일단 친동생은 아닐 것이고.

경찰 짬밥을 그냥 먹은 건 아닌지, 이름을 듣자마자 본능적으로 머리가 돌아가기 시작했다. 무슨 복잡한 집안 사정이 있지 않은 이상에야 성이 다른 동생이 나타날 리는 만무했다. 사촌 동생일 수도 있잖아, 하고 애써 생각하려 했으나 지율이 이름을 부르기 무섭게 활짝 웃는 민의 얼굴을 보자 그런 생각은 바로 사라졌다.

세상 어떤 여자가 가족을 저런 얼굴로 봐.

내내 지율에게서 떨어지지 않는 그 시선에 심장이 덜컥 내려앉았다. 위로 훌쩍 뛰어 올라간 지율이 옷을 툭툭 털고는 놀란 투로 민에게 물었다.

"너 여기 어떻게 왔어?"

대답 대신 장난스럽게 지율을 이리저리 훑어보던 민이 깔깔거렸다.

"웬일이야, 오빠 진짜 시골 사람 다 됐어."

"몇 달 있었더니 적응돼서 그런가 봐. 근데 너 진짜 무슨 일이냐고, 갑자기."

지율이 재차 묻자 민이 그제야 아, 하며 고개를 주억거렸다.

"이 근처에 한국대 수의대 부설 연구소 있잖아. 거기 출장 왔어."

"어, 나 거기 몇 번 갔었는데. 신석영 교수님이 산업 동물 연구소 실습 참관할 수 있게 소개해 주셔서…."

지율의 말이 채 끝나기도 전 민이 끼어들었다.

"교수님한테 얘기 들었어. 안 그래도 윤형 오빠가 오빠 여기 내려와 있다고 그래서 얼굴도 볼 겸 왔지."

"그래, 잘했네. 졸업하고 처음 보는 거지? 너 ICU 있단 얘긴 들었어."

"와, 천하의 한지율이 내 근황도 알아 주니 영광이네."

생글생글 웃던 민이 지율의 팔을 덥석 잡았다. 지율의 옷은 소매까지 여기저기 진흙이 튄 채였으나 그런 것은 상관없다는 태도였다.

"우리 어디 가서 얘기하자. 오빠, 지금 바빠?"

"어, 나 지금 동네 어르신들 모내기 도와드리고 있는데…."

지율이 난처한 얼굴로 뒷머리를 긁적이더니 이쪽을 돌아보았다. 넋을 잃은 채 지율과 민을 쳐다보고 있던 마을 사람들이 그제야 제정신이 돌아왔는지 화들짝 놀라 저마다 먼 산을 보는 척했다. 크게 헛기침을 한 춘식이 손을 휘적거렸다.

"우리는 신경 쓰지 말고 싸게 가서 손님 모시쇼."

"그래도 될까요?"

"멀리서 오신 손님 같은디 계속 세워 둘 수 있는가."

"아, 네. 죄송합니다."

고개를 꾸벅 숙이던 지율과 자영의 눈이 마주쳤다. 지율이 입 모양으로 금방 올게요, 하며 씩 웃었다. 얼떨떨한 기분 반 뭔가 찜찜한 기분 반으로 얼결에 네, 하고 대답하던 자영은 문득 시선을 느끼고는 민을 올려다보았다. 민이 이쪽을 보고 있었다.

여자가 봐도 설렐 정도로 예쁜 얼굴에 문득 냉기가 감돈 것 같았으나, 그 순간은 착각처럼 여겨질 정도의 찰나였다.

가자 오빠, 하며 곧 민이 지율의 팔을 끌고 멀어졌다. 고개를 갸웃거리던 사람들은 곧 다시 모내기를 시작했다. 자영도 아무렇지 않은 척 모를 심었으나, 그때부터는 무슨 정신으로 일을 했는지를 모를 노릇이었다.

"아따, 안 순경! 온 동네 모는 혼자 다 심으려고 그런당가!"

양주댁이 외치는 소리에 정신을 차려 보니 거의 이앙기의 속도로 혼자 몇 줄을 심어 놓은 뒤였다. 오후 시간이 지나기 전 모내기를 마친 마을 사람들이 막걸리 한잔하고 가라고 붙들었으나, 자영은 할 일이 있다며 바로 집으로 돌아와 버렸다.

집에 들어오자마자 작업복은 세탁기에 처박아 놓고 씻은 뒤 자리에 눕자 온갖 잡생각이 밀려들었다.

여태까지 서울에 두고 온 애인 없다고 그렇게 말했는데, 설마 그게 거짓말은 아니었겠지. 사귀는 사이 같진 않았는데. 하지만 그렇게 예쁜 여자한테 관심 없는 남자가 어디 있겠어.

막 내린 눈처럼 새하얀 원피스를 입고 긴 생머리를 늘어뜨린 민의 모습이 머릿속을 떠나지 않았다. 하필이면 모내기하는 데 올 건 뭐야. 작업복에 시커먼 장화를 신고, 머리는 대충 질끈 동여매고 있던 자신을 떠올리기 무섭게 악, 하고 이불을 또 발로 걷어찬 자영은 베개에 얼굴을 파묻었다.

잠이라도 들었으면 좋겠다 싶었으나 그것도 마음대로 되지 않았다. 머릿속에서 80년대 영화 스타일로 나 잡아 봐라, 하며 달려가는 민과 민이 거기 서, 하며 쫓아가는 지율이 자동 재생 되는 탓이었다.

두 사람이 머릿속에서 하프 마라톤 코스쯤은 될 거리를 그러고 뛰어가는 사이, 밖에서 문 두드리는 소리가 들렸다. 누구냐고 묻지도 않고 부스스한 몰골로 일어나 대문을 열어젖히자, 그새 옷을 갈아입은 지율이 멋쩍은 얼굴로 서 있는 게 눈에 들어왔다.

망했네.

속으로 생각했으나, 어차피 망한 꼴 한두 번도 아니고, 하고 체념하자 마음이 약간 평온해졌다. 지율이 뒷머리를 긁적였다.

"모내기 다 끝내셨다고 해서요. 미안해요, 빨리 오려고 했는데."

그러니까 이 시간까지 그 여자랑 같이 있었다는 얘기지.

순식간에 울적해진 기분을 애써 감추며 아뇨 뭐, 하고 건성으로 대답하자 짧은 정적이 흘렀다. 분위기가 이상해진 걸 알아차렸는지, 지율이 서둘러 말을 덧붙였다.

"아까 걔는 대학교 후배예요. 졸업하고 한 번도 못 봤는데, 저 여기 있다는 얘기 듣고 근처 출장 온 김에 들렀다고 그러더라고요."

"아, 네."

"혼자 고생하게 해서 진짜 미안해요. 저녁 먹었어요?"

대학교 후배.

그게 다냐고 묻고 싶었지만 자영은 그 말 대신 네, 하고 대답했다. 지율이 아 그럼, 하며 뭐라고 말하려는데 자영은 시선을 피하며 지율의 말을 끊었다.

"피곤해서 일찍 자려고요. 오늘 고생하셨어요."

뒤로 한 걸음 물러난 자영은 지율의 눈앞에서 대문을 닫았다. 닫히는 문틈으로 놀란 듯 눈을 깜빡이는 지율의 얼굴이 들어왔다. 철컹 소리를 내며 닫힌 대문에 등을 대고 기대선 자영은 긴 한숨을 쉬었다.

진짜 못났다, 안자영.

올려다본 하늘에는 오늘따라 달이 더 밝았다.

남의 속도 모르고.

요즘 희동리의 핫한 토픽이라면 단연코 민의 이야기였다. 민이 출장을 왔다는 수의대 연구소는 차로 20분쯤 떨어진 곳이었는데, 민은 오후 네다섯 시면 일이 끝났다며 덕진 동물 병원에 뻔질나게 드나들곤 했다. 그렇지 않아도 외지인이 드문 데다 일상의 자극이랄 게 없는 희동리에서 사람들이 모이기만 하면 그 얘기를 꺼내는 건 당연한 일이었다.

읍내 순찰을 마치고 돌아가는 길에 상현이 아이스크림이나 하나 사 먹자며 동네 슈퍼 앞에 차를 세웠다. 가게 앞의 아이스크림 냉장고 앞에 나란히 선 자영과 상현이 뭘 먹을까 고심하는 사이, 뒤에서 차가 들어오는 소리가 들렸다.

무심코 고개를 돌린 상현이 먼저 흡, 하며 입을 막았다. 동물 병원 앞에 멈춘 귀여운 외제 차에서 긴 생머리를 휘날리며 내리는 민을 본 탓이었다.

민은 이쪽을 보더니 생긋 웃고는 눈인사를 건넸다. 이미 반쯤 유체 이탈한 상현이 거의 반사적으로 고개를 꾸벅 숙였다. 민이 동물 병원 안으로 들어가자, 저마다 목을 빼고 민을 지켜보던 마을 사람들이 수군거렸다.

"아따, 서울 아가씨 아주 연예인이여, 연예인. 남자 여럿 울렸겄어."

평상에 앉아 김치전을 뜯어 먹던 양주댁의 말에 부안댁이 맞장구를 쳤다.

"그라게 말이여. 서울 큰 동물 병원 선생이라 하던디. 돈도 솔찮게 버나 벼."

"인물 좋고 돈 잘 버니께 부모는 걱정이 없겠네."

부럽다는 투로 닫힌 병원 문을 건너다본 철물점 권 씨가 목소리를 낮췄다.

"근디 한 선생하고 뭔 사이여? 요새 맨날 병원 들락거리던디, 보통 사이가 아닌개 벼."

"하기사 우리 원장님이 그 인물로 서울에 애인 하나 없다는 게 말이 된당가."

부안댁이 혀를 차자 권 씨가 고개를 갸웃했다.

"한 원장은 아무 사이도 아니라던디? 그냥 아는 동생이랴."

"에이, 남들 보기 남사시러서 그러겠지. 오빠, 오빠 하다가 아빠 된다고 안 혀요."

"아따, 이 여편네가 주책이여!"

권 씨가 바로 면박을 주었으나, 아주머니들은 깔깔대며 웃음을 터트렸다. 뻘쭘하게 서서 사람들의 대화를 듣고 있던 상현이 자영의 눈치를 살피며 물었다.

"자영아, 너 괜찮아?"

"뭐가."

물론 무슨 얘기인지는 굳이 묻지 않아도 뻔했다. 맘 상했다는 걸 티 내고 싶지 않아 부러 모르는 척 내뱉었는데, 국 끓여 먹으려고 해도 없는 상현의 눈치가 어디 가진 않은 모양이었다.

"한 선생님…."

진짜 못 알아들은 줄 알았는지, 상현이 굳이 지율 얘기를 꺼냈다. 자영은 공연히 아이스크림 냉장고 안을 노려보며 대꾸했다.

"한 선생님이 뭐."

"너랑 요새 썸 타는 거 아니었어? 맨날 같이 밥 먹으러 다니고…."

"뭐래."

상현의 말을 가차 없이 끊으면서도 속이 뜨끔했다. 민이 온 뒤로 내내 지율을 피해 다닌 게 벌써 보름도 더 지난 뒤였다. 전화가 오면 못 들었다며 안 받았고, 메시지를 보내면 바빠서 못 봤다며 다음 날이나 되어야 답장을 하곤 했다.

눈치 빠른 지율이 그런 낌새를 모를 리 없었다. 바로 어제도 시간 날 때 잠깐 얘기 좀 하자며, 아무 때나 상관없다는 메시지를 보냈는데 답도 안 하고 내버려 둔 게 생각났다.

사실 침착하게 생각해 보면 이럴 이유는 없었다. 지율이 민은 그냥 학교 후배라고 했고, 둘이 사귀는 사이도 아닌 것 같고, 민이 끼어들지 말라고 한 것도 아니니 모른 척 지금까지 그랬던 것처럼 지내도 상관없는 일이었다. 더구나 지율과 자신이 사귀는 사이도 아닌데.

하지만 마음이 뜻대로 되는 건 아니었다. 지율과 같은 학교를 나왔다니 학벌은 말할 것도 없고, 집안도 좋다고 하고, 연예인 같은 세련된 미모에 서울 큰 동물 병원에서 일하는 수의사라니.

게다가 더 마음에 걸리는 건 지율과 함께 있을 때 보이는 민의 얼굴이었다. 어지간히 눈치가 없지 않은 이상 민이 지율에게 마음이 있다는 건 누가 봐도 뻔했다. 아무리 할 거 없는 깡촌에 왔대도, 고작 학교 선배를 보겠다고 병원 문턱이 닳도록 매일같이 드나든다는 건 말도 안 되는 소리였다.

자영은 병원 앞에 선 민의 외제 차를 흘끔 보았다. 그러지 말자고 생각하면서도 초라한 기분이 되는 건 어쩔 수 없었.

누가 저런 여자를 싫어하겠어, 나 좋다는데 없던 마음도 생기겠지…. 속으로 생각하자 열불이 솟았다. 자영이 아이스크림 냉장고를 벌컥 열었을 때, 뒤에서 낯익은 목소리가 자영을 불렀다.

"누나!"

뒤를 돌아보자, 자영보다 먼저 상현이 손을 흔들었다. 선동이었다.

"야 인마, 너는 누나만 보이고 형은 안 보이지?"

선동이 쥐어박는 척을 하는 상현을 피해 자영에게 달려왔다. 날이 제법 따뜻해진 탓인지, 선동의 이마에 땀이 송골송골 맺힌 채였.

"집에 가?"

자영의 물음에 선동이 고개를 주억거렸다. 자영은 선동을 끌어당겨 아이스크림 냉장고 앞에 세워 놓았다.

"하나 사 줄게."

에헤헤, 하고 멋쩍게 웃은 선동이 자주 먹는 초콜릿 맛 쭈쭈바를 하나 꺼내 들었다. 자영은 콘 아이스크림 두 개를 꺼내 하나를 상현에게 건네고는 계산을 한 뒤 슈퍼 앞 평상에 걸터앉았다. 자영의 곁에 나란히 앉아 발을 달랑거리며 아이스크림을 쪽쪽 빨던 선동이 민의 차를 보더니 넌지시 물었다.

"누나도 저그, 서울에서 온 그 누나 봤당가?"

"왜?"

"아니, 그냥…."

선동이 말을 얼버무렸다. 하이고, 이 쪼끄만 게 지도 남자라고. 속으로 생각한 자영은 픽 웃었다.

"예뻐서?"

선동이 그 말에 펄쩍 뛰며 손을 내저었다.

"아따, 누나는 나를 뭘로 보고 그런 소리를… 나 그런 남자 아니랑께. 이쁜 것으로 말하자면야 우리 누나 따라올 사람이 있겄는가."

"맘에도 없는 소리 한다."

"싸나이 박선동이가 맴에도 없는 소릴 왜 한당가?"

정색하는 선동의 얼굴에 모처럼 웃음이 터졌다. 상현이 옆에서 너어 너, 하면서 선동에게 손가락질을 했으나, 자영은 짐짓 상현을 못 본 척하며 선동의 머리를 쓸어 주었다.

"아이고, 누나한테는 박선동밖에 없네."

진짜랑께, 하고 선동이 씩씩거렸다. 상현이 잠깐 화장실 갔다 온다며 자리를 뜬 사이, 쭈쭈바 꼭지까지 알뜰하게 먹은 선동이 입을 삐죽 내밀었다.

"요새는 병원에 가두 강아지 선상님이랑 서울 누나가 맨날 붙어 있어서 거시기혀."

"…그래?"

"그 서울 누나가 오빠, 오빠, 이러면서 선상님한테 이러코롬 붙어 가지고."

자영의 팔에 찰싹 달라붙어 민의 흉내를 내던 선동이 에잇, 하며 운동화 앞코로 바닥을 툭툭 찼다.

"저번에두 선상님이 들어오라구 혔는디, 그 누나가 영 눈치를 주는 거 같잖여. 그래서 그냥 인사만 하구 싸게 와 부렀어."

"그래?"

"몰러, 암튼 그래서 요새는 괜히 맴 상해서 며칠 안 갔당께. 그 누나 빨리 서울 갔음 좋겠어."

부루퉁하게 뱉은 선동은 평상에서 폴짝 뛰어내렸다. 다 먹은 쭈쭈바 껍데기를 쓰레기통에 얌전히 버린 선동이 자영을 마주 보았다.

"누나, 나 갈게. 아이스크림 잘 먹었구마잉."

"상현이 형 오면 데려다줄게."

"아녀. 걸어가면 곰방인디 뭐."

고개를 흔든 선동이 가려다 말고 다시 뛰어왔다. 뭘 놓고 갔나 싶어 의아한 표정으로 마주 보자, 선동이 자영을 끌어당기더니 귓가에 소곤거렸다.

"그 서울 누나 한 개도 안 이뻐. 누나가 훨씬 이뻐."

으이구, 하며 엉덩이를 툭툭 치자 선동이 배시시 웃고는 달음박질쳤다. 허공에 대고 한숨을 쉰 자영은 뒷머리를 긁적였다. 애한테도 영 티가 났나. 어른스럽지 못하게 굴었나 싶어 그게 또 마음에 걸렸다. 에이 참, 하며 자영이 자리에서 막 일어날 즈음이었다.

동물 병원 문이 열리며 지율이 먼저 나왔다. 괜히 화들짝 놀라 얼른 시선을 거두며 못 본 척하려 했으나, 지율이 그걸 놓칠 리 없었다. 아무래도 그냥 내버려 두면 도망갈 기세였는지, 순식간에 뛰어온 지율이 자영의 팔을 붙들더니 숨을 고르며 물었다.

"자영 씨, 왜 이렇게 연락이 안 돼요?"

"아니, 요새 집중 단속 기간이라 바빠서…."

머릿속에서 대충 생각난 변명을 주워섬기는데, 지율을 따라온 민이 눈에 들어왔다. 민이 묘한 표정으로 자영을 빤히 응시했다. 그 시선이 부담스러워 말끝을 흐리는 사이, 그걸 미처 알아차리지 못한 지율이 재차 말을 이었다.

"밥은 먹었어요? 저기, 토요일에 점심 같이…."

그때 뒤에 서 있던 민이 이쪽으로 성큼 다가오더니 대화에 끼어들었다.

"토요일에 신 교수님 오실 수도 있대서 그때 오시면 식사하기로 했는데?"

"그래? 언제? 나한테는 연락 없으시던데?"

지율이 의아한 표정으로 되물었다.

아하, 그렇단 말이지.

민이 무슨 대답을 하려는 찰나, 때마침 화장실에 갔다 온 상현이 어, 하며 지율에게 꾸벅 인사를 건넸다. 눈치가 빠른 것 같다가도, 이럴 때 보면 영 아닌 것 같기도 하고. 속으로 혀를 찬 자영은 잡힌 팔을 빼며 내뱉었다.

"토요일에 당직이에요. 바빠서 갈게요."

당직 스케줄을 뻔히 아는 상현이 그 말에 눈을 동그랗게 떴으나, 자영은 상현이 뭐라고 하기 전 재빨리 상현을 순찰차 안에 집어넣고는 문을 닫았다. 자영 씨, 하고 지율이 부르는 소리가 들렸으나 자영은 대답도 하지 않고 차를 출발시켰다.

백미러로 멀어지는 지율의 모습이 눈에 들어왔으나, 자영은 애써 거기서 시선을 돌렸다. 분위기가 영 심상찮은 걸 느꼈는지 파출소로 돌아가는 내내 상현이 눈치를 살폈다.

"저기, 자영아…"

"한마디도 하지 마."

뭐라고 할지 뻔했으므로 바로 말을 자르자 상현이 응, 하고 입을 다물었다. 앞만 보고 운전하던 자영이 파출소 앞에 차를 세우고 내려 문을 열기 무섭게, 기다리고 있었는지 안에서 서성이던 만성이 뛰어나왔다.

"안 순경!"

화들짝 놀란 자영이 그 자리에 뚝 멈춰 서자, 만성이 자영을 붙들며 다그쳤다.

"안 순경, 요새 주말에 뭐 한당가?"

또 뭘 시키려고 그래. 아무래도 수상한 만성의 태도에, 자영은 경계하는 표정을 했다.

"아무것도 안 하는데요."

"아이고, 잘됐네. 저기, 누구 좀 만나 보면 워뗘?"

"누굴요?"

이건 또 무슨 소린가 싶어 되묻기 무섭게 만성이 숨도 쉬지 않고 대답했다.

"지난번에 소도둑 잡아서 표창받았을 때 말여, 서태인 경장이라고 청사 강력계 있는 친구인디 그 친구가 안 순경이 맘에 들었나 벼. 소개 좀 해 줄 수 있냐고 저번에 연락이 한 번 왔더라고. 올해 서른둘이라는디 네 살 차이면 궁합도 안 본다고 그라잖여. 거기 최 계장이 내 친구인디, 아주 남자답고 성격 좋다고 주둥이에 침이 마르게…"

"됐어요."

이런 소리라면 3년째 오십 번쯤은 들은 것 같았다. 지금 내가 남자 만나게 생겼냐고! 얼굴을 구긴 자영이 다 듣지도 않고 파출소 안으로 들어가자 만성이 뒤를 쫓아오며 말했다.

"일단 끝까지 들어 보더라고. 암튼 집안도 괜찮고, 부모님도 교육자시고…."

"됐다니까요."

"벌써부터 자기 이름으로 아파트도 한 채 장만해서 여자는 몸만 오면 된다고…."

"됐습니다."

세 번이나 말을 잘라먹는 자영에게 결국 폭발한 만성이 버럭 소리를 쳤다.

"아아니, 왜 자꾸 말을 끊어! 아, 거 일단 만나나 보라고! 뭣을 하라는 것이 아니라, 그냥 젊은 처녀 총각이 만나서 밥도 먹고, 영화도 보고, 차도 한잔하고, 직업도 같으니께 그 뭣이여, 카뮤니케이션, 카뮤니케이션도 좀 해 가면서 친구처럼 지내고 그럴 수도 있는 거 아녀! 저스트 후렌드!"

"아, 진짜 됐…."

다니까요, 하려던 자영은 말을 멈췄다.

저스트 프렌드?

밥도 먹고, 영화도 보고, 차도 한잔하면서, 그러다 보면 좋아질 수도 있는 거잖아. 지금처럼. 지금처럼…. 지율의 등 뒤에 서서 이쪽을 빤히 보던 민의 표정이 머릿속에 선연하게 떠올랐다. 뭔가 비뚤어지고 싶은 기분이 된 자영은 바로 태세를 전환했다.

"만나 볼게요."

"워메?"

방금까지만 해도 칼 같던 자영의 돌변한 태도에, 더 놀란 만성이 눈을 휘둥그렇게 떴다. 자리에 앉은 자영은 작성하다 만 공문을 띄워 놓은 모니터를 쳐다보며 물었다.

"언제 몇 시에 어디로 가면 돼요?"

"아따, 고것은 내가 싸게 물어보고 알려 줄랑게. 생각 잘혔어."

사정을 알 리 없는 만성이 잔뜩 신이 나서 어깨춤을 추며 자기 핸드폰을 찾았다. 그사이 옆자리에 앉은 상현이 눈치를 보다 입을 다물었다. 자영은 모니터 속의 공문을 노려보며 생각했다.

그래, 나 좋다는 사람 한번 만나 보는 게 뭐 어때서.

나도 대학 나왔는데 내 주제를 알고 분수도 알아야 할 거 아냐.

"원래 외부 반출 어려운 자료인데 특별히 복사해 드린 겁니다."

실습복을 갈아입고 나오자, 산업 동물 연구실의 황 실장이 지율에게 커다란 쇼핑백을 내밀었다. 산업 동물의 질병에 관련된 외국 논문과 실험 자료, 영상 복사본 같은 것들이 가득 든 쇼핑백이었다. 지율은 안의 내용물을 확인하고는 머쓱하게 대답했다.

"매번 이래도 되는지 모르겠네요. 실습 참관 허락해 주신 것도 그렇고요."

"신 교수님 말씀도 있었고, 우리 최 선생님이 부탁하시는데 거절할 수 있나요."

황 실장이 곁에 서 있던 민에게 한쪽 눈을 찡긋했다. 지율은 고개를 꾸벅 숙이며 인사를 건넸다.

"감사합니다."

"뭘요. 다음에 또 뵙죠."

황 실장이 가벼운 묵례를 건네며 연구실로 돌아갔다. 지율은 민과 함께 복도로 나섰다. 민이 곁에서 지율의 옆구리를 쿡 찔렀다.

"거봐, 나밖에 없지?"

"고마워."

지율은 찔린 옆구리를 만지며 어색하게 웃었다. 지난번에 민과 얘기하다 대동물 관련 자료를 좀 더 구해서 보고 싶다는 얘기를 무심코 꺼낸 게 시작이었다. 그냥 지나가듯 한 말이었는데, 민이 연구소에 부탁해 특별히 대동물 실습이 있는 날 참관할 수 있도록 도와준 데다 자료까지 받을 수 있게 해 주었던 것이다.

쇼핑백 안을 몇 번이고 들여다보며 무슨 자료가 있나 뒤적이는 지율을 보던 민이 혀를 찼다.

"그러니까 왜 멀쩡히 있는 서울 병원 놔두고 여기 와서 고생을 해. 할아버지가 그러셨어도 그냥 적당한 사람 하나 불러서 하라고 그러지. 갑자기 대동물 하는 게 쉬운 줄 알았어?"

"다 경험이지 뭐. 이젠 재밌어."

지율의 대답에 민이 어쩔 수 없다는 얼굴로 밉지 않게 눈을 흘겼다.

"약속했던 대로 밥 사."

"알았어. 설마 맨입으로 받아먹을까 봐 그래?"

주차장으로 나온 지율은 차에 민을 태우고 시동을 걸었다. 미세 먼지 하나 없는 맑은 토요일 오후였다. 실습 시간이 걸려 아직 점심도 먹지 못한 채라, 일단 시내로 나가 밥을 먹기로 한 뒤였다.

사실 오늘은 원래 이 일이 없었다면 자영과 점심을 먹을 생각이었다. 어지간히 눈치 없는 사람이라도 알아차릴 만큼, 최근 자영의 태도는 이상한 데가 있었다. 물론 그 이유가 뭔지는 이미 지율도 짐작하고 있는 바였다. 차를 몰아 주차장을 빠져나가던 지율은 조수석에 앉은 민 쪽을 흘끔 보았다.

"그런데 신 교수님은 연락 없으셨어? 토요일에 오시기로 한 거 아니었나?"

"학회 일정 겹쳐서 못 오실 것 같대."

민이 앞을 보며 대답했다. 이 정도는 그냥 넘어가 줘야 하는 건가. 속으로 생각한 지율은 낮게 한숨을 쉬었다.

지도 교수였던 신 교수와는 종종 연락을 주고받는 사이였다. 희동리에 처음 내려와 대동물 공부를 시작할 때도 신 교수가 한국대 연구소에 연락해 실습 참관을 하게 해 준 적도 있었다. 하필 자영과 만나려고 생각한 날 신 교수가 이쪽으로 온다니 어쩔 수 없었다. 이왕 이렇게 된 거 식사라도 대접해야겠다 싶어, 지율은 그다음 날 신 교수에게 직접 전화를 했다.

"안녕하세요, 교수님. 주말에 한국대 연구소 들르신다면서요. 오시면 제가 점심 대접하려고 연락드렸는데…."
— 내가? 장인어른 생신이라 주말에는 처가에 내려가기로 했는데.

어리둥절해하는 신 교수의 대답에 지율은 서둘러 제가 잘못 들었나 봐요, 하며 둘러댔다. 민이 거짓말을 했다는 사실을 직감한 건 그때였다.

생각해 보면 이런 일이 처음은 아니었다. 학부 시절에도 다른 후배들과 밥을 먹거나 같이 스터디를 하기로 했다가, 중간에 민이 약속이 취소됐다거나 멤버가 바뀌어서 같이 못 하게 됐다거나 하며 연락하는 바람에 그런 줄 알고 넘어갔다가 나중에 원망을 들은 일이 한두 번이 아니었다.

처음에는 민이 뭘 잘못 알았겠지 싶어 그냥 넘어갔는데, 그런 일이 여러 번 반복되자 이건 우연일 수가 없다는 생각이 들었다. 한번 민을 불러 왜 그랬냐고 묻자, 자기가 외롭게 자라서 친한 사람을 뺏기기 싫어해서 그랬다고, 오빠가 다른 애들한테 잘해 주는 게 싫었다고 다시는 안 그러겠다며 눈물까지 글썽이는 통에 절대 그러지 말라고 주의를 준 적도 있었다.

이것도 습관이라 고치기 힘든 건가.

학부 때야 어려서 그럴 수도 있지, 하고 넘어갔지만 이번에는 따끔하게 얘기를 해야 하는 건가 싶어 머리가 복잡했다. 도와준 건 고마웠으나 그건 별개의 문제였고, 게다가 상대가 자영이라 더 그렇기도 했다.

민이 출장을 온 뒤부터 자영의 태도가 눈에 띄게 차가워진 걸 눈이 있는 사람이라면 다 알 정도였다. 문턱이 닳도록 병원을 드나드는 민 때문에, 처음 며칠은 그러려니 하던 영숙도 자영의 발길이 뚝 끊기자 지율에게 넌지시 물었다.

"원장님, 안 순경하고 무신 일 있었당가요?"
"네?"
"아아니, 혹시나 하고…."

하고 싶은 말이 많은 얼굴로 입을 다물던 영숙을 생각하자 두통이 밀려들었다. 시내에 차를 세우고 적당한 식당으로 들어간 지율은 창가 자리에 앉았다. 식사 시간이 지나 식당 안은 한산했다.

민에게 먼저 메뉴판을 준 지율은 테이블 위에 올려 둔 핸드폰 위를 손끝으로 두드렸다. 어제도 자영에게 시간 나면 연락 좀 달라는 메시지를 보냈는데, 아직까지 답이 없었다. 멍하니 창가를 보며 핸드폰만 만지작거리는 지율의 태도에 뭔가 눈치챘는지, 민이 보고 있던 메뉴판을 내려놓았다.

"뭐 기다리는 연락 있어?"

"아냐."

물론 입으로는 아니라고 하지만 표정은 아닐 리가 없었다. 지율은 서둘러 종업원을 불러 메뉴를 주문했다. 종업원이 주문을 받고 멀어지는 사이, 내내 지율을 빤히 마주 보던 민이 물었다.

"오빠, 그 여자하고 무슨 사이야?"

누구냐고 묻지 않아도 민이 얘기하는 사람이 자영이라는 건 뻔했다. 하지만 무슨 사이냐고? 지나가다 뜬금없이 날아온 야구공에 머리를 한 대 맞은 기분이었다.

그러게, 우리가 무슨 사이인데.

밥 몇 번 같이 먹었고, 차도 마시고, 영화도 보고.

그런데 그게 뭐.

"자영 씨?"

어쩌다가 전원일기

굳이 확인 사살을 하고 싶은 건 아니었지만, 조금 비뚤어지고 싶은 기분이 된 지율은 부러 되물었다. 자영 씨라는 호칭이 제법 친밀하게 들렸는지 민의 눈이 가늘어졌다.

"사귀는 거 아니잖아."

아닌 거 나도 알거든.

"너 점심도 안 먹었다며, 배고프겠다. 얼른 먹어."

때마침 음식을 가져온 종업원 덕분에 지율은 서둘러 말을 돌렸다. 안 그래도 자영 때문에 속상한데, 조금만 더 말했다가는 민에게 화풀이를 하게 될 것 같아서였다.

일이 바쁘고 시골 특성상 언제 출장을 나가 있을지 모르니 병원에 너무 자주 오지 말라고 돌려서 말하기도 했으나, 아는 사람도 없고 심심하다며 무작정 매달리는 민을 매몰차게 떼어내기도 쉽지 않은 일이었다.

그래, 뭐 출장 끝나면 돌아갈 애한테 그럴 필요 있나. 애써 좋게 생각하려 노력하며 수저를 들자, 밥을 먹기 시작한 민이 문득 입을 열었다.

"옛날에 오빠랑 공부하던 거 생각나. 처음 오빠 복학해서 강의 같이 들었을 때부터 내가 맨날 따라다녔잖아."

"그랬나?"

"뭐야, 다 알았으면서. 오빠가 과방 있으면 과방 가고, 도서관 있으면 도서관 가고."

"난 너 윤형이랑 친해서 그런 줄 알았는데."

윤형과는 입학할 때부터 친했고 군대도 함께 갔다가 복학도 같이 한 터라 내내 붙어 다닌 사이였다. 마당발에 통 크고 성격 좋은 윤형은 늘 학과의 중심이었다. 당연히 민과도 친했기에, 지율은 매번 민이 자신들을 따라다니는 게 윤형 때문이라고 생각했다.

게다가 수의학과 여신인 민은 거의 모든 남학우들이 선망하는 대상이었다. 윤형이라고 예외는 아니었기에, 그런 속세의 일에 관심이 없었던 지율은 썸을 타면 둘이 탔지 그게 나랑 무슨 상관… 하고 생각하며 민이 내내 붙어 다녀도 그러거나 말거나 했던 것이다.

"눈치 되게 없어, 진짜. 하긴 뭐 난 그래서 더 좋았지만."

민이 입술을 삐죽거렸다. 지율은 의아한 표정으로 되물었다.

"왜?"

"오빠 좋아하는 애들 엄청 많았는데 오빠가 관심이 없었잖아. 난 오빠가 남자 좋아하는 줄 알았어. 맨날 윤형 오빠하고만 붙어 다니고."

"끔찍한 소리 할래?"

지율이 질색하는 얼굴에 민이 깔깔거리며 웃었다.

"아니라니까 다행이네. 사실은 여기 올 때까지도 좀 의심했는데."

내가 여자라도 김윤형 같은 놈 안 만나, 하는 소리가 목까지 올라왔으나 지율은 애써 그 말을 참았다. 집안 좋고 외모 적당히 괜찮았지만, 술 좋아하고 친구 좋아해 죄 없는 애인 속을 어지간히 썩이는 타입인 탓이었다. 그간 껍데기에 속아 만났다가 결국 참다못해 윤형을 걷어찼던 수많은 여자를 떠올린 지율은 내심 고개를 절레절레 흔들었다.

"윤형 오빠랑 병원까지 같이 차렸다고 그러니까 더 그랬지. 병원 가 보려고 했는데 그때 나도 병원 들어가서 정신없었어. 하필 또 ICU라 맨날 비상이고."

민의 말에 픽 웃은 지율은 어깨를 으쓱해 보였다.

"그냥 동네 동물 병원인데 와서 뭐 하게. 내가 해 줄 것도 없는데."

"오빠 얼굴 보러 가려고 그랬지. 오빠한테 받을 게 뭐 있어, 내가."

새침하게 대꾸한 민이 잠시 사이를 두었다가 몸을 조금 앞으로 내밀었다.

"진짜 여자는 왜 안 만나?"

"사는 게 바빠서 그렇지 뭐."

지율은 음식을 먹으며 건성으로 대꾸했다. 삼십 평생에 먼저 개수작 걸면서 여자 쫓아다니는 게 처음인데, 일생일대의 중요한 썸에 훼방을 놓고 있는 당사자에게 듣기에는 과히 유쾌한 질문이 아닌 탓이었다.

"윤형 오빠는 맨날 소개팅하러 다니던데."

"걔랑 나랑 처지가 같냐. 따지자면 사실 동업도 아니고 윤형이가 자기 병원 차리면서 내 이름 얹어 준 건데. 내가 한눈 팔면서 살 시간이 있어야지."

거짓말은 아니었다. 솔직히 말해 입소문이 빨리 난 편이라 개원의치고 수입이 적지는 않았지만, 이제 겨우 개원할 때 들어간 투자금을 회수한 수준이었다. 할아버지에게 빌린 돈이며 은행 대출을 전부 상환하고 나자 다시 시작하는 거나 다름없었다.

그 때문에 예전부터 윤형이 소개해 준다던 여자만 한 트럭이었고 개원 후에는 사적인 만남을 원하는 단골들도 꽤 있었지만, 그때마다 각종 핑계를 대며 그런 상황을 피해 온 터였다.

물론 여자와 거리가 멀었던 데는 그런 현실적인 상황 말고 다른 이유도 있기는 했다. 할아버지가 열과 성을 다해 자신을 양육했고 나름대로 이만하면 잘 자랐다고 생각하기는 했지만, 관계가 깊어지면 집안 사정에 대해 구구절절 설명해야 할 게 뻔했고 상처받는 일이 분명 생기리라는 걸 안 봐도 아는 탓이었다.

그래서 자영처럼 안 지 얼마 되지도 않는 사람에게 집안 얘기를 다 털어놨던 건 처음이었다. 지율은 이후에도 자기가 왜 그랬을까 가끔 생각하곤 했다. 어릴 적 만났던 그 애가 자영이라는 확신도 없는데.

그냥 자영에게는 숨기고 싶지 않았다.

"그럼 그 여자는 뭐야?"

속을 읽기라도 한 양, 민이 갑자기 다시 자영의 얘기로 돌아갔다. 지율은 들고 있던 젓가락을 내려놓았다.

"아까부터 왜 자꾸 그래?"

화를 내고 싶지는 않았는데, 말투가 저도 모르게 날카로워졌다. 그러나 눈치가 없는 건지 그런 척을 하는 건지, 민이 집요하게 지율을 추궁했다.

"여자 만날 시간 없다면서, 지난번에도 밥 먹으러 가자고 그랬잖아."

"내가 개인적으로 도움받은 것도 많고, 또…."

대답하던 지율은 말을 멈췄다.

또 뭐.

그거 말고 또 뭐가.

처음에는 영락없이 악연인 줄 알았다. 이상한 상황에서 자꾸 부딪쳤고, 자신에게만 무뚝뚝하게 굴었고, 그러면서도 고작 동네 애가 키우는 강아지 한 마리 때문에 한밤중에 찾아오고. 자신의 앞에서 자주 빨개지는 그 동그란 얼굴과 다친 줄 알고 망설임 없이 인공호흡을 하는 내내 부들부들 떨리던 조그만 손을 떠올리자 심장이 물을 먹은 종이처럼 가라앉았다.

"그만하고 밥 먹어."

지율의 말투가 순식간에 싸늘해진 걸 알아차린 민이 조심스럽게 물었다.

"화났어?"

"화낼 일 아냐. 그냥 너한테 자영 씨 얘기 듣는 거 불편해."

"미안해, 오빠. 내 성격 알잖아. 오빠가 누구랑 친해 보여서 질투 났나 봐."

민이 바로 태도를 바꿔 저자세로 사과했다. 주인에게 혼난 강아지 같은 얼굴로 눈치를 보는 모습에 괜히 속이 더 답답해졌다. 외로워서 그런다는데, 애가 그냥 아직 어린 구석이 있어서 그런 건데…. 거기다 대고 뭐라고 정말로 화를 내자니 스스로가 한심해져, 지율은 입을 다물었다.

정적 속에서 식사를 마치자, 민이 커피 한잔하자며 졸랐다. 미안하니까 커피는 자기가 사겠다는데 거절하는 것도 속 좁은 사람 같아 지율은 마지못해 근처 카페에 민과 마주 앉았다. 말없이 커피만 마시는 지율의 모습에 어지간히 화가 났나 보다 짐작했는지, 민은 내내 분위기를 풀어 보려 애를 썼다.

기분이 다운된 건 사실 엄밀히 말하자면 민의 탓은 아니었다. 저녁 시간이 되기 전에는 돌아가야 할 것 같아, 자리에서 일어난 지율은 되도록 아무렇지 않은 척을 하며 민을 숙소 앞까지 데려다주었다. 차를 세우자 안전벨트를 풀던 민이 물었다.

"내일은 뭐 해?"

"집에서 공부할 거야. 호출 있을 수도 있어서 계속 대기고."

사실상 선을 긋는 지율의 말에 민이 풀 죽은 표정으로 알았어, 하고 웅얼거렸다. 핸드폰의 스케줄러를 확인한 지율은 무심코 물었다.

"너 출장은 언제 끝나?"

"왜, 빨리 갔으면 좋겠어? 나 그렇게 귀찮아?"

민이 눈을 동그랗게 뜨며 지율을 쳐다보았다. 그런 의도가 없었던 건 아니지만 무신경했나 싶어 아차 하는 기분이 되었다. 되게 서운하네, 하고 혼잣말처럼 중얼거리는 모습에 지율은 서둘러 민을 달랬다.

"그런 거 아냐."

그러나 입을 삐죽인 민은 인사도 없이 차에서 내려 조수석 문을 쾅 닫았다. 지율이 창을 열며 조심해서 들어가, 하고 인사를 건넸으나 민은 뒤도 돌아보지 않고 숙소로 쌩하게 들어갔다.

한숨을 쉰 지율은 희동리로 돌아왔다. 해가 제법 길어져 저녁 시간인데도 아직 날이 환했다.

마을 어귀로 들어서는데, 파출소 앞에서 찌뿌둥한지 체조를 하고 있던 상현이 지율의 차를 알아보고 원장님, 하며 손을 흔들었다. 차를 멈춘 지율이 열린 창으로 안녕하세요, 하고 고개를 가볍게 까딱이자 가까이 온 상현이 몸을 숙이며 물었다.

"어디 갔다 오세요?"

"아, 네. 약속이 좀 있어서요."

대답한 지율은 상현의 등 뒤로 슬쩍 파출소 안을 보았다. 날이 좋아서인지 문을 열어 둔 파출소 안에는 용천의 모습만 보였다.

"자영 씨가 안 보이네요?"

넌지시 물은 말에 상현이 무슨 소리냐는 얼굴로 되물었다.

"오늘 주말이라 쉬죠."

"며칠 전에 당직이라고…."

"자영이가요?"

그런 말은 생전 처음 듣는다는 투였다. 갸웃한 상현이 파출소를 돌아보더니 아닌데에, 하고 말끝을 늘이며 팔짱을 끼었다. 뭔가를 생각하는지 눈을 가늘게 뜬 상현의 입꼬리가 순간 미묘하게 실룩거렸다. 저 표정은 뭐지, 속으로 생각한 지율은 얼른 고개를 가로저었다.

"아, 아니에요. 제가 잘못 들었나 보네요."

그러니까 그것도 핑계였다 이거지.

당직이라든가 집중 단속 기간이라든가 호출이라든가, 자영이 매번 대던 핑계들이 머릿속에 하나둘씩 떠올랐다. 관자놀이 부근을 긁적이던 상현이 아아, 하며 손뼉을 쳤다.

"아이고, 그러고 보니까 아침에 시내 나간다고 그러긴 하던데."

"시내는 왜요?"

자영이 시내로 외출하는 일이 잦지 않다는 건 지율도 잘 알

어쩌다가 전원일기 251

고 있었다. 무슨 일이 있나 싶어 묻자, 상현이 아무도 없는데 공연히 주위를 한 번 살펴보더니 목소리를 낮췄다.

"그때 소도둑 잡아서 표창장 받았을 때 우리 서에서도 갔잖아요. 근데 그때 청사 강력계에 있는 친구가 자영이를 봤는데 맘에 들었나 봐요. 소장님한테 자영이 소개해 달라고 그랬다더라고요. 원래 그런 소리 귓등으로도 안 듣는 애가 남자가 엄청 괜찮다고 그래서 그런가, 만나 보겠다고 그러는 거예요. 근데 뭐 소개팅을 하려니 옷이 있나, 화장품이 있나. 그래서 그거 사러 나갔나 봐요."

"…그래요?"

이게 지금 무슨 상황인 건데.

태연한 척 되묻기는 했지만 심중은 하나도 안 태연했다. 청사 강력계에 있는 친구가, 자영이 소개해 달라고 그랬다더라고요, 남자가 엄청 괜찮다고 그래서 소개팅을 하려니… 상현의 말이 띄엄띄엄 분절되며 머릿속으로 들어왔다.

그러니까, 갑자기 다른 남자를 만나 보겠다고 그런다고?

바보가 아닌 이상에야 자신이 자영에게 관심 있다는 걸 당사자도 당연히 알 거라고 생각했다. 소문 좋아하는 동네 사람들이 떠보는 말에도 부정하지 않았던 건 그래서였다. 자영이 자신을 싫어하는 것만 아니라면 누가 뭐라고 해도 상관없는 까닭이었다.

그런데도 왜.

저도 모르게 핸들을 잡은 손에 힘이 들어갔다. 상현이 주위를 한 번 더 살피더니 아까보다 더 조심스럽게 물었다.

"근데 원장님은 그 아가씨랑 진짜 아무 사이도 아니에요?"

민이 온 뒤로 이 질문도 백 번쯤은 들은 것 같았다. 지율은 애써 웃으며 백 번도 넘게 했던 대답을 반복했다.

"그냥 학교 후배예요."

그 대답을 듣기 무섭게 상현이 그럴 줄 알았다는 투로 어휴, 하며 혀를 찼다.

"그죠? 하여튼 자영이 걔는….”

자영이 걔는?

뭔가 이상한 느낌에 바로 상현을 쳐다보기 무섭게 상현이 아차 하는 표정으로 입을 다물었다. 왜요, 하고 묻자 상현이 서둘러 두어 번 헛기침을 하더니 배시시 웃으며 경례를 붙여 보였다.

"아, 아니에요. 바쁘신데 제가 시간 뺏어서 죄송합니다. 들어가세요."

하여튼 자영이 걔는, 걔는 뭐.

그 말이 아무래도 영 맘에 걸렸으나 상현을 더 추궁해 봐야 말할 것 같지가 않았다. 찜찜한 기분으로 집에 돌아온 지율은 거실에서 서성거리며 상현의 말을 곱씹었다.

남자가 엄청 괜찮다고?

솔직히 말하자면 지금까지 열등감과는 거리가 멀었던 인생이었다. 부모 없는 거야 어쩔 수 없고, 아주 넉넉한 형편은 아니었지만 할아버지 덕에 부족함을 느낀 적 없었다. 어딜 가면 다들 첫마디가 잘생겼다는 소리였고, 학교 다니는 내내 장학금을 독점하던 우등생이었다. 남한테 못된 짓 안 하고 살았고 나름대로 성실하다고 자부하는 편이기도 했다.

그런데 그 자식이 나보다 괜찮으면 뭐 얼마나 괜찮은데.

재벌 집 자식이야? 연예인이야? 잘생겼어? 집안이 그렇게 좋아?

…진짜면 어떡하지.

아악, 하고 머리를 감싼 지율은 거실 한복판에 쭈그리고 앉아 있다가 벌떡 일어났다. 그냥 이대로 가만히 앉아 있기는 싫었다. 대문으로 뛰쳐나가 세워 둔 자전거를 타고 스포츠카의 속도로 페달을 밟아 자영의 집으로 달려가는데, 때마침 양손에 쇼핑백을 들고 혼자 걸어가는 자영의 모습이 눈에 들어왔다.

서둘러 자영의 앞에 자전거를 세우고 반쯤 길을 막은 지율은 숨을 고르며 자영을 마주 보았다. 손에 들린 쇼핑백에 선명한 화장품 브랜드의 로고가 먼저 보였다. 생각도 못 했는지, 자영이 놀란 얼굴로 눈을 동그랗게 떴다. 지율은 애써 웃으며 자영에게 물었다.

"어디 갔다 와요?"

침착해, 한지율. 침착하라고, 이 자식아.

속으로 주문을 걸었으나 그게 잘되고 있는 건지 도무지 알 수가 없었다.

"그냥 뭐… 선생님도 약속 있으셨나 봐요."

길게 말하고 싶지 않다는 듯 얼버무린 자영이 툭 내뱉었다. 그러고 보니 방금 외출했던 차림 그대로긴 했다. 지난번에 만났을 때 민이 신 교수 얘기를 꺼냈으니, 틀림없이 민을 만났을 거라고 짐작하고 있을 게 뻔했다. 지율은 서둘러 자영을 붙들었다.

"잠깐 얘기 좀 해요, 우리."

"집에 가서 할 일이 많아서요. 다음에 하죠."

자영이 매몰차게 지율을 뿌리치더니 길을 막은 자전거를 피해 지나쳤다. 자전거를 내팽개치다시피 한 지율은 다시 성큼성큼 걸어가 자영의 앞을 막았다.

"소개팅하러 간다면서요?"

"어디서 들었어요?"

대번에 인상을 구긴 자영이 아 이상현 진짜, 하고 중얼거렸다. 상현의 뒷일 따위를 걱정해 줄 심정이 아니었기에, 굳이 그 말을 부정하지 않은 지율은 재차 물었다.

"그 사람 왜 만나려고 그래요?"

자영이 어이없다는 표정으로 지율을 빤히 쳐다보았다. 그새 어스름이 내리기 시작한 길 위는 고요했다. 어디선가 맹꽁이인지 개구리인지가 내는 소리만이 간간이 들릴 뿐이었다. 그

정적을 깨고 자영이 대꾸했다.

"집안 좋고 돈 많고 잘생겼다고 그래서요."

그 말이 미처 머릿속으로 들어오기도 전, 시선을 내린 자영이 내뱉었다.

"제가 누굴 만나든 그게 선생님하고 무슨 상관인데요."

무슨 상관이냐고?

그러게, 무슨 상관인데.

사귀는 거 아니잖아, 하던 민의 말이 문득 떠올랐다. 그렇지. 사귀는 건 아니지. 하지만… 지율이 뭐라고 미처 입을 떼지도 않았는데 자영이 말을 이었다.

"우리 그냥 친구잖아요."

그냥 친구.

갑자기 둘 사이에 누군가가 보이지 않는 선을 확 긋는 기분이었다. 멍하니 자신을 내려다보는 지율을 한 번 쳐다보지도 않고 자영이 확인 사살을 했다.

"친구 사이에 이러는 건 무례하죠."

곁을 스쳐 지나가는 자영에게서 희미한 향의 입자가 떠올랐다가 흩어졌다.

입술이 맞닿았던 순간 났던 그 향기.

친구 사이?

그 자리에 못 박힌 듯 선 지율은 자영의 말을 곱씹었다.

이게 친구라고 누가 그래.

나 지금 완전 돌아 버릴 것 같은데.

"근디 안 순경 요새 얼굴이 왜 그런다?"

언제나처럼 대접으로 탄 믹스커피를 오후 내내 홀짝이고 있던 용천이 갑자기 물었다. 자리에 멀거니 앉아 생각에 빠져 있던 자영은 퍼뜩 놀라 되물었다.

"네?"

"뭐 안 좋은 일 있는 사람 같어."

"그런 거 없어요."

없긴 왜 없냐.

최대한 티를 안 내려고 했으나 요 며칠 사이 가는 곳마다 똑같은 소리를 듣는 중이었다. 조만간 마을 입구에 '안자영 순경 요즘 기분 안 좋음'이라는 현수막이 걸려도 그러려니 할 것 같았다. 아니나 다를까, 용천이 못 믿겠다는 표정을 했다.

"에에이, 귀신을 속이지…."

"아니라니까요?"

"아, 아니면 말어."

바로 정색하자 용천이 찔끔하며 입을 다물었다. 모니터에 머리를 박고 싶은 기분이 된 자영은 책상 아래 둔 쇼핑백을 발끝으로 툭툭 건드렸다. 토요일에 시내에 나갔다가 사 들고 온 화장품이었다.

홧김에 남자를 만나 보겠다고는 했는데, 그 뒤로 내내 심란해 죽을 지경이었다. 주말에 집에서 죽치고 있어 봐야 혼자 울적할 게 뻔했기에, 자영은 기분 전환이라도 할 생각으로 시내에 나갔다.

그러나 막상 소개팅 대비 품목을 사기엔 어쩐지 내키지 않아 곧 생일인 영숙에게 선물할 화장품 세트만 하나 산 게 다였다. 지금쯤 어디 괜찮은 데서 밥이라도 먹고 있겠지 뭐, 하고 속으로 지율 생각을 하니 돌아오는 길이 더 울적했다.

그러면서 터덜터덜 혼자 걷고 있는데 갑자기 지율이 튀어나왔던 것이다. 기절할 정도로 놀란 건 당연했다. 그다음에는 헛것을 보는 줄 알았다.

어디 갔다 오냐며 묻더니 대뜸 어디서 들었는지 소개팅 얘기를 꺼내기에, 보나 마나 이건 상현의 소행이라는 확신이 들었다. 속으로 이상현 이걸 죽여 살려, 하며 무슨 상관이냐고 딱 잘랐는데 막상 집에 돌아와 누웠더니 머릿속이 더 복잡해졌다. 그때 본 지율의 얼굴이 머릿속에서 떠나질 않는 탓이었다.

왜 충격받은 사람처럼 구는 건데.

아무 사이도 아니면서.

왜 내가 상처 준 것처럼 그러냐고.

죄 없는 볼펜 꼭지만 딱딱거리며 눈에 들어오지도 않는 공문을 한 시간째 작성하고 있는데, 어느새 저녁 시간이 다 된 모양이었다. 퇴근한다며 옆에서 부스럭대던 상현이 갑자기 옆구리를 콕콕 찔렀다.

"야, 자영아. 저녁 같이 먹을래?"

퍼뜩 놀란 자영은 상현을 돌아보았다. 손맛으로 이름난 이장댁 아들 상현이 굳이 밖에서 밥을 먹고 들어가는 일은 드물었다. 더구나 지율에게 소개팅 건을 말한 게 사실이라면 그게 들킬까 봐 자신을 피해 다녀야 정상인데, 먼저 밥을 먹자고 하는 걸 보니 무슨 일이 있나 싶었다.

"그러지 뭐."

그래도 정이 무섭다고, 왜 그러나 들어나 보자 싶어 자영은 자리에서 일어났다. 파출소를 나서 사실상 구내식당이나 다름없는 근처 백반집으로 들어서자, 텔레비전을 보고 있던 부안댁이 일찍 왔네, 하며 두 사람을 반겼다. 상현이 먼저 앉으며 부안댁에게 말했다.

"저희 불백 두 개 주세요."

부안댁이 그랴, 하며 먼저 밑반찬을 깔아 주고는 부엌으로 들어갔다. 상현이 무슨 말인가를 하려다 주저하는 눈치라, 자영은 눈썹을 좁히며 물었다.

"무슨 일 있어?"

"아니, 내가 무슨 일 있어서 그런 게 아니라…."

숟가락 젓가락 개수까지 빤히 아는 사이에 뭐 못 할 말이 있는지 한참 머뭇거리던 상현이 부엌 쪽을 슬쩍 보더니 목소리를 낮췄다.

"너 요새 한 원장 때문에 그래?"

아악, 이상현 이 눈치 없는 자식을 진짜.

왜 그러는지 뻔히 알면 입이나 다물고 있지!

"뭐래, 뜬금없이."

정말 상현을 한 대 쥐어박고 싶은 기분이 된 자영이 애써 무심한 척 대꾸하자, 상현의 표정이 심각해졌다.

"한 원장 그 아가씨랑 아무 사이도 아니라던데."

"알아."

누가 그걸 몰라서 그러냐. '아직' 아무 사이 아닐 수도 있으니까 그러지.

"아는데 왜 그래."

"뭘 왜 그래야."

시큰둥하게 대답하는 사이 부안댁이 뚝배기 두 개를 탁자 위에 놓았다. 뚝배기 안에서 국물 자작한 불고기가 달큼하게 지글거렸다. 평소였다면 바로 젓가락부터 들이밀었겠지만, 어쩐지 손이 가지 않았다.

"아이고, 늙어서 긍가 벌써 더워 뒤져 불겠네. 여름에는 어쩔라고 이런댜. 나 앞에 좀 나가 앉아 있을 텡게, 뭐 필요하면 부르더라고."

부안댁이 손부채질을 하며 가게 문을 열어젖히고는 밖으로 나갔다. 고개를 빼 부안댁의 위치를 확인한 상현이 얼굴을 찌푸리며 목소리를 더 낮췄다.

"야, 내가 아무리 눈치가 없어도 그렇지. 둘이 썸 타는 거 아니었어?"

"밥이나 먹어, 밥이나."

자영의 면박에도 아랑곳하지 않고, 상현이 소곤대는 투로 자영을 다그쳤다.

"우리가 20년을 같이 지냈는데 까놓고 말해 보자. 너 한 원장 좋아하잖아. 너 남자한테 그러는 거 내가 처음 봤고, 솔직히 안 서운했다면 거짓말이긴 한데! 아무튼! 그 사람도 너한테 아무 생각 없이 그러는 거 아니잖아. 그냥 심심해서 너 가지고 놀려고 그러겠어?"

자영은 탁자 위에 시선을 둔 채 상현의 얘기를 들으며 빈 젓가락만 달각거렸다. 내내 붙어 있는 상현이니, 그렇게 둔해도 눈치를 못 챌 리는 없었다. 상현의 말마따나, 남자 하나 때문에 이렇게까지 흔들려 본 건 처음이었다.

지율이 아무 생각 없이, 그냥 심심해서 그런다고 생각한 적은 없었다. 그럴 사람은 아니라는 믿음도 늘 마음 한구석에 존재했다. 그러나 그건 어쩌면 지율을 볼 때마다 머릿속에서 오래전의 어린 소년을 늘 떠올리기 때문일지도 몰랐다. 자신이 아는 지율은 진짜 지율이 아닐 수도 있다고 애써 부정하면서도 속이 뜨끔했다.

"신경 꺼."

젓가락으로 겨우 맨밥만 깨작이며 대꾸하자 상현이 욱하는 표정으로 발을 굴렀다.

"신경 끄려고 했는데 못 끄게 하잖아!"

답답하다는 듯 가슴을 친 상현이 아오 진짜, 하며 의자를 당겨 앉았다.

"이 말까진 안 하려고 했는데, 토요일에 한 원장 잠깐 파출소 앞에서 마주쳤어. 그때 내가 너 소개팅 나간다고 얘기했…."

"그랬을 줄 알았다."

정말 그랬을 줄 알았지만 굳이 자진 납세를 하는 상현에게 도끼눈을 뜨며 젓가락을 움켜쥐자, 젓가락으로 맞아 죽을 것 같았는지 상현이 황급히 손을 내저었다.

"아, 아니, 끝까지 들어. 일단 끝까지 들어 봐. 나 보자마자 너부터 찾더라고. 너 당직이라고 그랬는데 왜 안에 없냐고. 저번에 너 당직 아닌데 당직이라고 거짓말했잖아. 딱 보니까 그거 안 눈치인 거야."

그제야 며칠 전 토요일에 같이 점심 먹자던 지율의 말에, 뒤에 서 있던 민의 얼굴을 보고 당직이라며 대충 둘러댔던 것이 떠올랐다. 이래서 거짓말도 머리가 좋아야 하지, 하고 속으로 후회한 자영은 콩나물을 아작거리며 부러 장난스럽게 되물었다.

"눈치는 무슨. 이상현이 눈치가 뭔지를 알아?"

"아 씨, 끝까지 좀 들으라니까!"

평소답지 않게 상현은 거기 말려드는 대신 버럭하고는 말을 이었다.

"그래서 내가 너 시내 나가는 거 같더라, 누가 너 소개해 달래서 그 남자 만나러 나가기로 했다 이러면서 떠보니까 바로 얼굴이 싹 변하더라고."

한 귀로 듣고 한 귀로 흘리는 척하고는 있었으나, 그 말에 심장이 덜컥하는 기분이었다. 그 사람 왜 만나려고 그래요? 그렇게 묻던 지율의 얼굴이 퍼뜩 스친 탓이었다. 거칠어진 숨 사이로 떨리던 목소리와 어스름이 내려앉은 공기 속에서 더 짙어 보이던 눈동자.

잠시 말이 없는 자영을 물끄러미 보던 상현이 에휴, 하고 한숨을 쉬었다.

"내가 혹시나 해서 그 아가씨랑 무슨 사이냐 하니까 바로 학교 후배래. 다른 말 하나도 안 하더라."

"다 그러면서 시작하는 거지 뭐."

열없이 내뱉은 대답에 상현이 정색했다.

"왜 그렇게 생각하는데."

"너 같으면 그런 여자가 너 좋다는데 안 넘어가겠어?"

상현의 말이 뭔지는 이미 다 알고 있었다. 지율과 민이 아무 사이 아니라는 것도, 지율이 자신을 좋아한다는 것도, 그냥 한

순간의 기분으로 그럴 사람은 아니라는 것도. 그러나 샴푸 광고 속에서 막 빠져나온 듯한 민의 모습을 생각하자 속이 가라앉았다.

이기기 힘든 싸움은 하기 싫었다. 어차피 양쪽 모두 아무 사이가 아니라면, 결국은 누구라도 민 같은 여자를 선택할 게 뻔했다. 지율은 그런 사람이 아니라고 믿었다가 나중에 상처받게 되면 누구를 원망할 수도 없는 일이었다.

"나 같으면 넘어가는데. 한 원장은 안 넘어갈 수도 있지."

그 속내를 다 안다는 것처럼 상현이 대답했다. 자영은 눈썹을 찌푸렸다.

"말도 안 되는 소릴…."

자영의 말이 끝나기도 전 상현이 눈을 부릅떴다.

"뭐가 말이 안 되는데. 까놓고 좋아하는 여자 있는데 다른 여자가 눈에 왜 들어와. 진짜 개새끼면 나 좋다는 여자 단물 빨고 버릴 생각이나 하겠지만 한 원장이 그럴 사람이야? 아닌 거 알잖아."

야간 근무만 아니면 소주라도 한 병 시켜서 병나발 불고 싶은 기분이었다. 이마를 문지른 자영은 한숨처럼 대꾸했다.

"사람 속을 어떻게 알아. 그리고 누가 누굴 좋아한다고 그래, 미쳤냐."

"나 눈치 없어. 눈치 없는데 내 눈치로도 알겠더라."

자영은 입을 다물었다. 상현 앞에서 이렇게 할 말이 없어지는 건 20년 동안 처음 있는 일이었다. 앞에 놓인 찬물을 숨도 쉬지 않고 들이켠 상현이 컵을 탁 내려놓더니 자영을 마주 보았다.

"야, 자영아."

상현이 보기 드물게 진지한 얼굴로 말을 이었다.

"내가 진짜 너 생각해서 얘기하는 거야. 사람이 살면서 갖고 싶은 게 하나쯤은 있잖아. 그거 다 포기하고 살면 누가 칭찬해 주냐? 할머니도 너 여기 돌아왔을 때 얼마나 우셨는지 알아? 젊은 애가 나 때문에 자기 하고 싶은 것도 하나도 못 하고 촌구석에 와서 늙은이 수발들 생각만 한다고 술만 드시면 그렇게 우시더라."

처음 듣는 이야기였다.

발령 때 희망 근무지를 적어 내면서, 서울로 갈 생각 같은 건 처음부터 한 적도 없었다. 대학을 다니는 몇 년 동안 할머니와 떨어져 있는 것도 마음에 걸렸다. 애초에 대학을 졸업하기만 하면 할머니 곁으로 돌아갈 거라고 다짐하고 한 서울행이었다. 그나마도 할머니가 사람이 태어났으면 넓은 물에서도 놀아 봐야지, 하며 억지로 등을 떠밀어 갔던 거였다.

희동리로 발령받았다는 소식을 듣고 가장 먼저 할머니에게 전화했을 때, 할머니가 마냥 기뻐하기만 한 줄 알았다. 첫 출근을 하던 날 마을 어귀에 현수막까지 걸었던 할머니가 그런 얘기를 했을 거라고는 상상도 한 적 없었다.

누가 뒤통수를 세게 때린 듯한 자영의 표정을 알아차렸는지, 상현이 한숨을 쉬고는 이마를 긁적였다.

"돌아가시기 전에도 뭐라고 그러셨냐. 너 이제 서울 가서 자유롭게 살라고 그러셨던 거 기억 안 나? 너 하고 싶은 거 하고 살라고, 그게 할머니 소원이라고."

숨을 거두기 직전, 병원 침대에 누운 할머니는 자영의 손을 꼭 잡으며 그렇게 말했다.

"자영아, 어린것이 고리탑탑하게 살지 말구 느 원하는 대로 살어. 내가 느한테 짐 안 될라고 징허게 애를 썼는디 사는 것이 어디 맘대로 된다냐. 사람마동 주어진 몫이 있는디, 내가 어린 느 몫까지 무작시럽게 빼 먹었을까 겁난당께. 인자 나 가면 서울 가서 자유롭게 살어…."

내내 잊고 살던 말이 퍼뜩 되살아났다. 상현이 침묵하는 자영을 설득하듯 말했다.

"한 번 사는 인생인데 후회할 일 하지 말자."

"갑자기 진지하게 그러니까 겁나네."

상현의 말을 반장난처럼 넘기면서도 목이 콱 막히는 기분이었다. 괜히 시선을 돌리며 켜진 텔레비전을 보는 척하자, 상현이 냅킨을 두어 장 뽑아 건넸다.

"너무 감동해서 울지 말고."

"죽을래?"

도끼눈을 뜨는 자영에게 얼른 두 손을 들어 보인 상현이 배시시 웃었다.

"안자영 그러는 거 꼴 보기 싫어서 그래. 왜 시작도 안 해 보고 쫄고 그러냐, 없어 보이게. 생각 많이 하지 말고 그냥 부딪쳐. 이래 봬도 안자영이 단감 아가씨 출신인데 뭐가 쫄려서 그래? 야, 그리고 넌 공무원이라 노후도 보장되고 연금도 나온다고 어필해. 백 세 시대에 인생 길게 보자고. 어때?"

"…김칫국 마시려고 배추씨 파종하냐, 지금?"

"씨도 안 뿌리면 그나마도 못 마신다, 너. 얼른 밥이나 먹자."

하고 싶은 말 다 했는지, 상현은 이제야 좀 후련해진 얼굴로 밥그릇을 들고 전투적으로 밥을 퍼먹었다. 사 주겠다는데도 기어이 자영의 몫까지 계산하고 나 퇴근한다, 하며 쿨하게 가는 상현의 뒷모습을 보고 있으니 생각이 더 많아졌다.

원하는 대로 살라고?

항상 뭔가를 그렇게 간절하게 원해 본 적이 없었다. 원해도 얻지 못하는 게 있다는 사실을 너무 일찍 깨달은 탓이었다. 이제는 얼굴조차 가물거리는 아빠와 타인이나 다름없는 엄마를 떠올리면 더 그랬다. 기다리는 사람들은 돌아오지 않았고 자영은 자연스럽게 포기하는 것을 먼저 배웠다.

하지만….

상현의 말이 맞을 수도 있었다.

김칫국 마시겠다고 씨 좀 뿌리면 어때.

순찰 좀 돌고 올게요, 하며 파출소를 나선 자영은 조용한 길을 혼자 걸었다. 어둑해진 동네에는 간간이 불빛들이 반짝거렸다. 아직도 마당에 아궁이를 둔 몇몇 집에서는 흰 연기가 안개처럼 높이 피어올라 흩어졌다. 그 익숙한 풍경 사이를 지나 동네를 한 바퀴 돌아오는데, 아직 덕진 동물 병원 간판에 불이 켜진 게 눈에 들어왔다.

지율이 보통 6시쯤이면 병원 문을 닫고 퇴근한다는 걸 알고 있었기에 의아한 기분이 되었다. 무슨 일이 있었나 싶어, 잠시 망설이던 자영은 조심스럽게 병원 근처로 향했다. 그때 갑자기 길 저편에서 헤드라이트를 비추며 차 한 대가 이쪽으로 달려왔다. 낯익은 외제 차였다. 멈칫한 자영은 저도 모르게 건물 뒷벽으로 몸을 숨겼다.

곧 병원 앞에 차가 멈추며 누군가가 내렸다. 차만 보고도 이미 누군지는 짐작한 뒤였다. 민이 분명했다. 잠시 후 병원 문이 열리는 기척이 나기 무섭게, 민의 목소리가 났다.

"오빠!"

만나기로 약속했던 건가.

공연히 나쁜 짓을 하는 것 같은 기분에 가슴이 쿵쿵거렸다. 잠깐 사이를 둔 지율이 놀라며 묻는 게 들렸다.

"너 지금 몇 신데 여길 와. 내일 출근 안 해?"

"오빠는 왜 지금 퇴근해?"

"출장 있었어. 나 늦으니까 오늘 오지 말라고 얘기했잖아, 아까."

부드럽지만 단호한 말투였다. 최근 들어 다른 마을에서도 지율을 찾는 사람들이 간혹 있었다. 젊은 의사가 친절하게 잘해 주더라 하는 소문이 난 까닭이었다. 이 시간까지 퇴근을 안 한 걸 보니 출장을 나갔던 곳이 제법 멀었나 보다 싶어 불안하게 당겨졌던 신경이 조금 느슨해졌다. 지율의 단호함에도 민은 전혀 기가 죽지 않은 듯 발랄하게 말했다.

"나 금요일에 서울 올라가."

겨우 그 얘기를 하려고 이 시간에 여기까지 달려왔다고?

"이번 달 말까지 있다며. 갑자기?"

"오빠가 나 귀찮아하는 것 같아서 그냥 일찍 올라가려고."

"그렇게 말하면 내가 뭐가 돼."

"농담이야. 일정이 좀 당겨져서."

난처함이 묻어나는 지율의 대답에 민이 깔깔거리며 웃었다. 짧게 한숨을 뱉는 소리가 나더니 곧이어 지율이 물었다.

"이 시간엔 여기 아무것도 없는데, 어떡하지? 들어와서 차라도 한잔하고 갈래?"

"아냐. 나 오빠한테 할 얘기 있어서 왔어."

"할 얘기?"

괜히 왔어.

본능적인 직감이 뒤통수를 때렸다. 지금이라도 빨리 이 자리를 벗어나야겠다고 생각하며 걸음을 살살 떼려는 찰나였다.

"나 옛날부터 오빠 좋아했잖아."

역시 불길한 예감은 틀리는 법이 없었다.

"그래, 그건…."

얼굴을 보지 않아도 지율이 당황했다는 걸 느낄 수 있을 정도였다. 자영은 그 자리에 얼어붙은 채 숨을 죽였다. 서둘러 말을 끊으려는 지율의 시도를 민이 가차 없이 잘랐다.

"그냥 선배로 좋아한 게 아니라 남자로 좋아했다고."

진짜 괜히 왔어.

"졸업하고도 계속 오빠 생각났었어. 다른 남자들 만나 봐도 그랬고. 오빠가 여자 관심 없어 보였고 항상 바빴으니까 인연이 아닌가 했는데, 인연이야 만들면 그만이더라고. 그래서 여기로 나 출장 보내 달라고 했어. 오빠 아니면 내가 이런 촌구석까지 뭐 하러 왔겠어?"

"최민."

"오빠가 나 거절할 이유 없잖아."

자신감 넘치는 그 말투에 까닭 없이 작아지는 기분이었다.

그러게.

저런 사람을 거절할 이유가 어디 있겠어.

하고 싶은 대로 하라던 상현의 말이 다시 떠올랐다. 이번엔 입 안이 썼다. 잠시 침묵하던 지율이 말했다.

"…잠깐 들어가서 얘기하자."

두 사람이 안으로 들어가며 병원 문이 닫히는 소리가 났다. 벽에 등을 대고 서 있던 자영은 그 자리에 다리를 접어 앉으며 무릎에 얼굴을 파묻었다.

얘기 끝난 거지.

내가 연금 있으면 뭐 하냐고.

30년은 있어야 받을 게 뭐가 중요한데, 지금.

그날은 어떻게 퇴근하고 집으로 돌아왔는지 기억도 나지 않았다. 밤새 뒤척이다 다음 날 한숨도 못 잔 몰골로 출근하자, 먼저 와 있던 상현이 얘 왜 이래, 하는 얼굴로 대경실색을 하며 자영을 쳐다보았다. 어제저녁까지만 해도 사람 꼴은 갖추고 있었는데, 아침에 와 보니 혼이 절반쯤은 빠져나간 사람처럼 흐느적거리니 그럴 만도 했다.

"어제 무슨 일 있었어?"

"자기 전에 커피 한 대접 마셨더니 잠이 안 와서."

다크서클이 발끝까지 내려온 채 대꾸한 자영은 정수기 앞에 서서 제일 큰 컵에 커피믹스 세 개를 뜯어 부었다.

"야, 밤에도 한 대접 마셨다는 애가…."

놀란 상현이 뭐라고 하려는데, 다음 순간 파출소 문이 열리며 누군가가 들어왔다. 문에서부터 훅 밀려드는 봄꽃 향기에 일순간 파출소 안의 모든 사람이 움직임을 멈추며 그쪽을 쳐다보았다. 카랑카랑한 목소리가 울려 퍼졌다.

"안자영 씨 만나러 왔는데요."

샴푸의 요정…이 아니라 민이었다. 생각지도 못한 인물의 방문에, 다들 굳은 채 눈만 껌뻑이다 천천히 자영에게로 시선을 돌렸다. 이게 무슨 상황인가 싶은 모양이었다. 지금 쟤가 날 찾은 거 맞나? 순간 현실감을 잃은 자영은 정수기 레버를 누른 채로 민을 마주 보았다.

커피믹스의 정량을 넘겨 한강이 되도록 차오른 물이 넘친 건 다음 순간이었다. 앗 뜨거워, 하며 황급히 컵을 내려놓은 자영은 손을 흔들며 물었다.

"무슨 일이시죠?"

아무리 머리를 굴려 봐도 민이 자신을 찾아온 이유를 도무지 짐작조차 할 수가 없었다. 영문을 모르겠다는 자영의 얼굴에 민이 팔짱을 끼었다.

"나랑 잠깐 얘기 좀 할 수 있어요?"

아주 전투적인데.

"저 지금 근무 중인데요."

뭔가 덕담을 하러 온 분위기는 아닌 것 같아 거의 본능적으로 방어 멘트가 튀어나갔다. 그러자 눈치 없는 만성이 황급히 자영을 재촉했다.

"뭐 중헌 일인가 본디, 언능 갔다 오더라고."

다들 이렇게 눈치가 없다니. 도저히 함께 대의를 도모할 동료들은 아니었다. 마지못해 이미 한강 물이 된 커피를 포기하고 민을 따라나서자, 파출소 근처의 공터까지 간 민이 걸음을 멈추더니 뒤를 홱 돌아보았다. 긴 생머리가 햇빛을 받아 유독 더 반짝이며 찰랑거리는 광경에 자영은 잠시 넋을 잃었다.

와, 예쁘긴 진짜 예쁘네.

"오빠 좋아해요?"

서두도 없이 바로 본론으로 들어가는 화법에 자영은 퍼뜩 현실로 돌아왔다. 넋을 잃고 있었던 탓에 그 말을 받아들이기까지는 약간의 시간이 필요했다. 오빠, 좋아하냐고? 그 오빠가 무슨 오빠인지 깨달은 자영은 대답 대신 침묵했다.

"아니라고는 말 안 하네?"

민이 애 좀 봐라, 하는 표정으로 되물었다. 말꼬리가 대번에 짧아진 것이 거슬렸으나, 굳이 속 좁아 보이게 그런 것까지 트집을 잡고 싶지는 않았다. 한숨을 쉰 자영은 관자놀이 부근을 긁적였다.

"용건이 뭔지 말씀하세요."

어차피 반쯤은 자포자기한 심정이었다. 어젯밤에 둘 사이에 무슨 일이 있었는지 알고 싶지도 않았다. 이렇게 굳이 찾아오기까지 한 걸 보니 내 남자한테서 떨어지라고 경고하러 온 건가 하는 생각이 든 건 그때였다.

오려면 차라리 저녁에 오지, 왜 아침부터 와.

너 아주 하루 종일 심란해 죽어 봐라, 뭐 이런 건가.

"오빠 그냥 할아버지 병원 몇 달 봐주러 온 거예요. 알죠?"

"그게 왜요?"

그건 저도 잘 아는데요.

목까지 올라온 뒷말을 누르며 되묻자, 민이 턱을 치켜들며 눈을 가늘게 떴다.

"어차피 이런 동네 오래 있을 사람 아니에요. 그쪽이 무슨 생각을 하는지 모르겠지만 오빠 서울 생활 포기하고 여기 있을 필요 없어요. 병원도 한창 잘되는 중이고 앞으로 더 잘될 거고요. 괜히 이상하게 기대해서 오해하지 말라고요. 오빠 원래 아무한테나 친절한 사람이니까."

그것도 내가 잘 아는 얘기 같은데.

지율이 여기 오래 있을 사람이 아니라는 것도, 서울 생활을 포기할 필요 없다는 것도, 원래 상냥한 사람이라는 것도, 그리고… 내가 괜한 기대 가졌다는 것도.

너무 잘 아는 사실을 굳이 확인 사살 하는 민에게 아무 감정도 안 생긴다면 거짓말이었다. 성질 같아서는 그래서 뭐 어쩌라고, 하며 쏘아붙이고 싶은 마음이었으나 그럴 기운도 나지 않았다. 지율을 보며 늘 반짝이던 민의 눈을 생각하자 더 그랬다.

사랑에 빠지면 누구든 제정신이 아니게 되니까.

그게 누구든.

이렇게 예쁜 사람이 나한테까지 찾아와서 이런 소릴 할 정도로.

"선생님하고 저 아무 사이도 아니니까 굳이 그런 얘기 안 하셔도 돼요."

자영은 나지막하게 대답했다. 이건 예상외의 반응이었는지, 싸늘하던 민의 표정이 한순간 무너졌다. 민이 당황한 얼굴로 아니 오빠가, 하며 뭐라고 하려는데, 자영은 바로 그 말을 잘랐다.

"뭘 오해하신 것 같은데 걱정하실 필요 없어요."

"…진짜 아무 사이 아니에요?"

그렇지 않아도 큰 눈을 더 크게 뜬 민이 되물었다. 진짜 아무 사이 아니냐고? 민의 물음을 되풀이해 본 자영은 속으로 쓰게 웃었다. 그럼 이게 무슨 사이인데.

"얘기 끝났으면 갈게요. 근무 시간이라서요."

드라마에서 자주 봤는데, 이런 거.

막상 당해 보니까 생각보다 좀 비참한 기분이었다. 사귀지도 않았는데 이 모양인데, 사귀기라도 했으면 어쩔 뻔했어. 지금보다 몇 배는 더 쇼크였겠지. 샤인 머스캣을 앞에 두고 신 포도일 거라고 정신 승리를 하는 여우의 심정이 된 자영은 뒤도 돌아보지 않고 파출소로 돌아왔다.

"왜, 무슨 일인데? 뭐래?"

자영이 들어서기 무섭게 안절부절못하는 얼굴로 초조히 자영을 기다리던 상현이 물었다. 자영은 대답 대신 책상 위에 놓아두었던 핸드폰을 보았다. 방금 들어온 메시지 알림이 선명했다. 처음 보는 번호였다.

「안녕하세요, 서태인입니다. 토요일 약속 안 잊어버리셨나 해서요. 저 엄청 설레고 있거든요.」

서태인.
만성이 얘기했던 그 사람이었다. 메시지를 확인한 자영은 열없이 웃었다. 어젯밤에 지율에게 인연이야 만들면 그만이더라고, 하던 민이 생각나서였다. 한동안 액정을 뚫어지게 보던 자영은 답장을 보냈다.

「네. 그날 뵙죠.」

07

 아침부터 잔뜩 흐려 있던 하늘은 금방이라도 비를 쏟을 것 같았다. 즐거워야 할 토요일이었으나, 지율은 울적한 기분으로 침대에 누운 채 커튼을 걷은 창밖을 응시했다. 볼 것도 없이 칙칙한 회색으로 가라앉은 하늘만 멍하니 보고 있는 게 벌써 몇 시간째였다.

 최근 들어 그나마 띄엄띄엄하던 자영과의 연락도 며칠 전부터는 완전 두절이었다. 전화해도 아예 받지 않고, 메시지에도 절대 답이 없었다. 이 작은 마을에서 갈 데가 어디 있는 건지, 우연히 마주치는 일조차 일어나지 않았다. 어제는 참다못해 퇴근하자마자 파출소로 찾아갔더니 오후 반차를 내고 일찍 퇴근했다는 소식만을 들었을 뿐이었다.

 "아 참, 며칠 전에 서울에서 온 그 아가씨가 자영이 찾아왔더라고요."

나라 잃은 표정으로 돌아서는 지율의 등 뒤에 대고 상현이 그렇게 말하는 걸 듣자 번뜩 생각나는 것이 있었다.

출장을 갔다 늦게 돌아온 날, 연락도 없이 찾아온 민이 대뜸 사귀자며 고백을 하는 통에 진땀을 뺀 지율이었다. 설마설마했는데 진짜였다니. 원래 독점욕이 강한 타입이고, 친하던 선배니 그게 좀 과한 거라고만 믿고 싶었는데. 애초에 선을 그었어야지, 하고 후회했으나 이미 늦은 뒤였다.

민이 희동리에 왔을 때만 해도 정말 아무 생각이 없었다. 대학 시절 자주 어울렸던 후배다 보니 오랜만에 만나 반가웠고, 이런 곳까지 내려와 심심하다고 하니 밥 몇 번 같이 먹어 준 게 전부였다. 당연히 민도 그럴 줄 알았다. 그게 오산임을 결정적으로 깨달았던 건 민이 신 교수님을 팔아 가며 거짓말을 했을 때였다.

자영하고 잠깐 얘기를 나누는 것도 못 참고 그런 거짓말을 했다는 게 처음에는 이해가 가지 않았다. 그러나 이제는 돌이켜 생각하니 처음부터 그 뻔한 속을 알아차리지 못한 자신에게 화가 치밀었다.

민에게 신세 진 것도 있는 데다, 의심 가는 순간이 여러 번이었으나 설마 민이 자신을 남자로 보는 건 아니리라 믿었기에 경계가 느슨했던 건 사실이었다. 굳이 먼저 싫은 소리를 하고 싶지 않았던 것도 사실이었다. 고백한 것도 아닌데 나 너 안 좋아해, 하면 미친놈 아니냐고.

하지만 지금은 안일하게 굴었던 과거의 자신을 몇 대쯤 쥐어박고 싶은 기분이었다.

자영이 민에게 신경 쓰고 있다는 걸 알았을 때도 그게 그렇게 심각한 일인 줄은 몰랐다. 온 동네 사람이 죄다 민의 미모를 찬양하는 사이에도, 지율은 내심 자영이 훨씬 낫다고 생각한 까닭이었다. 윤형이 들었다면 이 새끼 눈깔에 단감 꼈냐며 눈을 까뒤집어 보려고 덤볐겠으나, 어쨌거나 지율의 눈에는 정말 그랬다.

그렇기에 지율도 이 상황에서 자기 나름대로 억울한 부분이 있었다. 민이 나타난 이후로 자영과 제대로 대화 한 번을 해본 적이 없는 탓이었다. 적어도 민한테는 아무 감정도 없다고, 그냥 후배라고, 내가 지금 관심 있는 사람은 당신이라고 말할 기회는 줘야 하는 거 아니냔 말이다.

죄 없는 핸드폰만 노려보고 있던 지율은 깊은 한숨을 쉬며 책상 위에 머리를 박았다. 그날 일을 떠올리자 두통이 밀려들었다.

중장비 자격증이라도 있는지, 불도저처럼 밀고 들어오는 민을 막는 게 보통 일이 아니었다. 이건 아닌 것 같다며 거절하자 민은 처음에는 기막혀하고, 그다음에는 화를 내고, 마지막에는 동네가 떠나가라 엉엉 울었다. 그 예쁜 얼굴로 목을 놓아 우는데 정말 천하의 죽일 놈이 된 기분이었다. 수의대 학우들이 이 사실을 안다면 **뼈도 못 추릴** 게 분명했다.

어찌저찌 달래서 돌려보냈더니 자영에게 찾아갔었다니.
이유는 충분히 짐작 가능했다. 왜 나랑 사귀기 싫다고 하는 거냐며 화를 내던 민이 그 여자 때문이냐고 몇 번을 물었던 탓이었다.

"…민이가요? 민이가 자영 씨한테 뭐라고 했대요?"

그 얘기를 듣자마자 대경실색해 물었더니 상현은 어깨를 으쓱해 보였다.

"그건 저도 모르겠어요. 자영이는 별일 아니라고 하긴 하더라고요."

별일 아니긴 뭐가 아니야! 연락을 완전히 끊었는데!
그렇지 않아도 복잡한 머릿속에 누가 수류탄을 던진 기분이었다. 병원에 돌아왔더니 민이 기다리고 있어서 더 그랬다. 언제 차였냐는 듯 서울 올라가기 전에 오빠 보고 가려고, 하며 생글거리는 그 얼굴에 성격답지 않게 욱한 지율이었다.

"너 자영 씨 찾아갔었다며?"

인사도 없이 보자마자 물은 말에 민이 정색하며 되물었다.

"그 여자가 그래?"

망했다.

"뭐가 그래, 지금 연락도 안 되는데! 거길 왜 가? 찾아가서 뭐라고 그랬어!"

지율이 남한테 이렇게 화를 내는 건 정말 드문 일이었다. 처음 보는 지율의 모습에 창백하게 질린 민이 어이가 없다는 표정으로 입을 뻐끔거리다 하, 하며 코웃음을 쳤다.

"걔 진짜 웃긴다. 아무 사이 아니라면서 왜 오빠랑 뭐 있는 것처럼 그래?"

그놈의 아무 사이.
이럴 줄 알았으면 진작 무슨 사이든 돼 버릴 걸 그랬어.

"지금 웃긴 게 누군데. 내가 그날 너하고 사귈 마음 없다고 분명히 얘기했지? 너 내 말 못 알아들어? 가만히 있는 사람한테 무례하게 뭐 하는 짓이야!"
"지금 나보고 무례하다고 그랬어?"
"그럼 그게 예의 있는 행동이야?"

"오빠 미쳤어?"

내가 지금 제정신이게 생겼냐고.
대답 대신 민을 뚫어지게 내려다보자, 얼굴이 점점 빨개지던 민이 자리에서 벌떡 일어났다. 나 갈래, 하며 병원을 뛰쳐나가는 민에게 지율은 인사도 하지 않았다. 인사고 뭐고 할 기분이 아니었다. 파출소를 나오는데 상현이 덧붙인 마지막 말이 내내 빙빙 도는 탓이었다.

"자영이 내일 소개팅 준비한다고 일찍 들어갔나 봐요."

불난 집에 기름 붓는다는 게 이런 걸 두고 하는 소린가.
반쯤 유체 이탈한 사람처럼 침대에 널브러져 있던 지율은 몸을 벌떡 일으켰다. 지금쯤 자영은 그 남자를 만나고 있을 게 분명했다. 벌써 오후니 점심은 먹었을 거고, 차라도 마시러 갔겠지. 처음 만난 사이에 영화를 보거나 드라이브를 가진 않…았을 거라고 생각하고 싶었다.
집안 좋고 돈 많고 잘생겼다고 그래서요.
눈을 똑바로 쳐다보며 그렇게 말하던 자영을 떠올리자 정말 돌아 버릴 것 같은 기분이었다. 그러니까, 한지율. 뭘 어쩔 건데. 지금 당장 뛰쳐나가서 소개팅 자리에서 깽판이라도 칠래? 깽판 치고 경찰서에도 잡혀가고? 아, 그럼 나한테 완전히 정

떨어지고 진짜 좋겠네.

땅이 꺼지게 한숨을 쉬며 얼굴을 감싸고 있는데, 갑자기 침대 옆에 올려 둔 핸드폰이 경쾌하게 울리기 시작했다. 자영일까 싶어 벼락을 맞은 듯 놀란 지율은 바로 핸드폰을 집어 들었다. 그러나 액정에 선명하게 뜬 이름은 김윤형이었다. 한동안 멀거니 핸드폰을 내려다보던 지율은 기운 없이 전화를 받았다.

- 야, 한지율! 너 어떻게 된 거야? 미쳤냐?

여보세요, 라고 미처 운을 떼기도 전에 기차 화통을 삶아 먹은 듯한 고함이 돌아왔다. 얼굴을 찡그리며 잠시 핸드폰을 떼어 놓았던 지율은 얼얼한 귀를 만지며 대꾸했다.

"나 귀 안 먹었어. 뭐가 어쨌다고 멀쩡한 사람을 미쳤대."

- 너 민이 찼다며?

세상에, 5G 시대라 그런가 소문도 빠르네.

뭐라고 대답해야 하나 잠시 고심하는 사이, 전화 건너편에서 윤형이 지율을 다그쳤다.

- 왜 대답을 안 해, 이 미친놈아! 진짜냐고!

"누가 그래?"

대답 대신 되묻자 윤형이 기가 막힌다는 투로 빽 소리를 질렀다.

- 누가 그러긴 누가 그래, 최민이 그러지! 서울 왔다고 밥 사 달래서 만났는데 얼굴 보자마자 대성통곡하고 난리도 아니

었어!

"미치겠네."

안 봐도 뻔한 광경이었다. 게다가 윤형은 원래부터 민에게 약했다. 이미 둘 사이에서는 자신이 천하의 죽일 놈으로 재구성됐을 게 뻔했다. 아니나 다를까, 윤형이 목뒤를 잡고 넘어가는 소리가 들렸다.

– 야, 미치겠는 건 나야! 세상에, 최민을 차? 고작 한지율이? 키하고 얼굴 빼면 별 볼 것도 없는 한지율이?

이게 욕이야, 칭찬이야.

내가 여태까지 이런 걸 친구라고, 진짜.

"…지금 키하고 얼굴이라도 인정해 줘서 고맙다고 해야 되냐?"

– 쓸데없는 소리 집어치우고, 너 거기서 여자 만났어?

"민이가 그래?"

만나기야 만났지. 아무 사이도 못 돼서 그렇지.

부정 대신 되묻는 지율의 말에, 이게 보통 사태가 아니라는 걸 깨달은 윤형이 조금 침착해졌다. 잠시 숨을 고르던 윤형이 말했다.

– 술 무지하게 먹더니 있는 소리 없는 소리 다 하더라. 지율이 오빠가 별 같잖은 여자 때문에 자기 찼다고 울고불고하다가 나보고 너한테 얘기 좀 해 보래. 너 아무래도 제정신 아닌 것 같다고.

"별 같잖은 여자?"

지율의 말투가 심상치 않았는지, 윤형이 즉시 실수했다는 걸 깨닫고는 황급히 말을 돌렸다.

- 아, 아니, 민이가 원래 성격 그렇잖아. 질투도 많고 그러니까… 아니, 그게 중요한 게 아니고 너 진짜 뭐가 있어? 뭐 얼마나 대단한 여자라 민이를 찼어? 객관적으로 너한테 걔 엄청 장난 아니게 무지 진짜 과분한 애인 거 알아, 몰라?

"그래, 그러니까 나보다 좋은 남자 만나야지. 피곤하니까 끊어. 나 바빠."

아직 미처 고뇌도 다 하지 못했는데, 이런 전화로 낭비할 시간이 없었다. 남의 속을 알 리 없는 윤형이 깔짝거렸다.

- 깡촌에서 뭐가 맨날 바빠, 인마. 아니, 정말 뭐가 있으면 형한테 얘기 좀 해 봐.

"할 말 없습니다."

- 예뻐?

"끊으시죠."

- 진짜 다른 건 안 물어볼게. 예쁜지만 말해 줘 봐.

이런 데서 발휘되는 윤형의 집요함은 익히 잘 알고 있었다. 크게 숨을 들이쉰 지율은 대답 대신 물었다.

"나 욕하는 거 듣고 싶어?"

- 음, 그건 좀 궁금하긴 한데.

"정말 욕할 거니까 끊어. 아냐, 내가 끊을게. 다시 전화하지

마. 죽는다."

윤형이 뭐라고 말하기도 전 전화를 끊어 버린 지율은 핸드폰을 침대 위에 내팽개쳤다. 진짜 죽일 기세였는지, 윤형은 다시 전화를 걸어 오지 않았다. 대신 날아온 건 한 통의 메시지였다.

「사진 있으면 한 장만.」

죽는다고 예고도 하지 말고 그냥 죽일 걸 그랬어.
무서운 생각을 진지하게 한 지율은 윤형의 메시지를 치워 버리고는 침대 위에 도로 풀썩 드러누웠다. 하얀 천장이 눈에 들어왔다.
"전화도 안 받고, 답도 없고…."
혼잣말을 중얼거린 지율은 팔을 올려 눈가를 가렸다. 자영과 연락이 안 되는 며칠을 그냥 기다린 게 내내 후회되는 중이었다. 바로 찾아갔어야 하는데. 얼굴을 보고 얘기했어야 하는데. 민과는 아무 사이도 아니라고, 걔는 그냥 아는 후배라고, 오해하지 말아 달라고.
허공으로 푸, 하며 한숨을 뱉은 지율은 고개를 돌렸다. 회색으로 짙게 가라앉은 하늘을 가로질러 제비가 낮게 날았다. 진짜 비가 오려고 그러나 보네. 속으로 생각한 지율은 문득 오래전의 일을 떠올렸다.

"제비는 원래 높이 나는데, 이렇게 내려오면 금방 비 와."

원두막에서 참외를 먹다 말고 제비를 가리키며 얘기하던 소녀의 모습이 되살아났다. 그 말대로 그날은 금방 비가 쏟아지기 시작했다. 원두막 지붕을 두드리는 빗소리를 들으며 나란히 앉아 비가 그치기를 기다리던 어느 날의 기억은 아직도 선명했다.

이제는 소녀를 떠올릴 때면 이상하게도 늘 자영이 겹쳐 보였다. 감광된 필름처럼 부분 부분 날아가 버린 그해의 기억 속에서 흐릿해졌던 소녀의 얼굴은 언젠가부터 어린 자영처럼 느껴졌다. 물론 착각일 수도 있었으나, 지율은 그런 착각을 굳이 정정하려 하지 않았다.

정확히는 그러고 싶지 않았다.

거실로 나간 지율은 소파에 등을 묻고 앉아 텔레비전을 틀었다. 고요하게 가라앉은 거실이 순식간에 텔레비전 소리로 가득 찼다. 채널을 돌리다 멈춘 곳은 일기 예보 방송이었다. 기상 캐스터가 지도를 가리키며 말했다.

"예년보다 이른 장마 전선의 발생으로, 현재 제주도와 부산을 비롯한 남부 지역에서는 호우 특보가 내려졌습니다. 장마 전선은 빠른 속도로 북상하여 곧 중부 지방까지 영향을 미칠 것으로 보입니다. 호남 지역에는 오후부터 비 소식이 있겠습니다. 장마 전선의 영향으로 시간당 *30밀리* 이상의 폭우가 예상되니 시청자 여러분께서는 안전사고에 대비하시고⋯."

캐스터의 말이 채 끝나기도 전 거실 창으로 빗줄기가 궤적을 남겼다. 멈칫해서 고개를 돌리자, 비가 느릿느릿 내리기 시작한 것이 눈에 들어왔다. 창가에 서서 밖을 보던 지율은 창에 이마를 툭 댔다. 투둑거리는 빗소리가 한 겹 둔하게 걸러진 채 귓가를 때렸다.

소개팅을 할 거면 날이나 좋을 때 하든지.

사람 걱정되게.

이 와중에도 그런 생각이 먼저 들어 심란해졌다. 공연히 창에 머리만 몇 번 박은 지율은 한숨을 뱉었다. 창이 하얗게 흐려졌다가 다시 천천히 투명해졌다. 예전에 윤형이 술에 취해 주절거리던 말이 불현듯 생각난 건 그때였다.

"야, 연애는 타이밍이야. 걔가 내 맘에 딱 들었어. 근데 걔가 나한테 좀 관심이 있는 거 같아. 그러면 눈치를 깠을 때 바로 고 해야 된다고. 세상에 뜸 들여서 좋은 거? 그런 건 밥 말고 없다."

"그래서 연애를 밥 먹듯이 하냐?"

"세상이 이렇게 넓고 반이 남자고 반이 여잔데, 내가 맘에 드는 애가 날 맘에 들어 할 확률? 내가 로또 당첨돼서 오늘 밤에 야반도주할 확률이야, 인마. 내가 맘에 드는 애를 나만 좋아할 확률? 등신이냐? 내 눈에 좋아 보이면 남들 눈에도 다 좋아 보이지. 내 눈에 예쁜데 저 새끼 눈에는 안 예쁘다? 그런 일은 없어. 만약에 취향이 진짜 특이하다? 그래도 세상엔 그런 취향 가진 놈이 꼭 하나쯤은 더 있다고. 그러니까 망설이면 안 된다 이거야. 망설이는 놈은 후회하게 돼 있어."

개똥도 약에 쓴다더니. 취한 윤형이 지껄이던 아무 말이 지금처럼 심장에 푹푹 박혀 오기는 처음이었다. 망설이는 놈은 후회하게 돼 있다던 그 말이 이제 생각나는 건지 모를 노릇이었다. 김윤형 이 자식 맨날 개소리만 하는 줄 알았는데, 좀 더 새겨들을 걸 그랬나.

하지만 성급하게 행동하기 싫었다. 자영이 좋은 사람이라는 걸 알았기 때문에 더 그랬다. 자영에게도 자신이 어떤 사람인지 충분히 알려 주고 싶었다. 쌓아 올리는 건 조심스러웠는데, 뒤틀리는 게 그렇게 한순간일 거라고는 생각도 하지 못했다.

아직 기회가 있다면.

그러면 절대 더는 안 기다릴 텐데.

차가운 창에서 이마를 뗀 지율은 시선을 들었다. 그새 더 어둡게 내려앉은 하늘에서 쏟아지는 빗줄기가 제법 기세를 더하고 있었다. 문득 거실 테이블 위의 차 키가 눈에 들어왔다. 한참 그걸 내려다보고 있던 지율은 손을 뻗어 그 키를 집어 들었다. 미쳤냐, 한지율. 뭐 하게. 진짜 깽판이라도 치게?

"선상님, 선상님!"

다음 순간 밖에서 누가 대문을 부서져라 두들기는 소리가 들렸다. 낯익은 목소리였다. 아무리 들어도 선동의 목소리라, 멈칫한 지율은 바로 현관을 열었다. 지율이 서둘러 우산을 찾아 펼치는 사이, 대문을 정신없이 흔들며 선동이 고함을 쳤다.

"선상님, 저 선동인디 문 좀 열어 보셔요!"

달려 나간 지율은 대문을 열었다. 문을 열자마자 눈에 들어온 건 머리부터 발끝까지 누가 물통에 담갔다 뺀 것처럼 쫄딱 젖은 선동의 모습이었다. 신발조차 없는 맨발인 걸 보고 놀란 지율은 선동에게 물었다.

"선동아, 왜 이래? 무슨 일이야?"

눈물인지 빗물인지도 분간이 안 갈 만큼 젖은 얼굴을 손등으로 마구 훔친 선동이 대답 대신 발을 동동 굴렀다.

"지금 큰일 났당께요! 누나가, 누나가!"

지율의 얼굴을 보자마자 터졌는지 말끝에 울먹임이 묻어났다. 누나가, 하는 말을 들은 순간 등줄기가 퍼뜩 긴장했다. 지율은 들고 있던 우산을 그 자리에 내팽개치며 한쪽 무릎을 꿇고는 선동의 양쪽 팔을 붙들었다.

"너 지금 무슨 소리야? 누가 어쨌다고?"

까닭 없이 심장이 미친 듯 뛰기 시작했다. 선동이 훌쩍이며 다급하게 길 저편을 가리켰다.

"나가 좀 전에 시앙치 먹일라고 냇가에 갔는디, 갑자기 비가 막 쏟아져서 물이 겁나게 불었당게요. 그래서 나가지도 못하고 꼼짝없이 갇혔는디 자영이 누나가 나 끌어내다가…."

"들어가 있어!"

선동의 말을 끝까지 듣지도 않고, 지율은 즉시 선동을 집 안으로 밀어 넣었다. 선동이 뒤에서 선생님, 하고 불렀으나 아무 소리도 들리지 않았다. 귓속이 온통 먹먹하게 잠긴 것 같았다. 세워 둔 차의 시동을 건 지율은 미친 듯이 액셀을 밟았다. 빗줄기가 순식간에 창을 때리며 앞을 흐렸으나, 지금은 아무것도 중요하지 않았다.

냇가 근처까지 올라가 차를 세운 지율은 바로 아래로 뛰어내려갔다. 평소에는 가장 깊은 곳도 무릎 근처까지 올까 말까 할 정도였으나, 눈으로 보기에도 최소한 두 배는 물이 불어난 것 같았다. 갑자기 불어난 물에 유속도 엄청나게 빨라져, 선동 같은 어린아이라면 대번에 휩쓸려 가고도 남았을 게 뻔했다.

심장은 터질 것 같은데 머릿속은 싸늘해졌다. 어린애가 버틸 수 없을 정도인데 체구가 작은 자영이라고 사정이 다를 리가 없었다. 선동이 집까지 뛰어오는 데 걸렸을 시간을 생각하면 더 그랬다.

쏟아지는 빗속에서 지율은 주변을 둘러보았다. 어두워지기 시작한 뒤라 짧아진 가시거리에 마음이 더 조급해졌다. 비 때문에 선명해졌다 흐려지기를 반복하는 시야 사이로 문득 흰 그림자가 들어온 건 그때였다.

"자영 씨!"

직감적으로 자영이라는 걸 깨달은 지율은 그리로 달려갔다. 흠뻑 젖어 엉망이 된 자영이 냇가 근처로 늘어진 나뭇가지를 움켜쥔 채 겨우 버티고 있었다. 이미 가슴 바로 아래까지 찬 물에 유속까지 빨라, 나오기가 여의치 않은 모양이었다. 안간힘을 쓰던 자영이 지율을 발견하고는 눈을 크게 떴다. 자영의 얼굴을 본 순간 몸이 먼저 움직였다.

"가까이 오지 말아요. 위험해요!"

자영이 소리쳤으나 지율은 들은 척도 하지 않고 물속으로 뛰어들었다. 간신히 자영의 한쪽 팔을 낚아채 끌어당기자, 자영이 쥐고 있던 가지를 놓치며 비틀거렸다. 생각보다 더 가벼운 몸이 물살에 떠밀려 휘청하는 것을 바로 낚아채듯 안아 든 지율은 자영을 물가로 끌어 올렸다.

머리부터 흠뻑 젖어 엉망이 된 자영이 콜록거리며 연신 기침을 했다. 쓰러지듯 주저앉는 자영을 황급히 받쳐 안은 지율은 세워 둔 차에 우선 자영을 태웠다.

주위를 살피자 근처에서 어린 송아지가 우는 것이 눈에 들어왔다. 선동의 송아지가 분명했다. 서둘러 송아지를 끌어다 가까운 나무 밑에 매어 둔 지율은 바로 집으로 향했다. 집 안에 있지도 못하고 현관에 서서 발을 동동 구르던 선동이 자영을 데려오는 지율을 보자마자 달려왔다.

"누나!"

자영에게 매달려 엉엉 우는 선동을 우선 떼어 놓은 지율은 두 사람을 안으로 데리고 들어갔다. 오한이 드는지 자영이 새파랗게 질린 입술을 떨었다. 담요를 꺼내 선동을 감싼 지율은 옷장에서 자기 옷과 수건을 꺼내 자영의 앞에 내려놓았다.

"선동이 데려다주고 올 테니까 일단 씻어요. 감기 들겠어요."

그 말에 자영이 놀란 듯 지율을 쳐다보았다.

"저 집에…."

"꼼짝하지 말고 여기 있어요."

지율은 자영의 말을 바로 잘랐다. 정신이 돌아오니 먼저 안도감이 밀려들었고, 그다음에는 화가 났다. 분위기가 심상치 않다는 걸 알아챘는지 선동이 지율의 눈치를 보았다. 뭐라고 하려는 자영의 말을 듣지도 않고 선동을 데리고 나와 차에 태우자, 선동이 풀이 잔뜩 죽은 목소리로 입술을 달싹였다.

"…죄송혀요, 선상님."

"뭐가 죄송해."

"누나가 큰일 날 뻔했는디…."

"아무 일 없었으니까 괜찮아."

앞을 보며 대답한 지율은 집까지 선동을 데려다주었다. 선동의 할머니와 할아버지가 물에 빠진 생쥐 꼴의 선동을 보더니 대경실색하며 지율을 맞았다.

"워메, 느 뭔 일이다냐! 이 꼴은 또 뭣이고! 워딜 갔다가 온 겨!"

"별일 아닙니다."

얼른 두 사람을 안심시킨 지율은 선동에게 바로 씻고 감기약 먹고 푹 자라고 신신당부를 했다. 송아지는 나무 밑에 매뒀으니 비가 그치면 데려오라는 말도 덧붙였다. 선동이 빨개진 눈으로 훌쩍이더니 고개를 꾸벅 숙여 보였다. 선생님 갈게, 하고 돌아서는데 뒤에서 달려온 선동이 지율의 옷자락을 잡아당겼다.

"왜?"

"선상님, 나가 잘못했응께 누나한테 지천하지 마시랑께요. 네?"

자영을 야단치지 말라고 부탁할 정도라니, 아무래도 얼굴에 어지간히 티가 난 모양이었다. 알았어, 하고 선동을 달래 들여보낸 지율은 다시 집으로 돌아갔다.

자영이 그사이에 가 버렸을지도 모른다는 생각을 안 한 건 아니었지만, 다행히 현관을 열자 흙탕물에 엉망이 된 구두 한 켤레는 제자리에 얌전히 놓인 채였다. 곧 거실 소파에 조그맣게 웅크리고 앉은 뒷모습이 눈에 들어왔다.

그새 씻기는 했는지, 지율의 티셔츠를 입은 자영이 젖은 머리 위에 수건을 덮어쓰고 멍하니 앉아 있다가 인기척에 퍼뜩 소스라치며 뒤를 돌아보았다. 안으로 들어서던 지율은 그제야 자기 꼴을 자각했다. 머리부터 발끝까지 흠뻑 젖어 엉망인 건 이쪽도 마찬가지였다.

긴 한숨을 뱉은 지율은 냉장고에서 우유를 꺼내 전자레인지에 돌렸다. 따뜻해진 우유를 컵에 부어 자영의 앞에 놓아 주자, 자영이 눈을 깜빡이며 지율을 쳐다보았다.

"마셔요."

지율은 애써 자영을 외면하며 컵을 밀어 놓았다. 옷가지를 가지러 갔다가 욕실로 들어가는 사이 내내 자영의 시선이 뒤를 따라오는 것이 느껴졌다.

문을 닫은 지율은 뜨거운 물을 틀어 놓고는 바닥을 내려다보았다. 읽어 본 적 없는 책의 아무 페이지나 펼쳐 놓은 것처럼, 머릿속이 논리적으로 정리되지 않았다. 화가 나는데 왜 화가 나는지도 모르겠고, 심장 부근이 아픈 것 같은데 어디가 아픈지도 알 수가 없었다.

이거 무슨 병인가.

머리 위로 쏟아지는 뜨거운 물에도 생각은 쉽사리 씻겨 내려가지 않았다. 발치로 옅은 흙탕물이 흘러내리다 곧 맑아졌다. 문득 오래전의 기억이 우연히 고정한 채널처럼 지나갔다.

처음 소녀를 만났던 날, 물에 빠져 죽을 뻔했던 자신을 구해 준 그 애는 흠뻑 젖은 지율의 얼굴을 몇 번이고 감싸 닦아 주었다. 조그만 손은 유달리 따뜻했다. 아직도 선명하게 기억할 수 있을 정도로.

"놀랐겠다. 괜찮아. 내가 너 구해 줬잖아."

그 목소리가 머릿속에 맴돌았다.

한동안 멍하니 서 있던 지율은 물을 잠갔다. 조용해진 욕실 안에서 맺혀 있던 물방울이 떨어지는 소리만 느리게 들렸다. 물기를 대강 닦고 옷을 갈아입는 사이, 그제야 사라졌던 현실감이 밀려들었다. 문 하나 밖에 자영이 있다는 걸 깨닫자 어쩐지 목덜미가 화끈거렸다.

젖은 머리를 대강 털어 낸 지율은 다시 거실로 나왔다. 자영은 우유에 거의 손도 대지 않은 듯했다. 잠깐 자영을 내려다보던 지율은 맞은편에 앉았다. 무슨 생각을 하는지 바닥 어딘가에 시선을 두고 있던 자영이 놀란 듯 고개를 들었다.

"왜 그랬어요?"

선동이 야단치지 말라고 부탁까지 한 게 무색하게, 침착하려 했지만 말투가 저도 모르게 날카로워졌다.

"위험한 거 알았잖아요. 누구든 불렀어야죠."

"…사람 오는 사이에 물이 더 불어났으면 애가 위험했어요."

자영이 입을 열었다. 침착한 말투였으나 낮아진 목소리는 이상하게도 평소와는 조금 다르게 들렸다. 물기가 덜 마른 머리칼 탓인지, 자영의 눈에도 옅은 습기가 어린 듯했다.

"자영 씨가 죽을 수도 있었어요. 그건 알아요?"

자영을 다그치는 사이 무방비하게 늘어뜨린 조그만 손에 문득 시선이 멎췄다. 나뭇가지를 부여잡고 있었던 탓인지, 손바닥을 가로질러 새빨간 생채기가 난 채였다. 지율이 거기 눈을 두고 있는 것을 알아차린 자영이 멈칫하며 손을 말아 쥐더니 몸을 일으켰다.

"갈게요. 옷은 세탁해서 돌려드릴 테니까…."

"얘기 안 끝났어요."

지율은 자영의 말을 끊었다. 잠시 말이 없던 자영이 대꾸했다.

"전 더 할 얘기 없어요."

"내가 있어요."

자영을 따라 자리에서 일어난 지율은 자영을 내려다보았다. 자영에게는 옷이 너무 컸는지, 자신이 준 티셔츠 소매 끝단을 몇 번이나 접어 놓은 것이 눈에 들어왔다.

어떤 이유로든, 이렇게 다른 여자를 자신의 집 안에 들이고 기꺼이 옷을 내주며 호의를 베푼 적은 단 한 번도 없었다. 그보다 훨씬 더 아무것도 아닌 일조차도 드물었다. 누군가에게 오해를 사는 걸 원하지 않았고 타인이 자신의 선을 넘었다고 생각하게 하는 것도 싫어서였다.

그런데 왜.

답을 알 수 없는 물음을 떠올리는 사이, 식탁 의자의 등받이에 걸린 흰 원피스가 눈에 들어왔다. 치맛단이 온통 더러워진 원피스를 물끄러미 보던 지율은 다시 자영에게 시선을 돌렸다.

"지난번에 말한 그 남자 만났어요?"

지금 그런 질문을 할 거라고 생각하지 못한 듯, 자영의 눈썹이 약간 치켜 올라갔다.

"선생님이 신경 쓰실 일 아니에요."

"제가 신경 쓸 일 아니라고요?"

"우리가 무슨 사이라고 그런 걸 물어보세요? 우린 그냥 친구…."

"제발 그 소리 좀 그만할 수 없어요?"

목소리가 높아졌다. 이젠 친구라는 단어만 들어도 돌아 버릴 것 같은 기분이었다.

"누가 친구라고 했냐고요. 내가 언제 자영 씨하고 친구 하자고 그랬어요?"

거실에 짧은 침묵이 지났다. 들리는 소리라고는 창을 쉼 없이 두드리는 빗소리가 전부였다. 한동안 지율을 응시하던 자영이 나지막하게 대꾸했다.

"지금 뭘 착각하고 계신 것 같은데요."

"내가 착각하는 게 뭔데요?"

말투에 날이 섰다. 지금까지는 자영이 밀어내면 밀어내는 대로 순순히 물러나 기다렸지만, 이제는 그럴 마음이 없었다. 오해만 쌓으며 이 이상 시간을 낭비하고 싶지 않았다.

"그 감정이요."

자영의 시선이 어슷하게 비껴 떨어졌다. 억지로 웃는 표정을 한 자영이 말을 이었다.

"이런 동네 와서 살다 보니까, 재밌는 일 없으니까 착각하는 거라고요."

착각.

겨우 그런 단어로 설명할 수 있을 것 같았으면 이럴 리가 없잖아.

"어차피 선생님은 이런 데 있을 사람 아니잖아요. 돌아가면 그만인데⋯."

"민이가 그래요?"

되물은 말에 정곡을 찔린 듯 자영이 움찔했다. 지율은 한 걸음 다가서며 재차 물었다.

"내가 이런 데 있을 사람 아니라고, 돌아가면 그만이라고, 착각하지 말라고?"

긍정보다 확실한 침묵이 돌아왔다. 낮은 한숨을 뱉은 지율은 잠깐 사이를 두었다가 입을 열었다.

"전에 얘기했지만 나 20년 전에 부모님 돌아가시고 여기 잠깐 있었어요."

아니면.

아니면 어쩔 건데.

그 소녀와 자영을 겹쳐 보기 시작하면서부터 마음 한구석에 늘 자리하던 두려움이 속삭였다. 그러나 지율은 그 속삭임을 무시하며 말을 이었다.

"그때 어떤 여자애를 만났어요. 비가 많이 오는 날이었는데, 냇가에서 죽을 뻔했던 걸 그 애가 살려 줬죠. 여름 내내 그 애랑 이 동네에서 놀았어요. 난 함묵증 때문에 한마디도 못 했는데, 그 애는 그런 날 한 번도 귀찮아한 적이 없었고요."

한순간 자영의 눈이 크게 뜨였다. 동그란 눈동자가 흔들렸다. 거기 옅게 어려 있던 습기가 짙어지며 그 새까만 눈동자 전체로 번져 나갔다. 지율은 자영의 눈을 똑바로 응시했다.

"할아버지를 따라서 서울로 갔을 때 제일 먼저 후회한 건 그 애 이름을 안 물어본 거였어요."

아무 말도 할 수 없었고 하고 싶지도 않았던 때였다. 머릿속에서 모든 말이 다 조각난 것만 같았다. 글을 쓰는 것도 불가능하던 시절이었다. 떠나기 전 썼던 짧은 편지조차 할아버지의 도움을 받아 간신히 쓴 것이었다. 그 애의 이름을 물어봤어야 한다고 생각한 건 언어를 되찾은 뒤의 일이었다. 소중한 기억에 이름을 붙이고 싶었기 때문에.

"20년 전부터 여기 살았다면서요."

그 애가 자영이라고 확신하기 시작하면서부터 늘 생각했었다.

"나 만난 적 있죠?"

이건 확신이 아니라 사실은 바람일 거라고.

그랬으면 좋겠다는.

"내 이름 알고 있었잖아요."

심장이 쿵쿵거리며 뛰었다. 시끄럽게 창을 두드리는 빗소리를 모조리 지워 버릴 만큼 커진 심장 소리에 스스로의 목소리조차 멀게 느껴졌다. 자영이 눈을 깜빡였다. 천천히 한 번, 다시 두 번.

아니라는 말은 하지 않았다.

"처음부터 나 알아봤어요?"

확신이 사실로 변모하는 순간은 짧았다. 지율은 자영의 한쪽 팔을 잡았다. 자영이 잡힌 팔을 빼려 했으나, 지율은 자영을 놓아주는 대신 한 걸음 더 가까이 다가섰다.

"알았으면서 왜 말 안 했어요?"

"…말하면요."

한 뼘도 채 되지 않을 정도로 가까워진 거리에서 자영의 눈동자가 어두워졌다.

"말하면 뭐가 달라져요?"

두려운 거다.

뭐가.

"그렇게 오래된 일을 누가 기억해요? 그게 무슨 의미가 있는데요? 선생님도 어차피 나 잊어버리고 있었잖아요. 그래서 다시 안 왔던 거잖아요! 여기 오래 있을 것도 아니면서. 그렇게 예쁘고 잘난 여자가 선생님 좋다는데, 서울 가면 그런 사람

널렸을 텐데 지금 그냥 잠깐 심심하니까 감정 착각하는 거죠. 아니라고 말하지 마세요. 내 눈에는 다 보이니까."

창백해진 자영이 부들부들 떨며 말을 쏟아 냈다. 일부러 상처 주려고 작정한 사람처럼 날카로운 단어들이었으나, 정작 상처받는 쪽은 자영인 것처럼 느껴졌다. 왜일까.

자영이 두려워하는 게 뭔지 지율은 그 순간 깨달았다.

내가 잊어버렸을지도 모른다는 것, 어차피 떠날 사람이라는 것, 누군가한테 뺏길지도 모른다는 것.

지율이 자영 씨, 하며 말을 끊으려 하자 자영은 팔을 잡은 지율의 손을 뿌리쳤다.

"저 이제 선생님 안 보고 싶어요. 안 만났으면 좋겠다고요!"

나가려는 자영을 지율이 바로 다시 잡아 돌려세우자, 자영이 애써 입매를 비틀었다.

"왜요? 아, 제가 갚을 빚이 남아서요? 밥 열 번 사기로 한 건 돈으로 드릴게요. 됐어요?"

"지금 나 화나게 하려고 작정했어요?"

손을 대면 가시를 세우는 고슴도치처럼 방어적인 그 태도에 열이 올랐다. 그런 게 아닌데, 나도 무서웠는데, 내내 미칠 것 같았는데. 자영은 한마디도 듣기 싫다는 사람처럼 지율을 쳐다보며 대꾸했다.

"뭐가요. 저보고 책임지라더니 돈으로 받기 싫으세요?"

"자영 씨!"

"뭘 어떻게 해 드릴까요? 제가 했던 대로 똑같이 하세요, 그럼! 나중에 딴소리하지 말⋯."

자영의 다음 말은 이어지지 않았다. 지율이 몸을 숙여 입술을 겹친 탓이었다. 닿은 입술은 얼음처럼 차가웠고, 내내 가늘게 떨고 있었다. 짧은 입맞춤이었다. 입술이 떨어지자 자영이 눈을 크게 뜬 채 얼어붙어 지율을 마주 보았다. 자영의 한쪽 팔을 잡은 채 다른 손으로 그 뺨을 가만히 만져 본 지율은 숨이 닿는 거리에서 나지막하게 물었다.

"이제 서로 빚진 건 없는 겁니까?"

고작 몇 초쯤일 게 분명한 정적이 몇 시간처럼 길게 느껴졌다. 서로의 숨소리가 요란하게 창을 때리는 빗소리보다 더 크게 들렸다. 자영의 차가운 입술 사이로 새어 나오는 숨결이 입술 위를 스치자 델 것처럼 뜨겁게 느껴졌다.

공기가 움직였다. 말보다도 몸이 먼저 반응했다. 자영의 동그란 얼굴 위를 어루만지던 손끝이 목덜미를 감쌌다. 아직 물기 어린 머리칼 끝이 마디 위를 간지럽혔다. 말캉한 아랫입술을 이 끝으로 누르며 머금자 싸늘했던 입술은 순식간에 전이된 체온에 녹아들었다. 벌어진 입술 사이로 타인의 호흡이 미끄러지듯 스미는 감각은 달았다.

자영이 지율의 옷자락을 움켜쥐었다. 얇은 천 너머로도 전해지는 떨림이 선명했다. 혀끝이 맞닿는 순간 가벼운 전류 같은 감각이 등줄기를 따라 흘러내렸다. 피하려는 듯 뒤로 물러서는 자영의 허리를 끌어당기자 자영이 목을 젖혔다. 키 차이 때문에 순간 맞물렸던 입술이 잠시 떨어졌다.

가쁜 숨이 짧게 스며 나왔다. 젖은 입술 위로 닿는 숨결이 간지러웠다. 그 잠깐을 참지 못한 지율은 자영을 그대로 안아 올려 다시 키스했다. 혀가 섞이자 자영이 지율의 어깨를 붙들었다. 티셔츠 너머로 스미는 체온이 생생했다. 모든 감각이 극도로 민감해졌다.

점점 뒤로 밀려나던 자영이 소파에 걸려 그대로 풀썩 파묻혔다. 다칠까 봐 한 손으로 자영의 뒷머리를 감싼 지율은 다른 한 손을 곁에 짚으며 위에서 자영을 내려다보았다. 거칠어진 숨이 가라앉지 않았다. 한 뼘도 채 되지 않을 듯한 거리였다. 거실은 그새 어두워진 뒤였다.

그 옅은 어둠 속에서 귀까지 새빨개진 자영이 멍하니 이쪽을 마주 보는 얼굴이 눈에 들어왔다. 이마 위로 머리칼이 어지럽게 흐트러진 채였다. 지율은 손끝으로 그 머리칼을 부드럽게 쓸어 올려 주며 숨소리로 입술을 달싹였다.

"자영 씨가 그 애일지도 모른다고 생각하면서부터 계속 물어보고 싶었어요."

말해 주고 싶었다.

나도 두려웠다고.

"날 기억하는지."

자영이 눈을 내리감았다. 긴 속눈썹 끝에 맺힌 어둠이 습기

탓인지 작게 반짝였다. 지율은 자영의 속눈썹 위를 가만히 만져 보았다. 방금 묻어 나온 눈물이 손끝에서 곧 말라 사라졌다.

"그런데 기억 못 할까 봐 무서웠어요. 나한테는… 나한테는 그게 정말 소중한 기억인데 자영 씨한테는 아무것도 아니었을까 봐."

바보같이.

아무것도 아니면 뭐가 어떻다고.

다시 시작하면 되는데.

"하루 종일 진짜 미치는 줄 알았어요. 드라마처럼 그 남자 만나는 데 쫓아가서 뒤집어 버릴까 생각했다고요. 난 정말…."

지율은 한숨처럼 웃었다. 농담처럼 뱉은 말이었으나 무엇 하나도 진심이 아닌 건 없었다. 오늘 내가 어땠는지, 얼마나 바보 같았는지, 무슨 생각을 했는지 얘기하려던 지율은 곧 말을 멈췄다. 지금 필요한 말은 그런 게 아니었다.

"…좋아해요."

절대 더는 안 기다리겠다고 생각했으니까.

"다른 사람 말 신경 쓰지 말아요."

내내 마구 뒤섞인 퍼즐 통처럼 어지럽던 머릿속이 점점 차분하게 가라앉았다. 지율은 자영의 얼굴을 조심스럽게 감싸 어루만졌다. 따뜻해진 뺨은 부드러웠다.

"한 번도 자영 씨 잊어버린 적 없었어요."

늘 이름을 붙이고 싶었던 나의 기억들.

"기다리게 해서 미안해요."

그 말에 자영이 기어이 참았던 울음을 터트렸다. 어깨를 떨며 흐느끼는 자영을 품에 안아 든 지율은 연신 그 뺨을 닦아 주었다.

"울지 말아요. 내가 정말 미안해요."

자영이 아니었다면 그날 이후 잃어버렸던 말들은 지금까지도 자신의 것이 아닐 수도 있었다. 말없이 눈을 들여다보며 손을 잡아 주던 조그만 소녀. 그 온기가 아니었다면… 그해 여름 어린 자영이 들려주었던 그 수많은 이야기가 아니었다면.

입술을 깨물며 소리를 죽여 울던 자영이 겨우 지율과 눈을 맞췄다. 손을 올려 내려온 지율의 머리칼을 조심스럽게 만진 자영의 손끝이 귓가를 스쳐 지났다.

눈을 감자 한층 예민해진 감각이 이 공간의 모든 것들을 더 선명하게 만들었다. 맞닿아 있는 곳마다 전해지는 떨림과 긴장한 듯한 호흡, 뺨을 지나 입술 위로 닿는 손끝. 입술을 천천히 덧그린 손끝이 떨어지자 곧 숨결이 그 자리를 대신했다.

누군가와 이렇게 가까워져 본 적이 있었을까.

이미 답을 아는 질문을 떠올린 지율은 자영을 물끄러미 보았다. 한 팔로도 다 안을 수 있을 듯한 몸이 품 안에서 떨었다. 빈틈없이 마주 댄 가슴에서 전해지는 심장 소리는 누구의 것인지 분간할 수 없었다.

"괜찮아요?"

나지막하게 물은 말에 자영이 고개를 끄덕였다.

"…이젠 후회할 일 안 해요."

그 얼굴을 다시 한번 만져 본 지율은 자영을 안아 들었다. 지율의 목을 감아 안은 자영이 나지막한 숨을 달싹였다. 침실로 들어간 지율은 문을 닫았다. 침대 위에서 겹쳐진 그림자는 오랫동안 떨어지지 않았다. 그 밤 내내 짙게 내린 어둠 속으로 세차게 쏟아지는 비가 유리창 위로 흘러내리며 바깥의 풍경을 녹였다.

언제 잠이 든 건지도 기억이 나지 않았다. 쏟아지던 숨결과 부드러운 손길, 닿은 곳마다 스미던 타인의 체온은 마치 꿈속의 일처럼 몽롱하게 떠돌았다. 웅크린 채 이마와 뺨, 귓가, 목덜미를 지나 미끄러지던 입술의 궤적을 멍하니 손끝으로 짚어 보던 자영은 문득 정신을 차렸다.

방은 아직 어두웠다. 사물의 윤곽은 어느 정도 분간이 갔지만, 시계가 정확히 보이지 않아 몇 시쯤인지는 가늠할 수 없었다. 커튼까지 완전히 닫아 버린 창밖으로는 빗소리가 계속 이어지는 중이었다. 그러니까, 여기가… 아직 흐릿한 현실과 꿈의 경계를 잡으려 애를 쓰는 사이, 아주 가까이서 낮은 숨소리가 들렸다.

시선을 들자 잠든 지율의 얼굴이 코앞에서 눈에 들어왔다. 몇 번 눈을 감았다 뜨자, 어둠에 익숙해진 눈으로 선이 또렷한 얼굴이 더 선명해졌다. 아직 소년 같은 인상이 남은 그 얼굴에서 자영은 눈을 떼지 못했다.

원래 이렇게 생겼었나.

어쩐지 낯설게 느껴져, 자영은 가만히 지율을 들여다보았다. 반듯한 이마와 짙은 눈썹, 눈을 감았을 때만 살짝 드러나는 속 쌍꺼풀 선에 매끈하게 내려오는 콧대 아래의 단정한 입술…에 시선이 머무른 순간 어제의 일이 벼락을 맞은 것처럼 퍼뜩 되살아났다.

"이제 서로 빚진 건 없는 겁니까?"

미쳤어!

그제야 사라졌던 현실감이 모조리 돌아왔다. 그러니까, 여기는 남의 침대 위고, 내가 여기서 이 침대 주인하고 잤고, 게다가 손만 잡고 잔 것도 아니고? 입을 틀어막은 자영은 베개에 얼굴을 파묻고 소리 없이 비명을 질렀다. 술도 한 방울 안 먹고? 맨정신으로? 내가?

누가 찬물을 양동이로 쏟아부은 것처럼 정신이 확 들었다.

심장이 미친 듯이 뛰기 시작했다.

　세상에, 안자영. 너 무슨 짓을 한 거야.

　이번에야말로 진짜 부정맥이 온 것 같은 심장 부근을 부여 잡으며 숨을 고르는 사이, 누가 머릿속에서 플레이 버튼을 누른 것처럼 어젯밤의 기억이 지나갔다.

　"좋아해요."

　위에서 내려다보며 그렇게 고백하는 지율의 얼굴에, 남의 침대에 누워 있다는 건 생각조차 나지 않았다. 다시 생각해도 믿기지 않았다. 이 사람이? 나를? 진짜?

　"늦은 거 아니라고, 나한테도 기회 줄 수 있다고 말해 줘요."

　그렇게 말하던 지율의 눈은 정말 절박했다. 진심인가. 그냥 홧김에 다른 남자 한 번 만난 게 지율에게 이 정도의 일일 거라고는 상상도 한 적이 없었기에, 자영은 잠시 말을 잃었다.

　낮에 약속 장소로 나가면서도 내내 가라앉아 있었던 건 사실이었다. 서태인 경장에 대한 모든 칭찬은 만성이 한 소리라 전혀 기대하지 않았는데, 놀랍게도 태인은 들은 만큼 괜찮은 남자였다. 솔직히 말하자면 흔들릴 수도 있었을 것 같았다. 지율만 아니었다면.

남자답고 매너 좋고 적극적이기까지 한 태인에게 자신이 더 뭘 바라는 게 사치였다. 하지만 바라는 게 너무 없다 보니 머릿속에는 내내 다른 생각이었다. 내가 왜 여기 와서 앉아 있을까, 얘기하면서 웃는 것도 힘들구나…. 멍하니 그렇게 생각하다 보니 또 울적해졌다. 지율과 같이 있는 시간은 한 번도 힘든 적이 없었다는 걸 깨달아서였다.

"다른 말 필요 없으니까, 나한테 기회 주겠다고…."
"알잖아요."

지율의 말을 끊으며 울고 있었던 것까지 생각나는 바람에 창피함이 두 배로 밀려들었다.

"…제가 선생님 좋아하는 거 아시잖아요."

이놈의 주둥이를 정말!

"계속 티 냈잖아요. 속상하니까 다른 남자 만나러 갔잖아요!"

할 소리 못 할 소리 다 했네.

…사람이 쪽팔려서 죽을 수도 있을까. 정말 심각하게 고민하기 시작한 자영은 베개로 얼굴을 푹 파묻었다. 차라리 이러고 숨 안 쉬어 죽는 게 빠르겠지. 하지만 어쨌든 그때는 쪽팔림이고 뭐고 하나도 중요하지 않았다. 그 말을 들은 지율이 웃었고, 곧 다시 키스해 온 탓이었다.

그러고는 뭐….

자영은 더 돌아가려는 머릿속의 재생 바를 황급히 정지시켰다.

지율은 내내 다정하고 조심스러웠다. 다만 지율의 체력이 그렇게 좋을 줄은 정말 몰랐다. 처음 만났던 날 뜻밖의 반나체 목격 때도 몸 좋네, 하고 생각한 건 사실이었다. 하지만 당연하게도 그 좋은 몸을 이런 순간에, 더구나 자신에게 써먹을 거라고는 지금껏 상상한 적도 없었다.

경찰 체력 시험 만점 패스에 빛나는 자영이었으나, 정신이 중간에 날아간 뒤로는 기억이 하나도 나지 않았다. 분명히 다정하긴 했는데… 말만 그랬나? 몸은 안 그랬고? 끊긴 필름을 더듬어 보려던 자영은 곧 그런 시도를 포기했다. 더 회상해 봐야 접시 물에 코 박고 싶은 기억들만 튀어나올 것 같아서였.

죄 없는 베개만 쥐어뜯은 자영은 긴 한숨을 내쉬고는 다시 시선을 들었다. 지율은 여전히 잠든 채였다. 한쪽 뺨을 베개에 파묻은 자영은 지율을 가만히 응시했다. 처음 봤을 때부터 잘생겼다고 생각했는데, 이렇게 가까이서 보니까 더 잘생겼네…

어쩌다가 전원일기

망할.

자영은 물끄러미 지율의 얼굴을 하나씩 뜯어보았다. 어둠과 빗소리로 가득 찬 방 안에서도 잠든 지율에게서는 희미한 햇살 냄새가 묻어났다. 여전히 구김 없는 얼굴이었다. 말을 잃어버렸던 어린 소년의 흔적을 거기서 찾기는 쉽지 않았다.

그래서 내내 아닐 거라고, 그럴 리 없다고 애써 부정했었다. 그 소년이 지율일 리 없다고, 그저 이름이 같은 사람일 뿐이라고.

하지만 그런 자신이 원망스러운 건 아니었다. 늘 슬퍼 보였던 소년이 떠난 후로 자영은 오랫동안 그 애가 행복했으면 좋겠다고 기도했다. 혹여 언젠가, 어디서 마주칠 수 있다면 좋겠지만 그렇지 않더라도.

그래서 이런 사람으로 자란 지율을 만났다는 게 좋았다.

기도가 이루어진 것 같아서.

처음으로 누군가에게 응답받았다는 생각에 문득 심장 부근이 뜨거워졌다.

자영은 손을 뻗어 손끝으로 조심스럽게 그 얼굴을 만졌다. 부드러운 머리칼이 흘러 내려온 이마 위에 손끝이 닿자 잠결에도 간지러운지 지율이 눈썹을 약간 찡그렸다. 그런데도 무슨 정신인지 손이 멈춰지지 않았다.

이거 무슨 과자도 아니고, 왜 계속 손이 간대.

불경한 생각을 하며 눈썹을 따라 스친 손끝이 잠깐 주저하다 뺨으로 내려갔다. 동네 아주머니들이 모내기도 시키기 아까워하는 흰 얼굴은 만졌을 때 더 부드러웠다. 무슨 놈의 남자가, 속으로 감탄 반 투덜거림 반의 중얼거림을 뱉은 자영의 시선이 살짝 벌어진 입술 사이에 머물렀다.

낮아진 숨소리가 가늘었다. 한 뼘도 채 되지 않을 것 같은 거리 사이에서 공기가 살짝 흔들렸다. 거의 무의식적으로 손끝을 지율의 입술 위로 가져가자, 지문에 스미는 숨결에 퍼뜩 목덜미가 소슬했다. 나 지금 혹시 엄청 변태 같은 거 아닌가….

"…내 얼굴에 뭐 묻었어요?"

…하고 반성하는 순간, 눈을 반쯤 뜬 지율이 물었다. 시선이 마주쳐 자영은 그대로 얼어붙었다. 그 와중에도 처음 듣는 나른한 목소리에 심장이 간질거렸다. 아직 잠이 묻은 눈을 느릿느릿 깜빡인 지율이 희미하게 웃는 듯한 표정을 하더니, 입술 위에서 떨어질 생각이 없는 자영의 손을 감싸 쥐어 아래로 조금 내렸다.

"언, 언제 깼어요?"

최대한 덜 변태처럼 보이기 위해 태연한 척을 했으나, 입을 열자마자 말이 저절로 더듬거려졌다. 젠장, 죄짓고는 못 살겠네.

"아까요."

아, 그럼 내가 변태처럼 자기 얼굴 더듬거린 걸 다 알고 있었다 그거네… 하는 깨달음을 얻은 순간 좌절한 자영은 입을 다물었다. 무슨 생각을 하는지 이쪽을 빤히 마주 보던 지율이 팔을 뻗어 이불 위로 자영을 끌어당겨 안은 건 다음 순간이었다.

무방비하던 참이라 몸이 그대로 딸려 갔다. 지율의 가슴에 얼굴이 푹 파묻혔다. 거의 반사적으로 숨을 멈추자 머리 위에서 웃는 소리가 났다. 커다란 손이 머리를 감싸고 천천히 쓸어내렸다. 습기가 거의 날아간 머리칼이 긴 손가락 사이로 휘감기다 떨어지며 사락거리는 소리를 냈다.

"더 자요, 피곤할 텐데."

지율이 부드럽게 속삭였다. 그러고 보니 피곤한 것 같긴 했지만, 도저히 잠을 잘 기분은 아니었다. 고카페인 에너지 드링크를 앉은 자리에서 열 캔은 까 마신 것처럼 심장이 뛰는 탓이었다. 나른한 시선을 떼지 않은 채 머리칼을 만지는 지율의 손길이 너무 자연스러워 더 그랬다. 아니, 나는 조만간 부정맥으로 실려 갈 것 같은데 이 남자는 왜 이렇게 태연해?

"저기, 잠깐만요, 선생님."

결국 도저히 참지 못한 자영은 고개를 들었다. 머리를 만지는 손을 멈춘 지율이 가만히 자영을 응시하다 대답 대신 물었다.

"계속 선생님이라고 부를 거예요?"

생각도 못 한 질문이라 원래 하려던 말을 순간 새까맣게 잊은 자영은 눈을 깜빡이고 있다가 되물었다.

"…그럼요?"

"오빠 소리는 안 해도 되니까, 최소한 이름으로라도 불러 주면 안 돼요?"

…지금 그게 중요한가?

본질적인 의문이 떠올랐다. 그러나 얼굴을 뚫을 기세로 마주 보는 지율의 눈빛 때문에, 뭔가를 심각하게 고민한다는 게 불가능했다. 머릿속에 아무 생각도 나질 않는 탓이었다. 그사이 지율이 다시 자영의 머리칼을 쓰다듬기 시작했다. 으아아, 미치겠네. 속으로 소리 없이 절규한 자영은 지율의 손목을 일단 움켜잡았다.

"…지, 지, 지율 씨, 잠깐만요."

지율 씨래.

세상에.

자기 입에서 나온 지율의 이름이 낯설어, 자영은 입 속으로 지율 씨, 하고 한 번 더 뇌어 보았다. 순식간에 누가 깃털 총채를 열 개쯤 들고 등짝을 간지럽히는 기분이 되었다. 물론 남이야 그러거나 말거나, 그 말을 들은 지율은 씩 웃었다.

"이름 부르니까 좋잖아요."

싫다는 건 아닌데!

또 지율이 웃는 얼굴에 잠시 홀려 본론을 잊을 뻔한 자영은 황급히 현실로 돌아왔.

"아니, 지금 그런 얘기를 할 때가 아니고⋯."

"할 얘기 있어요?"

지율이 그제야 물었다. 목소리는 여전히 나른하게 잠긴 채였다. 시청각을 충족시키는 비주얼과 사운드에 넋을 잃지 않기 위해서는 생각보다 많은 자제심이 필요했다. 애써 침착하려 노력하며 숨을 고른 자영은 겨우 운을 뗐다.

"그, 이건, 그러니까 지금 저와 선생님, 아니지, 지율 씨 사이에⋯."

"무슨 문제 있습니까?"

본론은 시작하지도 않았는데 지율이 의아하다는 듯 고개를 갸웃했다.

문제가 있냐고? 이 사람은 지금 이 상황이 아무 문제 없다고 생각하는 건가?

당황한 자영은 약간 뜸을 들이다 자신감을 잃고 주저하며 되물었다.

"있⋯지 않을까요?"

"없을 것 같은데요."

말이 끝나기 무섭게 지율의 단호한 대답이 돌아왔다. 뭐라고 해야 하나 잠시 고민하며 침묵하는 사이, 자영을 유심히 살피던 지율이 물었다.

"사귀는 사이라도 이런 건 좀 불편해요?"

"네?"

무슨 사이라고?

헛것을 들었나 싶어 저도 모르게 목소리가 올라갔다. 자영의 표정이 심상치 않다고 생각했는지, 지율이 갑자기 불안한 기색이 역력한 얼굴로 몸을 반쯤 일으켰다.

"혹시 어젯밤에 자영 씨 의사하고 상관없이 내가…."

"아니, 그런 건 아닌데!"

자영은 황급히 지율의 말을 끊었다. 지율을 저대로 내버려두면 혼자서 오해하며 KTX로 서울과 부산을 몇 번은 왕복할 기세인 탓이었다. 자영이 펄쩍 뛰며 부정하기 무섭게 지율에게 안도의 기색이 드러났다.

그러니까, 지금 이 사람이 생각하는 문제는 침대에서 둘이 껴안고 있는 이 상황도 아니고, 서로의 호칭 정리도 아니고, 우리가 무슨 사이인지를 정의하는 것도 아니고, 어젯밤에 내가 지극히 자발적으로 이 상황에 동참했냐 아니냐인 건가…라고 생각하자 갑자기 누가 끊어지기 직전까지 늘인 고무줄을 놓은 것처럼 맥이 탁 풀렸다.

자영은 으으, 하고 신음하며 얼굴을 감쌌다. 놀란 지율이 괜찮아요? 하고 물으며 서둘러 자영의 어깨를 잡아 자기를 보게 했다. 고개를 들어 지율을 멀거니 보고 있던 자영은 잠시 사이를 두다 물었다.

"방금 사귀는 사이라고 그랬어요?"

"네."

지율이 얘가 왜 이러나 하는 얼굴로 일말의 망설임도 없이 고개를 주억거렸다. 이미 머릿속에서는 판사가 망치를 세 번 두드리며 자 끝났다, 하고 판결을 내린 기분이었다. 그러나 의심스러운 마음이 도무지 가시지 않았다.

"누가요?"

"자영 씨, 어디 아파요?"

믿을 수가 없어 재차 묻자, 지율이 혹시 간밤의 일로 정말 어떻게 돼 버린 건가 싶었는지 바로 자영의 이마며 뺨을 몇 번씩 짚어 보았다. 자영이 멀쩡하다는 걸 확인한 지율은 약간 혼란스러워하는 표정으로 자신과 자영을 번갈아 가리켜 보였다.

"당연히 나랑 자영 씨 얘기죠."

세상에.

남자 사귀는 게 이렇게 간단할 수가.

그간 연애의 소질 따위는 국 끓여 먹으려고 해도 없다고 생각했는데, 자고 일어나니까 이 사람이 내 남자 친구라니.

눈앞에 뭐가 지나가도 모를 정도로 넋을 놓은 자영은 멍하니 지율을 마주 보았다. 가만히 자영의 눈을 들여다보고 있던 지율은 손가락을 하나 세워 흔들어 보였다. 그러나 미동도 하지 않는 자영이 아무래도 이상했는지, 지율이 갑자기 손을 덥석 잡아 왔다.

"내가 그럴 마음도 없으면서 이랬다고 생각하는 건 아니죠?"

그럴 마음이 없어 보인 건 아니었지만, 자고 일어나자마자 이럴 줄은 몰랐는데.

"…싫어요?"

조심스럽게 묻는 말에 대답은 거의 반사적으로 튀어나갔다.

"아뇨!"

목소리가 너무 컸다고 생각한 건 직후였다. 1년 치 쪽을 오늘 이 자리에서 모아서 팔고 있는 기분이었다. 그러나 정작 당사자인 지율을 보니, 자신의 쪽팔림이 지율의 행복인 것 같아 말문이 막혔다. 아니라고 버럭하기 무섭게 안심한 듯 한숨을 뱉으며 쥐고 있던 자영의 손끝에 이마를 댄 지율이 물었다.

"나 어제 진짜 미친놈 같지 않았어요? 막 화내다가 키스하고 좋아한다고 그러고."

알긴 아네.

"…조금?"

물론 솔직하게 말할 수는 없었기에, 자영은 나름대로 타협한 대답을 돌려주었다. 그러자 지율이 눈을 들어 자영을 보더니 곧 시무룩한 얼굴을 했다.

"아, 망했어."

사실대로 말했으면 벽에 머리라도 박았을 것 같았다. 이 와중에도 그게 또 좀 귀여워 보여, 자영은 잠시 사태의 심각성을 잊고 삐질삐질 새어 나오는 웃음을 억지로 참았다. 헛기침을 하며 시선을 돌리는 사이 부루퉁해진 지율이 투덜거렸다.

"그러니까 얘기 좀 하자고 할 때 얘기했으면 이렇게는 안 됐잖아요. 나 만나 주지도 않고, 연락도 안 받고. 내가 무슨 말만 하면 자영 씨가 친구 사이에 왜요? 이러니까 나 친구라는 말에 완전 노이로제 걸렸다고요."

"아니, 뭐 그건…."

"민이가 그렇게 신경 쓰였어요?"

갑자기 훅 치고 들어온 질문에 잠시 말문이 막혔다. 침묵이 긍정이라는 걸 알아차렸는지, 지율이 시선을 맞춰 왔다.

"내가 자영 씨 불안하게 만든 건가 싶어서 후회했어요."

불안한 건 내 마음이었는데.

민이 오기 전이든 후든, 지율은 늘 그 자리에 있었다. 알면서도 넘겨짚고 밀어냈던 건 자신이 없어서였다. 추억은 무력하다고 단정했고 자신은 지율에게 어울리지 않는다고 생각했다.

생각 많이 하지 말고 그냥 부딪치라던 상현의 말이 떠올랐다. 남들 눈에도 보이는 걸 정작 스스로가 몰랐다는 걸 깨닫자 목덜미가 화끈거렸다. 잠시 사이를 둔 지율이 말을 이었다.

"점점 좋아진다는 거 알았을 때 바로 고백할 걸 그랬다고."

말하는 동안 내내 자신의 손을 마주 잡고 만지작거리는 손끝이 가늘게 떨렸다. 자영은 지율의 손등 위를 가만히 감싸 쥐었다. 지율이 움직이던 손을 멈추며 멋쩍은 듯 웃었다.

"생각이 너무 많았어요. 그러지 말걸."

같은 마음이었구나.

별것 아닌 말인데도 심장이 약간 움직이는 기분이었다. 자영을 내려다보다 다시 풀썩 자리에 누운 지율이 이쪽을 빤히 보았다. 눈 한 번 떼지 않고 뚫어지게 응시하는 지율 탓에, 가만히 있는데도 얼굴이 점점 빨개지기 시작했다.

"열이 좀 있는데요. 어제 비 맞아서 그런가?"

어두운데도 어떻게 눈치를 챈 건지 지율이 손을 뻗어 뺨을 만지며 물었다. 얼굴에 불이 날 기세라, 분명 따뜻했던 지율의 손이 서늘하게 느껴졌다.

"아…닐걸요."

더듬거린 자영은 거북이처럼 목을 집어넣었다. 걱정스러운 듯 이마며 목덜미 부근을 짚어 본 지율이 이불을 더 올려 덮어 주고는 나지막하게 말했다.

"조금 더 자고 이따가 뭐라도 먹어요. 밥 먹고 감기약 줄게요."

당연하게도 잠이 올 리 없었다. 이불 위로 내놓은 눈만 이리저리 굴리던 자영은 결국 참지 못하고 입을 열었다.

"…되게 어색하네요."

이런 소린 왜 해! 눈치도 없이!

어색해서 아무 말이나 하려고 했는데, 말을 뱉자마자 더 어색해졌다. 이 상황을 수습하기 위해 빨리 다시 아무 말을 좀 더 해야겠다고 생각한 찰나 지율이 하하, 하고 웃는 소리를 냈다.

"생각보단 괜찮은데요. 일어나면 눈도 못 쳐다보는 거 아닌가 했거든요."

그렇다기엔 너무 자연스러웠는데… 하고 의혹 어린 시선을 던진 자영은 눈을 가늘게 떴다. 그 표정을 뭐라고 해석했는지, 지율이 얼른 변명하듯 한마디를 보탰다.

"이런 적이 한 번도 없어서."

"거짓말이죠?"

농담 반 진담 반으로 물은 말에 지율이 고개를 가로저었다. 금방 다시 진지해진 얼굴에 자영이 멈칫하자, 숨을 크게 들이쉰 지율이 대답했다.

"누굴 책임질 일 저지르는 게 싫었어요."

그건 의심의 여지조차 없는 진심으로 들렸다. 이유는 굳이 묻지 않아도 알 것 같았다. 자신 역시 그랬기에. 짧은 침묵이 자신의 탓인 양, 지율은 눈썹 위를 문질렀다.

"할아버지가 계시긴 했지만, 뭐 그래도 가족이란 게 너무 빨리 없어졌으니까. 무서웠던 거죠. 다가오는 사람들한테 부모님 얘기 매번 하고 싶지도 않았고."

"그런데 왜 나한테는…."

저도 모르게 물으려던 자영은 입을 막았다. 지율의 표정이 짐짓 심각해졌다.

"그죠. 자영 씨가 그 애라고 상상도 안 했을 땐데 나도 내가 왜 그런 얘기를 했나 나중에 생각해 보니까 모르겠더라고요. 본능적으로 끌렸나? 그랬을 수도 있고, 아니면 뭐…."

잠시 뜸을 들인 지율이 혼자 웃었다.

"맘에 드는 여자한테 수작 건 거겠죠. 좀 불쌍한 척하면서 관심받으려고."

농담인지 아닌지 모를 말이었다. 지율은 장난스럽게 말하는데 가슴이 어쩐지 뜨끔했다. 괜히 눈을 흘기며 옆구리를 살짝 꼬집자, 지율이 아야, 하며 두 손을 들어 보였다.

"농담이에요."

"그런 농담 한 번만 더 해 봐요."

"더 하면요?"

자영은 대답 대신 도끼눈을 떴다. 춥지도 않은데 콜록거린 지율이 비가 계속 오네, 하며 딴청을 부렸다. 어이가 없어 바람 새는 소리로 픽 웃자, 눈치를 살핀 지율이 조금 더 가까이 몸을 붙였다. 가벼운 숨결이 코끝을 간질거렸다.

비는 그칠 기미가 없었다. 창으로 한 겹 걸러진 빗소리가 연신 토독거리며 고요하게 가라앉은 방 안의 공기에 실려 떠돌았다. 긴 손가락 끝이 자영의 머리칼을 어루만지다 이마에서부터 눈가로 부드럽게 내려왔다. 섬세한 세공품을 다루듯 자영의 속눈썹을 가만가만 스치던 지율이 문득 손을 멈췄다.

"내가 자영 씨한테 어떤 행동을 하고 싶다, 그러면 먼저 물어보는 게 좋아요?"

"뭐가요?"

"지금 키스해도 돼요?"

뭐라는 거지.

저도 모르게 눈이 커졌다. 자영은 눈을 깜빡이는 것조차 잊은 채 멍하니 지율을 마주 보았다. 수채화 물감을 가득 먹인 붓을 댄 것처럼 그 입가에 천천히 미소가 번졌다.

"예를 들어 이런 건 어떻냐고 물어본 건데."

입은 웃는 주제에, 눈은 진지했다. 어둠 속에서 깊어진 눈동자를 응시하던 자영은 먼저 지율의 목에 팔을 감았다. 예상외의 반응이었는지 순간 멈칫한 지율이 곧 입술을 겹쳐 왔다. 입술이 닿고 뒤이어 숨이 섞였다.

머리칼을 쓸어 넘기던 지율의 손이 한쪽 뺨과 목덜미를 감쌌다. 정말 열이 나는 건지, 감은 눈 안으로도 현기증이 일었다. 숨을 쉬는 법이 생각나지 않았다. 목을 안은 팔에 더 힘을 주자, 닿은 입술 사이로 지율이 웃는 듯한 소리를 냈다. 그게 간지러워 자영은 어깨를 조금 움츠렸다.

모든 시간이 잠시 멈춘 것 같았다. 입술이 떨어지며 작은 마찰음을 내는 소리조차 크게 들렸다. 참고 있던 숨을 몰아쉬는 사이, 지율이 손끝으로 젖은 입술 위를 천천히 훑었다. 눈을 감고 있는 탓인지 그 감각은 더 생생했다. 그러나 감은 눈으로도 느껴지는 시선이 민망해, 차마 눈을 뜰 수가 없었다.

한동안 이쪽을 빤히 보던 지율이 다시 입술만 닿는 가벼운 입맞춤을 건넸다. 사이를 두고 서너 번쯤 그렇게 입을 맞춘 지율이 문득 숨소리로 물었다.

"…공무원은 연차 언제 쓸 수 있죠?"

"왜요?"

이 상황에 남의 연차가 왜 궁금한가 싶어 반사적으로 눈을 뜨며 되묻자, 지율이 웃음기라고는 하나도 없는 얼굴로 대답했다.

"월요일에 연차 내라고 하고 싶어서요."

이게 지금 진심인가.

당황해서 눈을 깜빡이던 자영은 지율에게 되물었다.

"…병원은요?"

그건 생각도 안 해 본 듯, 뒤통수를 한 대 맞은 표정을 한 지율이 잠시 고심하다 물었다.

"자영 씨가 연차 내고 내가 병원 안 열면 수상해 보일까요?"

"점심시간 되기도 전에 동네에 다 소문나겠죠."

민이 온 뒤로 자신과 지율의 분위기가 어땠는지 모르는 동네 사람은 없었다. 그런데 민이 가자마자 뜬금없이 하나는 파출소에 안 나오고 하나는 병원 문을 닫는다니. 무슨 말이 나올지는 안 봐도 뻔했다. 더구나 당장 아침에 일어나서 누구의 눈에도 띄지 않고 지율의 집을 빠져나갈 수 있을지도 장담할 수 없는 상황이었다.

"연차 내는 거 어떤지 고민 좀 해 볼래요?"

어쩌다가 전원일기 325

한참을 혼자 심각하게 고민하던 지율이 눈을 맞춰 왔다.
"나 지금 내일 병원 문 닫는 거 진지하게 생각 중이니까."
말도 안 된다는 걸 알면서도 웃음이 먼저 터졌다. 자영은 대답 대신 지율을 끌어당겼다. 어, 하고 놀란 소리를 낸 지율이 자영을 감싸 안았다. 모르겠다, 내일 일은 내일 생각하지 뭐.
이제 머리부터 굴리는 건 그만하고 싶었다.

08

"안녕하세요, 일찍 나오셨네요."

출근하자마자 문을 열고 간밤의 묵은 공기를 내보내는 사이, 오늘따라 일찍 출근한 영숙이 지율의 인사에 야, 하고 대답하며 들어가려다 말고 걸음을 뚝 멈췄다.

"원장님, 뭔 좋은 일 있당가요?"

"네?"

뜬금없는 질문에 의아한 표정으로 되묻자, 영숙이 자기 양쪽 입가를 손끝으로 쭉 올려 보였다.

"아니, 요새 새신랑처럼 아침부터 저녁까지 죙일 주뎅이 째진다 안 허요."

"…제가요?"

젠장, 방심했어.

아침 공기는 딱 좋을 만큼 상쾌했으나 등줄기에서는 식은땀이 솟았다. 그러니까, 자영과 그렇고 그런 사이가 된 이후로

당분간은 조심하자고 서로 얘기가 된 터였다. 자영의 말마따나 누구라도 알았다가는 당장 그날 청첩장부터 찍어야 할 것 같아서였다. 최대한 티를 안 내려고 했는데, 긴장이 풀리면 저도 모르게 실실 웃고 있는 모양이었다.

"아… 글쎄요. 그, 뭐, 요즘은 병원도 잘 돌아가고, 한가한 시즌이고 하니까요."

지율은 최대한 자연스러워 보이는 변명을 늘어놓았다. 그런가, 하고 의뭉스러운 눈길로 지율을 훑어본 영숙은 병원 안으로 들어왔다. 가방을 내려놓더니 총채를 집어 들고 책장부터 털기 시작한 영숙이 막 안심한 지율에게 다시 물었다.

"그나저나 그 서울 아가씨는 요즘 워째 코빼기도 안 비친대요?"

"출장 끝나서 올라간 지가 언젠데요."

"전화도 한 통 안 허고?"

"원래 그냥 학교 후배라니까요. 전화하고 그러는 사이 아니에요."

하하, 하고 어색하게 웃은 지율은 바로 어젯밤의 일을 떠올렸다. 몇 주째 간간이 민에게서 전화가 오고는 있었다. 꼭 한밤중에만 연락이 오는 패턴은 물론이고, 누가 들어도 만취한 말투로 짐작하건대 술만 마시면 연락을 하는 것 같았다.

— 야, 한지율! 너 미쳤니? 생각 다시 안 해? 내가 기회 줄

테니까 셋 셀 때까지 대답해! 나 관대한 사람이야! 그래, 사람이 살면서 실수도 좀 할 수 있지! 근데 내가 보기에 넌 진짜 제정신이 아니야! 어떻게 날 차? 내가 누군지 알아? 나 수의대 여신 최민이야, 최민!

어젯밤에 온 전화 역시 술을 얼마나 마셨는지 혀가 다 풀린 채였다. 처음에는 뭔 소린가 하고 몇 번이나 다시 응? 응? 하고 되물었으나, 같은 전화를 계속 받다 보니 이제는 한 번에 무슨 말을 하는지 전부 알아들을 수 있었다. 민의 고함을 듣고 있던 지율은 평온하게 대답했다.

"민아, 술 먹었으면 얼른 자. 그리고 이러고 내일 나한테 또 미안하다고 문자 보낼 거면 차라리 내 번호 좀 지워 줄래?"

그리고 역시나 오늘 아침, 민에게서 '오빠 미안.'이라는 메시지가 날아왔다. 술 먹고 깽판을 치는 건 기억하면서 전화번호 지워 달라는 말은 기억이 죽어도 안 나는 듯했다. 애 번호를 스팸으로 등록해야겠어, 속으로 생각한 지율은 한숨을 쉬었다.
"커피 드시겠어요?"
아무래도 화제를 돌려야 할 것 같았다. 지율이 서둘러 전기포트에 물을 끓이며 묻자, 영숙이 좋지요, 하고 대답했다. 컵에 믹스커피를 넣고 곧 끓기 시작한 물을 부은 지율은 영숙에게 커피를 건넸다.

"아이고, 잘 먹겄어요."

커피를 한 모금 홀짝인 영숙이 다음 순간 갑자기 생각났다는 듯 고개를 번쩍 들었다.

"아 참, 근디 왜 안 순경은 요새 코빼기도 안 비치나 몰러."

영숙과 눈이 마주친 순간 뜨겁다는 것도 잊고 커피를 벌컥 들이켠 지율은 다음 순간 아 뜨거워, 하고 컵을 쾅 내려놓았다. 아무래도 입천장이 까진 것 같았으나, 지금 그게 문제가 아니었다. 입가를 감싸며 괴로워하는 지율을 본 영숙이 깜짝 놀라 벌떡 일어나더니 서둘러 찬물을 가져다주었다.

"워메, 주뎅이 디어 분 거 아녀? 여기, 여기 찬물 좀 듭쇼."

"아, 네, 감사합니다."

떨리는 손으로 물을 받아 든 지율은 냉수를 마시며 속을 진정시켰다. 별 얘기도 아닌데, 이렇게 제풀에 찔려 죽을 일이란 말인가. 영숙이 괜찮냐고 묻는 말에 황급히 고개를 끄덕인 지율은 영숙을 서둘러 자리로 돌려보냈다. 그러나 영숙은 역시 그렇게 만만하지 않았다.

"암튼 선동이 고것도 영 안 오다가 서울 아가씨 안 오고 나서부터는 도로 잘 오는디, 안 순경은 왜 여태 발을 뚝 끊었나 몰러여. 나가 혹시나 혀서 묻는 건디, 원장님 안 순경헌티 뭐 죄지은 건 아니지라?"

사랑이 죄라고 하신다면 기꺼이 죄수가 되겠습니다만.

물론 지율은 그 말을 입 밖으로 내지 않을 정도의 이성은 있었다.

"아뇨, 그럴 리가요!"

펄쩍 뛰는 지율을 영 의심스럽다는 얼굴로 훑어본 영숙이 고개를 갸웃거렸다.

"허긴 원장님이 그럴 사람이 아닌디. 커피 잘 식혀서 드쇼잉."

네, 하고 대답한 지율은 자리에 앉아 책을 읽는 척하며 머리를 감쌌다.

이럴 거면 차라리 동네 사람들한테 다 말하고 공개 연애를 할까.

진지하게 고민하기 시작한 지가 몇 주째였으나 아직 답을 내리지 못한 채였다. 티를 안 내느라 최대한 남들 눈이 많은 시간에는 마주치는 걸 피하고는 있었지만, 이 작은 동네에서 비밀 연애란 생각보다 쉬운 일이 아니었다.

그냥 걸어 다니기만 해도 서로 하루에 대여섯 번은 마주치는 마을이었다. 그런데 매일 정해진 시간에 순찰을 돌던 자영이 발을 뚝 끊었으니, 영숙이 뭔가 이상하다고 의심하는 것도 당연했다.

그러나 혼자 있을 때도 영숙의 표현을 빌리자면 '주둥이가 째지는' 판이었다. 자영이 눈앞에 있다면 문자 그대로 입이 귀에 걸릴 게 뻔했다. 그 때문에 되도록 퇴근 후 저녁에 사람들 눈을 피해 마을 밖에서 접선하는 중이었다. 무슨 간첩도 아니고, 속으로 생각한 지율은 한숨을 쉬었다.

「저녁에 수목원에서 만날까요?」

때마침 책상 위의 핸드폰이 진동하며 메시지가 들어왔다. 자영이었다. 눈치 없이 올라가려는 입꼬리를 손으로 가린 지율은 세워 둔 책 너머로 영숙 쪽을 흘끔 보았다. 다행히 영숙은 약품 거래처에 전화를 돌리는 중이었다.

"거시기, 원장님이 지난번에 구충제 신제품 샘플 얘기한 거 기다리다 목 빠지겠소. 오후에 오면서 꼭 챙겨 오시고, 방역제, 그라요. 맨날 쓰는 거. 인자 날이 슬슬 더워져서 수량을 쪼까 늘려야 쓰겠다는디, 그리고…."

통화하느라 정신이 없는 영숙을 확인한 지율은 재빨리 책 뒤로 머리를 숨기며 답장을 보냈다.

「좋죠. 이따 봐요.」

메시지를 전송한 뒤 무심코 고개를 든 지율은 움찔했다. 꺼진 모니터에 비친 얼굴이 그새 또 실실 웃고 있는 탓이었다. 세상에, 한지율. 너 어쩌려고 그러냐. 잠시만 방심해도 이 모양이니, 절대 긴장을 늦추면 안 되겠다는 경각심이 들었다.

그러나 경각심이 너무 강했는지, 진종일 긴장한 탓에 평소보다 세 배쯤은 빨리 지치는 기분이었다. 완전히 녹초가 되어 마지막 손님인 전주댁과 그 집 강아지 워리를 내보내자, 곁에서 있던 영숙이 미간을 찌푸리며 지율에게 말했다.

"아따, 원장님. 젊디젊은 사람이 뭘 혔다고 진이 다 빠져서 그라요. 날 좀 더워진다고 벌써부터 그라믄 큰일인디. 보약이라도 한 제 지어 먹으랑께요. 여기, 이 끝에 장 씨네 약방 가면 잘혀 줄 것인디."

"…괜찮습니다. 얼른 퇴근하세요."

빨리 영숙을 보내지 않으면 그나마 남은 에너지까지 소진될 것 같았다. 속을 알 리 없는 영숙이 시계를 보더니 지율의 눈치를 슬쩍 살폈다.

"아직 10분이나 남었는디?"

지율이 괜찮다며 얼른 가라는 손짓을 하자, 맘이 바뀔까 싶었는지 영숙이 잽싸게 가방을 들고 그럼 이만, 하고 휑하니 사라졌다. 긴 숨을 뱉으며 의자에 등을 묻고 멍하니 천장을 보고 있던 지율은 두 팔을 쭉 펴며 소리 없이 환호성을 질렀다. 오늘도 이렇게 별일 없이 지나갔으니, 이제 자영을 보러 갈 시간이었다.

같은 동네에 살면서 남들 눈을 피하느라 매일 보지도 못하는 건 왠지 억울했다. 대신 잠들기 전까지 한두 시간씩 통화하는 게 습관이 된 까닭에, 윤형이 대체 왜 이렇게 전화하기가 힘드냐고 짜증을 부릴 정도였다. 물론 윤형의 짜증까지 고려해 줄 상황은 아니었다.

후다닥 병원 문을 닫은 지율은 차를 가지고 수목원으로 향했다. 평일 저녁의 수목원은 늘 한산했다. 입구로 들어서자마자 자주 앉는 벤치에 먼저 와서 앉아 있던 자영이 목을 빼 주변을 한 번 휙 둘러보더니 손을 흔들었다.

"오래 기다렸어요?"

지율이 곁에 앉으며 묻자 자영이 아뇨, 하며 웃었다.

"지금 막 왔는데요."

"아, 다행이다. 저녁은…."

"김밥 먹고 싶어서 샀는데, 괜찮으면 같이 먹어요."

자영이 옆에 놓아두었던 봉투를 가리켰다. 은박지에 싼 김밥 두 줄과 비닐봉지로 꽁꽁 묶어 둔 떡볶이가 눈에 들어왔다. 좋죠, 하고 흔쾌히 대답하자 자영이 나무젓가락을 꺼내 내밀었다. 지율은 젓가락을 받아 들고는 김밥과 떡볶이를 꺼내 풀어 놓으며 구시렁거렸다.

"연애 안 할 때는 막 만나도 상관없었는데, 무슨 간첩 된 기분이에요."

그 말에 자영이 한숨처럼 웃었다.

"동네 어른들 아시면 솥부터 거실걸요. 국수 삶으려고."

"아직 아무도 눈치는 못 챈 것 같죠?"

"눈치를 챘으면 가만히 계실 분들이 아니긴 한데….."

자영이 뭔가 석연치 않다는 듯 말끝을 흐렸다. 자영의 말처럼 누군가 눈치를 챘다면 그 즉시 마을 전체가 다 아는 사실이 됐을 텐데, 여태까지 아무 말도 없는 걸 보면 아직은 비밀이 지켜지고 있는 것 같긴 했다. 그러나 지율도 이제는 희동리에서 비밀 따위가 살아남을 수 없다는 걸 잘 알고 있었다. 장담할 수 없는 현실에 두 사람은 잠시 서로를 마주 보았다.

"…일단 김밥이나 먹을까요?"

어색하게 웃은 지율은 자영에게 물었다. 생각해 보면 들통났다고 해서 뭐 어쩔 수 있는 일은 아니었다. 최대한 조심하는 것 외에는 다른 방법이 있을 리가 없었다. 자영도 같은 생각인지 어깨를 으쓱해 보이고는 김밥을 집어 먹기 시작했다.

"김밥 되게 오랜만이네요. 소풍 온 기분이다."

지율이 김밥 하나를 입에 넣으며 혼잣말처럼 중얼거리자, 문득 손을 멈춘 자영이 물었다.

"어릴 때 우리 여기 왔던 거 기억나요? 수목원 되기 전에."

"그럼요. 진짜 도토리를 그때 처음 봤다고요. 나무는 다 똑같은 줄 알았는데, 왜 잎 모양이 다른지 자영 씨가 가르쳐 줬잖아요. 여름 나무는 동그랗고 겨울 나무는 뾰족하다고."

씩 웃으며 대답하자 잠시 멈칫한 자영이 놀란 표정을 했다.

"기억력 좋은데요."

"말했잖아요, 안 잊어버렸다니까."

당당하게 가슴을 내밀며 으쓱거리는 지율을 본 자영이 픽 웃는 소리를 냈다. 간단한 식사를 마치고 자리에서 일어난 두 사람은 나란히 걷기 시작했다. 저녁 시간인데도 제법 길어진 해 덕분에 산책로는 어둡지 않았다.

지율은 고개를 들어 위를 올려다보았다. 어느새 무성해진 느티나무 가지의 이파리 사이로 어스름이 내리기 시작한 하늘이 조각조각 쏟아졌다. 걸음을 멈추며 지율의 시선을 따라가던 자영이 손등을 움직여 보았다. 경계를 흐리는 그림자가 자영의 흰 손등 위에서 춤을 추듯 이지러졌다.

"서울에서는 이 시간이면 제일 시끄러울 땐데."

그 그림자의 움직임을 보던 지율이 무심코 툭 뱉은 말에 자영이 눈을 돌렸다.

"이렇게 조용한 거 적응 안 되죠?"

지율은 웃으며 고개를 가로저었다.

"아뇨, 이젠 익숙해졌어요. 시끄러운 게 싫더라고요. 요샌 저녁에 텔레비전 트는 것도 줄었어요. 그냥 가만히 앉아서 바깥에서 나는 소리 들어 보는 것도 재밌던데요."

"무슨 소리가 나는데요?"

"개구리 소리, 맹꽁이 소리, 쏙독새 소리 뭐 그런 거 있잖아요."

"쏙독새 소리를 알아요?"

믿을 수 없다는 표정으로 되묻는 얼굴에 지율은 짐짓 흥, 하며 팔짱을 끼었다.

"나 수의사예요."

"새 전문은 아니잖아요."

"귀가 있는데 들으면 알죠. 그리고 쏙독새 소리도 자영 씨가 가르쳐 준 건데."

예상하지 못한 말이었는지, 자영이 내가요? 하며 자기를 가리켜 보였다. 지율은 그 손을 잡아 내리며 자영을 응시했다. 가늘어지는 지율의 눈에 자영이 얘가 왜 이래, 하는 얼굴로 미간을 좁혔다.

"내가 다 잊어버렸을 게 뻔하다고 그렇게 화를 내더니, 정작 우리 추억은 나만 기억하는 거 같은데요."

부러 입을 삐죽이자 자영이 손끝으로 오리 부리처럼 튀어나온 입술 위를 꾹 눌렀다. 민망해한다는 걸 알아차리기는 어렵지 않았다. 쿡쿡 웃은 지율은 잡은 손을 흔들며 다시 걸음을 옮겼다.

"근데 왜 방학 때마다 서울에 갔던 거예요?"

"네?"

문득 생각나서 물은 것뿐이었다. 별다른 의도가 있는 건 아니었다. 그런데 순간, 맞잡은 자영의 손이 움찔하는 것이 느껴졌다. 착각일까. 짧은 순간이라 바로 판단할 수가 없었다. 흘끗 내려다본 자영의 표정 역시도.

"오 선생님이 저번에 그러시더라고요. 자영 씨가 방학 때마다 서울에 한 달씩 가 있었다고. 근데 나는 방학 때만 내려왔으니까 우리가 계속 엇갈릴 수밖에 없었겠다 싶더라고요."

너무 갑작스러운 질문이었나. 속으로 생각하며 부연하자, 자영이 잠시 머뭇거렸다.

"아, 뭐… 친척이 있어서 방학 때만 잠깐 갔던 거예요."

"그래요?"

자세한 얘기를 물을 생각은 없었다. 먼저 꺼내지 않는 가족 얘기를 누군가 묻는다는 게 때로 얼마나 불편한 일인지 지율 자신이 누구보다 잘 알고 있는 까닭이었다. 부모 없이 할머니에게 떠맡겨진 아이를 서울에 있는 친척이 방학 동안만 봐줬다는 건 특별히 이상하지도 않았고, 캐물을 만한 이야기도 아니었다.

"그러지 않았으면 우리가 더 빨리 다시 만날 수도 있었을 텐데."

말을 돌리자 자영이 앞을 보며 대답했다.

"그랬으면 환상이 그때 깨졌을 수도 있죠."

"어, 그건 환상이 있었단 소린데."

지율은 몸을 숙여 장난스럽게 자영의 얼굴을 들여다보았다.

"내 생각 자주 했나 보네."

"당연하죠."

반쯤 놀리려고 한 말이었는데, 자영은 뜻밖에도 웃지 않았다.

"무슨 생각 했는데요?"

"뭐, 어떻게 자랐을까 그런 거."

대답은 담담했다. 그러나 문득 심장 부근이 뜨끔했다. 남겨진 채로 기다리는 사람이 떠난 사람을 생각한다는 건 어떤 일일까. 떠난 사람이 그 자리에 남겨진 사람을 생각하는 것과는 다를지도 몰랐다. 지금까지 그런 걸 생각해 본 적 없었다는 사실을 지율은 그 순간 깨달았다.

"상상한 것보다 괜찮지 않아요?"

애써 표정을 감추며 묻자 바닥을 보던 자영이 눈을 들었다. 푸르스름한 어둠이 동그란 눈 위로 짙게 맺혔다.

"그냥 좋았어요."

"좋았다고요?"

"네."

그냥 좋았어요.

고작 두 어절의 말이 이상하게도 마음에 박히는 기분이었다. 뭐가 좋았다는 걸까. 의미심장한데요, 하고 농담처럼 말하며 지율은 자영의 손을 조금 더 힘주어 붙들었다.

가는 손가락 사이사이로 스미듯 깍지를 끼어 잡자, 자영이 손끝으로 지율의 손등 위를 가볍게 눌렀다 떼며 장난을 쳤다. 지율은 그런 자영을 내려다보고 있다가 잡은 손을 올려 마디 위에 입술을 댔다.

"사람도 없는데."

소곤거린 말에 자영이 지율을 아래위로 훑어보았다. 무슨 소리를 하고 싶은지 뻔히 안다는 얼굴이었다. 지율은 입술에 댄 손을 떼지 않은 채 반대편 손으로 자영의 허리를 감싸며 몸을 숙였다. 숨이 닿는 거리에서 자영이 웃음을 참는 표정으로 지율을 올려다보았다.

"지금 뭐 해요?"

"가까이서 보면 더 예쁜 것 같은데 이유가 뭔지 생각하는 중이에요."

숨소리로 대답하자 자영이 기어이 코로 웃는 소리를 냈다. 내가 이런 수작질을 다 하고, 진짜 오래 살고 볼 일이야… 속으로 생각하며 막 키스하려는데, 멀찌감치서 갑자기 익숙한 목소리가 날아들었다.

"거기 누구여?"

길 가다가 벼락을 맞았어도 지금만큼 놀라지는 않았을 것 같았다. 지율과 자영은 그 즉시 메뚜기처럼 양옆으로 펄쩍 뛰어 안전거리를 확보했다. 아무리 들어도 세련의 목소리라, 지율은 떨어질 뻔한 심장 부근을 부여잡으며 몸을 돌렸다. 브로콜리 군단이 멀리서 다가오는 것이 눈에 들어왔다.

"워메, 안 순경 아녀. 원장님하고 둘이 여기서 뭣들 허요?"

가까이 온 세련이 자영을 알아봤는지 속도 없이 물었다. 지율은 황급히 하하하, 하며 어색하게 웃었다.

"아, 그, 저기, 제가 수목원 구경을 좀 하고 싶다고 해서요!

안 순경님이 소개해 주셨습니다!"

자영을 가리키자 자영 역시 재빨리 목이 떨어질 기세로 고개를 끄덕였다. 지율은 마른침을 삼키며 브로콜리 군단을 관찰했다. 각자 정체를 알 수 없는 풀때기들로 채워진 바구니를 옆구리에 하나씩 낀 걸 보니, 어디 단체로 근처에 나물이라도 캐러 갔던 모양이었다.

젠장, 나쁜 짓 하고 못 살겠네.

한껏 최대한 착해 보이는 얼굴로 입꼬리에 경련이 일 만큼 미소를 짓자, 곁에 서 있던 양주댁이 별 의심 없이 손을 휘적거렸다.

"그라요? 어따, 근디 여그가 산 밑이라 밤에는 뱀 나온당께. 싸게 들어가쇼잉."

"지금 들어가려고 했습니다!"

지율이 고개를 꾸벅 숙이자, 곁에서 자영이 저도요, 하며 서둘러 팔을 잡아끌었다. 누가 봐도 연행되는 꼴로 끌려가며 지율은 다시 한번 브로콜리 군단에게 조심해서 들어가세요, 하고 인사를 건넸다. 뒤에 남겨진 브로콜리 군단들은 멀어지는 두 사람의 모습을 빤히 보고 있었다.

"좋을 때여."

부안댁이 흐뭇한 얼굴로 고개를 주억거렸다. 그라제, 하며 맞장구를 치던 양주댁이 고개를 갸웃거렸다.

"근디 뭔 도둑질허는 사람들처럼 몰래 만난다야? 동네 사람들이 다 아는디."

"아, 그라니께. 백주 대낮에 만나면 될 것을 뭘 여그까지 와가지고 만나고 그랴."

혀를 찬 세련이 이미 두 사람이 부리나케 사라진 길을 가리켰다.

"안 순경이 평창대 분식점에서 김밥 두 줄 사면서 혼자 먹겠다구 그랬다는디, 한 원장허구 먹을라구 그라제 소리가 목구멍까지 치밀었다 안 허요. 아이고, 연애질도 허구 안 순경 다 컸어."

그 말에 덕녀가 팔꿈치로 세련의 옆구리를 쿡 찔렀다.

"괜히 나불거리고 댕기지 말어. 또 저런 것도 재미 아녀. 소싯적 생각나구 좋은디."

"소싯적은 염병, 나는 영감탱이가 멋대가리는 개똥만큼도 몰라 가지구…."

찔린 옆구리를 문지른 세련이 구시렁거렸다. 그 모습을 본 부안댁이 깔깔거리며 웃었다.

"성님은 다시 태어나면 꼭 멋대가리 있는 남자한테 시집가쇼잉."

"허이구, 지랄. 다시 태어나면 절대로 시집은 안 갈 것이여!"

생각만 해도 열불이 난다는 얼굴로 꽥 소리를 친 세련이 바구니를 고쳐 끼며 가장께, 하고 앞장을 섰다. 어둑해진 숲 어딘가에서 쏙독새가 쏙독거리며 울기 시작했다.

09

"선상님, 우편물 있는디."

서울 같았으면 바로 에어컨을 틀기 시작했을 날씨였으나, 에어컨 바람은 뼈마디가 시리다는 영숙의 주장을 존중해 활짝 열어 둔 문으로 집배원 구 씨가 고개를 들이밀었다. 지율은 어, 하며 자리에서 일어났다.

"저한테 온 거예요?"

"야. 외국에서 오는 게 뭐가 이리 많당가요?"

구 씨가 가방에서 두꺼운 서류 봉투 서너 개를 꺼내 들었다. 겉면에는 영어로 주소가 쓰여 있었다. 한국에서 구하기 어려운 책과 논문을 유학 가 있는 선배들에게 부탁했는데, 그걸 보내 준 모양이었다. 지율은 얼른 봉투를 받아 들며 대답했다.

"아, 공부할 자료가 좀 있어서 아는 분들한테 부탁했어요."

"아이고, 공부 쉬엄쉬엄 허요. 참, 이것은 차 원장님이 보내신 거 같던디."

구 씨가 따로 빼놓았던 엽서 한 장을 지율이 든 봉투 위에 올려놓았다. 백 미터 밖에서 봐도 산토리니를 찍은 게 분명한 앞면의 사진이 먼저 눈에 들어왔다.

"할아버지가요?"

지율이 놀란 얼굴로 묻자 구 씨가 고개를 주억거리며 가요, 하고는 사라졌다. 책상에 우편물을 내려놓은 지율은 덕진에게서 온 엽서를 집어 들었다. 산토리니의 풍경 뒷면에 적힌 글씨는 익숙했다. 지율은 서둘러 짧은 엽서를 눈으로 읽었다.

지율이에게.

희동리 생활은 어떻니? 생각보다 할 만하지?

오 선생에게 얘기는 전해 들었다. 할애비 빈자리가 하나도 안 느껴진다더구나. 사람들도 다 너를 좋아한다며? 그럴 줄 알았다. 가끔은 새로운 경험도 해 볼 만하다고 생각해 주었으면 한다.

할애비는 잘 지낸단다. 유럽은 넓고 볼 것도 많아서 늙은 몸으로는 쉽지 않다. 더 젊을 때 올 것을 그랬다고 가끔 후회도 하지만 대신 늙어서 오니 느껴지는 것이 더 많구나.

낯선 곳에서 몇 달을 보내고 나니 재충전이 된 기분이다.

앞으로도 20년쯤은 더 열심히 일할 수 있을 것 같단다.

이 편지가 도착할 때쯤이면 아마 봄은 다 지났겠구나.

다음 달쯤 한국으로 돌아가려고 한다. 조금만 더 고생해 다오.

갑작스러운 부탁에도 네 몫을 잘해 줘서 정말로 고맙다.

> 한국에서 보자. 건강하렴.
>
> 할애비가.

 그렇게 훌쩍 떠난 뒤로 연락 한 통 없어 무소식이 희소식이 겠거니 생각하고는 있었지만, 그래도 막상 소식을 전해 받자 마음이 놓였다. 곁으로 쪼르르 달려온 영숙이 목을 빼 지율이 든 엽서를 넘겨 보더니 물었다.
 "오메메, 원장님이 보내셨당가요?"
 "네. 다음 달쯤 한국에 오신대요. 건강하게 잘 지내신다고 그러시네요."
 지율의 대답에 영숙이 안도했다는 듯 가슴을 쓸어내렸다.
 "워메, 다행이여요. 저번에 한번 나한테 연락이 와 가지구 우리 손자는 잘허구 있나, 하셔서 지가 입에 침이 마르도록 칭찬을 혔잖아요."
 "감사합니다. 그런데 왜 저한테는 연락을 안 하시고…?"
 지율이 의혹에 찬 얼굴로 말끝을 흐리자, 영숙이 이 말을 해도 되나 싶은 표정으로 눈치를 보다 뒷머리를 긁적였다.
 "그것이, 전화혔다가 선상님이 도망가겠다구 막 그러면 워쩌냐고…."
 그런 걱정을 하시는 분이 이런 짓을 벌였단 말이지.
 새삼 믿을 사람 없다고 절망하던 몇 달 전을 떠올린 지율은 나오려는 한숨을 참았다. 역시 할아버지는 자신을 너무 잘 알고 있었다. 말마따나, 그때였다면 할아버지에게 연락이 오자마자 저 서울 갈 거라고 난리를 쳤을 게 뻔했다.

"근디 차 원장님 돌아오시면 인자 다시 올라가셔야겠네."

지율의 표정을 살피던 영숙이 무심히 툭 던진 말에, 지율은 퍼뜩 현실로 돌아왔다.

"네?"

"아니, 원래부터 반년만 봐주시기로 했잖여요. 차 원장님 다음 달에 오신다 허면 선상님도 서울 가시겠구나 싶어서…."

…왜 그 생각을 지금까지 못 했지?

벼락을 맞은 듯한 기분이었다. 그렇지. 원래부터 할아버지가 돌아오실 때까지만 여기 있기로 했던 건데. 희동리가 익숙한 장소로 변해 가는 사이, 이 생활이 시한부라는 사실을 잠시 잊고 있었다는 걸 지율은 그 순간 깨달았다.

자영이 자신을 밀어냈던 게 그래서였다는 것도.

"뭣 땀시 그런다요?"

넋이 나간 지율의 얼굴에 영숙이 의아한 표정으로 물었다.

"아, 아닙니다. 가서 일 보세요."

애써 웃으며 말했지만, 머릿속은 미친 듯이 복잡해지기 시작했다.

이런 상황을 어떻게 해야 할지 단 한 번도 고민해 보지 않은 건 아니었다. 하지만 상상은 늘 막연했다. 서울로 돌아가면, 그래도 뭐 외국 가는 것도 아닌데, 차로 몇 시간이면 오는 곳이니까, 그런 식으로 돌부리처럼 걸리는 생각을 외면해 온 건 사실이었다.

할아버지가 돌아올 날도 정해지지 않은 상황에서 일을 더 복잡하게 만들고 싶지는 않았다. 더구나 그런 망설임 때문에 자영과의 사이를 마냥 그대로 두기도 싫었다. 그러나 어쨌든 이런 연락을 받은 이상, 이젠 그렇게 적당히 넘어갈 일이 아니었다.

혼자 머리를 싸맨다고 해결될 리 없었다. 일단 자영과 만나서 얘기해야 할 것 같았다. 아무 일도 없는 척, 주말에 교외로 나가 차나 한잔하자고 자영과 약속을 잡아 둔 지율은 며칠 내내 이 생각에 빠져 있었다.

자신이 서울로 돌아가는 건 기정사실이었다. 그 뒤의 일이 문제였다. 장거리 연애? 말이 쉽지, 막상 시작하면 어떻게 되는지는 이미 윤형의 수많은 지난 연애들을 통해 간접 학습한 지 오래였다. 게다가 20년을 마음에 간직했으면 됐지, 이제 겨우 만났는데 또 떨어져 있으라고?

그렇다고 다른 방법이 간단한 건 아니었다. 떨어져 있지 않으려면 결국 선택은 둘 중 하나였다. 자신이 희동리로 돌아오거나, 자영이 서울로 올라오거나. 하지만 둘 다 쉽지 않은 얘기였다.

서울에 멀쩡하게 개원까지 해 놓고, 그 개고생을 해서 이제 겨우 자리를 좀 잡았는데 그걸 다 버리고 여기서 산다? 선뜻 상상할 수 없는 선택지였다. 그렇다고 자영에게 평생 살아온 곳을 떠나 서울로 오라고 한다? 희동리가 자영에게 어떤 장소인지를 알기에 그건 더 말이 되지 않았다.

고민을 시작한 지 사흘도 지나지 않아, 보는 사람마다 얼굴이 왜 반쪽이냐고 놀랄 지경이었다. 하루 종일 밥 한 끼도 제대로 들어가지 않을 정도였으니 말 다 한 소리기는 했다.

주말에 만난 자영 역시 지율을 보자마자 대뜸 눈을 휘둥그렇게 뜨며 물었다.

"무슨 일 있어요?"

"아니에요, 그런 거 없어요."

설득력이라고는 허공에 떠다니는 먼지만큼도 없는 얼굴을 한 채 억지로 웃으며 대답하자, 자영이 팔짱을 끼었다.

"아닌데."

"진짠데."

"얼굴에 대문짝만하게 나 심각하다고 써 놨는데요."

"그럴 리가…."

말이 채 끝나기도 전 자영이 양쪽 뺨을 덥석 붙들었다. 평소였다면 이렇게 된 거 뽀뽀나 하면 어떨지… 하는 개수작이 자동으로 튀어나왔겠지만, 지금은 그럴 상태가 아니었다. 뚫어지게 지율을 응시하던 자영이 정색했다.

"오늘 왜 만나자고 했어요?"

"아니, 보고 싶으니까 만나자고 했죠."

볼을 눌린 채 약간 부정확해진 발음으로 대꾸한 지율은 씩 웃었다. 그러나 자영은 웃음기 하나 없는 표정으로 지율의 얼굴을 붙든 손에 더 힘을 주었다.

"경찰한테 사기 치면 연행해요."

"전 이미 자영 씨라는 감옥에 갇힌…."

이렇게까지 해야 하나 자괴감을 느끼며 최대한 순수한 눈빛으로 수작을 떨자, 질겁을 한 자영이 몸서리를 치며 바로 떨어져 지율에게서 안전거리를 확보했다. 이겼는데 진 것 같은 이 묘한 기분은 뭘까. 속으로 생각한 지율은 남몰래 한숨을 쉬었다.

내내 생각하던 문제에 대해 얘기하려고 만난 거긴 하지만 막상 자영을 보자 말이 나오지 않았다. 비밀 연애도 충분히 죽을 맛인데 장거리 연애? 다시 생각해도 절대 안 될 일이었다. 떨어져 있는 동안 지난번처럼 자영이 맘에 든다며 접근하는 남자라도 생기면? 그때처럼 돌아 버릴 것 같은 경험은 한 번이면 충분했다.

카페에 마주 앉을 때까지도 자영은 의심을 거두지 않은 얼굴이었다. 지율은 애써 웃으며 시답지 않은 소리를 계속 늘어놓았다. 뭔가 이상하다는 걸 자영이 눈치채지 못했을 리는 없었지만, 일단은 분위기를 무겁게 만들기 싫었다.

한동안 대화를 나누는 사이, 카페의 창 너머로 몇 명의 군인들이 무리를 지어 지나갔다. 휴가를 받아 나온 모양이었다. 무심히 그쪽을 보고 있던 자영이 입을 열었다.

"옛날에 군인 진짜 싫어했는데."

뜻밖의 얘기였다. 놀란 지율은 잠시 고민하던 것도 잊고 자영을 마주 보았다.

"왜요?"

"그냥 뭐…."

평소답지 않게 잠시 주저하던 자영이 입술 끝을 물었다 놓았다.

"…아버지가 군인이시라 맨날 옮겨 다녔거든요. 일곱 살 될 때까지 이사를 열댓 번도 넘게 다녔대요. 당연히 친구도 없었죠. 그래서 어린 마음에 군인이 되게 싫었어요. 크면 난 저런 사람 만나지 말아야지, 그런 생각도 많이 했고."

자영이 부모님 얘기를 먼저 꺼낸 건 처음이었다. 집에서도 할머니 외 다른 가족의 사진 같은 건 한 장도 본 적이 없었다. 무슨 사정이 있겠거니 짐작만 할 뿐이었다. 자영이 테이블 위에 놓인 컵의 손잡이를 만지작거리며 말을 이었다.

"그래서 평생 한 군데서만 사는 직업 가지려고 했어요. 그런데 어떻게 또 경찰이 돼서…."

자영은 말을 끝맺는 대신 웃는 소리를 냈다.

"경찰은 한 군데 쭉 있을 수가 없어요?"

저도 모르게 물음이 튀어나갔다. 지율의 속을 알 리 없는 자영은 고개를 끄덕였다.

"지역 안에서는 계속 이동해요. 매번 원하는 데 티오 있기 힘들어서, 희동리 온 건 진짜 운이 좋았죠. 원래 큰 데로 가서 형사과 하고 싶어서 연초에 이동하려고 했는데, 일이 있어서 그냥 올해까지만 더 있기로 했어요. 내년엔 옮겨야죠."

"어, 그때 옮겼으면 우린 못 만났겠네요."

"그렇겠죠?"

운명이야! 이건 운명이라고! 이렇게 운명적인데 또 헤어진다는 건 말도 안 돼! 탁자에 엎드려 울고 싶은 걸 간신히 참은 지율은 가능한 한 침착해지려고 애를 썼다. 자영의 말대로라면 어쨌든 계속 옮겨야 한다는 얘기니까, 혹시 가능한 방법이 있을지도 몰랐다.

"그럼 다른 지방으로 가게 될 수도 있어요?"

넌지시 떠본 말에 자영이 턱을 괴며 대답했다.

"상황에 따라 다르지만, 현행대로면 10년은 타 지역으로 이동 안 돼요."

"10년이요?"

내가 뭘 잘못 들었나?

지율은 귀를 의심하며 되물었다. 10년? 10년이라고? 동공에 지진이 일어나는 게 스스로도 느껴질 정도였다. 지율은 탁자 위에서 떨기 시작한 왼쪽 손을 재빨리 오른쪽 손으로 꽉 눌렀다.

아냐, 한지율. 진정해. 진정하라고.

눈에 띄게 동요하는 지율이 이상했는지, 왜 저러나 하는 표정으로 지율을 보던 자영이 고개를 주억거렸다.

"서울로 가는 거 아니면 힘들어요. 서울은 워낙 넓고 사람도 많아서 티오가 잘 나는 편인데, 다른 지역은 보통 안 그래서요. 서울도 반드시 티오 있다고 장담은 못 하지만."

지율은 그 순간 고개를 번쩍 들었다.

세상에, 하느님. 제가 사랑한다고 말씀드린 적이 있었나요?

30초도 채 되지 않는 사이에 지옥 바닥에 처박혔다가 갑자기 초고속 엘리베이터에 태워져 천국 스카이라운지까지 올라간 기분이었다.

"그, 자영 씨, 다른 데서 사는 건 생각 안 해 봤다고 했죠?"

10년은 이동 불가능하다는 말을 들었을 때는 정말 방법이 없는 것 같았는데, 지금은 뭔가 지푸라기라도 붙든 심정이었다. 물론 정작 그 지푸라기를 든 자영은 자기 손에 지푸라기가 있는지도 모르는 판이긴 했다.

"다른 데요?"

"뭐, 서울이라든지…?"

자영이 순간 멈칫했다. 너무 속보였나. 마음이 앞서 나간 말이었기에 지율은 즉시 후회했다. 그러나 돌아온 대답은 예상 밖의 것이었다.

"겁나요."

겁난다고?

자영의 시선은 탁자 위 어딘가에 머물러 있었다. 그 표정이 어딘지 모르게 외롭고 어려 보여, 지율은 저도 모르게 잠시 숨을 멈췄다. 매끈한 컵 위를 손끝으로 덧그리며 사이를 둔 자영은 천천히 입을 열었다.

"…어릴 적엔 서울에 가는 게 싫었어요. 무서웠거든요."

서울에 갔던 이유를 묻자 친척이 있어서 방학 때만 잠깐 갔던 거예요, 하고 대답하던 자영의 얼굴이 문득 떠올랐다. 그 얘기를 꺼내는 순간 맞잡은 손이 움찔하던 것도.

"사람이 그렇게 많은데 아무도 나한테 관심이 없으니까. 내가 밥은 먹었는지, 잠은 잘 잤는지, 무슨 얘기를 하고 싶은지 궁금해하질 않아요. 희동리에서는 나하고 아무 상관 없는 사람들도 내가 밥 한 끼라도 굶을까 봐 걱정하는데, 거기서는…."

자영의 말끝이 한순간 확 가라앉았다. 설마 우는 건가 싶어 가슴이 덜컥했다. 그러나 자영은 한동안 얼음이 녹아 가는 컵을 가만히 들여다보고 있을 뿐이었다. 실제로는 몇십 초도 되지 않을 게 분명한 침묵이 미치도록 길게 느껴졌다.

무슨 생각을 하는지 자영이 문득 웃었다. 분명히 웃었는데, 그렇게 보이지 않는 표정이었다. 자영이 그런 얼굴을 할 수 있다는 걸 상상해 본 적도 없었다. 크게 숨을 들이쉰 자영이 다시 말을 이었다.

"하루는 아침에 집에서 나와서 한밤중까지 계속 전철만 타고 돌아다녔어요. 그때가 열다섯 살 때였나, 1호선부터 6호선까지. 하루 종일 전철만 탄 거죠. 답답했거든요. 어디 가려고 한 것도 아니고 그냥 앉아서 사람 구경만 했어요. 그러고 들어갔더니… 소파에 앉아서 텔레비전을 보면서 어디 갔다 오니, 그러는 거예요."

담담한 말투였지만 이상했다.

머리만 내민 얼음 위에 선 채 수면 아래의 빙산을 들여다보려는 듯한 느낌이었다. 그 말이 전부가 아니라고, 뭔가 말하지 않은 게 있다고 머릿속의 직감이 속삭였다. 기묘한 위화감이 오후의 카페 안을 순식간에 서늘하게 가라앉혔다.

"날 보지도 않고. 이상하지 않아요? 어린애가, 아는 사람도 없는 앤데. 그런 애가 하루 종일 밖에 있다가 한밤중에 들어왔는데 어디 갔다 오니, 그게 다였어요. 밥 먹었냐고 묻지도 않고."

자영의 말에는 주어가 없었다. 지율은 그 단어들을 하나하나 곱씹었다. 그때의 어린 자영이 원했던 건 뭐였을까. 관심, 온기, 애정… 그저 아는 친척에 지나지 않는 사람에게 자영이 그런 것을 갈구하고 남은 상처를 지금까지 그토록 생생하게 복기한다는 건 이상했다.

자영의 모든 걸 다 안다고 확신하지는 않았지만, 적어도 자신이 아는 안자영은 그런 사람이 아니었다. 고개를 든 자영과 눈이 마주치자, 싸늘하게 멈춰 있던 공기가 다시 움직였다. 자영은 별것 아니라는 투로 고개를 흔들었다.

"서울엔 별로 좋은 기억이 없어요. 대학 다닐 때도 매일 기숙사하고 아르바이트하는 데만 왔다 갔다 했죠. 촌스러워서 그런지 희동리 있을 때가 제일 편해요. 할머니 계실 때는 계시니까 그랬는데, 지금은 익숙한 걸 굳이 바꾸기 싫기도 하고요. 좋은 기억들, 사람들, 그런 건 다 여기 있으니까."

그 순간 며칠을 고민한 것들이 전부 허무해졌다.

뭘 그렇게 망설였지.

답은 하난데.

"미안해요. 내가 이상한 거 물어봤죠?"

지율은 즉시 자영에게 사과했다. 자영은 영문을 모르겠다는 표정으로 아뇨, 하며 웃었다. 그 얼굴에 내내 엉킨 철사 뭉치처럼 엉망으로 복잡해졌던 머릿속이 순식간에 단순한 도식을 도출했다.

곁에 있고 싶다면, 내가 움직여야 한다.

자영이 익숙한 장소를 떠나는 것과 자신이 여기서 다시 시작하는 것, 둘 중에 뭐가 더 쉬운 일인지는 간단했다. 자영에게 두려움을 강요하고 싶지 않았다. 자영에게 여기가 가장 편안한 장소라면, 자신이 그 일부가 되는 게 답이었다.

물론 아무 문제도 없는 건 아니었다.

그날 저녁 자영을 데려다주고 돌아온 지율이 거실에 앉아 가장 먼저 한 일은 윤형에게 전화를 거는 것이었다. 신호가 몇 번 가기도 전, 윤형이 전화를 받았다. 감자칩 씹는 소리는 덤이었다. 아마 텔레비전 앞에 앉아 야구 중계를 보며 맥주라도 한잔하고 있는 듯했다.

― 웬일이냐? 나한테 전화를 먼저 다 걸고?

으적거리는 소리와 함께 좀 놀란 듯한 물음이 돌아왔다. 잠시 숨을 고른 지율은 입을 열었다.

"아무것도 묻지 말고 그냥 내 얘기 들어 줄 수 있어?"

― 뭐야, 인마. 무섭게. 무슨 얘긴데.

"할아버지가 다음 달에 오신대."

― 진짜?

윤형의 목소리가 바로 올라가더니, 바삭거리는 감자칩 소리가 뚝 멈췄다. 여태 연락 한 통 없던 덕진이 갑자기 다음 달에 돌아온다는 말에 어지간히 놀란 모양이었다. 지율은 최대한 담담하게 대답했다.

"응. 그런데 할아버지가 오시면 내가 다시 서울 올라가야 되잖아."

― 당연한 소릴 왜 해. 그럼 천년만년 거기서 썩으려고 그랬냐?

윤형이 무슨 말 같지도 않은 소리를 하냐는 듯 되물었다. 지율은 잠깐 침묵했다. 방금 그 말로, 윤형의 반응이 어떨지 이미 본 것 같았다. 그 짧은 정적이 이상했는지 윤형의 말투가 바로 달라졌다.

─ 너 지금 무슨 생각 하냐?

윤형은 자신을 가장 잘 아는 친구였다. 이런 순간에까지 굳이 그걸 확인하고 싶진 않았으나, 미처 대답하기도 전 윤형이 전화 너머에서 빽 소리를 질렀다.

─ 야, 이 미친놈아! 대답 안 해? 너 무슨 생각 하냐고! 너 설마 거기 계속 있겠다 그딴 소리 하려는 건 아니지?

그딴 소리 하려고 전화했는데…를 어떻게 하면 좀 부드럽게 돌려 말할지 고민하는 사이, 윤형이 이미 목뒤를 움켜잡은 게 분명한 목소리로 숨까지 거칠게 쉬며 지율을 다그쳤.

─ 왜 대답을 안 해, 이 새끼야! 진짜야? 그 여자 때문에? 너 돌았냐?

"그 얘기 하려고 전화한 거 맞아. 병원 어떻게 할지 얘기하고 싶어서."

어억, 하는 소리가 들린 것 같았다. 윤형이 물인지 맥주인지 정체를 알 수 없는 뭔가를 벌컥벌컥 들이켜더니 씩씩거렸.

─ 와, 이 미친놈이 뭐라는 거야? 병원을 뭘 어떻게 해! 돌아와야지!

"내 지분 정리할까 생각 중이야."

─ 뭐?

"일단 그러면 어떨까 싶어서 그래. 만약에 그렇게 되면 일단 깔끔하게 전부 정리될 때까지는 당연히 있을 거야. 자세한 얘기는 만나서…."

- 야, 한지율!

마치 이 문제를 몇 달은 고민한 사람처럼 차분하게 흘러 나가는 말에 스스로도 놀라고 있는데, 윤형이 고함을 치며 대답을 끊었다. 어우, 어우 이 미친놈, 하며 뭐라고 욕을 몇십 마디쯤 더 중얼중얼한 윤형이 크게 숨을 들이쉬었다.

- 술이 다 깨네. 아니, 내가 솔직히, 솔직히 말할게. 민이가 요새 맨날 전화해서 울고불고하면서 너 미쳤다고 그러는데, 난 그냥 애가 차여서 좀 맛이 간 줄 알았어. 근데 아니네. 이 새끼 이거 진짜 돌았네. 너 지금 여자 하나 때문에 그 촌구석에 짱박히겠다 그거야? 서울에 멀쩡하게 개원해 놓고? 그 여자가 너보고 자기 책임지래? 뭐 애라도 생겼냐?

"말조심해."

- 조심할 건 너고, 이 새끼야!

원래도 불같은 구석이 있는 윤형이긴 했지만, 지금은 정말 화가 난 게 분명했다.

- 서울에서 개원하고 자리 잡기가 쉽냐? 너 여기서 쌓은 게 우스워? 그래, 시골에서 할아버지가 해 두신 거, 그거 다 물려받는다 치자. 후회 안 하겠어? 지금 당장 그 여자랑 결혼할 거야? 결혼하면 뭐? 세 쌍 중에 한 쌍이 이혼하는 세상이야! 잘못되면 어쩔래? 다시 여기 돌아올 자리 없으면 처음부터 시작할래? 막말로 너 맨땅에 헤딩하면, 지금처럼 개원하고 자리 잡는 데 몇 년이나 걸릴 거 같냐? 3년? 5년? 더 걸릴 수도 있

어!

 이런 반응을 예상하지 못한 건 아니었다. 지율은 대답 대신 그냥 윤형의 말을 듣고만 있었다. 윤형이 자신을 생각해서 하는 말이라는 걸 모를 리 없었다. 입장을 바꿔 놓고 생각하더라도, 만약 윤형이 이런 얘기를 꺼냈다면 자신 역시 너 미쳤냐는 소리가 제일 먼저 튀어나갔을 게 당연했다.

 한동안 정적이 지났다. 전화 너머로 윤형이 틀어 놓은 야구 중계 소리가 희미하게 넘어왔다. 윤형이 초저녁부터 개소리 그만하고 잠이나 자라고 당장 전화를 끊어도 할 말이 없을 것 같았다. 그러나 윤형은 의외로 오랫동안 전화기를 든 채 침묵했다. 한참이 지나서야 윤형이 먼저 그 고요함을 깼다.

 ─ …미안하다. 내가 좀 흥분했어.

 윤형의 사과가 진심이라, 미안해진 쪽은 지율이었다. 멀쩡하게 주말 저녁에 잘 놀고 있는 애한테 전화해서 뜬금없이 병원 지분을 정리하겠다는 폭탄을 던지다니. 누가 생각해도 기가 막힐 만한 일이기는 했다.

 "아냐. 내가 미안해. 너한테 자세히 얘기했어야 되는데…."

 ─ 알았어. 그건 알았고, 조만간 만나서 얘기 좀 하자. 근데 지율아, 내가 진짜 친구로서 얘기하는 거야. 나 너 아니면 이런 소리 안 해. 여태 서울 살던 놈이 하루아침에 깡촌 처박혀 사는 거 쉬운 줄 아냐? 산업 동물 비전 있다고는 하지만 몇 달 해 봤다고 자신 있어? 본격적으로 하려면 공부 처음부터 다시

시작해야 되는 거 알잖아. 길게 보자. 다른 방법도 있을 거 아냐.

한풀 꺾인 윤형의 말투는 설득하는 것에 가까웠다. 다른 방법이라. 윤형의 말을 소리 없이 뇌어 본 지율은 픽 웃었다. 윤형이 아이고 못 살아, 하고 한탄을 하더니 지율에게 면박을 주었다.

- 늦게 배운 도둑질에 날 샌다더니, 하여튼 이 새끼가 연애를 안 해 봐서 그래. 나이 서른 넘어서 눈깔이 뒤집히는 게 말이 되냐?

"알았어. 끊자."

말이 길어질 것 같아 서둘러 정리하려 하자, 그걸 알아차렸는지 윤형이 혀를 찼다.

- 너 고집 센 거 알아, 인마. 뭐가 너한테 나은지, 그거 하나만 잘 생각해 보고 결정해. 할아버지 오실 때까지 시간 있잖아.

"그래. 생각해 볼게."

그래도 예의란 게 있으니까.

이미 마음은 어느 정도 결정한 뒤였으나, 주말 저녁에 봉변을 당한 친구를 위해 최대한 부드럽게 대답한 지율은 서둘러 덧붙였다.

"고마워."

물론 돌아온 대답은 그리 상냥하지는 않았다.

– 에라, 이 미친놈아.

끊어진 전화를 내려다보고 있던 지율은 헛웃음을 뱉었다.

나도 알아, 자식아.

이상한 꿈이었다.

할머니가 마루에 앉아 참외를 깎았다. 올해 처음 딴 참외였다. 조그만 과도가 노란 껍질을 벗기고 속을 가르자마자 달고 시원한 냄새가 훅 풍겼다. 할머니는 방금 자른 참외를 자영에게 건넸다. 자영이 할머니 먼저 드세요, 하며 고개를 젓자 할머니는 가만히 자영을 마주 보았다.

"불쌍헌 것. 워찌 이리 곱게 컸다냐. 느그 애비 에미는 지 자석 내뻬리구 눈에도 안 밟히나 몰러. 아가, 느 부모도 안 보고 싶으냐."

"할머니가 우리 엄마고 아빤데 내가 왜 다른 사람이 보고 싶어요."

자영의 대답에 할머니는 혀를 찼다.

"세상에 천륜이란 것이 있구, 부모 자식 연은 끊지를 못헌다는디 맴이 어찌 그러겄냐."

"난 할머니만 있으면 돼요."

"에잉, 부모 노릇도 못 혔으면 염치라도 있어야제."

혼잣말처럼 내뱉은 할머니는 잘라 놓은 참외를 자영의 손에 억지로 쥐여 주었다. 어서 먹어, 하며 재촉하는 통에 마지못해 한입을 베어 물자, 할머니가 자영의 머리를 쓰다듬었다. 주름지고 마디 굵은 손이 서늘했다.

"자식이 부모 버리는 것도 큰 죄인디, 부모가 자식 버리는 것도 큰 죄여. 못난 것들, 그 벌 받고 땅을 치면 뭣을 헌다냐. 자영아, 미워허구 싶으면 미워혀. 많이 미워혀구 나면 다 잊어. 사람이 젝제금 타고난 것이 있는디, 나가 오로지 그것 하나 못 가졌구나 생각하구 잊어부러."

"왜 그러세요?"

할머니는 대답하는 대신 몸을 일으켰다. 깎아 둔 참외를 두고 말없이 대문을 나서는 할머니의 뒷모습에, 자영은 벌떡 일어나 할머니를 쫓아 나갔다. 그러나 저만치 앞서가는 할머니와 거리가 좁혀지지 않았다. 양옆의 풍경이 모두 사라진 길 끝이 아득했다. 멀리서 걸어가던 할머니가 뒤를 돌아보았다.

어쩌다가 전원일기

"인자 가, 자영아. 느 올 곳이 아녀."

할머니, 하고 소리를 지르며 벌떡 일어난 자영은 멍하니 눈앞의 벽을 보았다.

꿈이구나.

할머니가 돌아가신 뒤로 이렇게 생생한 꿈은 처음이었다. 꿈에서 먹었던 참외 향이 아직도 입 속에 그대로 남아 있는 느낌이었다. 시계는 새벽 4시를 가리키고 있었다. 다시 자려고 누웠지만 이상하게도 잠이 오지 않았다.

자영은 멍하니 누운 채 핸드폰을 만지작거렸다. 지율에게 전화라도 걸어 볼까 생각했지만, 고작 이상한 꿈을 꿨다고 이 시간에 전화해서 깨우고 싶지는 않았다. 결국 한숨도 못 자고 출근했더니 얼굴에서 표가 난 모양이었다.

"안 순경, 얼굴이 워찌 그런댜? 뭔 일 있었어?"

만성이 걱정스럽게 물었다. 아니에요, 하며 웃어 보인 자영은 속으로 한숨을 쉬었다. 이런 날은 차라리 바쁜 편이 좋았다. 밀려 있는 상현의 서류 작업까지 가져와 막 자리에 앉았을 때였다.

책상 위에 놓아둔 핸드폰이 진동하기 시작했다. 지역 번호 02로 시작하는 번호였다. 서울에서 전화할 사람이 없는데. 스팸인가 싶어 고개를 갸웃하던 자영은 일단 전화를 받았다.

"여보세요?"

― 안자영 씨 전화 맞습니까?

젊은 남자의 목소리가 넘어왔다. 말투는 사무적이었고 왠지 모르게 아침부터 지친 기색이 느껴졌다. 뭔가 이상한 예감에 자영은 핸드폰을 고쳐 쥐었다.

"네, 그런데요. 어디시죠?"

― 서울 중랑경찰서 형사 이탁민입니다. 안상환 씨 따님 되시죠?

안상환.

갑자기 심장이 덜컥 움직였다.

아빠.

타인의 입으로 발음되는 그 이름에서 어쩐지 싸늘하고 불길한 예감이 스며들었다. 자영이 무슨 말인가를 하기도 전, 전화 너머에서 남자가 낮은 한숨을 쉬고는 말했다.

― 새벽에 아버님이 돌아가셨어요. 가족이 확인하셔야 되는데, 서류상에 기재된 자녀분은 안자영 씨밖에 없어서요.

머릿속이 새하얘졌다.

아빠와 마지막으로 연락한 건 재작년의 일이었다. 경찰 시험에 합격하고 발령을 받았을 때, 어디서 들은 건지 아빠는 자영에게 전화를 걸어 왔다. 핸드폰에 오랫동안 저장되어 있었을 뿐인 그 번호가 떴을 때 어떤 기분이었는지 이제는 잘 생각나지 않았다.

경찰 시험 붙었다며? 축하한다. 아빠가 얼굴 한번 보고 싶은데, 연락할게.

아마 그런 말을 했던 것 같았다. 그리고 예전처럼 아빠에게 다시 연락이 오는 일은 없었다. 자영 역시 아버지의 연락을 기다리지도 않았다. 엄마에게든 아빠에게든, 그리움도 원망도 원 없이 품었고 이제는 다 포기한 지 오래였다.

그런데.

새벽에 아버님이 돌아가셨어요. 자영은 그 말을 곱씹어 보았다. 그러자 간밤의 꿈이 벼락같이 되살아났다. 부모가 자식 버리는 것도 큰 죄여. 못난 것들, 그 벌 받고 땅을 치면 뭣을 헌다냐… 할머니가 혼잣말처럼 한탄하던 그 목소리가 맴돌았다.

할머니가 아셨던 건가.

그런 걸 믿지는 않았지만 다르게 생각할 수가 없었다. 살아 계시던 내내 엄마와 아빠를 원망하던 할머니였다. 평생을 부모 노릇 해 본 적 없으면서, 죽고 나서 자식이라고 연락이 올 걸 알고 미리 찾아와 달래 주신 걸까.

- 아버님은 새마음 병원 영안실에 계신데 언제쯤 오실 수 있으세요?

전화 너머에서 묻는 남자의 목소리에 퍼뜩 정신이 들었다. 자영은 벽에 걸린 시계를 보았다. 숫자가 눈에 하나도 들어오지 않았다. 눈을 감았다 뜬 자영은 겨우 입술을 달싹였다.

"…오후에요. 제가 지방에 있어서… 오후에 올라가서 연락

드리면 될까요?"

− 알겠습니다. 이 번호로 연락 주세요.

전화가 끊겼다. 그러나 자영은 핸드폰을 귀에 댄 채 잠시 움직이지 못했다. 뭔가 심상치 않다는 걸 직감했는지, 뒤에서 서성거리던 만성이 가까이 다가와 조심스럽게 물었다.

"뭔 일이여? 뭔 일 있어? 오후에 어딜 간다는 겨?"

입이 말랐다. 자영은 끊긴 전화기를 내려다보았다. 그새 까맣게 꺼진 화면에 자신의 얼굴이 비쳤다. 한동안 그 얼굴을 마주 보고 있던 자영은 고개를 들었다.

"소장님, 죄송합니다. 저 며칠 쉬어야 할 것 같아요."

갑작스러운 말에 놀랐는지, 파출소 안의 모든 사람이 일제히 자영을 쳐다보았다. 병가 한 번 쓴 적 없는 자영이 뜬금없이 며칠을 쉬겠다니 무슨 소린가 싶은 모양이었다. 숨을 들이쉰 자영은 말을 이었다.

"…아버지가 돌아가셨대요. 서울에서 확인하러 오라고 연락이 왔어요."

다음 순간 파출소 안이 그대로 얼어붙었다. 마을에서 자영의 사정을 모르는 사람은 없었다. 용천이 뒤에서 워메 이 잡것, 하며 탄식하듯 내뱉었다. 만성이 황급히 자영의 팔을 끌어당겨 자리에서 일어나게 했다.

"뭣 허고 있어, 후딱 가야제! 저기, 상현아, 느가 자영이 기차역까지 데려다주고, 아이고, 이 일을 워쩐디야."

"괜찮아요."

자영이 고개를 젓자 만성이 버럭 고함을 쳤다.

"염병, 뭣이 괜찮어! 얼른 올라가서 연락혀. 알았는가?"

"자영아, 일단 집에 가자. 집에서 짐 챙겨서 가자. 응?"

곁에서 반쯤 얼이 빠진 표정으로 자영을 보던 상현이 얼른 자리에서 일어났다. 상현에게 끌려 집으로 간 자영은 가방을 열어 대충 손에 잡히는 대로 짐을 쌌다. 어쩔 줄 몰라 하며 문 앞에서 서성거리던 상현이 짐을 싸서 나온 자영을 차에 태워 기차역으로 데려다주었다.

자영이 기차 시간을 확인하는 사이, 곁에서 걱정스러운 얼굴을 하던 상현이 조심스럽게 물었다.

"너 괜찮아? 한 원장님한테는 연락했어? 내가 얘기할까?"

상현의 말에 정신이 번쩍 들었다. 지율에게 같이 있어 달라고 부탁하고 싶지 않은 건 아니었다. 그러나 그런 부탁을 해도 되는지 자신이 없었다.

지금까지 가족 얘기를 꺼내지 못한 건 그 때문이기도 했다. 너무 어린 나이에 부모를 잃은 지율 앞에서, 이제 와 사실은 우리 부모님이 살아 계셨지만 이러저러한 사정을 전부 설명하고 싶지 않았다고, 그래서 당신을 속였다고 말할 수 있을까.

지율이 그 얘기를 어떻게 받아들일지 가늠이 되지 않았다. 잠시 망설이던 자영은 고개를 가로저었다. 지율에게 직접 말하고 싶었다. 그 후의 일은 자신이 감당할 몫이었다.

"…아냐. 얘기하지 마. 가서 연락할게. 고마워."

서둘러 상현에게 부탁한 자영은 기차를 탔다. 몇 년 만의 서울행인지 가물거렸다. 기차의 창밖으로 연신 스쳐 가는 풍경은 눈에 하나도 들어오지 않았다. 서울역에 내려 택시를 타고, 이탁민 형사가 보낸 병원 주소로 향하는 내내 머릿속은 표백제를 부은 듯 새하얬다.

병원 앞에서 탁민에게 다시 전화를 하자, 때마침 근처에 있었다며 탁민이 곧 나타났다. 짧은 머리에 덩치가 큰 젊은 형사였다. 탁민은 자영을 보더니 가볍게 묵례를 했다.

"많이 놀라셨겠습니다. 일단 의사 만나 보시죠."

탁민은 아빠의 물건이 든 봉투를 건네고는 영안실로 자영을 데려갔다. 탁민이 잠시 기다리라며 자리를 뜨더니 의사와 직원인 듯한 남자를 데리고 나타났다. 피곤한 기색이 역력한 얼굴의 의사가 먼저 상심이 크시겠습니다, 하고 고개를 숙여 보였다. 의례적인 인사였다.

의사는 곧 자영에게 아빠의 시신을 확인시켜 주었다. 할머니가 돌아가실 때 이미 한 번 경험한 것이기는 했지만, 죽은 사람을 눈앞에서 이렇게 보는 건 여전히 적응되지 않는 일이었다.

자영이 기억하는 젊은 아빠는 거기 없었다. 군데군데 희끗해진 머리칼과 눈가에 잡힌 주름은 지나간 시간을 증명했다. 의사가 자영에게 확인서를 내밀며 말했다.

"새벽에 길거리에서 쓰러지신 걸 시민이 발견해서 신고했어요. 병원으로 옮기는 도중에 돌아가셨고요. 폐색전으로 호흡곤란이 오면서 질식해서 돌아가신 걸로 보입니다. 지난번에 저희 병원에서 검진받으신 적이 있는데, 그때 빈맥하고 심한 마른기침이 관찰됐어요. 그게 폐색전 증상 중 하나거든요."

폐색전.

낯선 병명이었다. 아빠한테 그런 병이 있었나. 무심코 생각하던 자영은 헛웃음이 나오려는 걸 참았다. 아빠에게 낯선 이름의 병 말고 뭐가 또 있었는지 자신은 아무것도 몰랐다. 아빠 역시 자신에게 그랬겠지만.

"혹시 부검 원하세요?"

말이 없는 자영에게 의사가 물었다. 자영은 고개를 가로저었다.

"…아뇨."

자영이 확인서에 서명을 하고 돌려주는 사이, 곁에 서 있던 직원이 끼어들었다.

"장례는 어떻게 하실 예정이신지…. 아버님을 다른 곳으로 이동하실 겁니까? 혹시 가족 중에 남자분은 안 계세요? 일단 지하에 저희 병원 장례식장 사무실이 있는데, 그쪽으로 이동해서 얘기하시죠."

예정 같은 건 아무것도 없었다. 친가 친척들과도 연락이 끊긴 지 오래였다. 잠시 갈등하던 자영은 일단 직원을 따라 사무실로 향했다. 직원은 온갖 품목과 금액이 빽빽하게 적힌 종이를 내밀며 자영에게 어떻게 하시겠냐고 물었다.

자영은 멍한 머릿속으로 가장 저렴한 품목들에 대강 체크하고는 사무실을 나왔다. 뒤따라 나온 직원이 텅 빈 장례식장 복도 가장 끝의 작은 빈소에 불을 켜 주고는 금방 세팅될 거예요, 하며 다시 돌아갔다. 빈 빈소 구석에 주저앉기 무섭게 핸드폰이 울리기 시작했다. 상현이었다.

- 자영아, 어떻게 됐어?

전화가 연결되자마자 상현이 다급하게 물었다. 자영은 크게 숨을 들이쉬고는 천천히 말했다.

"…길에서 쓰러져서 돌아가셨대. 원래 지병이 있었나 봐. 그래서… 멀리 옮길 수도 없고, 여기서 그냥 장례 치르는 게 맞는 것 같아서. 어른들 괜히 먼 데까지 오시지 말라고 해."

- 너 혼자 어떻게 있으려고 그러냐.

"손님도 별로 없을 텐데 뭐. 걱정하지 말고, 소장님한테 죄송하다고 좀 전해 줘."

- 거기 주소 보내.

"뭐 하러 오려고 그래."

힘없이 웃자 상현이 나무라듯 말했다.

- 그래도 그러는 거 아냐.

"고마워."

더 거절해 봐야 별 의미도 없을 게 뻔했다. 어차피 오늘이 지나기 전 온 마을 사람들이 다 소식을 알게 될 터였다. 자영은 전화를 끊고 상현에게 장례식장 주소를 보내 주었다.

지율이 듣게 되면 어떡하나 하는 생각이 퍼뜩 스친 건 그때였다. 지금이라도 전화해야 할까, 망설이며 핸드폰을 한참 동안 만지작거리는 사이 직원들이 들어와 자영에게 상복을 건네고는 빈소에 제단을 꾸미기 시작했다.

조촐한 꽃과 촛대, 향로 따위를 늘어놓는 사람들의 움직임을 물끄러미 보던 자영은 입고 있던 옷 위에 상복을 껴입었다. 그림자처럼 빈소 구석에 웅크리고 앉은 자영은 탁민이 준 봉투를 열어 보았다. 안에는 아빠의 옷가지와 핸드폰, 지갑 따위가 들어 있었다.

핸드폰의 주소록에는 그리 많은 번호가 저장되어 있지는 않았다. 대부분은 모르는 사람이었다. 친척이 있다 한들 알지 못할 게 뻔했다. 자영은 장례식장 직원이 자신의 번호로 전송해 준 부고 문자를 옮겨 주소록 속 인물들에게 보냈다.

끝이 닳은 낡은 지갑을 열자, 주민 등록증을 넣어 두는 칸 안에 끼워진 낯익은 사진이 눈에 들어왔다. 어릴 때 마지막으로 함께 찍은 가족사진이었다. 손끝으로 그 사진 위를 만져 보던 자영은 두 손으로 이마를 감쌌다.

그때도, 지금도 이해할 수가 없었다. 이런 걸 가족이라고 부를 수 있는 걸까. 자신에게 늘 가족은 할머니뿐이었다. 찾아오지 않는 아빠가 자신에 대한 죄책감이나 그리움 같은 걸 가지고 있었는지 궁금해하던 시절도 오래전이었다. 이제는 알 수도 없을 테지만 더는 알고 싶지도 않았다.

유전자와 서류 외에는 그 어떤 것도 자신과 부모 사이를 묶지 못했다.

그럼에도 이 자리에서 아빠의 장례를 치르고 있다는 것이 낯설었다. 기가 막혀 헛웃음이 나왔다. 할머니가 계셨다면 어땠을까 상상하니 더 그랬다. 멍하니 웅크리고 앉아 있던 자영은 안자영 씨, 하고 부르는 소리에 고개를 들었다.

근조 화환을 들고 온 꽃집 직원이 사인을 받고는 화환을 빈소 앞에 두었다. 삼가 고인의 명복을 빕니다, 희동 파출소 직원 일동. 검은 리본에 쓰인 글씨가 선명했다. 곧 아주머니 두 사람이 육개장이며 밥이 든 들통을 가져와 옮기고 식당 선반에 일회용품 따위를 채웠다.

자영은 빈소에 둔 영정 사진을 보았다. 주민 등록증 사진으로 급히 만든 영정은 다소 흐릿했다. 굳은 채 앞을 보는 아버지는 말이 없었다. 자영은 향에 불을 붙여 꽂았다. 향냄새가 금방 빈소에 가득해졌.

"…자영아."

그때 누군가가 뒤에서 자영을 불렀다. 낯익은 목소리였다. 머리 위에서부터 찬물을 끼얹은 것처럼 등줄기가 싸늘해졌다. 잠시 숨을 멈추고 있던 자영은 뒤를 돌아보았다. 검은 정장을 입은 중년의 여자가 텅 빈 빈소 입구에 서서 자신을 보고 있었다.

　엄마였다.

　누가 심장을 꽉 움켜쥐고 짜내는 것 같은 감각이 스며들었다.

　"여기 어떻게 왔어요?"

　반가움 같은 게 있을 리 없었다. 건조한 물음에 엄마는 신발을 벗고 빈소 안으로 들어오며 대답했다.

　"희동리 이장님한테 연락이 왔더라."

　상현이 집에 얘기했고, 이장님이 다시 엄마에게 연락을 한 듯했다. 그래도 한때 남편이었고, 하나뿐인 자식인 자영에게는 아버지니 얘기를 해야 한다고 생각한 모양이었다. 시골 어르신들의 오지랖까지 막을 방법은 없었다.

　엄마는 헌화 통에 꽂힌 국화를 한 송이 빼 영정 앞에 놓고는 잠시 묵념했다. 그 표정은 복잡해 보였다. 오래전 한때 함께 살았던 사람에 대한 마지막 예의인지, 혹은 어떤 감정들이 밀려드는 건지 자영으로서는 짐작할 수 없었다.

　"잘 지냈니?"

　묵념을 마친 엄마가 물었다. 자영은 대답 대신 시선을 내렸다. 나이보다 열 살쯤은 젊어 보이는 엄마의 고급스러운 블라우스가 눈에 들어왔다. 이혼한 뒤로 엄마에게는 일밖에 없었다. 야근과 출장이 많아 애를 봐줄 사람이 없다는 이유로 자영을 떼어 놓았던 엄마는 몇 년 전 대기업의 임원이 되었다고 했다.

  엄마는 늘 똑똑하고 능력 있는 여자였다. 혼자서 악착같이 그 자리로 올라가기 위해 엄마가 얼마나 많은 걸 희생했는지 자영 역시 잘 알고 있었다. 그리고 자신이 그 희생물 중 하나라는 것도.

  엄마에게 엄마 자신의 삶이 더 소중할 수도 있다는 사실을 받아들이기까지, 자영에게는 오랜 시간이 필요했다.

"어떻게 지내? 아직도 희동리에 있니?"

  대답을 기다리지는 않은 듯, 엄마가 재차 물었다. 자영은 짧게 대답했다.

"네."

"만나는 사람은 없고?"

"엄마가 신경 쓸 일 아니에요."

  내뱉은 동시에 지율의 얼굴이 떠올라 가슴이 뜨끔해졌다. 지율이 아직 자신의 얘기를 모르고 있을 확률이 얼마나 될까. 상현에게 말하지 말라고는 당부했지만, 희동리는 작은 마을이었다. 모든 사람에게 소문이 나는 데 반나절도 걸리지 않는 희동리에서 지율만 아무것도 모르고 사흘을 보낼 수 있을 리는 없었다.

  엄마가 돌아가는 대로 지율에게 연락해 전부 얘기해야겠다, 속으로 생각한 자영은 이쪽을 빤히 보는 엄마를 외면하며 입술을 달싹였다.

어쩌다가 전원일기 375

"그만 가요. 엄마는 여기 있을 필요 없잖아요. 힘든데."

자영은 몸을 돌렸다. 단호한 태도에 잠시 머뭇거린 엄마가 황급히 자영의 팔을 잡았다.

"자영아, 잠깐만. 그렇지 않아도 요새 자꾸 네 생각이 나더라. 한번 만나서 얘기 좀 해야겠다 했어. 전에 할머니 돌아가시고 나서, 너 서울 올라오기 싫다고 한 것도 혹시 나 때문인가 싶었고."

그렇게 잘 아는 사람이.

자영은 울컥 올라오려는 말을 참았다. 할머니가 돌아가신 뒤 엄마가 서울로 올라오라고, 같이 살기 싫다면 집이라도 얻어 주겠다고 했을 때 자영은 단칼에 그 제안을 거절했었다. 엄마의 도움을 받고 싶지도 않았고, 이제 와 서로의 상처를 치유하는 모녀 놀이를 하고 싶은 마음도 없어서였다.

침묵하는 자영을 물끄러미 응시하던 엄마가 사이를 두었다가 입을 열었다.

"나도 아빠도 너한테 많이 미안했다는 건 알아줬으면 해. 그때 우리는 부모가 될 자격이 없었어."

그럼 지금은요.

지금은 우리가 가족일 수 있는 건가요.

답을 찾을 수가 없는 물음을 삼키며 자영은 고개를 가로저었다.

"괜찮아요."

"어떻게 해야 할지 몰랐던 거지. 돈으로 어느 정도는 보상할 수 있지 않을까 생각했었고. 우리가 잘못했다는 걸 알았을 때는 너무 늦었었어."

"그만 가요, 엄마."

진심이 아니라는 생각은 들지 않았지만, 엄마의 얘기를 더 듣고 싶지 않았다. 그런 변명이 필요했던 건 오래전의 자신이었다.

"다 지난 얘기예요."

"자영아."

"나 진짜 괜찮아요."

자영은 두려움을, 포기하는 법을 일찍 배웠다. 가끔 서로의 수저 개수까지 빤히 아는 작은 마을이 답답하지 않은 건 아니었다. 그러나 익숙한 세계를 떠나는 건 두려웠다. 부모에게조차 거절당한 자신이 새로운 곳에서 뭔가를 다시 시작할 수 있으리라는 자신이 없었다.

"엄마가 걱정할 일 아무것도 없고 잘 지내요. 힘든데 그만 가요. 나중에 연락할게요. 동네 분들 오신다는데 괜히 엄마 보면 싫은 소리 하실 것 같아요."

속에서 뭔가 소용돌이치는 기분이었다. 하지만 굳이 엄마와 싸울 필요는 없었다. 나지막한 자영의 목소리에 엄마가 뭐라고 말하려는 듯 입을 열었다. 그때 복도 끝에서 누군가 급히 달려오는 소리가 들렸다. 무심코 고개를 돌린 자영은 저도 모르게 눈을 크게 떴다.

  지율이었다.

  아직 연락도 하지 못했는데.

  지율을 보자마자 심장이 덜컥 내려앉았다. 얼어붙은 채 서 있는 자영을 발견한 지율이 상기된 얼굴로 달려오다 멈칫했다. 낯선 사람이 함께 있을 거라고는 생각하지 못한 듯했다. 분위기가 이상하다는 걸 직감했는지, 엄마가 지율을 슬쩍 보고는 물었다.

"누구니?"

"그만 가라니까요."

  말끝이 날카로워졌다. 다음 순간 지율이 먼저 정중하게 인사를 건네고는 미소를 지었다.

"안녕하세요, 한지율이라고 합니다. 자영 씨 남자 친구입니다."

  엄마가 어머, 하며 놀란 표정으로 입가를 가렸다. 지율이 그럴 거라고는 생각하지 못했기에, 목덜미가 확 뜨거워졌다. 엄마가 무슨 말인가를 하려 했으나, 어떤 상황인지 짐작한 듯 지율은 수완 좋게 선수를 쳤다.

"아버님한테 인사 먼저 올리고 제가 모셔다드리겠습니다."

  바로 빈소 안으로 들어온 지율은 영정 앞에 분향한 뒤 절을 두 번 올렸다. 곧 자리에서 일어난 지율은 자연스럽게 가시죠, 하며 엄마를 밖으로 안내했다. 무슨 말인가를 하려던 엄마가 지율과 함께 빈소를 나갔다.

 오자마자 엄마에게 그만 가라고 하는 걸 봤으니, 뭔가 있나 보다 직감한 모양이었다. 눈앞에서 엄마의 모습이 사라지자 긴장이 탁 풀렸다. 그 자리에 주저앉아 한숨을 쉬는데, 핸드폰이 짧게 진동했다. 지율의 메시지였다.

「금방 올게요.」

 지율이 아무것도 묻지 않는 게 더 신경 쓰였다. 어디까지 얘기를 들은 건지, 들었다면 무슨 생각을 했을지. 부모가 없다더니 아빠는 오늘 돌아가시고 엄마는 멀쩡히 살아 있는 걸 자기 눈으로 봤으니, 얼마나 황당할까 싶어 입이 썼다. 지율이 너 대체 뭐 하는 사람이냐고 다그쳐도 할 말이 없을 것 같았다.

 지율이 돌아온 건 20분쯤 지나서였다. 멍하니 앉아 있던 자영은 어깨를 살짝 짚는 손길에 퍼뜩 정신을 차렸다. 고개를 번쩍 드니 몸을 숙여 이쪽을 내려다보던 지율이 무릎을 접어 맞은편에 앉으며 물었다.

 "괜찮아요?"

 지금까지 아무렇지도 않았는데, 그 말투가 다정해서 갑자기 목이 메었다. 입 안이 바짝 말랐다. 자영은 겨우 입술을 달싹였다.

 "…미안해요."

"밥은 먹었어요?"

대답 대신 재차 물은 지율이 손을 뻗어 흘러내린 머리칼을 쓸어 올려 주고는 자영의 얼굴을 물끄러미 들여다보았다. 엉망이네, 하고 혼잣말처럼 중얼거린 지율이 자영을 일으켜 세워 안쪽 식당으로 데려갔다.

"앉아 있어요. 일단 뭐라도 먹어야 돼요."

자영을 억지로 곁에 앉혀 놓은 지율이 아주머니 대신 두 사람분의 식사를 덜어 가져왔다. 그러나 자영은 수저에 손도 대지 못했다. 잠시 짧은 침묵이 흘렀다. 탁자 위에 놓인 생수병을 따서 자영의 앞에 밀어 둔 지율이 먼저 입을 열었다.

"어머님이 근처 전철역까지만 태워 달라고 하셔서 내려 드리고 왔어요. 궁금한 게 많으셨나 보더라고요. 뭐 하는 사람인지, 몇 살인지, 어디 사는지, 그런 거 다 궁금해하셔서 말씀드렸어요."

엄마가 지율에게 그런 소리를 했다는 것도 싫었다. 입술을 깨물고 있던 자영은 겨우 조그맣게 입술을 달싹였다.

"…부모님 얘기 못 한 거 미안해요."

그 말에 지율이 잠깐 사이를 두었다가 짧게 웃었다.

"올라오는 동안 진짜 생각 많았어요. 나한테 왜 부모님 돌아가셨다고 얘기했는지, 이런 일 있는데 왜 말도 안 하고 그냥 가 버렸는지…. 마을에서 다 아는 얘기를 나만 지금까지 몰랐더라고요. 나한테 끝까지 말 안 하려고 그랬어요?"

"미안해요."

"지금 나 보자마자 세 번이나 미안하다고 한 건 알죠?"

지율이 짐짓 정색했다. 그러나 딱히 할 말이 없는 건 사실이었다. 입만 열면 미안하다 소리가 또 튀어나올 것 같아, 입을 다문 자영은 시선을 내렸다. 지율이 손을 뻗어 자영의 뺨을 살짝 어루만졌다. 따뜻한 손이었다.

"나 생각해서 얘기 못 한 거 알아요."

자영은 저도 모르게 눈을 들었다. 말한 적 없는 속내를 지율이 어떻게 알았을까 싶어 문득 심장 부근이 따끔거렸다. 작게 한숨을 뱉은 지율이 부드럽게 말했다.

"그냥… 걱정됐어요. 자영 씨가 그동안 내 어릴 적 얘기 들을 때마다 이런 기분이었을까, 그런 생각도 들고."

무슨 말인가를 더 하려는 듯 잠시 망설이던 지율은 곧 고개를 젓고는 자영의 손에 수저를 쥐여 주었다.

"괜찮으니까 밥부터 먹어요. 장례식장에 있는 거 힘들어요."

자영은 마지못해 밥을 떴다. 아침부터 내내 굶은 데다, 갓 지은 밥에서 단 냄새가 확 올라왔으나 입맛이 없었다. 모래알 같은 밥을 한 숟갈 입에 넣고 씹는 사이 갑자기 눈가가 뜨거워졌다.

할머니가 돌아가셨을 때, 엄마는 내내 손님을 맞느라 바빴을 뿐 한 번도 자영에게 밥을 챙겨 먹으라든가 하는 얘기를 하지 않았다. 혼자인 게 당연한 줄 알았는데, 누군가 자신을 먼저 챙겨 준다는 게 이런 기분이라고는 생각해 본 적이 없었다.

"…어릴 때 부모님이 이혼하고 나 할머니한테 맡겼거든요."

울지 않기 위해 누른 목소리가 작게 나왔다. 천천히 밥을 먹던 지율이 손을 멈췄다.

"내가 있다는 게 두 분한테는 힘들었나 봐요. 그때부터 계속 할머니하고 살았어요. 아빠는 1년에 한두 번쯤 나 보러 내려왔는데 그것도 몇 년 못 갔어요. 엄마는 다시 일 시작하고 자리 잡은 뒤에 방학 때만 나보고 올라오라고 했고요."

20년의 시간을 고작 그런 몇 마디로 설명할 수 있다는 게 허무했다. 울고, 기다리고, 기대하고, 실망하고, 상처받던 그 오랜 시간.

"나한테 엄마하고 아빠는 그냥 없는 사람들이었죠. 할머니만 있으면 충분했어요. 그래서….”

건조하게 발음하던 단어들이 기어이 젖어 들었다. 자영은 황급히 말을 끊었다. 공연히 감정적으로 굴기 싫어서였다. 목이 마르지 않은데도 부러 물을 몇 모금 마신 자영은 애써 담담하게 말했다.

"…이런 말 하기 싫었어요. 그래서 그냥 돌아가셨다고 얘기했어요. 거짓말한 거 정말 미안해요. 내가 부모님 얘기하는 거 혹시 지율 씨한테 불편할까 봐….”

"알아요. 괜찮아요."

지율이 더 말할 필요 없다는 듯 고개를 끄덕였다. 모든 걸 다 이해한다는 그 태도가 좋기도 했고, 한편으로는 마음을 더 무겁게도 했다. 자영은 이 끝으로 입술 안쪽을 눌러 물었다. 자영을 가만히 보고 있던 지율이 숨을 크게 들이쉬더니 입을 열었다.

"할아버지가 곧 돌아오신대요."

뜻밖의 말에 가슴이 덜컥 내려앉았다. 지율이 처음부터 반년, 딱 그만큼만 약속하고 왔다는 걸 잊고 있었다는 사실을 새삼스럽게 깨달은 탓이었다. 덕진이 돌아온다면 지율이 희동리에 더 있을 이유가 없었다.

이전에 민이 했던 말이 갑자기 머릿속을 지나쳤다. 어차피 이런 동네 오래 있을 사람 아니에요. 그 말이 맞다는 걸 자영도 잘 알고 있었다.

갑자기 심장이 빨리 뛰기 시작했다. 쿵쿵대는 심장 박동이 귓속을 가득 채워, 지율의 목소리가 잘 들리지 않을 정도였다.

"그래서 지난번에 만났을 때 자영 씨한테 물어보려고 했던 거예요. 나하고 같이 있어 주면 안 되겠냐고. 자영 씨하고 떨어진다는 거 지금은 상상도 못 하겠으니까."

지율이 나지막하게 말했다. 멍한 머릿속으로 얼마 전의 기억이 퍼뜩 되살아났다. 지율이 카페에서 경찰은 한 군데 계속 있을 수 있냐, 혹시 다른 곳에 가서 사는 걸 생각해 본 적 있냐고 묻던 것이 떠올랐다.

그게 그래서였구나.

뒤늦게 알아차린 지율의 의도에 자영은 탁자 위에 놓인 두 손을 겹쳐 꽉 눌렀다. 몸이 가늘게 떨렸다. 자신은 그때 희동리를 떠날 마음이 없다고 대답했었다. 지율은 돌아가야 할 사람이고, 자신은 남아 있으려는 사람이었다. 그렇게 되면 결국 결론은 하나뿐인데.

"그런데 자영 씨가 편한 장소에 있는 게 맞겠다고 생각했어요. 같이 있고 싶으면 내가 자영 씨 곁으로 갈 수도 있는 거잖아요."

그러나 지율의 말은 미처 예상하지 못한 것이었다.

순간 자영은 얼어붙은 채 지율을 응시했다. 방금 지율의 말이 무슨 뜻인지 받아들이기까지는 약간의 시간이 필요했다. 내가 편한 장소에, 내 곁으로 올 수도 있다고… 그 말을 곱씹던 자영이 벼락을 맞은 듯 놀라 지율 씨, 하고 부르자 지율이 먼저 자영의 말을 끊었다.

"난 희동리에서 전부 다 새로 시작해도 상관없어요."

그건 아니라고 얘기하고 싶었지만 말이 나오지 않았다.

누가 작은 불을 붙인 듯 목 안쪽이 뜨거워졌다. 전부 다 새로 시작한다고? 그 작은 세계에서? 오로지 나만을 위해서? 지율과 연결된 뒤 한 번도 헤어짐을 생각한 적은 없었지만, 그런 방식으로 지율을 곁에 두는 것도 상상한 적 없었다.

말도 안 되는 얘기였다. 그건 지금까지 지율이 쌓아 놓았던 모든 걸 다 포기해야 한다는 뜻이었다. 서울에서 이미 자리를 잡았다는 병원도, 인간관계도, 경력까지도. 지율에게 그런 희생을 강요하는 건 불가능했다. 자신과 함께한 고작 몇 달의 시간 때문에, 지율이 앞으로 남은 긴 삶을 후회하며 살아갈지도 모른다는 생각만으로도 괴로웠다.

그러나 지율은 차분했다. 오랫동안 그 문제에 대해 생각한 사람 같았다. 그가 이미 결정을 내린 뒤라는 걸 자영은 그 순간 깨달았다.

"자영 씨 아니었으면 지금 내가 어떻게 살고 있을지 모르는 거잖아요."

그 단호한 말이 속을 파고들었다. 아픈 것 같기도 하고 달콤한 것 같기도 했다.

"돌아온다는 약속 같은 거 이제 안 해요. 돌아올 필요 없게 그냥 옆에 있으려고요. 그러니까 자영 씨는 마음 가는 대로 해요. 어떻게 하든 내가 따라갈 테니까."

현실감이 사라졌다. 자영은 멍하니 눈을 깜빡였다. 그런 자영을 가만히 보던 지율이 자영을 끌어당겼다. 긴 팔이 숨 막힐 정도로 온몸을 세게 감아 안았다. 뺨을 맞댄 지율의 숨소리가 아주 가까이에서 들렸다. 그 체온, 숨결, 착각인지 아닌지 알 수 없는 가느다란 떨림까지도 지나칠 만큼 생생했다.

"자영 씨가 원하는 게 뭐든 이젠 내가 주고 싶어요."

나지막한 목소리가 그 감각을 뒤따라 심장 위로 가라앉았다.
 "관심이든, 사랑이든, 가족이든, 그게 뭐든."
 시간이 잠시 그대로 멈춘 것 같았다.
 그러면 안 된다고 말해야 하는데.
 아무 말도 할 수가 없었다.

10

인간에게 과연 미니멀리즘이란 게 가능하긴 할까.

바닥에 놓인 박스에 그간 공부한다고 쌓인 자료들을 정리하며 지율은 심각한 고민에 빠졌다. 여기 올 때까지만 해도 왔던 그대로 돌아갈 수 있을 줄 알았는데, 짐을 싸기 시작하면서부터 그게 엄청난 오산이었다는 깨달음이 밀려든 탓이었다.

매번 현장에 나갈 때마다 사진을 찍고 증상과 처방 등을 기록한 일지만 해도 박스 절반은 채우고도 남았다. 논문과 책은 아직 다 넣지도 못했는데 박스가 모자랄 지경이었다. 소파에 앉아 과자를 먹고 있던 선동이 시무룩한 얼굴로 우물거렸다.

"선상님, 참말로 가시는 거여라?"

"할아버지 오시니까 난 다시 서울 가야지."

지율이 박스 앞에 쭈그리고 앉아 논문을 분류하며 대답하자, 선동의 표정이 더 울적해졌다.

"선상님 가시면 허벌나게 심심할 것 같은디."

"그럼 서울 놀러 올래? 선생님이 서울 구경시켜 줄게."

손을 턴 지율은 몸을 일으키며 웃었다. 그 말에 방금까지 땅이라도 팔 기세로 풀이 죽었던 선동이 눈을 휘둥그렇게 떴다.

"참말로요? 거짓깔하시는 거 아니지라?"

"선생님이 너한테 거짓말을 왜 해, 인마. 서울 오면 어디 구경하고 싶은데?"

입을 떡 벌린 선동이 황급히 손을 쫙 펴더니 손가락을 하나하나 접었다.

"저기, 거시기, 막 빌딩 이만한 것도 보구 싶구, 놀이공원도 가고 싶구, 한강 가서 치킨도 뜯고 싶구…."

"할아버지랑 할머니 허락 받고 와. 선생님이 너 재워 주고 구경도 시켜 줄 테니까."

선동이 와 소리를 지르며 자리에서 벌떡 일어나 폴짝폴짝 뛰었다. 그 모습에 픽 웃은 지율은 정수기에서 물을 한 잔 받아 마시고는 병원 문을 활짝 열어 놓았다. 밖에서 들어온 바람이 병원 안에 쌓였던 먼지들을 밀어냈다. 사선으로 들어오는 햇살에 먼지 입자가 반짝였다.

"근디 선상님, 자영이 누나 인자 괜찮당가요?"

"응?"

잠시 그 모양을 보고 있던 지율은 선동의 말에 퍼뜩 놀라 되물었다. 영숙이 약품상에 잠시 나간 통에 아무도 없는데도, 공연히 한 번 주위를 살핀 선동이 조심스럽게 가까이 와서 소곤거렸다.

"어른들이 나는 그런 데 가는 거 아니라구 혀서… 누나가 서울 갔다 오구 아직 한 번두 못 봤당께요. 누나 어디 아프구 그런 건 아니지라?"

뭐라고 말해야 하나 지율은 잠시 망설였다.

장례식을 치르는 사흘 동안 지율은 내내 자영의 곁에 있었다. 소식을 듣자마자 병원 문을 닫아 버리고 바로 서울로 올라간 통에, 소문이 다 날 건 각오하고 한 일이었다.

물론 마을 사람들이 진작 두 사람의 사이를 다 알고 있었다는 사실을 깨닫기까지는 그리 오래 걸리지 않았다. 이튿째 저녁에 빈소로 찾아온 영숙에게 그동안 자영 씨하고 만나는 거 말씀 못 드려 죄송하다고, 많이 놀라셨냐고 넌지시 묻자, 영숙이 무슨 소리를 하느냐는 표정으로 되묻던 걸 떠올리면 지금도 머리를 박고 싶은 심정이었다.

"워메, 희동리에서 모르는 사람이 없는디 새삼 뭣을 놀라요."

하는 사람만 비밀이라고 생각하는 게 비밀 연애라더니 진짜였다.

어쨌든 남들이 다 안다니 차라리 속이 편했다.

자영이 빈소를 지키는 사이 부조를 받을 다른 가족이 없어,

지율이 대신 그 자리에 앉았다. 자영의 어머니는 그다음 날 아침에 다시 한번 빈소를 찾아왔으나, 자영의 태도는 여전히 싸늘했다. 자영이 누군가에게 그렇게까지 차갑게 굴 수 있다는 건 상상도 한 적 없는 일이었다.

손님이 많지 않은 장례식이었다. 한밤중에 빈소 옆의 조그만 상주용 방에 나란히 앉아, 지율은 자영에게 어깨를 내주었다. 자영은 무덤덤한 얼굴이었고 한 번도 울지 않았다. 지율이 할 수 있었던 일은 어깨에 기대 숨소리조차 거의 내지 않은 채 선잠이 든 자영의 손을 가만히 잡아 주는 것뿐이었다.

곁에 있고 싶다고, 전부 새로 시작해도 된다고 얘기한 건 진심이었다. 그러나 자영은 그 말에 내내 답이 없었다. 너무 갑작스러웠나? 아니면 부담스러웠나? 아무리 생각해도 자영의 진심이 뭔지 지율로서는 가늠하기 어려웠다.

장례식을 치르는 동안 심란하지 않았다면 당연히 거짓말이었다. 장례식이 끝난 뒤 집까지 데려다준 지율에게 자영은 눈도 맞추지 않고 고맙다고, 정말 미안하다고 말한 게 다였다.

그날 이후로 일주일이 넘도록 자영을 볼 수가 없었다. 정리할 게 많다고 며칠 휴가를 냈다는 얘기도 상현을 통해서 들었다. 아무래도 걱정이 돼서 자영에게 전화로 괜찮냐고 묻자, 잠깐 쉬고 싶다는 대답만 돌아왔을 뿐이었다.

"걱정했어?"

생각에 잠겨 있던 지율은 곧 선동의 머리를 쓰다듬으며 물었다. 자영이 혹시 어디가 아픈지, 무슨 일이 있는지 모르는 건 선동이나 자신이나 마찬가지였다. 선동이 고개를 주억거렸다.

"암만요. 나가 우리 동네에서 젤로 친한 사람이 누난디요."

"만나면 선동이가 엄청 걱정한다고 전해 줄게. 나가서 아이스크림이나 하나 먹을까?"

말을 돌리자 신이 난 선동이 팔을 잡아끌었다. 선동에게 아이스크림 하나를 물려 주고 돌아오기 무섭게, 영숙이 손부채질을 하며 들어섰다.

"아이구, 벌써부터 허벌나게 덥네요잉."

"물 한잔 드릴까요? 좀 앉아 계세요. 고생하셨어요."

지율이 영숙에게 찬물을 따라 건네고는 에어컨 온도를 더 낮추자, 소파에 풀썩 앉았던 영숙이 바닥에 널린 상자를 보더니 혀를 찼다.

"워메, 서운하게 뭘 벌써부터 다 치우고 그라요. 천천히 하시지."

"살다 보니까 짐이 늘어서요. 미리 정리해 둬야죠."

지율이 웃으며 대답하자 영숙이 벽에 걸린 달력을 보며 물었다.

"원장님은 다다음 주 월요일 비행기로 오신담서요?"

"네."

"반년이 우라지게 긴 것 같았는디 워찌 이리 눈 깜짝할 사인가 몰러요. 늙으니께 시간 가는 것만 순식간이여."

"그러게요."

지율의 맞장구에 에잉, 하며 기지개를 쭉 켜던 영숙이 뭔가 생각났다는 듯 갑자기 손뼉을 딱 쳤다.

"참, 거시기, 나가 밑반찬 쪼끔 혔는디 이따가 안 순경 갖다 줄라요?"

"네?"

"안 순경이 어릴 적부터 고구마순으로 김치 담근 것을 좋아혀서 잘 먹는디, 생각이 나서 우리 딸내미 쪼끔 혀서 보내면서 안 순경 먹으라구 냄겨 뒀당께요. 혹시나 혀서 아침에 가져와서 냉장고에 넣어 뒀으니께 이따가 갖다주시면 좋겄는디."

"아, 네!"

지율은 서둘러 고개를 끄덕였다. 영숙이 일부러 생각해서 밑반찬을 주고 싶다는데 자영이 그런 것까지 거절할 리 없다는 생각이 들어서였다.

「저녁에 잠깐 들를게요. 오 선생님이 자영 씨 주라고 반찬을 좀 하셨대요.」

자리에 앉아 메시지를 보내자, 아니나 다를까 잠시 후 알겠어요, 하는 답이 돌아왔다. 뭘 제대로 챙겨 먹긴 하는 건지. 속으로 생각한 지율은 작게 한숨을 뱉었다.

퇴근 시간이 되기 무섭게 영숙을 내보낸 지율은 바로 병원 문을 닫고 자영의 집으로 향했다. 문을 두드리자 기다리고 있었는지 곧 나온 자영이 문을 열었다. 며칠 사이에 눈에 띄게 마른 것부터 보여 가슴이 덜컥 내려앉았다.

"뭐 좀 먹었어요?"

"네."

자영이 기운 없는 목소리로 대답했다. 누가 봐도 거짓말인 게 뻔했다.

"아까 낮에 선동이가 자영 씨 괜찮냐고 걱정하던데요. 지금 얼굴 보면 애 놀라서 경기하겠어요."

눈썹을 좁히며 나무라듯 말하자 자영이 어색하게 웃었다. 자기도 알기는 아는 모양이었다. 거실로 들어서자 탁자 위에 서류 같은 종이들이 잔뜩 널린 것이 눈에 들어왔다. 지율은 들고 온 반찬 봉투를 내려놓으며 물었다.

"아직 정리할 게 많이 남았어요?"

"아뇨, 이제 거의 다 끝났어요."

고개를 저은 자영이 몸을 숙여 탁자 위에 있던 종이들을 한쪽으로 치웠다. 자영을 도와주려고 함께 흩어진 종이를 정리하던 지율은 문득 손을 멈췄다. 오래된 사진 몇 장이 눈에 띄어서였다.

사진 속에는 젊은 남자와 여자, 대여섯 살쯤 됐을 여자아이 하나가 서 있었다. 모두 낯익은 얼굴이었다. 영정 속에서 본 자영의 아버지와 빈소에서 만났던 어머니, 그리고 어린 자영.

지율이 그 사진에 시선을 둔 것을 알아차린 자영이 사진을 치우려는 듯 손을 뻗었다가 입술을 깨물었다. 잠시 말이 없던 자영이 입을 열었다.

"내가 기억하는 건 더 젊은 아빠인데, 정리하면서 보니까 이 사람은 내가 아는 사람이 아닌 거예요."

자영의 손끝이 한 장의 사진 위에 머물렀다. 세 사람이 함께 찍은 사진이었다. 약간 경직된 표정으로 웃는 젊은 부부와 천진한 어린 딸. 자영은 손끝으로 아버지와 어머니의 얼굴 위를 천천히 더듬었다. 지율이 그 손을 가만히 감싸 쥐자, 자영은 고개를 숙이며 웃는 소리를 냈다.

"연락이 점점 안 오게 되면서부터 혹시 재혼이라도 하는 건가, 그런 생각도 많이 했었어요. 어릴 땐 그런 생각이 들면 원망스러웠거든요. 그럴 거면 난 왜 낳았나 싶어서. 그런데 장례식 때 보니까 재혼한 것도 아니고, 다른 가족이 찾아오는 것도 아니고… 이러려고 나 버렸나 싶은 거 있죠."

그 마지막 말은 담담한 것 같았으나 어딘지 모르게 선뜩했다. 자영이 그 자리에 조그맣게 웅크리며 주저앉아 무릎을 끌어안았다. 어떻게 해 줘야 할지 몰라 잠시 망설이던 지율은 자영을 감싸 안았다. 공처럼 몸을 둥글게 만 자영은 품 안에서 더 작게 느껴졌다.

"그날 엄마가 찾아와서 그런 얘기를 했었거든요. 그때 엄마하고 아빠는 부모가 될 자격이 없었다고, 날 어떻게 해야 될지 몰랐다고. 돈으로 보상이 될 거라고 생각했대요. 그런데 잘못한 것 같다고, 미안하다고…."

자영의 어깨가 가늘게 떨렸다. 받을 수 없는 사랑을 계속 갈구하는 일이 뭔지는 지율도 잘 알고 있었다. 자영의 이마가 힘없이 어깨 위로 떨어졌다. 지율은 말없이 그 등을 쓸어 주었다. 자영이 혼잣말처럼 중얼거렸다.

"왜 이제 와서 그런 얘기를 하지? 그게 계속 궁금했어요. 더 화도 나고, 분하기도 하고…. 내가 그렇게 보고 싶어 했을 때는 모른 척했으면서, 나이 들고 약해지니까 자식 생각이 나는 건가?"

무슨 말도 위로가 되지 않을 것 같았다. 잠시 말을 멈췄던 자영이 숨을 들이쉬었다.

"그런데 그게 자연스러운 거래요. 원래 다 그렇대요."

순간 심장이 어긋나는 듯한 기분이었다. 지율은 다급히 자영의 말을 끊었다.

"자영 씨."

"아니에요. 나 정말 괜찮아요."

나지막하게 입술을 달싹인 자영이 고개를 들었다. 눈이 마주쳤다. 이렇게 자영의 눈을 마주 보는 건 오랜만의 일이었다. 커다란 눈동자가 얼핏 흔들렸다.

"엄마한테 거기 왜 왔냐고, 이제 내 생각이 났냐고 물어봤는데 엄마가 그러는 거예요. 그렇다고, 나이를 먹으니까 내 생각이 났다고. 그때는 날 낳은 게 후회됐는데 지금은 엄마도 외로운 게 뭔지 알겠대요. 나랑 살았으면 좋겠대요. 그 말을 듣는데 다 허무해지는 거죠. 그런 거였구나. 진작 포기했으면 좋았을 텐데 내가 뭘 기대했을까."

자영이 짧게 웃었다. 한동안 물끄러미 지율을 응시하던 자영이 마침내 그렇게 기다리던 이야기를 꺼냈다.

"…그날 지율 씨가 그렇게 말하고 나서 생각이 진짜 많았어요."

긍정도 부정도 아닌 대답.

뭔가 불길한 예감에 등이 싸늘해졌다. 제안이 갑작스러웠는지, 혹은 부담스러웠는지는 알 수 없었으나, 자영의 마음이 긍정적인 것처럼 느껴지지 않아서였다.

"생각 너무 많이 하는 거 아닌데."

두려움을 감추기 위해 부러 장난스럽게 대꾸했으나, 자영의 표정은 어두웠다.

"무서웠어요. 나 때문에 지율 씨가 뭘 포기하게 될까 봐."

"그런 건 걱정할 필요 없어요."

지율은 서둘러 자영의 말을 끊었다. 그러나 자영은 고개를 가로저었다.

"서울에 있는 병원, 지금까지 쌓아 온 것들, 친구들, 뭐 그런…."

"나한테는 그거 문제 안 돼요."

어떻게 하면 진심을 보여 줄 수 있는지 알고 싶었다.

나한테 그런 건 하나도 중요하지 않은데, 전부 새로 시작할 수 있는데, 두려움은 없는데.

지율은 자영의 어깨를 잡아 자신을 똑바로 보게 했다. 잠깐 눈을 감았다 뜬 자영은 지율을 조금 밀어냈다. 두어 뼘 정도 거리가 멀어지자, 자영은 작지만 또렷한 목소리로 말했다.

"지율 씨도 후회할까 봐 겁난다고요."

지율 씨도?

그땐 널 낳은 걸 후회했는데.

지율은 그렇게 말했을 자영의 어머니를 떠올렸다. 이름이 뭐냐고, 몇 살이냐고, 직업은 뭐냐고, 부모님은 무슨 일을 하시냐고 여느 부모처럼 연신 묻던 그 사람. 자영의 눈매가 유독 어머니를 닮았다고 속으로 생각했었다. 자신을 닮은 딸 앞에서 그렇게 말하면서, 이제 와 평범한 모녀처럼 함께 살고 싶다는 그 이기심에 화가 나지 않았다면 거짓말이었다.

"막상 다 포기하고 나면 지율 씨가 그렇게 소중하게 생각했던 그때 기억들이 사실 아무것도 아니라는 거 알게 될 수도 있잖아요."

자영의 말에 지율은 입술 안쪽을 눌러 물었다. 오랫동안 그래 왔던 것처럼, 자영이 다시 또 뭔가를 포기하기 시작했다는 걸 알아차린 탓이었다.

"그럴 거였으면 자영 씨한테 그렇게 말하지도 않았어요!"

참으려고 했으나 목소리가 높아졌다. 말없이 지율을 쳐다보던 자영이 손을 올려 눈가를 가렸다.

"좋아하니까."

떨리는 목소리가 심장 위를 긋고 지났다.

"좋아하니까 더 무서워요."

자영은 당장이라도 울고 싶은 걸 간신히 참는 사람처럼 보였다.

"우리 엄마하고 아빠가 그랬던 것처럼… 내가 지율 씨 좋아하는데, 방법을 몰라서 상처 주고 뭔가 포기하게 만들면 어떡하지. 계속 그런 생각이 들어서 미치겠어요."

"나 봐요."

지율은 눈가를 가린 그 손을 잡아 내렸다. 얼굴을 보여 주지 않으려는 자영의 뺨을 조심스럽게 감싸 어루만지자, 끝내 감은 눈가에서 흘러내린 눈물이 순식간에 뺨을 만지는 손을 적셨다. 내내 한 번도 울지 않던 자영이 처음 보인 눈물이었다.

몇 번이나 자영의 얼굴을 닦아 주던 지율은 그 눈가에 가만히 입술을 댔다. 스미는 눈물의 맛이 선연했다. 눈물이 떨어진 궤적을 따라 입을 맞추다 자영을 응시하자, 젖은 눈동자가 흔들렸다.

이렇게 좋아하면서.

자신이 그 마음을 들여다보는 것처럼, 자영 역시 자신의 마음을 들여다볼 수 있었으면 싶었다. 낮은 숨을 뱉은 지율은 엄지 끝으로 자영의 아랫입술 위를 부드럽게 덧그렸다. 옅은 습기가 남은 지문으로 얇은 피부의 감촉이 민감하게 느껴졌다.

손끝이 떨어지는 것과 거의 동시에 지율은 그 자리에 입술을 겹쳤다. 달고 연한 감각이 어쩐지 아릿했다. 긴 속눈썹이 내려앉았고 주저하다 벌어진 입술 사이로 호흡이 엉켰다. 어설프게 움직이는 조그만 혀를 감아 뒤섞으며, 지율은 뺨을 만지던 손으로 자영의 뒷머리를 감싸 당겼다. 그러자 놓지 않을 것처럼 셔츠 자락을 꼭 움켜쥐는 손길에 문득 가슴이 뜨끔해졌다.

포기하기 싫으면서, 왜 포기하려고 할까.

나는 다른데.

숨이 모자라는지 비스듬히 떨어지는 입술이 아쉬워, 지율은 무의식중에 집요해졌다. 뒤로 물러나는 자영의 아랫입술을 몇 번이고 아프지 않게 물어 잘근거리자 결국 참았던 숨을 터트린 자영이 지율의 가슴에 얼굴을 푹 묻었다. 그새 열이 올라 새빨개진 귓가를 쓸어 주고 머리칼 위에 다시 입을 맞춘 지율은 숨소리로 물었다.

"지금 우리가 좋은 것만 생각하면 안 될까요?"

자영은 대답하지 않았다. 그러나 아무래도 좋았다. 지율은 자영의 몸을 더 끌어당겨 안았다. 부드러운 머리칼이 뺨에 닿아 사락거리는 소리를 냈다.

"난 다신 자영 씨 기다리게 하기 싫어요. 기다리는 건 이제 내가 할게요. 생각해 보고, 그리고 언제든 마음 결정되면 대답해 줘요."

얼마나 기다려야 할지 몰라도 상관없었다.

그해 여름이 주었던 단 한 번의 기억으로 지금까지 살아올 수 있었으니까.

"…뭘 원하든 전부 내가 주고 싶다는 거 진심이에요."

그러니까.

그러니까 제발 아무것도 포기하지 않겠다고 말해 줬으면.

어스름이 내리기 시작한 사방은 고요했다. 열어 둔 거실 창으로 불어오는 바람에 탁자 위에 남아 있던 종이들이 이리저리 흩어졌다.

두 사람은 오랫동안 그대로 움직이지 않았다.

자영은 거실 창을 활짝 열었다. 해가 지고 나면 에어컨을 틀지 않아도 될 만큼은 선선했다. 창을 열자 멀리 논에서 일제히 울다 그치기를 반복하는 개구리 소리가 선명해졌다. 개구리가 울음을 그치면, 마치 화답하듯 어두운 뒷산에서 쏙독새가 울었다.

쏙독새 소리도 알아듣는다며 뽐내던 지율을 떠올린 자영은 픽 웃었다. 그러나 뒤이어 한숨이 따라왔다.

이럴 줄 알았으면 그냥 적당히 좋아하고 말았어야 했는데.

어디 홀린 사람처럼 왜 그랬을까.

지율이 서울로 돌아간다고 해서 당장 뭔가 어떻게 될 거라고는 생각하지 않았다. 다만 어쩔 수 없는 사정이란 건 항상 있기 마련이었다. 눈에서 멀어지면 마음도 멀어진다는 소리가 괜히 있겠냐고. 공연히 속으로 성질을 낸 자영은 머리를 마구 흩었다.

부스스해진 머리 꼴이 어두운 창에 비쳤다. 손을 뻗어 팬스레 창 위의 얼굴을 만져 본 자영은 그 자리에 웅크리고 앉았다. 저도 모르게 울컥 터진 눈물에도 당황하는 기색 없이 다정하게 굴던 지율이 떠올라 속이 더 심란했다. 다정도 병이라면, 아무리 생각해도 지율은 중증 환자였다.

사람 일이 어떻게 될 줄 알고.

오늘은 좋을지 몰라도 내일은 아닐 수도 있는데.

지율이 언젠가 후회할지도 모른다는 상상만으로도 마음이 묵직하게 가라앉았다. 장례식 내내 아무것도 묻지 않던 지율을 떠올리자 더 그랬다. 좋은 사람인데, 분명히 정말 좋은 사람인데 그래서 더 두려웠다. 혹시나 자신과 있는 게 언젠가 지율에게 상처를 입히는 일이 될까 봐. 지율이 자신 때문에 뭔가를 포기하고 후회하게 될까 봐.

그러나 이렇게 생각한다고 해서 뭐가 해결되는 건 아니었다.

지율이 여기를 떠날 날은 더 가까워지고 있었고, 자신이 할 수 있는 일은 둘 중에 하나였다. 어쨌든 이 관계를 유지하든지, 아니면 지금 미리 포기하든지.

한숨을 푹 뱉은 자영은 고개를 들었다. 거실 탁자 위에 흩어진 서류와 사진들이 눈에 들어왔다. 상속이니 예금 정리니 하는 문제 때문에 며칠을 여기저기 전화하고 알아보던 참이었다. 몸을 일으킨 자영은 서류를 정리해 책장에 꽂아 두고는 사진을 가지고 방으로 들어갔다.

책상 아래 구석에 옛날 사진을 모아 두는 상자가 있었다. 몇 년은 열어 보지 않아 뚜껑에 먼지가 뽀얗게 앉은 채였다. 손바닥으로 대강 두어 번 뚜껑 위를 털어 낸 자영은 상자를 열었다. 그러자 아무렇게나 쌓인 사진 위에 놓인 조그만 엽서가 눈에 들어왔다.

자영은 그 엽서를 집어 들었다. 오래돼서 귀퉁이 색이 변한 종이가 손톱 끝에 스치며 바삭거렸다. 최대한 단정하게 쓰려고 노력한 게 분명한 서툰 글씨를 무심코 읽은 순간, 귀 끝이 뜨거워졌다.

> 나는 다시 서울로 가. 그동안 즐거웠어.
> 금방 올게. 꼭 다시 만나자.
> 내 이름은 한지율이야.

자영은 못 박힌 듯 한참 동안 엽서를 들여다보았다.

이게 다인 줄 알았다. 다시는 만나지 못하는 게 당연한 줄 알았다. 하지만 잊어버린 적 없었다고 말하던 지율을 문득 떠올린 자영은 무릎에 얼굴을 파묻었다.

포기하기 싫다고.

상처받을까 봐 미리 놓아주는 것도 싫고 무슨 사정이든 헤어지기도 싫다고.

팔자에도 없는 집착녀라도 되고 싶은 기분이었다.

사람이 진짜 이렇게 미쳐 가는 건가. 속으로 생각한 자영은 그 엽서를 다시 상자에 넣고는 뚜껑을 닫았다. 어쩐지 심장이 빨리 뛰기 시작하는 기분이었다.

거실 창을 닫고 돌아온 자영은 찬물로 세수를 하고 자리에 누웠다. 잠은 오지 않았다. 어두운 천장을 올려다보는 사이, 온갖 생각이 머릿속에 떠돌아다녔다. 헤어지기 싫어? 그럼 어쩔래? 그 사람보고 진짜 여기로 내려와서 살라고 할래? 아니면….

"같이 있고 싶으면 내가 자영 씨 곁으로 갈 수도 있는 거잖아요."

지율의 목소리가 환청처럼 퍼뜩 뇌리를 스쳤다. 같이 있고 싶으면, 곁으로 가면 된다고? 머릿속이 복잡해졌다. 어차피 자신 역시 다음 이동 시즌에는 지역 내의 타 지구대나 경찰서로 가야 했다. 그러나 지율을 따라 서울로 간다는 건 완전히 다른 문제였다.

자신이 용기를 내는 건 둘째 치고, 지율에게 이미 말했던 대로 경찰에게는 지역 이동 자체가 어려운 일이었다. 정말 운이 좋다면 혹시 가능할 수도 있었다. 하지만 말 그대로 정말 운이 좋아야 했다.

아예 그만두고 서울 경찰로 다시 시험을 친다면 어떨까.

거기까지 생각하던 자영은 으아아, 하며 머리를 감쌌다. 할머니가 돌아가시기 전 서울 가서 살라고 한 얘기도 흘려들은 주제에, 고작 남자 하나가 뭐라고 이런 미친 생각을 다 하나 싶었다. 1년을 한눈 한 번 안 팔고 죽도록 공부해서 합격했는데, 그 짓을 또 하자고? 또? 한지율이 뭐라고!

…뭐긴 하지.

빠르게 인정한 자영은 한숨을 뱉으며 베개에 얼굴을 파묻었다.

잠이 오지 않아 내내 뒤척거리다, 결국 동이 트자마자 일어난 자영은 출근 준비를 했다. 며칠을 집에 틀어박혀 있었더니 출근길조차 상쾌할 지경이었다. 너무 일찍 일어난 탓에 안 먹던 아침밥까지 챙겨 먹고 파이팅을 외치며 출근했으나, 먼저 와 있던 만성이 자영을 보자마자 자리에서 벌떡 일어나며 걱정스러운 표정을 했다.

"안 순경, 괜찮당가? 워째 얼굴이 반쪽이 돼 부렀으야."

그나마 좀 나아 보이려고 아침밥까지 챙겨 먹은 보람이 없었다. 자영은 애써 웃으며 고개를 가로저었다.

"괜찮아요. 걱정해 주셔서 감사합니다."

자영의 말에 가까이 온 만성이 자영의 어깨를 토닥거렸다.

"아이구, 잘혔어. 혼자서 월매나 힘들었을 것이여. 고생혔어. 커피 한잔할려?"

"그럴까요?"

가방을 내려놓은 자영이 정수기 쪽으로 향하자, 만성이 황급히 내가 내가, 하며 손을 내저었다. 커피믹스를 아낌없이 두 개 뜯어 넣고 설탕까지 한 스푼 추가해 준 만성이 사랑 넘치는 커피를 내밀었다.

"잘 마실게요."

컵을 받아 든 자영이 막 한 모금을 마시는데, 만성이 헛기침을 하며 혼잣말처럼 중얼거렸다.

"그나저나 한 원장 사람이 참 괜찮여."

달달한 커피가 넘어가다 말고 사레가 들렸다. 자영은 콜록거리며 입을 틀어막았다. 지율이 장례식장을 사흘 내내 지킨 통에, 좋든 싫든 동네에서 두 사람의 관계를 모르는 사람이 없게 됐다는 걸 방금 깨달은 탓이었다.

"나가 한 원장이 안 순경 만나는 눈치일 때부터 영 안심이 안 돼서 쭉 지켜보고 있었단 말이여. 근디 원래 그럴 때 본성이 나와 부리는 것인디, 사람이 됐당께."

…그런 눈치인 걸 다들 언제 눈치챈 걸까.

도무지 짐작조차 할 수 없었고 왠지 답을 알기 무서운 의문을 머릿속에 떠올린 자영은 몹시 어색하게 웃었다. 그때 천만다행으로 상현과 용천이 함께 출근했다. 두 사람은 들어오다 자영을 보더니 눈을 휘둥그렇게 뜨며 달려왔다.

"자영아!"

"아이구, 이제 좀 정리된 겨? 몸은 괜찮구? 며칠 사이에 아주 빼짝 말라 부렀구만."

두 사람이 동시에 달려들어 이리저리 살피는 통에 자영은 얼른 괜찮아요, 하며 손을 내저었다. 아무래도 하루 종일 이러고 있을 기세였다. 그때 파출소의 전화가 울리기 시작했다. 자영은 잽싸게 그 자리를 벗어나 전화기로 뛰어갔다.

"네, 희동 파출소입니다."

– 워메, 안 순경이여? 인자 괜찮은 겨? 나 나주댁인디.

온 동네 사람에게 일일이 괜찮다고 인사라도 다녀야 끝날 판이었다. 네 그럼요, 하고 자영이 대답하자 전화 너머에서 나주댁이 반색했다.

– 아이구, 잘되얏네.

"걱정해 주셔서 감사해요. 그런데 무슨 일로 전화 주셨어요?"

– 워메, 내 정신 좀 보소. 거시기, 어제부터 자꾸 이상한 전

화가 오는디 이것이 뭣인가 혀서. 요새 그 뭐여, 보, 보이스, 뭐시기. 그런 건가 싶어 가지구. 조금 전에도 왔당께.

"보이스피싱 전화요?"

― 어, 어! 그랴, 그거 말여. 전화를 받으면 뭣이라고 씨부리는디….

"제가 지금 갈게요. 조금만 기다리세요."

자영은 수화기를 내려놓으며 만성을 돌아보았다.

"저 나주댁 아주머니한테 좀 다녀올게요. 보이스피싱 전화가 자꾸 온다고 그러시네요."

"안 순경, 너무 무리하지 말어. 그런 것은 상현이가 가도 되는디."

"괜찮다니까요."

"그라면 상현이랑 같이 가 봐."

만성의 말에 곁에서 무슨 전화인가 목을 빼고 기웃거리던 상현이 네, 하고 대답했다. 자영이 순찰차 키를 찾는 사이, 만성이 뭐가 생각났다는 듯 손뼉을 딱 치더니 상현에게 손짓을 했다.

"아 참, 상현이 이리로 좀 와 봐라."

"왜요?"

"거시기, 어제 연락이 왔는디 느 혹시 서울 지구대 안 갈라냐."

들으려고 들은 건 아니었는데, 그 순간 자영은 저도 모르게 차 키를 찾던 손을 뚝 멈췄다. 뒷머리를 긁적이며 만성에게 가까이 가던 상현이 이게 뭔 소린가 하는 얼굴로 되물었다.

"네?"

"서울로 안 옮길라냐고."

"소속 지역 옮기려면 한참 남았는데 제가 거기를 어떻게 가요."

상현이 에이, 하며 말도 안 된다는 투로 고개를 절레절레 저었다. 그러자 만성이 혀를 차며 대답했다.

"아따, 누가 고것을 몰라서 그런다냐. 거시기, 마포서 관할 지구대라는디, 거그 지구대장이 나랑 동창이여. 근디 거그서 여그로 오고 싶어 하는 사람이 하나가 있댜. 일대일 교환처럼, 그 뭣이냐, 인사 교류인지 파견인지 그런 식으로 해서 이쪽으로 보낼 수 있겠냐 그거여. 우리 쪽에서 하나를 보내구."

서울로 간다고?

정말 운이 좋다면 혹시 가능할 수도 있는데.

하지만 그럴 리가 없잖아.

어젯밤에 자리에 누워서 하던 생각이 즉시 되살아났다. 자영은 차 키 따위는 새까맣게 잊어버린 채 등 뒤에서 들려오는 두 사람의 대화에 온 신경을 기울였다.

지역 간의 일대일 인력 트레이드는 정말 드물게 있는 일이었다. 원칙적으로 불가능하지는 않았지만, 그걸 기대하느니 차라리 가고 싶은 지역으로 다시 시험을 치는 게 빨랐다. 그래서 시험을 또 볼까 하는 미친 생각을 한 거였는데.

"서울 일 많은 거 누가 몰라요. 제가 왜 내려왔는데."

상현이 칼같이 만성의 제안을 거절했다. 워낙 사람도 많고 사건도 많은 곳이 서울이라, 지방에서 서울로 올라가는 건 상대적으로 쉬웠지만 서울에서 지방으로 오는 건 힘들었다. 어지간하면 지방에 있는 경찰들이 서울로 올라가고 싶어 하는 일은 흔치 않은 탓이었다. 만성이 상현의 옆구리를 쥐어박으며 혀를 찼다.

"일이야 많아두 그런 기회가 쉬운가 이 말이여. 느 장가라두 갈라면 서울 올라가야지, 깡촌에서 뭔 수로 색시를 만날 것이여? 재수 좋으면 2년 있다가 다시 내려올 수도 있당께. 그리구 가면 형사 일 허게 될 것인디, 그래야 승진도 빨리 헐 것 아니냐."

"아, 어차피 서울 올라가면 여자 만날 시간도 없잖아요!"

상현이 쥐어박힌 옆구리를 만지며 항변했다. 만성이 아깝다는 듯 에잉, 하며 혀를 찼다.

"별수 없구만. 안 되겠다고 해야제."

굳어 있던 자영은 뭣에 홀린 사람처럼 뒤를 돌아보며 만성을 불렀다.

"소장님."

허리를 두드리며 자리로 돌아가려던 만성이 의아한 표정을 했다.

"엉?"

정말 운이 좋아야 가능한 일이라고만 생각했는데.

그 사람이 뭔가를 포기하게 만들기는 싫었는데.

"그 자리 저도 갈 수 있어요?"

순간 파출소 안에 있던 모든 사람의 시선이 일제히 자영에게 쏠렸다.

만성이 귀를 의심하는 표정으로 눈을 껌뻑였다.

"으잉?"

이게 운명이 아니면 뭐겠냐고.

기차역의 전광판에 도착 알림이 떴다. 지율은 초조하게 시계를 보았다. 서울에서 내려오는 열차가 방금 역에 들어온 참이었다. 자리에서 벌떡 일어난 지율은 출구 앞에서 서성이며 목을 빼 익숙한 얼굴을 찾았다. 곧 열차에서 내린 사람들이 삼삼오오 출구로 나오기 시작했다.

몇 분쯤 지났을까, 저만치에서 커다란 캐리어를 끌고 들어오는 낯익은 모습이 눈에 들어왔다. 흰 중절모에 폴로셔츠 차림의 남자가 멀리서부터 다가왔다. 지율이 그리로 달려가며 할아버지, 하고 부르자 지율을 알아본 덕진이 두 팔을 벌렸.

덕진을 와락 끌어안았던 지율은 몸을 떼며 덕진의 얼굴을 살폈다. 마지막으로 만났을 때보다 많이 그을리긴 했지만 얼굴은 무척 좋아 보였다. 지율은 덕진의 캐리어를 대신 들고 나가 역 앞에 세워 둔 차 트렁크에 짐을 실었다. 조수석 문을 열어 주며 덕진을 타게 하자, 덕진이 아이고 덥다, 하며 모자를 벗어 손부채질을 했다.

"얼굴이 많이 타셨는데요."

차에 탄 지율이 시동을 걸며 말을 건네자, 덕진이 껄껄 웃었다.

"지중해 햇살이 얼마나 끝내주는지 몰라. 여행하는 동안 날이 너무 좋아서 볕 들 때는 항상 밖에 있었더니 아주 새까매졌다. 사람들이 몰라보면 어떡하나 걱정이네."

"건강해 보이세요."

"더 건강해지면 큰일인데, 적당히 살다가 가야지."

진담처럼 하는 농담은 할아버지의 전매특허였다. 그걸 잘 알면서도, 지율은 짐짓 정색했다.

"그렇게 말씀하실 거예요?"

"너무 오래 살아서 뭐 하겠냐. 너 장가가는 거 보면 이제 다 살았다."

지율은 그 말에 대답 대신 웃었다. 덕진이 그런 지율의 얼굴을 슬쩍 보더니 넌지시 물었다.

"웃긴 왜 웃어, 어디 뭐 장가들 아가씨라도 숨겨 놨냐?"

이걸 숨겨 놨다고 해야 할지, 말아야 할지.

희동리에서 이미 자신이 자영과 만난다는 걸 모르는 사람이 없는 판이었다. 할아버지가 그 얘기를 알게 되는 데 반나절이나 걸릴지가 의문이었다.

그러나 장가들 아가씨라고 해야 할지 아직 확답할 수가 없었다. 그날 이후 지금까지 자영에게서 대답을 듣지 못했던 것이다. 자영이 무슨 생각을 하고 있는지 도무지 모를 노릇이었다. 자영은 조금만 더 기다려 달라며, 생각이 끝나지 않았다는 말만 되풀이할 뿐이었다.

자영을 떠올리자 괜히 불안해져, 지율은 서둘러 라디오를 틀며 딴청을 부렸다.

"식사는 하고 오셨어요?"

"왜 갑자기 딴소리야, 이놈아. 비행기에서 기내식 먹었지."

"그럼 배고프시겠는데요."

"아, 왜 장가들 아가씨 있냐는데 엉뚱한 소리를 하냐니까."

덕진의 성화에도 지율은 날씨가 좋은데요, 하며 능청을 떨었다. 이놈이, 하며 눈을 흘긴 덕진은 더 묻지 않았다. 뭔가 있긴 있나 보다 짐작한 모양이었다.

집 앞에 차를 세운 지율은 트렁크에서 캐리어를 꺼냈다. 그 사이 집 안으로 들어선 덕진이 주위를 둘러보더니 고개를 흔들었다.

"아이고, 아무리 좋은 데 있어도 집이 최고다."

"그런 것치고는 지중해에서 너무 좋아 보이시던데요."

"거기는 집 다음으로 좋더라고."

농담 반 진담 반으로 대꾸한 말에 덕진이 껄껄 웃었다. 따라 웃으며 현관을 연 지율은 캐리어를 현관에 놓고는 부엌으로 들어섰다. 할아버지가 돌아오신다고 해서 미리 냉장고를 채워 둔 터였다. 싱크대에서 손을 씻은 지율이 식사하셔야죠, 하고 덕진을 돌아보자 거실 소파에 풀썩 앉은 덕진이 손을 내저었다.

"일단 씻고 한숨 잘란다. 맛있는 건 저녁에 먹고, 시원한 맥주 있으면 그거나 한 잔 다오."

지율은 냉장고를 열어 캔 맥주 두 개를 꺼냈다. 덕진에게 하나를 건넨 지율은 곁에 앉으며 캔을 땄다. 경쾌한 소리와 함께 싸한 맥주 냄새가 희미하게 흩어졌다. 자기 몫의 캔을 따 몇 모금 마신 덕진이 지율에게 물었다.

"그래, 희동리 생활 어떻든? 서울 있다가 오니까 답답했지?"

지율은 물기가 맺힌 캔을 만지작거리며 고개를 가로저었다.

"처음엔 좀 그랬는데 하다 보니까 재밌더라고요. 서울에서는 해 본 적 없는 게 많아서… 동네 분들이 많이 가르쳐 주셔서 다행이에요. 안 그랬으면 진짜 엉망진창이었을 텐데."

덕진이 뜻밖이라는 표정을 했다. 하기야 여기 올 때까지만 해도 자신 역시 이렇게 될 줄 몰랐는데 덕진이라고 그런 대답을 예상했을 리 없었다. 뭔가를 잠시 생각하던 덕진이 재차 물음을 던졌다.

"그래? 서울도 요즘엔 개원의 경쟁 심하다던데, 너희 병원은 어떠냐?"

"한 1년 지나니까 좀 안정되더라고요. 윤형이가 저 없는 동안 혼자 보느라 고생이었죠 뭐."

"앞으로도 윤형이하고 병원 쭉 할 생각이야?"

갑작스러운 질문이었다. 어떻게 개원했는지 뻔히 아는 데다, 초기 투자금까지 빌려줬던 할아버지가 왜 이런 질문을 하는지 의도를 선뜻 알 수가 없었다. 개원한 병원이 궤도에 올랐으면 죽이 되든 밥이 되든 계속 일하면 그만인데, 혹시 그만둘 거냐고 묻는 것 같아 멈칫한 지율은 되물었다.

"왜요?"

덕진이 잠시 머뭇거리더니 뒷머리를 긁적였다. 머쓱한 듯 들고 있던 캔을 내려놓은 덕진은 조심스럽게 말했다.

"여기가 마을은 작아도 근처에 수의사가 많질 않잖냐. 나름대로 우리 병원이 자리 잡은 지도 꽤 됐고 하니까, 혹시 너한테 생각이 있으면 나중에라도 여기 내려와서 일하면 어떻겠나 싶어서."

나중에라도?

듣던 중 반가운 소리였다. 사실 만약 자영이 여기로 내려와 달라고 하면 어떻게 해야 할까 온갖 경우의 수를 머릿속으로 이미 계산해 본 뒤였다.

할아버지가 아직 정정하신데 대뜸 병원을 물려달라고 할 수는 없었다. 더구나 아직 실력도 부족했다. 통근 가능한 거리에 페이 닥터를 구하는 곳이 있다면 일단 그쪽에 취업한다든지, 공공 기관 자리를 구해 본다든지, 혹은 아예 대동물 연구를 위해 근처 수의대 대학원에 들어가는 방법까지 생각한 터였다.

그러다 어느 정도 기반이 잡히면 이쪽에서 다시 개원하는 것도 불가능하지는 않을 것 같았다. 물론 쉬운 일은 아니었다. 기껏 돈 들여 서울에 개원했다가 그걸 다 버리고 도로 다시 개원한다는 게 말이 쉽지, 남들이 들으면 미쳤다고 할 게 분명한 소리였다.

그런데 할아버지가 먼저 내려오라고 하다니.

이래도 되나 싶으면서도 저도 모르게 반색하려는 얼굴을 간신히 제어하자, 덕진이 뭔가 오해한 듯 서둘러 덧붙였다.

"아니, 강요하거나 그런 건 절대 아니야. 그냥 그러면 어떨까 생각만 해 본 게다. 미안하다. 할애비가 괜한 소리를 했지?"

"아니에요. 중요한 문제니까 제가 바로 뭐라고 말씀은 못 드리겠어요. 서울 병원 문제도 있고, 제가 할아버지 도와드릴 실력도 아직 안 되고 하니까…."

"아이고, 맘에 담아 두지 말아라. 그냥 한 소리야."

지율의 대답이 인사치레라고 생각했는지 덕진이 얼른 말을 끊었다. 그냥 하신 소리면 안 되는데, 하고 지율이 속으로 생각하는 사이, 덕진이 화제를 돌렸다.

"참, 서울은 언제 올라가려고?"

"며칠 있다가요. 할아버지도 좀 쉬셔야 되잖아요."

지율의 말에 덕진이 혀를 차더니 고개를 가로저었다.

"뭘 며칠씩 더 있으려고 그래. 준비 다 됐으면 내일 아침에 바로 가. 할애비 왔는데 꾸물거려서 뭐 할 거야."

"네?"

"서울 가서 병원 일도 봐야지. 괜히 더 있지 말고 바로 올라가."

"아니, 괜찮은데…."

"내가 안 괜찮아!"

덕진의 강경함에 지율은 얼떨결에 네, 하고 대답했다.

이렇게 갑자기 올라가게 될 거라고는 생각도 하지 못했기에, 지율은 덕진이 잠시 눈을 붙이는 사이 서둘러 마을을 한 바퀴 돌며 인사를 했다. 마을 사람들도 지율이 곧 서울로 돌아간다는 걸 알고는 있었으나, 당장 내일 돌아간다니 서운한 기색이 역력했다. 또 와, 하는 말을 삼십 번쯤 듣자 다시 안 오면 안 될 것 같은 기분이 들었다.

마지막으로 만난 사람은 당연히 자영이었다. 근무 중이던 자영을 불러내 내일 올라가게 됐다고 얘기하자, 자영은 무슨 할 말이 있는 사람처럼 한참을 망설였다. 어쩐지 하고 싶은 말을 참는 것 같은 얼굴이라, 그렇지 않아도 대답을 듣지 못한 며칠 사이 쌓인 불안감이 점점 더 커졌다.

"왜 그래요? 무슨 일 있어요?"

결국 참다못해 묻자, 자영이 화들짝 놀라며 고개를 흔들었다.

"아, 아니에요. 서울 올라가면 다시 연락해요."

"그때 내가 했던 얘기 아직 생각 중인 거죠?"

최대한 상냥하고 여유로운 척하며 웃어 보였으나, 제발, 플리즈, 나 지금 완전 간절함이라고 얼굴에 써 붙인 게 스스로도 느껴질 정도였다. 어지간하면 예스인지 노인지만이라도 대답해 줄 만하지 않나… 하고 생각하던 참이었다.

"조금만 더 기다려 줄 수 있어요?"

돌아온 대답은 여지없이 기대를 박살 냈다. 인내심이라면 남부럽지 않을 만큼은 있었으나, 지금은 정말 바닥이 보일 지경이었다. 하지만 자영이 조금만 더 기다려 달라는데, 알겠다는 대답 말고는 달리 할 말도 없었다.

할아버지도 오셨는데 저녁 먹으러 오라는 지율의 제안도 거절한 자영은 미안했는지 헤어지기 전 먼저 지율을 안아 주었다. 굳이 사양할 마음은 없었으므로 기꺼이 그 포옹을 받아들이긴 했지만, 집으로 돌아오는 내내 찝찝한 기분이 가시지 않았다.

이게 마지막은 아니겠지.

불안한 예감에 머리라도 뜯고 싶은 심정이었다. 저녁 식사를 하고 잠자리에 들 때까지도 마지막으로 본 자영의 얼굴이 계속 어른거렸다. 대체 무슨 말을 하고 싶어서 그렇게 망설였던 걸까. 설마 아무리 생각해도 아닌 것 같다고? 어차피 헤어질 거 그냥 지금 헤어지자고?

말도 안 돼.

헤어지자고 하면 재취업이고 뭐고 일단 짐 다 싸서 내려올 거야.

사람이 이렇게 눈깔 돌아가서 집착남이 되는 건가. 혼자 심각하게 고민하다 윤형에게 나 내일 올라간다, 하고 메시지를 보내자 윤형에게서 바로 답이 돌아왔다.

「얼굴 보고 얘기하자, 이 새끼야.」

아무래도 아직 화가 안 풀렸나.

얘는 또 어떻게 하나 싶었으나 이미 머릿속은 과부하였다. 일단 내일 일은 내일 생각하자며 잠을 청했으나 꿈자리가 사나웠다. 한숨도 못 잔 것 같은 기분으로 일어난 지율은 할아버지와 이른 아침 식사를 하자마자 희동리에서 출발했다.

분명히 집으로 돌아가는 건데, 희한하게 집을 떠나는 기분이었다. 반년 사이에 정이 들었나. 백미러로 마을 입구의 비석이 멀어지는 걸 보고 있으려니 어쩐지 마음이 무거워졌다.

나 이러고 서울 가서 진짜 어떻게 사냐.

속으로 생각하며 휴게소 한 번 안 들르고 달려 서울에 도착하니 이미 점심때가 다 되어 있었다. 아파트 주차장에 차를 세우고 뒷좌석에 놓아둔 캐리어를 내린 지율은 울적한 심정으로 엘리베이터를 탔다. 땅이 꺼지게 한숨을 쉬며 현관을 열자, 아무도 없어야 할 집에서 막 튀긴 치킨 냄새가 확 밀려들었다.

이게 뭐지, 하고 의아해하기 무섭게 시커먼 그림자가 현관으로 달려 나오더니 지율을 끌어안았다. 정확히는 안았다기보다는 충돌해 왔다고 하는 게 맞을 것 같았다.

"환영한다, 한지율!"

윤형이었다.

몇 시쯤 도착할 거냐고 중간중간 계속 묻더니 아예 집에 와서 기다린 모양이었다. 지율이 질겁하며 윤형을 떼어 내자, 윤형이 어이구 내 새끼, 하며 지율의 양 뺨을 덥석 쥐었다.

"시골 수질이 좋긴 좋은가, 낯짝이 아주 반반하구만."

"치워, 자식아. 피곤해."

매몰차게 윤형의 손을 쳐 내며 거실로 들어서자, 방금 배달된 게 분명한 치킨 상자가 눈에 들어왔다. 그러고 보니 반년 동안 치킨을 포함한 모든 배달 음식과는 일절 연이 없었던 것이 그제야 떠올랐다. 치킨 상자에 못 박힌 지율의 시선을 알아차린 윤형이 그럼 그렇지, 하는 얼굴로 등을 떠밀었다.

"야, 일단 앉아. 앉아서 한잔해."

그래도 친구가 좋다고, 나름대로 생각해서 시간 맞춰 치킨을 시켜 놓은 그 성의에 보답은 해 줘야 할 것 같았다. 치킨이 식기 전 대강 씻고 자리에 앉자, 윤형이 냉장고에서 맥주 두 캔을 들고 와서는 소파 맞은편에 몸을 풀썩 묻었다. 자기 몫의 캔을 딴 윤형이 맥주 한 모금을 마시더니 눈을 가늘게 떴다.

"지금 그게 서울 와서 좋은 사람 표정이 아닌데."

"나 없는 동안 관상 공부했냐?"

건성으로 대꾸했으나 내심 뜨끔했다. 지율이 서둘러 캔을 따는 사이, 윤형이 뭔가 결심한 사람처럼 맥주를 쭉 들이켜더니 탁자 위에 깡 소리가 날 정도로 빈 캔을 세게 내려놓았다.

"야, 그래. 말 나온 김에 얘기나 좀 해 보자."

드디어 올 것이 왔구나.

지율이 겸허한 마음으로 입을 다물자, 손등으로 제 입가를 벅벅 닦은 윤형이 크게 숨을 들이쉬더니 바로 지율을 다그치기 시작했다.

"지난번에 그 얘기 뭐야? 갑자기 왜 그래? 너 정말 여기 병원 포기하고 거기 내려가기라도 할 거야, 어쩔 거야? 진짜 이유가 뭔지 얘기를 해 보라고. 내가 이해가 안 가서 그래. 다른 사람도 아니고 한지율이 여자에 눈이 뒤집혀서? 그건 아니지. 할아버지가 병원 너 주신대? 꼼짝도 하지 말고 희동리 박혀 있으래?"

"내가 여자에 눈 뒤집히면 안 될 건 뭔데?"

되물은 지율의 얼굴에 윤형의 눈이 점점 커지기 시작했다.

사람 눈이 저렇게까지 커질 수 있구나 하며 인체의 신비에 감탄하고 있는데, 윤형이 몸을 확 내밀어 지율의 멱살을 쥐고 흔들었다.

"너 한지율 아니지? 야 이 새끼야, 너 누구야?"

내버려 두면 진심으로 무당이라도 부를 것 같은 기세였다. 손등을 찰싹 때려 윤형의 손을 떼어 낸 지율은 씩씩거리는 윤형을 도로 제자리에 앉혔다. 그러고도 개 다루듯 기다려, 하며 몇 번이나 윤형을 진정시켜야 했다.

겨우 윤형이 좀 침착해진 기미가 보이자, 지율은 어릴 적 이야기를 꺼냈다. 열 살 때 부모님이 돌아가시고 희동리에 내려갔다가 어떤 여자애를 만났고, 그 애와 그 여름을 함께 보냈고, 그 애가 아니었으면 난 지금쯤 이렇게 못 살고 있었을 거고, 그 후로 몇 번 다시 내려갔지만 그 애를 못 찾았고, 근데 거기서 만난 동네 경찰이 알고 보니 그 애였고, 그걸 알았는데 내가 눈이 안 뒤집히게 생겼냐고.

처음에는 이 새끼가 뭔 소리를 하는 거야, 하고 써 붙였던 윤형의 얼굴이 점점 심각해졌다. 한마디도 없이 이야기를 듣고 있던 윤형이 도저히 못 믿겠다는 투로 물었다.

"아니, 그럼 너 술만 먹으면 주절거리던 그 〈소나기〉 같은 얘기가 진짜였어?"

술만 먹으면 했다는 건 좀 과장인 것 같은데, 하고 반박하려던 지율은 입을 다물었다. 생각해 보니 그런 애가 있었는데,

다시 만나고 싶은데, 지금쯤 뭐 하고 살까, 그런 얘기를 윤형과 여러 번 한 기억이 나기는 나서였다.

"그럼 내가 소설 쓰는 줄 알았냐?"

결국 반박하는 대신 되묻는 지율에게 윤형이 일말의 망설임도 없이 대꾸했다.

"솔직히 말해? 난 무슨 개뻥을 쳐도 저딴 걸 치나 했지. 말이 되냐, 그게. 야, 〈소나기〉가 언제 발표된 소설인 줄 아냐? 1950년대야, 50년대. 내가 그 얘기 들을 때마다 속으로 아 이 새끼 이 전후 세대 감성 어떡할 거야, 이랬다고."

"진짜라고, 자식아."

"믿는다니까, 인마!"

지율이 발끈하기 무섭게 더 큰 소리로 버럭한 윤형이 팔짱을 끼었다.

"근데 얘기 들어 보니까 그게 또 운명은 운명이네."

"그치."

"내가 널 10년 봤는데 이러는 건 진짜 처음이고."

"운명이라고 했잖아."

윤형은 웃지도 않고 대답하는 지율을 한동안 빤히 마주 보았다. 말이 없는 게 더 불길했다. 얘가 뭔 소리를 하려고 그래, 하고 속으로 생각하기 무섭게 윤형이 물었다.

"그 여자 아니면 안 될 것 같아?"

"응."

생각할 틈도 없이 바로 돌려준 대답에 윤형이 걱정스러운 표정으로 턱을 만지작거렸다.

"그거 비정상인데. 하긴 눈깔 달린 놈이 최민을 찰 정도면 정상이라고 보긴 어렵지."

이걸 그냥.

죽을래, 하고 써 붙인 얼굴로 말없이 윤형을 뚫어지게 응시하자 윤형이 헛기침을 했다. 괜히 목이 마른 양 지율이 마시다 만 맥주 캔을 집어 들어 마저 들이켠 윤형이 긴 숨을 뱉었다. 잠시 뜸을 들이던 윤형이 입을 열었다.

"솔직히 얘기하면 나도 그날 통화하고 생각 진짜 많이 했거든. 꼭 나가야겠다, 그러면 내가 뭘 어떻게 할 수는 없어. 너 들어올 때 넣었던 투자금이야 뭐 이제 다 회수했고, 병원도 어느 정도 딱 안정됐고…. 너한테 붙어 있던 단골들은 좀 아깝긴 한데, 그렇다고 우리 병원 안 올 사람들도 아니고. 솔직히 병원 들어오라고 하면 페닥 할 애들도 많고."

"그래서?"

이건 사실 예상하지 못했던 반응이었기에, 저도 모르게 목소리가 약간 올라갔다. 윤형이 어깨를 으쓱해 보였다.

"나는 당연히 너하고 계속하고 싶긴 한데, 인생의 중요한 결정 아니냐."

그러니까 너 원하는 대로 해 주겠다 그건데.

도리어 얼떨떨해진 지율이 눈을 깜빡이자, 윤형의 얼굴이 진지해졌다.

"만약에 내려가면 뭐 할 건데? 할아버지 병원에서 같이 일할 거야? 그 동네에 그만큼 수요가 있어?"

"축사 수나 규모에 비해 근처에 수의사가 적어. 수요 문제는 걱정 안 해도 될 것 같은데, 내가 대동물 경험이 너무 없어서 할아버지한테 도움이 될까 그게 걱정이지. 만약에 진짜 내려가면 통근 가능한 거리에 페닥 알아보든지, 아니면 대학원 들어가는 것도 생각 중이야."

지율은 조심스럽게 대답했다. 당장이라도 그게 무슨 미친 소리냐며 멱살을 잡고 짤짤 흔들 줄 알았는데, 윤형은 뜻밖에도 차분했다.

"만약에 간다면 민폐는 되기 싫다?"

"그렇지."

무슨 생각을 하는지 그 뒤로 윤형은 한참 말이 없었다. 오랫동안 침묵하던 윤형이 자기 머리를 감싸고 머리칼을 마구 흩어 대며 혼잣말처럼 중얼거렸다.

"아이 씨, 이게 진짜 운명이야 뭐야."

얘가 왜 이러나 싶어 눈치를 보는데, 윤형이 갑자기 고개를 번쩍 들었다.

"희동리 근처에 한국대 수의대 있잖아. 차로 한 20분이면 가지?"

"그 정도 될 거야. 왜?"

뜬금없이 그건 왜 묻나 싶었다. 윤형이 한숨을 푹 쉬더니 입을 열었다.

"거기 동물 의료 센터에서 이번에 전임 수의사 채용할 거거든. 우리 아래 학번 후배 중에 이정훈이라고 기억나냐? 정훈이가 거기 있다가 이번에 다른 데로 옮기면서 공고 난 건데, 거기서 대동물 많이 보잖아. 2년 계약직이래. 나한테 혹시 그 자리 들어갈 사람 있는지 추천 좀 해 달라고 엊그제 전화 왔었어."

한국대 동물 의료 센터라면 작지 않은 센터였다. 소동물과 대동물, 야생 동물, 특수 반려동물까지 다루는 데다 산업 동물 질병 전문과도 있어 실전 경험을 쌓기에는 최고였다. 그러나 자주 자리가 나는 곳이 아니다 보니 고려조차 하지 않았는데, 생각도 못 한 기회가 있다니 갑자기 심장이 쿵쿵거리며 뛰기 시작했다.

"무슨 일이든 타이밍이 딱 맞기 되게 힘든데, 일이 어떻게 또 이렇게 되냐."

어쩔 수 없다는 듯 투덜거린 윤형이 자기 핸드폰을 만지작거리더니 곧 지율에게 내밀었다. 지율이 얼결에 핸드폰을 받아 들자, 윤형이 화면에 뜬 문서를 가리켰다.

"그거 공고문인데 한번 읽어나 봐."

세상에.

이래도 운명이 아니라고?

곧 서울역에 도착한다는 안내 방송에, 창밖을 쳐다보며 멍하니 생각에 빠져 있던 자영은 퍼뜩 정신을 차렸다. 늘 서울에 올 때마다 복잡한 마음이었으나, 오늘은 조금 달랐다. 창에 비친 얼굴을 보고 매무새를 다시 한번 확인한 자영은 숨을 크게 들이쉬고는 기차에서 내렸다.

금요일 저녁이라 그런지 플랫폼이 복닥거렸다. 내리는 사람과 타는 사람들 사이를 헤치고 출구로 향하자, 곧 저만치서 자신을 부르는 소리가 들렸다.

"자영 씨!"

어디서 들린 건지 미처 확인하기도 전, 이쪽으로 뛰어오는 발소리와 거의 동시에 온몸이 누군가의 품에 그대로 파묻혔다. 얼굴을 굳이 확인하지 않아도 지율이라는 걸 바로 알 수 있었다. 남들이 보거나 말거나 역 한복판에서 자영을 꼭 안고 있던 지율이 한참 만에야 겨우 자영을 놓아주고는 몸을 숙여 얼굴을 들여다보았다.

"밥은 먹었어요?"

눈이 마주쳤다. 걱정이며 기쁨, 두려움, 떨림 같은 수많은 감정이 선연하게 비치는 그 눈동자에 갑자기 속에서 뭔가 울컥 치받쳤다. 겨우 보름 떨어져 있었는데. 누가 보면 몇 년은 헤어져 있었던 사람인 줄 알 만큼 애틋해져 자영은 속으로 미쳤나 봐, 하고 중얼거리며 겨우 고개를 저었다.

"그러면 일단 밥부터 먹으러 가요. 뭐 먹고 싶어요?"

"아무거나…."

대답을 다 하기도 전, 지율이 자영의 손을 꽉 잡고 역사 안을 빠져나왔다. 주차장에 세워 둔 차에 자영을 태운 지율이 문을 닫고는 안쓰럽다는 듯 말했다.

"왜 이렇게 말랐어요. 잘 좀 챙겨 먹지."

"지율 씨도 마른 거 같은데요."

"저녁에 할 게 없어서 운동만 해서 그럴걸요."

농담처럼 말하긴 하는데, 썩 편하지 않은 기색인 게 눈에 보였다. 어제 잠을 많이 못 잔 것 같은 얼굴이었다. 그럴 만도 하지. 속으로 생각한 자영은 내가 너무했나, 하며 조금 반성하는 마음이 되었다.

지율이 서울로 돌아간 뒤 내내 먼저 연락 한 통 하지 않다가 갑자기 금요일 저녁에 서울로 올라간다고, 잠깐 볼 수 있냐고 물은 건 그저께의 일이었다. 전화 너머에서 지율이 굳은 게 느껴졌다. 말이 없던 지율은 곧 웃으며 당연하죠, 하고 대답했다. 무슨 얘기냐고 묻지도 않았다.

그냥 전화로 말해 줄 걸 그랬나.

피곤해 보이는 지율의 얼굴에 괜히 미안해졌다. 지율이 어디 갈까요, 하며 시동을 걸었다. 잠깐 망설이던 자영은 내비게 이션을 켜는 지율의 손목을 잡았다.

어쩌다가 전원일기

"나 할 얘기 있어요."

그 말에 지율이 순간 긴장했다. 찰나였지만 잡은 손으로 온몸이 바짝 경직하는 걸 알아차릴 정도였다. 숨을 들이쉰 지율이 애써 웃는 얼굴로 물었다.

"나쁜 얘기면 밥 먼저 먹고 들으면 안 될까요?"

순식간에 핏기가 싹 빠진 얼굴이라, 아무래도 더 뜸을 들였다가는 큰일 날 것 같았다. 마르는 입술 위를 물었다 놓은 지율이 손목을 감싼 자영의 손을 가만히 잡아 내리며 눈을 마주 보았다.

"나도 할 얘기 있는데…."

지율을 내버려 두면 혼자 멀리 갈 것 같았기에, 자영은 더 듣지도 않고 입을 열었다.

"나 서울에서 일하게 됐어요."

그런데 거의 동시에 지율이 말했다.

"…나 희동리로 내려갈 거예요."

뭐라고?

두 사람은 말을 마친 표정 그대로 잠깐 얼어붙어 서로를 쳐다보았다. 자영은 귀를 의심하는 얼굴로 자신을 응시하는 지율을 보고 눈을 깜빡였다. 분명히 자신의 표정도 지금 지율하고 똑같을 것 같았다. 차 안에 정적이 흘렀다.

"빠르고 정확한 안내를 시작합니다. 사용하실 지도를 선택

하세요."

 침묵을 깬 건 부팅된 내비게이션의 안내 멘트였다. 그 목소리에 번뜩 정신이 돌아온 자영은 지율의 어깨를 움켜잡았다.
 "지금 뭐라고 그랬어요?"
 얼어붙은 지율이 얼결에 켰던 시동을 다시 끄는 바람에 차 안이 더 조용해졌다. 대답을 들을 정신도 없어, 자영은 바로 지율을 재차 다그쳤다.
 "나 서울에서 일하게 됐다고 했는데, 지율 씨는 지금 뭐라고 그런 거예요?"
 자영의 말에 지율이 대답 대신 당황하며 되물었다.
 "서울에서? 왜요? 왜?"
 "내가 먼저 물어봤잖아요! 지금 희동리로 내려간다고 그랬어요? 왜요?"
 "한국대 수의대 센터에서 2년 계약직 임상의 뽑는다고 해서 지원했죠! 자영 씨는 어떻게 된 거예요?"
 "난 마포서에서 그쪽으로 발령 원하는 사람이 있다고 해서 바꾼 자리라고요!"
 망연자실한 지율이 산소 부족한 금붕어처럼 입을 뻐끔거렸다. 당혹스럽기로는 자영도 마찬가지였다. 세상에. 이게 말이 되냐고. 그렇게 나기 힘든 자린데, 진짜 운명인 줄 알았는데. 그렇게 생각한 순간 지율이 허탈하게 이마를 짚었다.

"말도 안 돼, 이거 진짜 안 나는 자린데… 완전 운명이라고 생각했는데."

마치 자신의 마음을 그대로 보고 읽은 것 같은 그 말에 헛웃음이 나왔다. 나도요, 하고 대꾸한 자영은 실성한 것처럼 웃기 시작했다. 멍하니 자영을 마주 보던 지율도 어이없다는 듯 웃음을 터트렸다.

웃을 일이 아닌데, 뭐 이런 일이 다 있나 싶어 웃음밖에 나지 않았다. 한참을 웃던 지율이 간신히 숨을 고르더니 황당함이 가시지 않은 얼굴로 자영을 마주 보았다.

"언제 결정된 거예요?"

"그저께 결정됐다고 연락받고 전화한 거예요."

"그런 생각을 하고 있으면 진작 얘기 좀 해 주지 그랬어요?"

"될지 안 될지 모르는 거라 확실해지면 얘기하려고 그랬죠. 지율 씨도 그럴 거였으면 얘기해 줬으면 좋았잖아요!"

"나도 확실해지고 얘기하려고 했어요!"

서로 화를 내야 할 상황 같았는데도, 눈이 마주치기 무섭게 또 웃음이 터졌다. 겨우 웃음을 그쳤던 지율도 포기했는지 숨이 넘어가기 직전까지 웃더니 시트에 등을 파묻었다.

"미치겠다, 정말. 집은 어떻게 하려고요?"

"오늘 얘기하고 구하러 가려고 그랬는데요."

일단 오늘 지율에게 이 얘기를 하고, 내일 아침부터 근처에 적당한 집이 있나 볼 생각이었다. 그래서 겸사겸사 올라오긴 했는데, 일이 이렇게 되니 부동산이고 뭐고 아무 생각도 나지 않았다. 목이 타는지 옆에 놓여 있던 생수병을 따서 한 모금 마신 지율이 재차 물었다.

"그럼 언제부터 일해요?"

"2주 뒤에요. 지율 씨는요?"

"나 월요일부터 출근이에요."

상황에 순응한 건지, 정신이 나간 건지 지율이 생글거리며 대답했다. 월요일부터 출근이라고? 기가 차서 저절로 입이 벌어졌다.

"그걸 왜 여태 얘기를 안 했어요!"

"내려가서 놀라게 해 주려고 그랬죠."

그러더니 또 아하하, 하고 웃는데 어이가 없었다. 그러나 생각해 보면 자신도 지율을 놀라게 해 주려고 올라온 판이었다. 서로 남 말 할 처지가 아니라는 걸 깨달은 자영은 한숨을 쉬었다. 아직 웃음기가 남은 얼굴로 뭔가를 생각하던 지율이 손가락을 딱 소리 나게 튕겼다.

"아, 그럼 자영 씨가 우리 집에서 지내면 되겠다! 집 구하고 뭐 하고 할 필요 없이 그게 제일 간단하겠네요. 안 그래도 내일 부동산에 내놓고 내려가려고 했는데 잘됐어요. 아, 윤형이가 우리 집 비밀번호 아니까 그건 바꿔야겠다."

사람이 이렇게 긍정적이어도 되는 건가 싶었다. 괜찮죠? 하며 동의를 구한 지율은 껐던 시동을 다시 켜더니 자영을 마주 보았다.

"이것도 운명이라고 생각하니까 재밌네요."

"장거리 연애 할 운명일 줄은 몰랐는데요."

"우리가 떨어져 있는 건 이게 진짜 마지막일 테니까."

그 말은 확신에 가득 차 있었다. 그걸 어떻게 장담하려고, 하며 애써 비뚤어지려 했으나 찾아오는 묘한 안도감까지 어쩔 수는 없었다. 그 속내를 알아차린 듯 씩 웃은 지율이 물었다.

"저녁은 우리 집에 가서 먹을까요?"

좋아요, 하고 대답하기도 전 조수석의 헤드레스트를 잡은 지율이 몸을 숙였다. 부드러운 입술이 맞물리는 감촉에 자영은 무의식적으로 눈을 감았다. 시야가 차단된 까닭에 민감해진 감각으로 지율의 떨림이 더 선명하게 느껴졌다.

그렇게 여유로운 얼굴이더니. 미처 감추지 못한 희미한 불안함마저 어딘지 모르게 사랑스러웠다. 그 뺨을 만지며 짧은 입맞춤에 응하자, 닿은 입술을 떼지 않은 채 지율이 속삭였다.

"자고 가도 돼요."

대답 대신 푹 웃는 소리가 났다. 자영은 그것마저도 놓치지 않으려는 듯 입술을 눌러 오는 지율의 목을 안았다. 차가운 에어컨 바람이 소매 아래 드러난 팔을 순식간에 감싸고 스며들었으나, 그 서늘함조차 느낄 새가 없었다.

11

 손목에 찬 시계를 확인한 지율은 서둘러 접시를 꺼내 팬 위에서 잘 익은 스테이크와 가니시를 올렸다. 좀 더 예쁘게 플레이팅을 하고 싶었으나 그럴 시간이 없었다. 가져온 케이크를 식탁 위에 후다닥 올리고 초를 꽂고 있는데, 밖에서 도어 록 비밀번호 누르는 소리가 들렸다.

 번개 같은 손놀림으로 성냥을 그어 케이크 위에 꽂은 초에 불을 붙이고 거실 등을 끄는 것과 거의 동시에 현관이 열렸다. 거실에서 기다리는 사이, 센서 등이 켜진 현관에서 희미한 빛이 새어 들었다. 신발을 벗은 자영이 크게 한숨을 내쉬며 안으로 들어섰다. 습관적으로 스위치로 손을 뻗은 자영이 불을 켜자마자 깜짝 놀라 그 자리에 얼어붙었다.

 "지율 씨!"

 귀신이라도 본 얼굴이었다.

 아까 퇴근하기 직전에 통화하면서도 서울에 올라왔다는 얘기는 일부러 하지 않았다. 자신이 평일에 근무표까지 변경해 가며 올라올 거라고는 상상도 못 했을 게 당연했다. 희동리에 있어야 하는 사람을 집에서 봤으니 그렇게 놀라는 것도 무리가 아니었다. 지율은 짐짓 가슴을 쓸어내렸다.

"와, 10분만 빨리 왔어도 준비 못 할 뻔했는데."

눈을 크게 뜬 자영이 집 안을 둘러보더니 물었다.

"어떻게 된 거예요?"

"승진 시험 합격했다고 해서 축하 파티 하러 왔죠."

지율의 대답에 멈칫한 자영이 난처한 표정으로 관자놀이 부근을 긁적였다.

"뭘 이런 걸…."

나무라는 투였지만 내심 고맙고 미안해한다는 건 이제 지율도 잘 알고 있었다.

서울로 옮기면서 일이 많이 늘었는데도, 자영은 승진 시험 공부를 게을리하지 않았다. 작년 승진 때는 자영이 임용식까지 다 마친 뒤에야 얘기하는 바람에 그게 내내 마음에 걸렸던 터였다.

임용식에는 보통 가족이 참석하는데, 자영에게는 따로 참석할 가족이 없다 보니 자신에게 얘기하지 않은 것 같았다. 다음에는 이런 일이 있으면 바로 알려 달라고 신신당부를 했더니, 이번 경사 승진 시험 합격 후에는 발표가 나자마자 전화를 해 준 자영이었다.

"저녁 안 먹었죠? 일단 앉아요."

자영의 등을 떠밀며 식탁 앞으로 데려가자, 서둘러 손을 씻은 자영이 자리에 앉았다. 초 녹는다, 하며 재촉해 케이크 위의 초를 끄게 하니 자영이 어이없다는 얼굴로 웃었다.

"누가 보면 생일인 줄 알겠네. 바쁜데 뭐 하러 이랬어요."

"승진 임용식에 나 가도 되는지 물어보고 싶어서요. 지난번에는 못 갔잖아요."

곁에 앉아 케이크를 한쪽으로 치워 두고는 대수롭지 않다는 듯 대꾸하자 자영이 잠시 멈칫했다. 작년에 경장 승진 후 임용식이 있었다는 걸 뒤늦게 알고 서운해하자, 어차피 가족들이 오는 자리라며 자신을 달랬던 걸 떠올린 모양이었다.

"그리고 이제 우리 얘기도 진지하게 하고 싶고."

사실 승진 축하는 핑계였고, 본론은 이거였다.

어차피 처음부터 두 사람 모두 계약 기간이 끝나면 결혼하겠지, 하고 막연하게 생각은 하던 참이었다. 다만 본격적으로 얘기를 나눠 본 적은 아직 없었다. 자영이 신경 쓰는 문제가 있는 탓이었다.

"며칠 전에 소장님하고 우연히 만났었는데, 지난번에 자영 씨가 혹시 다시 내려갈 수 있겠냐고 물어봤다고 하시던데요."

자기 몫의 스테이크를 썰어 자영의 접시와 바꿔 준 지율은 입을 열었다. 얼마 전 우연히 만성과 마주쳤다가, 자영이 도로 희동리에 내려오려고 하느냐고 물은 바람에 알게 된 얘기였다. 그 말을 듣자마자 자영이 눈에 띄게 당황했다.

"그건 그냥, 진짜 그냥 물어본 거였어요!"

그럴 리가 있나.

허둥거리며 허공을 두어 번 찍던 자영의 포크가 간신히 고기 위로 안착하는 걸 뚫어지게 보고 있던 지율은 재차 물었다.

"희동리에서 살고 싶은 거 아니었어요?"

말이 끝나기도 전 자영이 정색하며 고개를 가로저었다.

"아뇨, 서울 생활도 이제 적응돼서 괜찮아요. 지율 씨가 계속 거기 있을 수도 없는 거고요. 윤형 씨도 지율 씨하고 다시 병원 했으면 좋겠다고 했잖아요."

주말에 자영을 만나러 서울에 올라올 때면, 가끔 윤형과 셋이서 밥을 먹거나 간단히 맥주를 마시러 가곤 했다. 그런데 지난번에 만났을 때 윤형이 술김에 아 근데 애 같은 애가 없어요, 이 새끼만 좋다 그러면 다시 오라고 하고 싶은데, 하고 주절거리던 걸 기억하고 있던 모양이었다. 지율은 그 말에 눈썹을 좁혔다.

"윤형이 얘기는 신경 쓰지 말아요. 걔 그거 그냥 하는 소리니까."

자영이 들고 있던 포크를 내려놓더니 이마를 문질렀다. 작게 한숨을 뱉은 자영은 잠깐 사이를 두었다가 뭔가 결심한 표정으로 입을 열었다.

"지율 씨가 나 때문에 일부러 잘되는 병원 그만두고 거기 내려간 거 사실 되게 마음에 걸렸어요. 페이도 더 적고 일도 훨씬 많은 것도 아는데 굳이 그럴 필요 없었잖아요."

"일은 충분히 할 만하고, 처음부터 공부하려고 들어간 거라 페이는 신경 안 써요. 적다고도 생각 안 하고요. 그건 자영 씨가 걱정할 문제 아니에요."

지율의 대답에 잠시 입을 다물고 있던 자영이 지율을 마주 보았다.

"전에도 얘기했지만 난 지율 씨가 나 때문에 뭘 포기하게 되는 상황이 오는 게 싫어요."

"내가 포기하게 되는 게 뭔데요."

"그게 뭐든."

"난 센터 지원했을 때부터 이미 마음 결정했어요."

지율은 더 들을 필요도 없다는 얼굴로 대답했다. 처음부터 결혼하게 된다면 당연히 자영과 희동리에 있어야 한다고 생각했고, 그건 지금도 변함없었다. 자영이 만약 서울 생활이 더 좋다고 판단한다면 문제가 다르겠지만, 그게 아니라는 건 자명했다.

서울에서 경찰로 일하는 게 더 어렵고 힘들다는 건 둘째 치고라도, 자영이 간혹 희동리 사람들의 안부를 묻거나 마을에는 별일 없냐며 지나치듯 얘기할 때마다 희동리를 그리워한다는 건 쉽게 눈치챌 수 있었다. 그런 티를 조금이라도 내면 자신이 혹시 불편해할까 싶어 누르고 누르다 가끔 참기 힘들 때

어쩌다가 전원일기 437

마다 묻는다는 것도.

자영이 무슨 생각으로 자신에게 말도 없이 바로 서울행을 결정했는지는 물론 잘 알고 있었다. 지율 역시 같은 이유로 자영과 상의하지 않고 한국대 센터에 원서를 낸 탓이었다. 지율의 단호한 말에 자영이 목소리를 높였다.

"나도 올라왔을 때부터 정했다고요! 내가 여기 있어도 상관없잖아요. 난 공무원이고, 어디서 일하든 똑같은데…."

"어디서 일하든 똑같은 거면 자영 씨가 편안한 자리에서 있었으면 좋겠어요."

지율은 그 말을 잘랐다. 자영이 순간 멈칫했다. 식탁 위로 짧은 정적이 흘렀다. 지율은 들고 있던 포크를 내려놓았다. 접시 위에서 난 달그락 소리가 그 침묵을 깼다.

"장소라는 게 아무것도 아닌 것 같지만 사실은 중요하잖아요."

지율은 뒤이어 말했다. 이쪽을 응시하던 자영이 입술 끝을 눌러 물었다. 지율은 식탁 위에 놓인 자영의 손 위로 자기 손을 가만히 포개 잡았다.

"자영 씨한테 서울 생활 편하지 않은 거 알아요."

"그건…."

"서울에 있으면 좋은 점도 분명히 있죠. 그런데 그게 자영 씨한테 좋은 거예요? 빽빽한 아파트에서 낯선 분위기 감수하면서 살 만한 장점? 당연히 있겠죠. 그런데 난 그게 자영 씨

위한 건지는 모르겠어요."

자영은 그 말에 대답하지 못했다. 지율은 작은 손을 조금 더 힘주어 쥐었다.

"할머니하고 살던 집에 자영 씨 추억이 다 남아 있는 거잖아요. 그거 그냥 팔아 버릴 수 있겠어요? 아니면 아무도 안 사는 집으로 내버려 두고 폐가처럼 되게 하고 말까요?"

집 이야기가 나오자 자영이 움찔했다. 희동리에서 살던 집을 비워 놓고 온 자영은 가끔 지율에게 한 번씩 들여다봐 달라고 부탁하곤 했다. 집도 사람이 살지 않으면 금방 망가지는 탓이었다.

지율은 자영의 집에 들를 때마다 낡은 집 구석구석을 오래 들여다보곤 했다. 수리한 지 오래인 집에는 자영과 할머니의 흔적이 고스란히 남아 있었다. 닳아서 칠이 벗겨진 싱크대 손잡이, 세월이 지나며 미묘하게 뒤틀려 덜컹거리는 나무 창틀, 틈이 벌어진 마루, 빛바랜 벽지들로 자영이 여기서 보낸 시간을 짐작할 수 있었다.

늘 좋은 일만 있지는 않았겠지만, 따뜻하고 행복한 일상의 흔적들을 발견하는 건 어렵지 않았다. 자신 때문에 자영이 그 공간을 버리게 하고 싶지는 않았다.

"찾아갈 사람은 없을지 몰라도 기억은 다 거기 있잖아요."

"지율 씨한테는 거기 뭐가 있는데요, 그럼."

자영의 목소리가 얼핏 흔들렸다. 자영은 시선을 내리며 입술 끝을 잘근거리다 내뱉었다.

"나한테 소중한 것 때문에 지율 씨한테는 아무것도 없는 데서 시작하는 게 말이 돼요?"

"왜 아무것도 없어요? 내가 자영 씨를 거기서 처음 만났고, 다시 만났는데."

"지율 씨."

자영이 무슨 말인가를 하려는 듯 지율을 불렀다. 지율은 잠깐 웃고는 고개를 가로저었다.

"나 진짜 힘들 때면 꼭 그해 여름 생각을 했거든요. 그런데 그러고 나면 더 슬픈 거예요. 내가 지금 거기에 없으니까. 그 자리에 있고 싶은데, 내가 갈 수가 없으니까."

혼자인 건 어쩔 수 없다고, 누구나 다 그런 거라고 생각하려던 시절이 있었다. 고등학교 기숙사의 좁은 방에서 소등 후 멍하니 누워 있을 때 지율은 종종 그해 여름의 소녀를 생각했다. 조그만 손의 온기와 그 애가 들려주던 수많은 이야기를 떠올리면 하루를 더 살 수 있을 것 같아서였다.

가끔 생각만으로는 참기 힘들 때도 있었다. 아버지와 어머니의 기일이 가까워지면, 지율은 자주 꿈에서 그날의 일을 다시 경험하곤 했다. 차 안에서 몸이 공중에 뜨며 처박히고, 어디선가 찢어지는 비명이 들리고, 우리 애만 살려 주세요, 하며 누군가 울부짖는 소리가 들리고… 그런 밤에는 베개에 얼굴을 파묻고 밤새 숨죽여 울었다.

그러고 나면 늘 그 애를 처음 만났던 희동리의 냇가로 달려가고 싶었다. 햇살을 가득 받은 이파리를 줍고 반짝이는 시냇물 위로 물수제비를 뜨며 고요한 밤에는 쏙독새 소리에 귀 기울일 수 있는 곳으로.

그 여름의 너에게로.

"사람이 살면서 힘든 순간이 오잖아요. 좋았던 기억을 생각해야 더 살 수 있을 것 같을 때. 난 그럴 때 자영 씨가 그 기억이 있는 곳에 살았으면 좋겠어요."

그런 기억들이 너무 흐려지지 않게, 너무 간절해서 슬퍼지지 않게.

오래전의 자신처럼, 자영이 그런 순간들을 겪게 하고 싶지 않았다. 자영에게는 늘 돌아갈 곳이 있었으면 했다. 자영이 눈을 들어 지율을 마주 보다 주저하듯 입술을 달싹였다.

"…평생을 거기서 산다는 거 지율 씨가 생각하는 삶하고 다를지도 몰라요. 환상 가지고 내려왔다가 몇 년 안 지나서 포기하는 사람들이 얼마나 많은데…."

"자영 씨가 나하고 서울에서 지내면 그런 일 없을까요?"

지율은 자영의 어깨를 감싸 안았다. 봄 햇살을 받아 물이 올라오는 어린나무 냄새가 자영의 머리칼 끝에서 환각처럼 맴돌았다. 뺨을 맞대자 부드러운 체온이 스며들었다.

"어떤 삶이든 살아 봐야 아는 거죠. 항상 리스크는 있어요."

하지만 두렵지는 않았다.

"그걸 꼭 감당해야 한다면 내가 하고 싶어요."

늘 돌아가고 싶었던 장소에서, 만나고 싶었던 사람과 남은 생을 함께할 수 있다면.

"결혼하죠, 우리."

다른 말은 필요하지 않았다.

지율은 주머니에서 작은 상자를 꺼내 열었다. 조그마한 반지가 빛을 받아 반짝였다. 자영의 왼손을 감싼 지율은 네 번째 손가락에 반지를 끼워 주었다. 빈틈없이 꼭 맞게 끼워진 반지에 자영의 눈이 동그랗게 뜨였다.

이게 뭐, 하고 묻던 자영이 말을 멈췄다. 키스 탓이었다. 얼굴을 감싸고 어루만지며 가는 숨을 빼앗자 자영이 눈을 감았다. 보드라운 아랫입술을 아프지 않게 잘근거리고 맛보듯 깨물자 말캉한 감촉과 달콤한 호흡이 한꺼번에 뒤섞였다.

녹아내리는 아이스크림을 들고 선 아이처럼, 지율은 연신 그 감각을 놓치지 않으려 뺨을 만지던 손으로 가는 목덜미를 완전히 감싸 끌어당겼다. 허공에서 말려 들어가던 자영의 가는 손끝이 지율의 셔츠를 움켜쥐고 주저하다 등을 붙들었다.

한참 만에야 숨이 모자란 듯 어깨를 잡아 오는 손길에, 지율은 젖은 입술 위를 살짝 쓸어 내며 자영을 놓아주었다. 코앞에서 자영의 얼굴을 빤히 들여다보자, 귀 끝이 빨개진 자영이 눈을 피하지 않은 채 지율을 응시했다.

"…임용식에 나 가도 되죠?"

숨소리로 속삭이자 자영이 웃었다.

"당연하죠."

가는 팔이 목을 감아 왔다. 식탁 위에서 식어 가는 음식 따위는 당분간 알 바 아니었다. 눈을 감자 창 너머로 들려오던 도시의 소음들이 부드럽게 지워졌다.

―❦―

온갖 사소한 일로 출동을 다녔던 희동리와는 달리, 서울에서는 하루에도 최소한 몇 번씩은 심각한 문제로 출동해야 했다. 그런 출동은 이제 일상이었고, 퇴근 직전에 들어오는 신고 전화도 익숙해진 지 오래였다.

지금도 식당에서 술을 먹고 시비가 붙은 손님이 있다며 신고가 들어와 갔다 온 참이었다. 남들은 불금이라며 좋아하는 금요일이었지만, 신고 건수도 그만큼 폭증하기 마련이었다. 현장에 출동해 시비를 건 사람을 일단 지구대로 먼저 호송하고, 코피를 흘리는 피해자를 응급실에 데려다주고 돌아오자 퇴근 시간은 이미 훌쩍 지나 있었다.

"안 경사님, 저녁 안 드십니까?"

저녁 식사를 주문하려는 건지 막 전화기를 들던 장 순경이 물었다. 아까 먹었어, 하고 막 대답하던 찰나 핸드폰이 울리기 시작했다. 누군가 싶어 무심코 핸드폰을 꺼내자 액정에 지율의 이름이 떴다.

"여보세요?"

전화를 받기 무섭게 지율의 밝은 목소리가 돌아왔다.

– 아직 퇴근 안 했어요?

"이제 하려고요. 지율 씨는요?"

지율의 이름을 듣자 지구대 동료들이 또다 또, 하는 표정을 했다. 갑자기 자리에서 벌떡 일어난 장 순경이 창밖으로 몸을 내밀더니 자영을 돌아보았다.

"금요일의 남자 오셨네요."

핸드폰을 들고 있던 자영은 뭐? 하며 창가로 가서 아래를 내려다보았다. 대체 언제 온 건지, 지구대 앞에 차를 세운 지율이 거기 기대 있다가 고개를 들어 자영을 보더니 활짝 웃으며 손을 흔들었다.

– 퇴근 시간 다 됐죠? 기다릴 테니까 내려와요.

아니, 하고 뭐라고 말하려는데 전화가 끊어졌다. 가벼운 한숨을 쉰 자영은 관자놀이 부근을 긁적였다.

지율은 지구대에서 '금요일의 남자'로 통했다. 자영이 당직이라거나 연차를 쓴 날을 제외하고는, 거의 매주 금요일 퇴근 때마다 자영을 데리러 오는 까닭이었다. 처음에는 장거리 연애 힘들 텐데, 오래 못 가는데, 하고 걱정하던 동료들도 이제는 아 그러니까 청첩장은 언제 줄 건데요, 하며 심드렁해진 지 오래였다.

"안 경사 남자 친구 진짜 건물주 아들이야?"

자리에 앉아 과자를 으적거리던 윤 경사가 목을 빼어 창밖을 보더니 물었다. 생전 처음 듣는 말에 고개를 돌린 자영은 의아한 얼굴로 되물었다.

"건물주요?"

"그렇다는 소문이 있던데?"

지금 날 놀리려는 건가 싶었으나, 윤 경사의 표정은 진지했다. 건물주 아들이라니 대체 어디서부터 시작된 소문인지 출처조차 짐작할 수가 없었다. 너무 어이가 없어 웃음이 나오려는 걸 참은 자영은 글쎄요, 하며 대답했다.

"제가 알기로 건물은 없는데요."

"어, 건물은 없으면 다른 건 있다는 뜻인데?"

건물 말고 가진 게 뭐가 있더라.

키하고 얼굴…이라고 말했다가는 사실이긴 하지만 맹비난을 받을 것 같았다. 남들의 시기와 질투를 한 몸에 받고 싶지는 않았으므로, 자영은 턱을 만지작거리며 잠깐 고민했다.

"…자격증?"

틀린 말은 아닌데.

"사짜였어?"

말이 끝나기 무섭게 윤 경사가 눈을 휘둥그렇게 떴다. 이건 예상하지 못한 방향이긴 했다. 지구대 안의 동료들이 거봐, 있는 집 자식이랬잖아, 하고 수군대는 소리가 들렸다. 자영은 고개를 돌려 창밖을 보았다. 여전히 차에 기대선 채 핸드폰을 만지작거리는 지율의 모습이 눈에 들어왔다.

대체 뭐가 그런 오해를 불러왔을까.

아무리 생각해도 이유는 하나밖에 없었다.

얼굴.

"의사긴 한데요."

자영의 대답에 윤 경사가 범인 검거했을 때의 얼굴로 손뼉을 딱 쳤다.

"그럴 줄 알았어!"

"수의사예요."

예상을 빗나간 말이었는지, 다들 순간 응? 하는 표정으로 자영을 쳐다보았다. 웃음이 터지려는 걸 겨우 참은 자영은 의자에 걸쳐 둔 점퍼를 집어 들며 인사를 건넸다.

"먼저 퇴근합니다."

수의사도 의사긴 한데, 장의사도 의사인가? 하며 뜬금없는 토론을 나누는 동료들을 남겨 두고, 자영은 지구대 건물을 빠져나왔다. 입구로 나서기 무섭게 반색하며 뛰어온 지율이 자영을 푹 끌어안았다. 그 등을 찰싹 쳐 지율을 떼어 놓은 자영은 눈을 흘겼다.

"오늘 늦을 거랬는데 뭐 하러 올라왔어요, 내일 와도 되는데."

아야, 하며 맞은 등짝을 문지르던 지율이 씩 웃었다.

"지금 오면 반나절도 넘게 더 볼 수 있잖아요."

"조금만 더 기다리면 매일 지겹게 볼 텐데 그걸 못 참아요?"

"지겨워질지 아닐지는 그때 가 봐야 알고, 일단 내가 지금 보고 싶다고요."

이런 사람이 어떻게 그렇게 장거리 연애 하자는 말을 쉽게 했는지.

지금 생각하면 이해가 가지 않았다. 지율 스스로도 그땐 미쳤었나 봐요, 하고 깔끔하게 인정한 사실이었다. 한 달에 한 번 정도 만나면 버틸 수 있지 않을까 했다며, 자기가 연애를 안 해 봐서 뭘 몰랐다고 순순히 자백한 지율은 매주 기꺼이 서울을 드나들었다.

자기 차에 자영을 태운 지율은 문을 닫으며 시계를 확인하더니 볼멘소리를 했다.

"근데 어제도 늦게 퇴근했잖아요. 무슨 일이 그렇게 많아요?"

"민중의 지팡이가 한가하면 그게 더 큰일이거든요."

"개중에 좀 한가한 지팡이도 있지 않아요?"

"바쁜 지팡이라 미안합니다."

농담 반 진담 반으로 대꾸하자 지율이 웃었다. 차를 출발시킨 지율은 익숙하게 집 쪽으로 방향을 틀며 물었다.

"너무 위험한 것만 아니면 자영 씨가 하고 싶은 거 하니까 좋은데, 내려와도 같은 일 계속할 수 있어요?"

"정확히 어느 부서에 티오가 있는지는 공지 떠야 알 것 같아요."

본격적으로 결혼 준비를 시작하며 두 사람이 가장 걱정했던 건 근무지를 다시 변경하는 일이었다. 서울로 올라온 것까지는 운이 좋았는데, 또 내려가는 건 더 운이 좋아야만 하는 탓이었다.

일단 희동리에서 출퇴근이 가능한 모든 서와 지구대에 티오가 나는 것만 기다리고 있었는데, 정말 운 좋게도 올해 초 인근 경찰서로 근무지를 옮긴 용천에게서 얼마 전 그쪽에 자리가 날 예정이라며 연락이 왔던 것이다.

자영이 특수한 케이스긴 하지만 연고지 지원을 사유로 다시 옮길 수 있을 거라며, 보직 공모가 뜨는 대로 알려 주겠다는 말에 일정을 기다리는 중이었다.

아파트 주차장에 차를 세운 지율은 조수석 문을 열어 주었다. 차에서 내리는 자영의 손을 깍지 끼어 잡은 지율은 현관으로 들어가 엘리베이터 버튼을 누르다 생각난 듯 자영을 내려다보았다.

"저녁은 먹었어요?"

"네. 지율 씨는요?"

"올라오면서 휴게소에서 간단히 먹었죠."

그렇게 말하는 걸 보니 아마 또 휴게소에서 핫도그나 하나 물고 왔을 게 뻔했다. 눈썹을 좁힌 자영은 걱정스러운 얼굴로 물었다.

"그거 가지고 돼요?"

"자영 씨 봤으니까 됐어요."

깍지 낀 손을 들어 자영의 손가락 마디 위에 장난스럽게 쪽쪽댄 지율이 열린 엘리베이터 안으로 들어섰다. 내내 잡은 손을 놓지 않은 채 집 앞에서 내린 지율은 자영을 먼저 들여보내고는 문을 닫았다.

요 며칠 야근이 잦았던 탓에 집이 어쩐지 어수선하다는 걸 뒤늦게 깨달은 자영은 서둘러 소파 위에 대충 던져둔 옷가지며 서류들을 챙겼다. 괜찮아요, 하고 웃은 지율은 자영의 손에 들린 옷가지를 낚아채듯 한쪽으로 밀어 두고는 자영을 끌어당겨 소파에 나란히 앉았다. 으아아, 하고 기지개를 켜며 소파에 파묻힌 지율이 자영에게 말했다.

"드레스 고르는 거 엄청 힘들다던데 내일 아침은 잘 먹고 나가야겠다, 그쵸?"

내일은 드레스 숍 몇 군데에 예약을 잡아 놓은 채였다. 지율이 내일 올라와도 되는데, 굳이 오늘 저녁에 올라온 건 그 이유도 있는 모양이었다. 지율을 따라 소파에 등을 묻은 자영은 배 위를 두드려 보며 짐짓 진지하게 대답했다.

"너무 잘 먹으면 드레스 안 들어갈까 봐 겁나는데요."

"안 들어가면 들어가는 거 찾아 줄 테니까 많이 먹어요."

팔을 뻗어 자영의 어깨를 당겨 안은 지율이 머리를 기대더니 눈을 감았다. 내색은 안 했어도 피곤했는지, 한참을 가만히 그러고 있던 지율이 불쑥 중얼거렸다.

"아, 근데 내일 다 예뻐서 못 고르면 어떡하지?"

쓸데없이 심각한 말투라, 자영은 저도 모르게 코로 웃는 소리를 냈다.

"다른 사람들 듣는 데서는 그런 말 안 하죠?"

"센터에서도 맨날 이러는데요."

"사람들이 뭐라고 안 그래요?"

눈을 감은 채 대꾸하는 지율에게 어이없다는 투로 되묻자, 지율이 고개를 끄덕였다.

"예비 신부가 단감 아가씨 출신이라고 소문 다 나서 그러려니 해요."

"누가 소문냈는데요?"

"내가요."

뻔뻔하기 짝이 없이 태연한 대답이었다. 다음 순간 자영은 쿠션을 집어 들어 지율의 입을 틀어막았다. 어푸푸, 하며 긴 팔을 휘적거린 지율이 그 와중에도 씩 웃었다. 웃는 얼굴에 침 못 뱉는다는 말은 있어도 쿠션으로 패지 못한다는 말은 없었으므로, 자영은 팡팡 소리가 나게 지율을 두들겨 주었다.

"결혼식 와서 실망하면 어쩌라고요!"

"그럴 리가 없다니까요?"

제풀에 지쳐 쿠션을 던져 놓으며 야단을 치자 도리어 정색하는데 할 말이 없었다. 이 인간이 눈에 뭐가 씌었어, 하고 속으로 생각했으나, 언젠가 영숙이 콩깍지 안 낀 것보다 낀 게 백배는 낫다며 훈계하던 것이 떠올랐다.

"아따, 뭣이 씌어서 지 색시가 제일 이뻐 보이면 됐지! 안 씌어서 넘의 여자헌티 눈깔 돌아가면 그것이 낫겠냐?"

맞는 말이긴 했다.
하긴 뭐 나 예쁘다는데 화낼 일은 아니었다. 으이구, 하며 볼을 잡았다가 놓자, 슬쩍 눈치를 살핀 지율이 배시시 미소를 띠었다. 그 얼굴을 보고 있으려니 웃기기도 하고 좀 미안해지기도 해서, 자영은 지율 쪽으로 몸을 조금 더 돌려 기대며 손을 뻗어 지율의 머리칼을 쓸어 올려 주었다.
"근데 진짜 바쁜데 이렇게 매주 올라와도 돼요? 할 일 많을 텐데. 집도 그렇고…. 내가 가서 좀 봐야 되는데, 미안해요."
자영이 희동리에서 할머니와 살던 집을 리모델링하기로 결정한 건 본격적으로 결혼 계획을 세우면서부터였다. 오래되긴 했지만, 할머니가 유언으로 자신에게 남겨 준 집이었기에 그렇게 지율과 시작하는 것도 의미가 있겠다는 생각 때문이다.
지율과 집을 어떻게 고칠지 오랫동안 얘기했고, 본격적인 공사에 들어간 건 보름쯤 전부터였다. 희동리에 내려갈 시간이 없다 보니 대부분의 진행은 지율이 알아서 하고 있었다.

"자영 씨 없어도 혼자 잘하고 있으니까 걱정 마요. 집이 워낙 오래돼서 손볼 데가 많긴 한데, 그래도 외벽은 튼튼하게 잘했다고 하더라고요. 외장은 최대한 살리면서 고치기로 했으니까 아마 내려와서 보면 맘에 들 거예요."

지율이 몸을 일으키더니 핸드폰에 저장된 사진을 보여 주었다. 공사 도중인 집의 모습이었다. 내부는 싹 다시 인테리어를 하되, 외벽은 보수가 필요한 부분은 살리고 나머지는 새로 도색하거나 외장재를 이용해 손을 보기로 한 터였다.

"내가 못 가 보는 날에는 할아버지가 가 보시는 것 같더라고요."

지율이 말을 덧붙였다. 덕진의 사람 좋은 얼굴을 떠올린 자영은 지율에게 물었다.

"선생님은 잘 지내시죠? 지난주에 통화할 때 여행 얘기 하시던데."

덕진의 얘기가 나오기 무섭게 지율이 어휴, 하며 고개를 절레절레 내저었다.

"요즘은 퇴근하시면 인터넷에서 여행 동영상만 찾아보고 계세요. 가고 싶은 곳 리스트 적어 놓고 계획 세우시는 게 낙이라니까요. 여태까지 어떻게 버티셨나 몰라요. 내가 진짜 못된 놈이었구나 싶다니까요, 요샌. 내려와서 자영 씨하고 살 생각 안 했으면 할아버지가 나한테 병원 맡기고 여행 다니는 건 상상도 못 하셨을 텐데. 병원 간판도 당장 바꾸자고 난리신데 결혼식 끝날 때까지만 기다리시라고 말리느라 죽겠어요."

지율이 임상의 계약이 끝나는 대로 자영과 결혼하고 싶다고 얘기하기 무섭게, 덕진은 마치 그날만을 기다린 사람처럼 이제 일은 그만하고 자유롭게 여행을 다니고 싶다고 선언했다. 동물 병원도 지율에게 넘겨줄 테니 당장 간판부터 바꿔 달자며 성화였다.

대경실색한 지율이 아직 센터 계약도 안 끝났다며, 일단 식이라도 올리고 천천히 하자고 했으나 아무래도 덕진이 그런 말은 한 귀로 듣고 한 귀로 흘리고 있는 듯했다.

자영이 웃는 것을 본 지율은 웃을 일이 아니라니까요, 하며 짐짓 심각한 표정을 하더니 작게 하품을 하며 기지개를 켰다. 정말 피곤한지 그새 눈이 나른하게 가라앉은 채였다. 안 되겠다 싶어 늘어진 지율을 일으켜 앉힌 자영은 지율의 등을 두드렸다.

"얼른 씻고 자요."

그 말에 고개를 돌려 자영을 물끄러미 마주 보던 지율이 의뭉스럽게 입매를 말아 올렸다.

"이왕이면 같이…."

자영이 대답 대신 코를 꽉 쥐고 흔들자, 아아, 하고 엄살을 부린 지율이 별안간 자영을 덥석 안아 올렸다. 얼결에 발이 땅에서 떨어진 자영은 지율의 어깨를 붙들었다.

"내일 아침에 일찍 일어나야 된다니까요."

잡고 있던 어깨를 찰싹 때리며 눈을 흘기자, 지율이 태연하게 대꾸했다.

"아침에 못 일어날 짓 아직 아무것도 안 했잖아요."

"그걸 말이라고!"

"말만 해서 서운해요?"

지율이 자영을 안아 들고 욕실로 걸음을 옮기며 물었다. 아니거든요, 하고 즉시 자영이 항변했으나 그다지 소용이 있는 행동은 아니었다. 누가 먼저랄 것도 없이 웃음이 터졌고, 곧 욕실 문이 닫혔다.

12

"저게 뭐예요?"

마을 어귀로 들어서는데, 자영이 눈을 의심하는 표정으로 차 창문을 열더니 목을 뺐다. 마을 입구에 걸린 현수막을 본 탓이었다.

> 축 결혼, 희동리의 자랑 한지율 안자영

이미 걸린 지 일주일도 넘었기에, 지율에게는 익숙한 현수막이었다.

"부녀회장님이 꼭 걸고 싶다고 하셔서요."

지율의 대답에 자영이 푹 웃는 소리를 냈다. 세련이 결혼 축하 현수막을 걸겠다기에 놀라서 극구 만류했으나, 지율이 세련을 막는다는 건 사실상 불가능한 일이었다. 결국 좋은 일인데 뭐가 어떻다고 그랴, 하는 호통까지 들은 뒤 일주일째 당당히 걸린 현수막 아래를 출퇴근할 때마다 지나다니는 참이었다.

멀리서도 불이 켜진 집 대문 앞에 삼삼오오 서성이는 사람들이 눈에 들어왔다. 자영을 기다리는 사람들이었다. 근무 때문에 결혼식 직전에야 간신히 내려왔는데, 내일 결혼식까지 기다리지를 못하고 다들 자영이 오는 걸 보겠다고 아까부터 저러는 중이었다.

지율이 자영을 태운 차를 문 앞에 세우기 무섭게 사람들이 우르르 모여들었다. 자영이 차에서 내리며 안녕하셨어요, 하고 인사하자마자 덕녀가 자영의 두 손을 덥석 붙들었.

"아이고, 안 순경. 잘 지냈는가? 인물이 더 훤해졌어야. 서울 물이 그리 좋당가?"

자영이 웃자 곁에서 남편인 춘식이 면박을 주었다.

"아따, 인자는 순경 아니라닝께! 경사님이여, 경사님! 서울 가서 경장님 되얐다가 또 승진혀서 인자 경사님이라고!"

"아이고, 그라요. 나가 늙으니께 왔다 갔다 혀. 아무튼 다시 오니께 허벌나게 좋구먼."

춘식의 말을 한 귀로 듣고 한 귀로 흘린 게 분명한 덕녀가 자영의 손을 놓지 않은 채 이리저리 자영을 살폈다. 세련을 위시한 브로콜리 군단이 곁에 서 있던 지율을 밀어내고는 자영에게 밥은 먹었냐, 왜 이리 말랐냐, 바빠서 어쩌냐, 긴장은 안 되냐 하며 온갖 질문을 쏟아 내는 통에 지율은 머쓱하게 한 발

뒤에서 구경꾼이 되었다.

자영이 없는 동안 지율은 희동리에서 자영 대신 매일같이 이 집 저 집을 드나들었다. 전구를 갈아 주고, 핸드폰 문자도 대신 보내 주고, 무거운 짐도 들어다 주고 하는 사이 자영이 희동리에서 어떤 존재였는지 깨닫게 되는 건 금방이었다.

자식과 손주들을 모두 도시로 보낸 노인들에게 자영은 딸이고 손녀나 다름없었다. 돌아온대도 전처럼 희동 파출소에서 근무하게 되는 건 아니었지만, 자영이 돌아온다는 소식만으로도 마을에는 활기가 돌았다.

그때 저만치에서 누군가 달려오며 손을 흔들었다.

"누나!"

마을 어른들에게 일일이 인사를 건네던 자영이 그 목소리에 고개를 번쩍 들었다. 선동이었다. 목줄을 맨 바둑이와 함께 달려온 선동이 자영의 품으로 돌진했다. 지율이 그새 익숙해져 꼬리를 흔들어 대는 바둑이를 쓰다듬어 주는 사이, 선동을 안아 준 자영이 놀랍다는 얼굴을 했다.

"이야, 박선동 다 컸네."

"인자 핵교에서두 나가 젤루 성님이여."

자영보다 머리 하나 반은 더 작았던 선동도 그새 훌쩍 자라 있었다. 자영은 선동의 머리를 쓸어 주며 웃었다.

"금방 누나보다 더 크겠다. 누나 없는 동안 안 심심했어?"

"강아지 선상님이랑 잘 있었당께. 인자 다시 서울 안 가구

쭉 여기 산당가?"

"그럼. 내일 할머니하고 할아버지하고 다 같이 결혼식 와서 밥 먹고 가. 집에도 놀러 오고."

자영의 말에 선동이 고개가 떨어져라 끄덕이며 대답했다.

"엉, 알았당께. 나가 벌써부터 허벌나게 설레부러야. 누나 드레스 입은 거 겁나 이쁘다구 선상님이 엄청 자랑했는디."

그 말에 자영이 이쪽을 휙 돌아보았다. 철물점 권 씨가 장난스럽게 지율에게 손가락질을 했다.

"하여간 한 원장 팔불출도 저런 팔불출이 없어야. 색시 자랑을 어찌나 해 쌌는가 몰러."

창피하다는 표정으로 눈을 흘기는 자영을 외면하며 지율은 아하하, 하고 어색하게 웃었다. 자영이 모범 경찰관으로 뽑혔다든가, 방송 인터뷰에 출연했다든가, 인터넷 신문에 실렸다든가, 승진 시험에 합격했다든가 할 때마다 하도 자랑을 해 대는 통에 마을에서는 이미 대왕 팔불출로 통하는 중이었다. 마을 사람들은 장가도 안 들고 벌써부터 그러는데, 장가가면 어떻게 하겠냐며 농담 섞인 타박을 했으나 지율은 전혀 아랑곳하지 않았다.

"아이고, 신랑 신부 고만 괴롭히고 인자 얼굴 봤으니 다들 가쇼. 푹 자야 내일 결혼식도 할 것 아니오."

잠시 문 앞에서 이야기꽃을 피우던 사람들은 성화를 부리는 세련의 말에 그렇지, 하며 인사를 건넸다. 꾸벅 고개를 숙이며 바둑이 목줄을 쥐고 다시 뛰어가는 선동을 마지막으로 보낸 뒤에야 두 사람은 집으로 들어왔다.

인테리어를 마친 집에 자영이 와 본 건 오늘이 처음이었다. 신기하다는 얼굴로 바깥을 한 바퀴 돌고 안으로 들어선 자영은 집 안 구석구석을 보며 감탄했다. 할머니가 쓰시던 오래된 탁자와 경대 같은 것도 버리지 않고 서재에 소품처럼 놓아둔 것을 본 자영은 한참이나 손때 묻은 경대를 들여다보고 있었다.

"마음에 들어요?"

"네. 할머니가 보셨으면 진짜 좋아하셨을 텐데."

책상 위에 놓인 할머니 사진이 담긴 조그만 액자를 만져 본 자영이 지율을 돌아보았다.

"아 참, 차 선생님은요?"

어젯밤부터 28인치 캐리어를 펼쳐 놓고 여행 정보를 프린트 하던 덕진을 떠올린 지율은 어깨를 으쓱했다.

"벌써부터 짐 싸고 계세요. 신나셨죠 뭐. 저희 신혼여행 갔다 오면 바로 출발하신대요. 이번엔 동유럽으로 가신다는데 한 달 정도 계실 모양이더라고요."

"지율 씨 안 내려왔으면 큰일 나실 뻔했네요."

"그래서 할아버지가 자영 씨만 보면 좋아 죽으려고 하시잖아요. 결혼식까지 못 기다리시고 벌써 병원 간판까지 다 바꿔 다셨다니까요."

지율은 고개를 절레절레 흔들었다. 지율이 임상의 계약을 마치기 무섭게, 덕진은 읍내 간판집에 '지율 동물 병원'으로 새 간판을 주문했다. 뭐 하러 그렇게 급하게 하시냐고 덕진을 말렸는데도, 덕진은 마치 그날만을 기다린 사람처럼 들은 척도 하지 않았다.

지율의 말을 들은 자영이 어쩔 수 없다는 얼굴로 웃었다.

"참, 어머니는 어떻게 하신대요?"

자영이 들고 온 짐을 푸는 사이 묻자, 잠깐 손을 멈췄던 자영이 곧 다시 옷장에 옷가지를 정리하며 대답했다.

"내일 내려오겠대요. 그래도 딸 결혼하는데 얼굴도 안 비칠 수 있냐고…."

결혼 계획을 세우면서 자영이 가장 고민한 일 중 하나는 엄마에게 이 소식을 알려야 할지, 말아야 할지였다. 자영에게 말하지는 않았지만, 몇 번인가 지율에게 자영의 어머니가 전화를 걸어 온 적이 있었다. 자영과의 관계를 회복하고 싶다며 도움을 줄 수 있겠냐는 내용이었다. 지율은 그때마다 그건 자영의 뜻에 따르겠다고만 대답했을 뿐이었다.

내내 고민하던 자영이 엄마에게 결혼 소식을 전한 건 청첩장이 나온 뒤였다. 자영은 엄마에게 직접 청첩장을 전해 줬다고만 했을 뿐 자세한 얘기는 하지 않았다. 미워하는 것도 힘드네요, 지나치듯 그렇게 말한 게 전부였다.

"마음 불편해요?"

조심스럽게 던진 물음에 옷 정리를 마친 자영이 몸을 일으키며 웃었다.

"조금요. 아직 내가 어른이 덜 된 거겠죠 뭐."

"벌써 충분히 어른이에요."

"그 위로 고맙네요."

"진짠데."

지율이 짐짓 정색하자, 자영이 잠이나 자자며 등을 떠밀었다. 그 바쁜 와중에 결혼 준비까지 하느라, 최근 한 달은 거의 피곤에 절어 산 자영이었다. 지율이라고 사정은 썩 다르지 않았다. 자영의 말마따나 최소한 결혼식 전날이라도 푹 자야 할 것 같았다.

각자 씻고 나와 침대에 나란히 눕자, 고요한 밖에서 풀벌레 소리가 넘어왔다. 희미한 스탠드 빛 아래서 말없이 그 소리를 듣고 있던 자영이 웃는 소리를 냈다.

"이 소리 진짜 오랜만이다. 서울에서는 밤에 불 끄고 누우면 자동차 지나가는 소리만 하도 들려서 이런 소리가 하나도 생각 안 났어요."

"그새 서울 사람 다 됐는데요."

"진짜 다 되기 전에 돌아와서 좋네요."

자영이 조금 뒤척여 어둠 속에서 지율을 마주 보았다. 지율도 몸을 돌려 자영을 응시하다 손을 뻗어 아직 약간 습기가 남은 자영의 머리칼을 만졌다. 부드러운 머리칼이 손끝에 감겼다 풀려 나갔다.

"신혼여행 갔다 오면 새 근무지로 출근하는 거죠?"

"네."

자영이 고개를 끄덕였다. 다행히 용천이 얘기했던 자리가 나서, 보직 공모에 지원했고 인사과에서 합격 통보를 받았다는 얘기를 들은 게 며칠 전이었다.

"아, 떨리겠다. 무슨 과로 간다고 그랬죠?"

"여성 청소년 수사과요. 딱 가고 싶은 데로 발령 나서 다행이에요."

"좋다. 이제 경사니까 밑에 후배들도 좀 있겠네. 올해는 좋은 일 많겠는데요."

지율의 말에 자영이 혼잣말처럼 입술을 달싹였다.

"내일 결혼하는 게 제일 좋은 일이어야 되는데."

"아닐 것 같아요?"

자영이 대답 대신 웃고는 고개를 가로저었다. 얼른 자요, 하며 자영을 토닥이자 한동안 가만히 누워 있던 자영이 입을 열었다.

"잠이 안 와요. 남들도 다 이런가?"

"다 그렇다던데요."

"나 막 내일 입장하다가 드레스 밟아서 넘어지고 그러진 않겠죠?"

"오늘 들은 얘기 중에 제일 웃긴데요, 그거."

평소였다면 농담이라고 생각했겠지만, 그녀답지 않게 정말 긴장한 투였다. 저도 모르게 푹 웃은 지율이 놀리듯 대꾸하자 자영이 발끈했다.

"하나도 안 웃겨요. 결혼식 하기도 전에 심장 터질 거 같다고요."

"심장은 그렇게 쉽게 안 터지는데."

"나 진지하거든요?"

"그만 진지하고 이리 와요."

지율은 자영을 끌어당겨 안으며 등을 쓸어내렸다. 품 안에서 몸을 조그맣게 말고 있던 자영이 웅얼거렸다.

"짜증 나, 진짜."

"갑자기?"

놀란 지율이 눈을 동그랗게 뜨자, 자영이 고개를 들어 지율을 쳐다보았다. 입을 삐죽 내민 자영이 투덜거렸다.

"지율 씨 몇 년을 봤는데 결혼한다고 하니까 새삼스럽게 떨리잖아요."

"어, 그건 오늘 들은 얘기 중에 제일 설렌다."

"아직도 설레요?"

"매일 새롭게 설레죠."

짐짓 진지한 얼굴로 대꾸하자 자영이 푹 웃고는 지율의 가슴에 얼굴을 묻었다. 색색대는 숨소리가 심장 부근에서 간질거리며 맴돌았다. 지율이 손끝으로 자영의 머리칼을 가만히 어루만지고 있으려니, 조금 나른하게 잠긴 목소리로 자영이 물었다.

"나 잘할 수 있을까요?"

"뭘 얼마나 더 잘하려고 그래요. 지금도 충분해요."

"…여기 온 거 정말 후회 안 해요?"

"지금까지 후회할 일 해 본 적 없어요."

지율의 대답에 자영이 머리칼을 만지던 지율의 손을 감싸 내렸다. 지율은 그 손끝을 쥐어 입을 맞추며 미소를 지었다.

"자영 씨한테 여기가 제일 편안한 곳이잖아요."

기억은 잊히고 언젠가는 빛이 바래기 마련이었다. 그러나 그렇다고 해서 그게 무의미하다고는 생각하지 않았다. 자신이 그랬듯이, 사람은 때로 아주 작은 기억의 한 조각에 의지해 오랜 시간을 살아갈 수도 있었다.

희동리는 자영에게 그렇게 의지할 수 있는 수많은 기억이 존재하는 곳이었다. 그러니 지율이 여기서 앞으로의 삶을 함께하고 싶다고 결정한 건 당연했다. 때로 힘들고 지치는 날이 찾아오더라도 자영이 버틸 수 있도록, 외롭지 않도록. 그래서 자신을 선택한 걸 후회하지 않도록.

"이젠 나도 여기서 좋은 기억이 많이 생겼어요."

낯설었던 것들은 이제 일상이 되었다. 자영을 만난 뒤 지율이 얻은 가장 큰 깨달음은 그때까지의 자신이 얼마나 미숙한 사람인지 알았다는 것이었다. 누군가를 곁에 쉽게 두지 않으려 했고, 마음을 주지 않으려 했던 건 결국 겁이 나서였다. 가까운 사람을 다시 잃을지도 모른다는 게 두려워서.

"예전엔 사랑받고 싶다고 말하는 게 창피했어요. 내 가족을 갖고 싶다는 생각도 하면 안 될 것 같았고요. 괜찮은 척하면서 살았어요. 사실은 그게 아니었는데."

나지막하게 털어놓은 속내는 조금 부끄럽기도 했고, 그래서 좋기도 했다. 지율은 품 안의 몸을 조금 더 꼭 끌어안았다. 따뜻한 체온이 스며드는 감각은 언제나 행복했다.

"자영 씨가 내 가족이 되어 줘서 고마워요. 후회 안 하게 할게요."

진심을 담아 속삭인 말에 자영이 지율의 등을 안아 왔다. 잠시 머뭇거린 자영이 먼저 살짝 입을 맞췄다. 떨어지는 입술을 쫓아가 그 위로 한 번 더 짧게 키스한 지율은 장난스럽게 웃었다.

"…첫날밤은 내일인데, 이러면 곤란해요."

그러자 대답 대신 자영의 손이 옆구리를 꽉 쥐어 꼬집었다. 누가 우수 경찰 포상 3회에 빛나는 안자영 경사 아니랄까 봐, 저도 모르게 비명이 나올 정도로 매운 손길이었다.

"아, 잠깐만! 농담이라고요!"

지율이 뭐라고 항변하려 했으나, 변명 따위 듣기 싫다는 듯 자영의 입술이 단호하게 말을 막았다. 지율이 손을 뻗어 스탠드를 끄자 집 안은 완전히 고요하게 가라앉았다. 키득대며 웃는 소리와 속삭임이 한동안 이어진 뒤에야 고른 숨소리가 그 어둠 속을 채웠다.

13

 에어프라이어가 땡 소리를 내며 멈췄다. 늘어지게 하품을 하며 기지개를 켠 윤형은 에어프라이어의 바스켓을 꺼냈다. 노릇하게 잘 튀겨진 감자튀김이 가지런히 바스켓에서 윤형을 맞이했다.

 접시에 감자튀김을 쏟아 놓은 윤형은 머스터드소스와 케첩을 한쪽에 짜서 들고는 다른 손으로 냉장고를 열었다. 자취생의 친구인 캔 맥주가 가지런히 열을 맞춰 놓여 있었다. 손에 집히는 대로 아무거나 한 캔을 꺼내 든 윤형은 거실로 돌아와 소파에 드러눕다시피 하며 리모컨을 딸깍거렸다.

 "그러고 보니까 시작할 시간이 되긴 했는데."

 벽에 걸린 시계를 본 윤형은 중얼거리며 채널을 돌렸다. 한가하기 짝이 없는 일요일의 점심시간이면 아무 생각 없이 틀어 놓고 보는 프로그램의 너무나 익숙한 시그널 송이 때마침 딱 맞춰 흘러나왔다. 길거리에 지나가는 대한민국 사람 아무나 붙잡아 놓고 들려줘도 뭔지 알 그 유명한 시그널 송 끝에 경쾌한 목소리가 외쳤다.

"전국! 노래자랑!"

와아아, 하며 제각기 현수막을 흔드는 관중석의 모습이 비쳤다. 아직 시작도 안 했는데 벌써부터 흥이 나서 춤을 추는 할머니들은 덤이었다. 윤형은 감자튀김을 씹으며 화면을 주시했다. 물론 평소 전국 노래자랑의 애청자라서 그런 건 아니었다.
윤형이 수북이 쌓였던 감자튀김을 3분의 1쯤 해치웠을 때, 초대 가수가 들어가고 사회자가 무대 반대편을 보며 말했다.

"자, 다음 분은 또 어떤 분인가요? 박수로 맞아 주시기 바랍니다."

관중석의 박수와 함께 젊은 남녀가 무대 한가운데로 나왔다. 다음 순간 거의 드러누워 있던 윤형은 벌떡 일어나 정좌를 했다. 이 금쪽같은 일요일 점심에 굳이 노인네처럼 전국 노래자랑 본방송을 챙겨 본 까닭이 있었던 것이다.

"아이고, 아주 선남선녀가 나와 주셨어요."

지율과 자영이었다. 카메라가 관중석을 잡아 주자, 마을 사람들이 '희동리의 자랑 한지율 안자영'이라고 쓰인 대형 현수막을 번쩍 들었다. 지율이 웃으며 그쪽을 향해 손을 흔들자, 다 같은 미용실에서 머리를 한 게 분명한 브로콜리 군단이 아이돌 팬클럽 저리 가라 할 정도의 함성으로 화답했다.

"미쳤다, 미쳤어. 저게 한지율이란다."

감자튀김을 으적거린 윤형은 도무지 믿을 수가 없어 중얼거렸다. 수의대 전설의 철벽남 한지율이 전국 노래자랑에 나와 있는 것도 웃긴데, 저기서 저러고 마을의 아이돌이 돼 있다는 건 더 웃겼다. 그 와중에 평균 시청률 10퍼센트 이상인 국민 방송의 위엄을 증명하듯, 탁자 위에 놓아둔 핸드폰에 메시지가 연신 들어오는 게 보였다.

「야, 너 지금 전국 노래자랑 봤냐?」
「헐. 전국 노래자랑 나오는 거 지율이 형 맞아요?」
「미쳤다! 한지율이 전국 노래자랑 나오잖아!」
「빨리 텔레비전 켜서 전국 노래자랑 좀 봐 봐. 저거 진짜 지율이야?」

미리 얘기를 들은 자신도 이렇게 놀라운데, 마음의 준비도 없이 텔레비전에서 지율을 목격한 지인들의 심정이 어떨지는 굳이 듣지 않아도 알 만했다.

"어이구, 아주 인기가 많으시네. 자기소개 해 보세요."

사회자의 말에 지율이 꾸벅 고개를 숙이더니 마이크에 대고 인사를 했다.

"안녕하세요. 희동리에서 동물 병원을 운영하고 있는 한지율입니다."
"충성! 남부경찰서 여성 청소년 수사과 안자영 경사입니다."

지율의 인사가 끝나기 무섭게 자영이 절도 있게 경례를 붙였다. 감탄한 사회자가 물었다.

"여자분이 아주 박력이 넘쳐요. 그러면 이쪽은 수의사고, 이쪽은 경찰이고? 둘이 무슨 사이신데?"
"결혼했습니다."
"부부시구나, 박수 한번 주세요."

친인척 동원을 의심하게 하는 함성이 관중석에서 들렸다. 연예인 났네, 연예인 났어. 윤형은 감자튀김을 씹으며 혀를 내둘렀다. 그 함성을 들은 사회자가 껄껄 웃더니 두 사람을 보았다.

"근데 전국 노래자랑 때문에 부부가 됐다고 그랬다는데, 그건 또 무슨 얘기예요?"
"예전에 여기 오셨을 때도 저희가 예심 준비했거든요. 결혼하기 전에."
"그때는 떨어지셨고?"
"네. 예심 보러 온 날 소도둑을 잡는 바람에…."

마이크를 잡은 지율이 머쓱하게 대답하더니 자영 쪽을 보았다. 사회자가 눈을 동그랗게 뜨더니 자영을 가리켰다.

"소도둑이요? 아니, 무슨 그런 경우가 다 있어. 아내분이 잡으셨나?"

헛기침을 한 자영이 고개를 가로저었다.

"아뇨, 이 사람이 쫓아가서 잡았는데 그때 범인한테 습격을 당해서 죽는 줄 알고 제가 인공호흡을 했거든요."
"아하, 그때 눈이 맞으셨구먼."

사회자가 재미있어 죽겠다는 투로 두 사람을 번갈아 가리켰다. 지율이 씩 웃었다.

"그런 것 같습니다."

와, 쟤 좀 봐라.

자영을 만날 때부터 이건 내가 알던 한지율이 아닌데, 하고 생각하긴 했지만 텔레비전 화면 속에 있는 건 정말 낯선 한지율이었다. 윤형이 까닭 없이 몸서리를 치는 사이, 사회자의 멘트가 이어졌다.

"그러면 전국 노래자랑 예심 안 나왔으면 결혼 안 했겠네?"
"그럴 수도 있겠죠?"
"아이고, 노래하시고 내가 술 한잔 얻어 마셔야겠네. 전국 노래자랑이 만들어 준 부부니까 평생 오래오래 백년해로하시고. 그래서 오늘 부를 노래 제목이 뭡니까?"
"'사랑의 배터리' 부르겠습니다."

제목을 말한 지율이 자영과 눈을 맞췄다. 세상에, 한지율이 개하고 고양이 아닌 존재를 저런 눈으로 볼 수도 있구나. 마주 보기만 했는데도 이미 깨가 한 말은 쏟아진 것 같은 환각이 어른거렸다. 지율이 나를 사랑으로 채워 줘요, 하고 첫 소절을 시작하기 무섭게 입을 딱 벌리고 있던 윤형은 맥주를 벌컥벌컥 들이켰다.

"아, 젠장. 내가 무슨 부귀영화를 보겠다고 이걸 보고 앉았냐!"

원샷한 캔을 탕 내려놓는 것과 거의 동시에, 화면 속에서 경쾌한 딩동댕 소리가 울렸다.

두 사람이 손을 잡고 꾸벅 인사를 하며 무대를 내려갔다. 저기는 봄인데, 여기는 갑자기 시베리아 벌판이 된 기분이었다. 괜히 쓸쓸해진 윤형은 소파에 널브러져 있던 담요를 휘감으며 핸드폰으로 지율에게 메시지를 보냈다.

「안 그래도 외로워 죽겠는데 사람 놀리냐, 이 새끼야.」

그간의 수많은 연애사가 주마등처럼 머릿속을 스쳐 지나갔다.

젠장.

나나 잘할걸.

외전
차덕진 선생의 계획에 대하여

"여그, 여그 삐뚤어졌구만! 아따, 똑바로 좀 합쇼! 그라제!"

아침부터 마을 어귀가 시끌시끌했다. 언제나처럼 출근하던 덕진은 자전거를 세우며 그쪽으로 시선을 주었다. 인부 두 사람이 마을 입구에 현수막을 거는 사이, 아래 서서 삿대질을 하며 호령하는 백발의 여인은 낯이 익었다. 근처에 사는 현남이었다.

덕진을 먼저 알아본 현남이 아이구 선상님, 하며 인사를 건넸다. 가볍게 마주 묵례를 한 덕진은 웃으며 물었다.

"무슨 현수막을 다십니까?"

그러자 현남이 어깨를 쭉 펴더니 손끝으로 현수막을 가리켰다. 시선이 자연스럽게 그 손끝을 따라갔다.

| 희동리의 딸 안자영, 축 경찰 시험 합격 |

입이 귀에 걸린 현남이 자랑스럽게 말했다.

"우리 손녀가 요번에 경찰 시험에 철썩 붙었다 안 허요. 한 방에 딱 붙어 버렸당께. 서울 올라가서 공부허다가 지 할매랑 살겠다구 여그를 다시 내려온당께요. 인자 3월부터 여그 파출소로 발령 나서 일허는디, 나가 가만히 있을 수가 있어야제."

덕진이 희동리에 다시 내려와 병원을 열었을 때, 현남의 어린 손녀가 할머니를 모시고 다니는 걸 몇 번 본 기억이 있었다. 그 애가 벌써 대학 졸업하고 경찰이 된 건가 싶어, 내심 놀란 덕진은 맞장구를 쳤다.

"진짜 좋으시겠다."

"암만요. 부모냐고 부모 노릇도 못 허구 자식 내팽개치구 갔는디 원망 한 번을 안 허요. 나가 내 손녀라서 허는 말이 아니구, 그렇게 착한 애가 없당께."

워낙 작은 동네였기에 다들 집안 사정을 빤히 알고 있었다. 현남의 딸이 오래전 남편과 이혼하고, 하나 있는 손녀를 현남에게 맡겨 둔 채 서울에서 돈만 보낸다는 얘기는 예전에 들은 터였다. 그 딸은 서울에서 큰 회사의 높은 사람이라는데, 가끔 딸 얘기가 나오면 현남은 에잉, 하며 입을 다물곤 했다.

"원장님은 우리 손녀 못 보셨나? 허기사 중핵교 고등핵교 댕길 때는 맨날 집하구 핵교만 오가서."

현남이 갑자기 생각났다는 듯 말을 돌렸다. 덕진은 웃으며 고개를 저었다.

"몇 번 봤지요. 올해 손녀가 몇 살입니까?"

덕진의 물음에 현남이 잠시 손가락을 꼽아 보다 대꾸했다.

"그니께, 가만있자. 올해 스물여섯인가 그래요. 월매나 똑똑헌지, 핵교 댕길 때도 장학금을 막 받고 댕겼당께요. 넘들 다 댕긴다는 학원도 한 번을 못 보냈는디 혼자서 서울로 대학도 가구, 대학서도 맨날 장학금 받아서 나가 해 줄 것이 하나도 없었소. 세상 그렇게 착할 수가 없당께요. 이쁘기도 허벌나게 이쁘구."

"그렇게 예쁜 손녀 아까워서 시집도 못 보내시겠네."

농담처럼 던진 말에 현남이 팔짝 뛰며 정색했다.

"아이구, 염병. 고것은 안 될 말이제. 나가 딸년 잘못 키워서 지 새끼 내삐리고 가게 만든 것도 손녀헌티 미안해 죽겄는디, 워째 시집도 못 가게 끼고 살겠어라. 좋은 혼처만 있으면 기냥 냅다 시집이나 보냈으면 싶당께요. 어디 가서두 이쁨 받구 잘 살 것인디."

정말 안타까워 죽겠다는 얼굴로 한숨을 쉬던 현남이 손뼉을 딱 쳤다.

"혹시 원장님 아는 총각 있으면 소개 좀 해 달랑께요. 우리 자영이가 부모 복은 없어두 나가 갸 시집갈 땐 남부럽지 않게 해서 보낼라 허는디."

"그렇습니까? 우리 집에도 손자 하나가 있긴 한데…."

덕진은 턱을 만지작거리며 고개를 약간 기울였다. 현남의 얘기를 듣고 보니 그 댁 손녀에게 좀 관심이 가는 건 사실이었다. 부모 없이 손주 키운 조부모들이 으레 그렇듯, 방금 현남의 말처럼 좋은 혼처 찾아 보내면 남은 생에 여한이 없을 것 같아서였다.

우리 손자도 어디 가서 빠지는 놈은 아닌데.

공부 잘하지, 인물 좋지, 키 크지, 착하지. 다만 부모 없이 자란 것 하나가 맘에 걸렸는데, 때마침 똑같은 조건의 아가씨가 있다니. 물론 요즘 젊은이들이 할머니 할아버지가 물어 오는 중매 자리 따위를 기꺼워할 리는 없었으나, 어쩐지 몇 번 본 적도 없는 남의 손녀가 끌리는 건 왜인지 모를 노릇이었다.

덕진에게 손자가 있다는 말을 듣자마자 현남이 대번에 반색하더니 물었다.

"옛날에 가끔 오던 그 총각 말여? 가물가물헌디, 키는 크구 얼굴도 뽀얗구 그랬던 거 같은디. 나이가 워떻게 된당가요?"

"이제 스물여덟 됐습니다."

"하이고, 두 살 차이면 딱 좋은디. 뭣 허는디요? 서울에 있당가?"

"네. 보고 배운 게 그래서 그런지, 우리 손자도 수의사 합니다. 올해 수의대 졸업하고 큰 병원 취직해서 일 시작했어요. 키 크고 인물 좋아요. 애도 착하고."

현남 역시 남의 손자에게 갑자기 관심이 가는 모양이었다. 덕진이 본능적으로 손자를 어필하자, 현남의 눈이 갑자기 서

치라이트처럼 빛났다.

"워메, 그라요? 직업도 좋구만이라. 차 선상님 손자라면 참말로 안 봐두 훤한디, 우리 자영이랑 한번 만나 불면 참 좋겠소."

"그러게요. 근데 요즘 젊은 사람들이 할머니 할아버지가 중신서는 자리에 나가려고 합니까, 어디."

"하기사 것도 그라지요."

두 사람은 서로 얼굴을 마주 보며 웃었다. 어차피 할머니 할아버지가 마음에 들어 해 봐야, 자기들 마음에 안 든다면 아무 소용 없는 일이라는 걸 잘 아는 탓이었다.

서로의 손자 손녀 얘기는 거기서 끝인 줄 알았다. 그날 이후 한동안 그 일에 대해 까맣게 잊고 있던 덕진이 다시 현남의 손녀에게 관심을 갖게 된 건 보름쯤 지나 3월로 접어들었을 때였다.

아직 겨울의 기색이 채 가시지 않아 쌀쌀했지만, 방금 왔다 간 양 씨네 개가 처음 와 본 병원에 놀라 바닥에 온갖 실례를 다 해 놓은 탓에 환기를 하려고 문을 연 참이었다.

저만치서 이쪽으로 오던 순찰차가 병원 앞에 섰다. 언제나처럼 희동 파출소에 근무하는 이장님 댁 막내아들 상현이 오전 순찰을 도는 줄 알고, 오늘은 좀 이르네 생각하던 참이었다. 조수석에서 내린 젊은 여자가 충성, 하며 경례를 붙이더니 미소를 지었다.

"안녕하세요, 선생님. 이번에 희동 파출소 발령받은 안자영 순경입니다."

아, 이 아가씨가 그.

아직도 마을 어귀에서 존재감을 과시하는 '희동리의 딸' 현수막을 떠올린 덕진은 아아, 하며 고개를 주억거렸다. 고슴도치도 제 새끼는 함함하다고 우긴다지만, 현남이 손녀딸을 그렇게 자랑한 까닭이 뭔지 대번에 알 수 있었다.

자영의 동그란 얼굴은 모난 곳 없이 단정했다. 예쁜 것도 예쁜 거지만, 인상이 좋아 더 마음에 들었다. 깔끔하게 머리를 하나로 모아 묶은 차림은 수수했으나, 미소 짓는 얼굴이 밝고 눈빛에 생기가 있어 자꾸 눈이 가는 얼굴이었다.

"아, 애인도 못 만들어 오고 뭐 하냐. 멀쩡한 놈이."
"아직 여자 관심 없어요. 일하기도 바쁜데요, 뭐."

농담 반 진담 반으로 재촉할 때마다 칼같이 자르던 지율을 떠올린 덕진은 흐흥, 하며 코로 웃는 소리를 냈다. 여자 애기만 나오면 까칠하게 구는 지율의 눈에도 이만한 아가씨라면 안 찰 리 없다는 생각이 들어서였다.

"안자영 순경님이시구나. 할머님한테 얘기 많이 들었습니다."

"또 제 자랑만 하시죠?"

정중하게 마주 인사를 건네자, 자영이 어쩔 수 없다는 얼굴로 생긋 웃었다.

"필요하신 거 있으면 언제든 전화 주세요. 저 뭐든 다 잘합니다."

"말만 들어도 고맙네요."

"선생님, 말씀 편하게 하세요. 자주 들르겠습니다."

예의 바른 데다 싹싹하기까지 하고.

마음속으로 이미 가산점을 마구 붙이기 시작한 덕진이었다.

그 뒤로 자영과 거의 매일 얼굴을 마주치지 않는 날이 없었다. 자영이 마을 사람들의 사소한 민원이나 부탁에도 싫은 기색 하나 없이 매번 기꺼이 달려오는 통에, 가는 데마다 하루도 자영을 마주치지 않는 날이 더 드물었다. 게다가 어릴 때부터 희동리에서 자라 농사는 물론이고 축사 일에도 익숙한 자영은 가끔 영숙 대신 덕진의 보조로도 활약하곤 했다.

희동리에서 내심 자영을 손자며느리로 찍어 놓은 사람이 한 둘이 아니라는 걸 알게 되기까지는 그리 오랜 시간이 걸리지 않았다. 하기야 저런 아가씨를 누가 안 탐내겠나 싶었다. 그래도 우리 손자하고 일단 한번 만나게는 해 주고 싶은데, 하고 생각하던 어느 날이었다.

마을에서 모내기가 시작되는 계절이었다. 평일에는 병원 때문에 가지 못하고, 주말에 춘식네 논에 품앗이를 나간 덕진은 거기서 자영과 마주쳤다. 작업복에 장화까지 야무지게 챙긴

어쩌다가 전원일기

자영이 모판을 옮기는 것을 본 덕진은 깜짝 놀라 자영을 불렀다.

"안 순경!"

"아, 차 선생님 오셨어요?"

자영이 웃으며 고개를 꾸벅 숙였다. 덕진은 자영이 들고 있던 모판을 나눠 들며 물었다.

"안 순경은 이런 데도 일하러 옵니까?"

"어릴 때부터 맨날 하던 건데요, 뭐."

대수롭지 않다는 듯 대답하는 자영의 곁에서 부안댁이 말을 거들었다.

"안 순경이 손이 겁나 야물딱지당께요. 쬐끄만할 때도 혼자서 어른 몫을 다 혔어요."

말마따나 자영은 곧 숙련된 조교의 솜씨로 모를 심어 나갔다. 뒤늦게 온 상현도 모내기에 참여했다. 덕진은 자영의 곁에서 모를 심으며 은근슬쩍 물었다.

"안 순경은 남자 친구 없나? 상현이하고 맨날 붙어 다니던데 혹시…."

말이 채 끝나기도 전, 근처에서 모를 심던 상현이 대경실색을 하며 끼어들었다.

"절대 아닙니다! 얘는 그냥 형제예요, 형제!"

상현과 자영이 희동리에서 같이 자랐다는 건 덕진도 이미 들어 알고 있었다. 이장댁도 은근히 자영을 며느릿감으로 찍어 둔 눈치였으나, 정작 당사자인 상현과 자영은 아무 생각이 없는 듯했다. 상현이 허리를 펴더니 자영에게 손가락질을 했다.

"어릴 때부터 여기 애라고는 저하고 얘밖에 없었거든요. 제가 두 살이나 많은데 저 오빠 취급도 안 하는 거 보세요. 내가 맨날 놀아 주고 우리 집에서 먹여 주고 그랬더니 은혜도 모르고."

그 말에 코웃음을 친 자영이 되물었다.

"학교에서 남의 동네 애들한테 맞고 다닐 때 내가 구해 준 건 생각도 안 하고?"

"야, 너는 그런 건 왜 안 잊어버리냐!"

상현이 민망한지 발끈하자, 고개를 절레절레 저은 자영이 다시 모를 심기 시작했다. 하하, 하고 웃은 덕진은 고개를 갸웃했다.

"근데 안 순경 같은 여자를 남자들이 가만히 둬요? 다들 눈이 어디 붙어서 그래?"

"다들 너무 가만히 두던데요."

"혹시 뭐 이상형은 없고?"

"소개해 주시게요?"

자영이 장난스럽게 되묻자 상현이 옆에서 한마디를 보탰다.

"얜 맨날 자긴 첫사랑을 못 잊는대요."

첫사랑?

어떤 놈이길래, 하고 속으로 생각하는데 자영이 모를 꾹꾹 누르며 입을 열었다.

"제가 여덟 살 때 희동리에 왔는데, 그때 어떤 애를 만났었거든요. 이상한 게, 걔가 무슨 병이 있었는지 말을 한마디도 못 했어요. 제가 하는 말은 다 알아듣는 것 같긴 했는데. 여기 사는 애가 아니었나 봐요. 한 달쯤 있다가 서울로 올라간다고 갔는데, 걔가 지금도 가끔 생각나요. 사진이라도 찍어 놓을 걸 그랬나 봐요."

아니, 가만있자.

얘기를 듣고 있으려니 뭔가 기시감이 느껴졌다. 자영이 여덟 살 때? 희동리에서?

하루아침에 부모를 잃은 지율을 희동리로 데려와 잠시 지냈던 그해 여름, 지율이 꼭 열 살이었던 게 불현듯 떠올랐다. 말을 한마디도 못 했고, 한 달쯤 있다가 서울로 올라갔고?

설마.

"애 또 시작이다."

익숙한 얘기인지 상현이 고개를 절레절레 흔들었으나 자영은 아랑곳하지 않았다.

"지금 생각하면 걔가 첫사랑이었나 봐요. 얼굴은 지금 생각도 안 나는데, 웃는 게 진짜 예뻤어요. 얼굴은 하얗고… 제가 무슨 말을 해도 되게 잘 웃었어요. 여름 방학 딱 한 달쯤 여기 살았는데 거의 매일 만났거든요."

"너 그거 꿈이야, 꿈. 그런 애가 우리 동네에 산 적이 없다고. 하도 말하니까 이젠 너도 그게 꿈인지 아닌지 분간을 못 하는 거라니까?"

면박을 주는 상현에게 자영이 도끼눈을 떴다.

"내가 걔 만난 건 너희 집이 희동리로 이사 오기 전이라고! 몇 번을 말해! 여름에! 너 20년 전에 마정리 살다 여기 온 거 가을이잖아!"

"아니, 그건 맞는데…."

대번에 쭈그러들던 상현이 다시 항변했다.

"야, 그런 애가 진짜 있었으면 이 코딱지만 한 동네에서 왜 아무도 기억을 못 하냐? 어른들이라도 기억하겠지!"

"무슨 사정이 있었나 보지! 올 때도 조용히 왔고 갈 때도 조용히 갔으니까!"

"보통 그런 걸 두고 뭐에 홀렸다고 그런다, 너."

"그래, 내 첫사랑 귀신이다. 됐냐?"

상현과 옥신각신하던 자영이 흥, 하며 쏘아붙였다. 토라진 기색이 역력했다. 뭐 꼭 그렇다는 건 아니고, 하고 어물거리던 상현이 눈치를 살폈다.

평소였다면 웃고 넘길 장면이었겠으나, 덕진의 머릿속에 떠오른 건 오래전의 일이었다. 그해 여름의 사고 후 지율을 희동리로 데려왔을 때, 덕진은 일부러 사람들의 눈을 피해 조용히 돌아왔다. 지율이 낯선 사람을 두려워하는 데다, 좁은 동네다

보니 혹여 남의 입방아에 오르내릴까 싶어서였다.

사실 덕진 역시 굳이 남들과 교류할 형편도 아니었다. 지율은 부모를 잃었지만, 덕진은 딸과 사위를 잃은 판이었다. 법적인 문제와 서류를 정리하고 앞으로의 일을 생각하는 것만으로도 벅차기는 매한가지였다.

일시적인 함묵증이라는 의사의 말을 믿고 괜찮아질 거라고 지율을 달래면서도, 덕진 역시 불안하지 않은 건 아니었다. 하나뿐인 딸이 남긴 유일한 혈육인 지율마저 잘못되면 어쩌나, 지금이라도 다시 유명한 의사에게 데려가야 할까 매일 밤 고민이었다.

다행히도 한동안 방에 틀어박혀 먼지 쌓인 책만 읽던 지율이 변한 건 며칠 뒤부터였다. 날이 밝기 무섭게 지율이 조용히 집을 나서기에, 놀란 덕진은 조심스럽게 뒤를 밟았다. 성치도 않은 애가 무슨 일인가 했더니, 마을 어귀의 느티나무 아래서 웬 여자아이와 만나 해종일 산으로 들로 쏘다니는 게 아닌가.

덕진은 일부러 아무것도 묻지 않았다. 지율은 그해 여름을 내내 그 아이와 보냈다. 여름이 끝날 무렵 이제 서울로 돌아가야 한다고 얘기했을 때, 지율은 사고 후 처음으로 더듬거리며 덕진에게 말했다.

편지, 써야 돼요.

지율은 손짓 발짓을 해 가며 온전하지 않은 단어들을 엽서에 몇 번이나 고쳐 쓰게 했었다. 오래전 일이라 내용은 잘 기억나지 않았지만, 지율이 엽서를 그 소녀에게 주었다는 건 알고 있었다.

설마 그게 자영이었나.

설마.

"마지막으로 만났을 때 걔가 편지를 줬어요. 다시 만나자고."

덕진의 놀람을 알 리 없는 자영이 말을 덧붙였다. 그랬지. 먼 기억 속에서 희미하게 엽서 위의 글자들이 아른거렸다. 지율이 아마 금방 올게, 곧 다시 만나자, 그런 말을 써 달라고 졸랐던 것 같았다.

그게 정말 이 아가씨라니.

덕진은 신기한 마음을 누르며 부러 아무것도 모른다는 양 물었다.

"그래서 그 뒤에 또 만났고?"

자영이 잠시 머뭇거리다 고개를 가로저었다.

"아뇨. 못 만났죠. 걔는 제 이름도 몰랐을 거예요. 말을 못 하니까 물어본 적도 없었거든요. 저는 걔가 편지에 자기 이름 적어 줘서 이름은 알았지만, 그게 다였죠."

서울로 돌아온 뒤 지율은 빠르게 회복됐다. 다시 낯선 사람 앞에서도 말을 할 수 있게 됐고, 악몽을 꾸는 일도 줄어들었다. 의사는 시골에서의 요양이 큰 도움이 됐을 거라고 말했다.

다만 정신적인 문제라 시간을 두고 지켜보자는 얘기에, 겨우 안정된 지율이 다시 나빠질까 두려워 사고와 조금이라도 관련된 요소는 모두 멀리하게 했다. 지율이 성인이 될 때까지 희동리에 거의 드나들지 못하게 한 것도 그래서였다.

그런데 정작 그 때문에 자영이 지율과 다시 만나지 못하게 된 건가 싶어 미안한 마음이 들었다. 사람 일이 또 어찌 이렇게 되나, 속으로 생각한 덕진은 넌지시 자영을 떠보았다.

"한번 찾아라도 보지, 왜."

그 말에 자영은 짧게 웃었다.

"이젠 못 찾겠죠. 그냥 잘 사는지만 알았으면 좋겠어요. 멀리서 한 번 보기만 해도 좋으니까."

"그거 아주 나쁜 놈인데, 약속도 안 지키고. 이름이 뭐였는데?"

잠시 기억을 더듬는 듯 눈을 굴리던 자영이 그새 저만치 간 상현 쪽을 흘끔 보고는 소곤거렸다.

"비밀인데, 차 선생님한테만 알려드릴게요. 한지율이요. 이름도 예쁘죠?"

이름만 예쁜가, 말해 뭐 해.

덕진은 저도 모르게 올라가려는 입꼬리를 애써 내리며 헛기침을 했다.

"아직도 못 잊는데, 그럼 언제 한 번 다시 만나게 되지 않으려나?"

"에이, 아니에요. 걔는 저 기억도 못 할 텐데요."

덕진의 속을 알 리 없는 자영이 손을 내젓더니 모를 심으며 점점 멀어졌다.

그 뒷모습을 보고 있던 덕진은 생각에 잠겼다. 그런 인연도 다시 없을 텐데. 그래도 오래전 일이니 그냥 좋은 추억으로 남겨 두는 게 서로에게 좋을 수도 있고. 진짜 운명이라면 언젠가 우연히 다시 만날 수도 있지 않을까. 하지만 뻔히 알면서 지켜만 보는 것도 어쩐지 못 할 짓 같고.

갈등하던 덕진의 뇌리에 젊은 시절의 좌우명이 떠오른 건 그때였다.

운명은 개척하는 자의 것이다!

그러게, 우연을 기다릴 이유가 뭐가 있나. 운명인지 아닌지 먼저 시험해 보면 되지.

"지율이 요놈을 언제 어떻게 희동리로 불러온다?"

혼잣말처럼 중얼거린 덕진은 머리를 굴리기 시작했다.

"할아버지, 제가 갑자기 궁금해서 그러는데 진짜 그때 갑자기 유럽 여행 가실 생각은 왜 하신 거예요?"

잠시 옛날 생각에 빠져 있던 덕진은 지율의 말에 퍼뜩 현실로 돌아왔다. 지율과 자영이 저녁을 함께 먹자고 해서, 모처럼 오랜만에 덕진의 집에서 모인 참이었다.

식탁에 막 다 끓은 찌개를 올린 지율이 식탁 맞은편에 앉으며 궁금해 죽겠다는 표정을 했다. 곁에서 자영이 그러게요, 하며 지율을 거들었다. 덕진은 대답 대신 냄비 뚜껑을 열었다. 냉이된장국의 향긋한 냄새가 부엌 전체로 훅 퍼졌다.

"냉이 향이 끝내주네. 그치? 자영이도 얼른 먹어라."

말을 돌리며 자영에게 먼저 된장국을 덜어 주자, 지율이 수상쩍다는 얼굴을 하며 고개를 갸웃했다. 덕진은 짐짓 헛기침을 하며 어깨를 으쓱해 보였다.

"말했잖냐. 더 늦으면 못 갈 것 같아서 그랬다고. 너도 살아 봐라, 이 녀석아. 늙으면 사람이 갑자기 그렇게 안 하던 짓 할 때도 있고 그렇지."

"그래서 다음엔 또 어디 가실 건데요?"

"글쎄다, 동남아가 좋다니까 태국에서 한 달쯤 있어 볼까 하는데. 내년에는 세계 일주도 해 보고 싶고."

"하여튼 할아버지, 진짜 대단하시다니까요."

"그걸 여태 몰랐냐, 너는."

덕진의 대답에 별수 없다는 얼굴로 웃은 지율은 곧 이거 먹어 봐요, 하며 자영의 밥 위에 반찬을 살뜰하게 올려 주었다. 자신 앞이라 민망했는지, 눈치를 슬쩍 본 자영이 아 좀, 하며 지율의 옆구리를 쿡 찔렀으나 지율은 아랑곳하지 않았다.

그 모습을 보고 있던 덕진은 속으로 웃었.

역시 좌우명 하나는 잘 골랐다니까.

특별 외전
그 여름의 너에게로

세수를 하고 나온 지율은 기숙사 방의 창을 열었다. 이미 초여름에 접어든 날씨 탓에, 바깥 공기는 벌써부터 한낮의 무더위를 예고하고 있었다. 창가를 짚으며 잠시 밖을 내다보는 지율의 등 뒤에서 기숙사 룸메이트인 선우의 목소리가 날아들었다.

"야, 벌써 준비 다 했냐?"

지율은 선우를 돌아보았다. 침대에 앉아 하품을 쩍 하는 선우의 발밑에는 텅 빈 채 열린 캐리어가 널브러져 있었다.

"넌 언제 가려고 짐도 안 쌌어?"

지율의 물음에 선우가 뒷머리를 벅벅 긁었다.

"그까짓 거 대충 쑤셔 넣고 가면 되지, 뭐. 집에 가면 다 있는데. 넌 무슨 이삿짐을 싸더라."

선우가 문 앞에 세워 둔 지율의 캐리어를 턱 끝으로 가리켰다. 지율이 며칠 동안 목록을 짜서 상비약까지 꼼꼼하게 챙겨 넣고 어젯밤에 빠진 게 없는지 최종 점검까지 하는 것을 본 까닭이었다.

"거긴 아무것도 없어서 다 챙겨 가야 돼."

지율의 말에 선우가 킬킬거리며 웃었다.

"뭔 깡촌이냐? 요즘 세상에 그런 데가 어딨어."

"안타깝지만 요즘 세상에도 그런 데가 있단다, 자식아."

대꾸한 지율은 옷을 갈아입고는 옷장 안에서 장우산을 꺼내 들었다. 덕진이 강의를 나가고 있는 한국대학교 수의대 로고가 박힌 우산이었다. 대충 손에 집히는 대로 짐을 싸던 선우가 열린 창과 지율을 번갈아 보았다.

"웬 우산? 거긴 우산도 없어?"

"비 올 것 같아서."

"뭔 비? 올 기미도 안 보이는데."

황당하다는 표정으로 자신을 쳐다보는 선우에게 지율은 창밖을 가리켜 보였다.

"제비가 낮게 날더라고."

눈을 껌뻑이던 선우가 몸을 일으켜 창가에 서더니 목을 뽑아 주변을 둘러보았다. 잠시 사방을 두리번거리던 선우가 고개를 절레절레 저으며 도로 목을 집어넣었다.

"뭐래, 애늙은이 새끼. 가끔 저거 고딩이 아니라 뭔 할아버지 같다니까."

지율은 대답 대신 웃고는 침대에 걸터앉았다. 열린 창 너머로 작은 제비 한 마리가 운동장을 휙 가로질러 날아가는 것이 눈에 들어왔다.

"제비는 원래 높이 나는데, 이렇게 내려오면 금방 비 와."

조그마한 손가락으로 허공을 가리켜 보이며 그렇게 말하던 또랑또랑한 목소리가 귓가에서 되살아났다. 손끝을 만지작거리던 지율은 낮은 한숨을 내쉬었다.
꼭 돌아오겠다고 했었는데.
희동리에 잠시 머물렀던 열 살의 여름 이후, 지율은 지금까지 한 번도 다시 그곳에 가 본 적이 없었다. 혹시나 나쁜 기억이 되살아날까 싶었는지, 외할아버지 덕진은 지율을 서울로 데리고 온 이후 희동리에 관련된 이야기조차 꺼내지 않았다. 지율이 간혹 넌지시 희동리에 관해 물어도 덕진은 화제를 돌리거나, 나중에 가자는 기약 없는 대답만을 할 뿐이었다.

덕진과 함께 서울로 돌아와 지낸 지가 이미 7년째였다. 그 사이 할아버지의 손에 이끌려 텅 빈 눈으로 희동리에 발을 들였던 조그마한 열 살짜리 아이는, 이제 할아버지보다 머리 하나가 더 큰 소년이 되어 있었다.

열여섯의 가을 초입에서부터 열일곱을 맞이하면서 지율의 키는 20센티미터가 넘게 자랐다. 3년 내내 품이 컸던 교복이 졸업식 때는 이미 너무 짧아 입을 수 없을 정도였다. 중학교에 입학할 때까지만 해도 반에서 가장 작았던 지율은, 졸업할 때는 전교에서 가장 큰 학생이었다.

지독한 성장통을 겪은 건 당연한 일이었다. 밤마다 원인 없이 온몸이 아팠고 잠들 수가 없었다. 몇 달간의 성장통이 지난 뒤 그 자리에 남은 건 비 내린 뒤의 나무처럼 순식간에 자라난 몸과, 남들보다 일찍 어른이 되어 버린 마음이었다.

덕진은 지율이 집에서 가까운 고등학교로 진학할 거라고 철석같이 믿고 있었다. 그래야만 덕진이 계속해서 지율을 돌볼 수 있는 까닭이었다. 그러나 지율이 택한 건 경기도의 한 기숙사제 고등학교였다. 명문대 진학률이 높아 경쟁이 센 데다, 입학 전형 시험도 따로 쳐야 하는 곳이었다.

지율은 덕진에게 알리지 않고 전형을 준비했고, 최상위권 성적으로 합격 통보를 받았다. 덕진이 이 사실을 알게 된 건 중학교 졸업식 다음 날이었다. 근처 매장으로 교복을 사러 가자는 덕진의 말에, 지율은 그제야 그럴 필요 없다며 다른 학교에 입학하게 됐다고 이야기했던 것이다.

물론 덕진은 어떻게 할아버지에게 의논조차 없이 그런 일을 저질렀냐며 화를 냈다. 하지만 지율에게도 이유는 있었다. 그렇게 결심하게 된 계기는 작년 초, 우연히 덕진에게 걸려 온 전화 한 통이었다.

물을 마시러 방에서 나오던 지율은 거실에서 누군가와 통화하는 덕진의 모습을 보게 되었다. 통화 내용을 엿들을 생각은 아니었지만, 무심코 지나칠 만한 내용은 아니었기에 지율은 저도 모르게 문 뒤에 몸을 숨기며 귀를 기울였다.

"어, 장 선생. 웬일이야? 응? 몸이 많이 아파? 병원을 닫았다고? 아니, 얼마나 아프길래 병원을 닫아. 그, 자네가 거기서 한 30년 하지 않았어? 그렇지, 내가 대학 마치고 희동리 내려가서 병원 일 봤던 게 그때쯤이니까. 아이고, 그러면 희동리는 이제 어디서 수의사가 오나? 아니, 그렇지. 그 주변에는 없으니까. 제일 가까운 데도 차로 한 시간은 가야 돼? 아니, 그러면 어떡해. 음, 음… 응? 내가? 그 병원을? 아아니, 아이고, 나야 내려가고 싶은 마음은 굴뚝같지만… 손자놈 대학 보내려면 몇 년은 더 있어야지. 돌봐 줄 사람도 없는데 그 어린 걸 혼자 둬? 공부도 잘하는 놈인데, 내가 고향 가고 싶다고 애를 끼고 거길 도로 내려갈 수는 없잖아. 아이, 말도 말아. 서울 생활이야 뭐 정신없지. 그래도 어쩌겠어, 사는 게 다 그렇지. 몸도 예전 같지 않고… 아무튼 다른 데다 알아봐. 말이야 몸만 오면 된다고 해도 병원 일이 어디 그래? 응, 응. 그래."

희동리에서 오랫동안 가축병원을 운영하던 의사가 건강 문제로 병원을 닫으면서, 덕진에게 병원을 인수할 의사가 있는지 묻는 연락이었다. 희동리 출신인 데다, 오래전 그곳에서 처음 수의사 생활을 시작했던 덕진이 적임자라고 생각한 모양이었다. 전화를 끊은 덕진은 한동안 말없이 핸드폰을 내려다보며 생각에 잠겨 있었다.

몰래 그 모습을 지켜보던 지율의 눈에 들어온 건 지난 몇 년 사이 부쩍 늙어 버린 덕진의 얼굴이었다. 아내를 먼저 보내고 자식까지 잃은 덕진에게 남겨진 건 어린 외손자인 자신 하나뿐이었다.

지율은 덕진이 자신을 돌보기 위해 얼마나 노력했는지 잘 알고 있었다. 덕진은 일을 하는 동안에도 시간을 쪼개 매일같이 상담이다, 재활이다 하며 지율을 데리고 병원을 들락거렸다.

몇 달 동안 학교에 나가지 못한 지율을 위해 저녁마다 교과서를 펼쳐 놓고 공부를 가르친 건 덤이었다. 게다가 사고의 기억 때문에 잠들지 못하는 지율을 위해 밤새도록 머리맡에 앉아 책을 읽어 주고, 지율이 먹고 싶다는 게 있으면 한밤중에도 달려 나갔다.

그렇게 아이를 키운다는 건 젊은 부모들에게도 힘든 일이었다. 환갑을 넘긴 덕진에게는 더 말할 것도 없었다. 지율도 그 사실을 잘 알고 있었다.

한참을 무언가 생각하던 덕진이 핸드폰을 두고 방으로 들어갔을 때, 살짝 나온 지율은 몰래 덕진의 핸드폰을 보았다. 덕진이 들여다보고 있던 건 다른 사람에게서 온 메시지였다.

「차 교수님, 지난번 검진 결과가 안 좋으셨다면서요? 부탁하신 대로 다음 학기 시수는 조절 가능한데, 병원에서 요양을 권했다는 얘기를 들어서 걱정이 큽니다. 무리하지 마시고 한 학기라도 쉬신 뒤에 돌아오시면 어떨까요? 다른 것보다 교수님 건강이 제일 우선이니, 고려해 보시고 답변 주십시오.」

첫 문장을 읽기 무섭게 심장이 덜컥 내려앉았다. 지난번, 검진 결과가, 안 좋으셨다면서요…. 그 메시지를 곱씹은 지율은 저도 모르게 닫혀 있는 덕진의 방문을 돌아보았다. 온몸이 차가워지는 기분이었다.

도망치듯 방으로 들어온 지율은 침대에 앉아 가슴 부근을 움켜쥐었다. 숨이 잘 쉬어지지 않았다. 몸을 숙이며 밭은 숨을 쌕쌕대는 사이, 의지와는 아무런 상관도 없이 눈물이 후두둑 떨어졌다. 순식간에 시트 위로 스민 눈물 자국이 점점 늘어 가는 동안에도 지율은 움직이지 못했다.

또 혼자가 되면 어떡하지.

몸이 부서지는 것 같던 고통, 누군가의 비명, 찌그러진 차문을 잡아 뜯던 시끄러운 기계 소리와 차 아래로 길게 이어지며 천천히 흐르던 새빨간 피의 환영이 순식간에 되살아났다. 침대 아래로 쓰러진 지율은 소리도 내지 못한 채 몸을 웅크렸다.

"이것 좀 먹고… 아니, 지율아!"

때마침 과일 접시를 들고 방으로 들어오던 덕진이 놀라 고함을 지르며 지율을 안아 일으켰다. 덕진은 지율을 품에 끌어안고 연신 등을 쓸어내렸다. 바닥에 나뒹구는 접시와 과일 조각 따위는 이미 덕진의 안중에도 없었다.

지율은 덕진의 품에 얼굴을 묻고 오랫동안 울었다. 이유를 묻는 덕진에게 지율은 한마디도 하지 않았다. 덕진은 아마 그게 아직도 지율의 정신이 불안정한 탓이라고 생각한 듯했다. 그러나 그때 이미 지율은 마음속으로 어떤 결심을 하고 있었다.

덕진에게도 그랬지만, 지율에게도 덕진은 유일한 가족이었다. 덕진이 지율을 잃을까 봐 두려워하는 것만큼, 지율 역시 덕진을 잃는다는 것을 상상조차 할 수 없었다. 지율이 지금까지 살아온 시간의 절반 가까이는 온통 상실을 받아들이는 데 쓰였다. 이제 또 다른 사람을 잃고, 더 많은 시간을 거기 써야 한다는 건 생각하기도 싫은 일이었다.

"할아버지, 저 그 학교 안 가요. 다른 데 들어가기로 했어요. 교복은 거기 가서 살 거예요. 기숙사 학교니까 할아버지가 더 이상 여기서 저 돌봐 주실 필요 없어요."

갑작스러운 지율의 통보에 덕진이 놀란 건 당연했다.

"예끼, 이놈아. 뜬금없이 무슨 소리야, 기숙사라니. 성치도 않은 놈이 어떻게 그런 데 들어가서 학교를 다니려고 해?"
"저 이제 많이 좋아졌어요. 선생님도 그렇게 말씀하셨잖아요."

아닌 게 아니라, 몇 년간의 꾸준한 치료 끝에 이제는 거의 정상적인 생활을 영위할 수 있게 된 상황이었다. 지율의 소아정신과 주치의도 인정한 덕진의 헌신적인 노력 덕분이었다. 지율은 이제 약과 상담 치료 없이도 대부분의 일을 혼자서 해낼 수 있었다.

"그러니까 저 신경 쓰지 마시고 희동리 내려가셔도 돼요."

지율이 덧붙인 말에, 잠시 굳어 있던 덕진이 불같이 화를 냈다.

"누가 너더러 그런 걸 걱정하라고 했어!"

희동리 이야기를 꺼내자마자 덕진 역시 무언가를 짐작한 모양이었다. 덕진이 지율에게 그렇게 격노한 모습을 보인 건 처음이었다.

"너 지금 할애비 때문에 기숙사 들어가겠다는 소리냐? 그게 가당키나 해? 새파랗게 어린놈이 이렇게 할애비 마음에 대못을 박아?"

"저 잘할 수 있어요. 장학금도 받게 됐고…."

"할애비가 돈이 없어? 내가 언제 너한테 장학금 받아 오라고 하든? 너 거기 보냈다가 뭐가 잘못되기라도 하면, 그러면 내가 네 엄마를 무슨 낯짝으로 보겠냐!"

"그럼 이러다 할아버지 잘못되시면 제 마음은요!"

두 사람은 목소리를 높이며 몇 시간을 싸웠다. 긴 전투 끝의 승자는 결국 지율이었다. 손자놈 이기는 할애비가 어디 있냐, 하고 투덜거린 덕진은 마지못해 지율의 말을 승낙했다.

입학식 전날 밤, 짐을 싸고 떠날 준비를 마친 지율의 곁에서 덕진은 언제나처럼 침대 머리맡에 앉아 머리를 쓸어 주었다. 덕진이 언젠가부터 소리 없이 울고 있다는 걸 눈치챘지만 지율은 아무 말도 하지 않고 잠든 척을 했을 뿐이었다.

지율을 차로 학교 앞까지 데려다준 덕진은 입학식이 끝나기 전 학교를 떠났다. 아마 우는 모습을 보이기 싫어서일 거라고 지율은 짐작하고 있었다. 덕진이 서울에서 살던 집을 처분하고 희동리에서 새 병원을 개원하기로 했다는 소식을 들은 건

한 달 뒤의 일이었다.

낯선 기숙사 생활은 덕진의 말처럼 쉽지 않았다. 그러나 지율은 묵묵히 하루하루를 견뎠다. 더 이상 덕진에게 짐이 되고 싶지는 않아서였다. 지율은 힘든 티를 조금이라도 냈다가는 덕진이 한달음에 이곳까지 달려올 걸 누구보다 잘 아는 사람이었다.

주말마다 주어지는 외출 때마다 지율은 혼자 기숙사에 남아 덕진과 통화를 했다. 시골 생활을 쾌활하게 들려주는 덕진의 목소리를 몇 시간이고 듣는 건 지율의 유일한 낙이었다.

그리고 마침내 오늘이 처음으로 덕진을 만나러 가는 날이었다.

할애비가 서울로 오겠다는 덕진의 만류에도 불구하고, 지율은 희동리에 내려가겠다고 고집을 부렸다. 그건 덕진을 위해서이기도 했지만, 덕진에게는 말하지 않은 이유도 따로 있었다. 지율은 단단히 챙겨 둔 캐리어 손잡이를 다시 한번 쓸어 보았다.

룸메이트인 선우의 부모님이 지율을 근처 기차역까지 데려다주기로 한 터였다. 마침내 짐을 다 쌌는지, 캐리어를 닫고 자리를 대충 정리한 선우가 나가자는 손짓을 했다.

기숙사 방을 소등하고 나온 지율은 선우의 뒤를 따랐다. 첫 여름 방학이 시작되는 날이라, 기숙사 전체가 부산스럽게 들떠 있었다. 복작대며 몰려나가는 아이들 사이에 섞여 현관으로 향하자, 몇 걸음 앞서 걸어가던 선우가 기숙사 현관 밖으로 나서기 무섭게 어, 하며 하늘을 올려다보았다.

"뭐냐?"

고개를 젖힌 선우의 이마 위로 빗방울이 뚝 떨어졌다. 손으로 이마를 슥 닦아 본 선우가 눈을 휘둥그렇게 뜨며 지율을 돌아보았다. 곧 삽시간에 빗줄기가 굵어져, 바깥으로 나왔던 아이들은 저마다 머리만 가리고 뛰어가거나 기숙사 안으로 우산을 가지러 도로 달려 들어갔다.

내리긋는 빗줄기를 내다본 지율은 말없이 손에 들고 있던 우산을 펼쳤다. 얼른 지율의 우산 안으로 들어온 선우가 감탄하는 표정으로 지율을 쳐다보았다.

"진짜 비 오네?"

"온다니까."

여상하게 대꾸하는 지율과 함께 주차장으로 걸어가던 선우가 물었다.

"근데 넌 그런 걸 어떻게 아냐? 책에서 읽었어?"

"배웠어. 예전에."

"누구한테?"

지율은 대답 대신 웃어 보였다. 고개를 갸웃한 선우가 의뭉스러운 자식, 하고 구시렁거렸다. 주차장에 도착한 선우는 부모님의 차 트렁크에 자기 캐리어와 지율의 캐리어를 나란히 실었다. 선우의 부모님에게 인사를 드린 지율은 선우와 나란히 뒷좌석에 앉았다.

교문을 나서는 차 위로 비가 쏟아졌다. 지율은 빗방울이 맺혀 흘러내리는 창 너머의 풍경을 물끄러미 보았다. 이럴 때면 그해 여름, 간혹 쏟아지던 소나기를 떠올리게 되곤 했다. 소나기가 내릴 때면 커다란 느티나무 아래 자신과 함께 쭈그리고 앉아 나뭇가지 끝으로 땅바닥에 그림을 그리던 어린 소녀의 얼굴도 함께.

기차역 앞에 도착한 지율은 짐을 내렸다. 우산을 펼쳐 든 지율이 감사합니다, 하고 깍듯하게 인사하자 선우가 창밖으로 고개를 내밀었다.

"방학 잘 보내!"

"응, 너도."

선우네 차가 작은 물보라를 일으키며 역 앞을 빠져나갔다. 잠시 멀어지는 차의 뒤꽁무니를 눈으로 좇던 지율은 휴, 하고 작은 한숨을 뱉고는 캐리어를 끌고 역 안으로 향했다. 미리 예매해 둔 기차가 곧 도착할 시간이었다. 핸드폰을 꺼내 지난 메시지를 확인한 지율은 픽 웃었다. 지난 일주일간 시도 때도 없이 날아온 덕진의 메시지가 눈에 들어와서였다.

「정말 괜찮겠냐? 할애비가 데리러 갈까?」

「기차 타는 법은 알지?」

「출발 시간만 말해 주면 할애비가 너 올 때 맞춰 마중하러 간다니까.」

「말 안 할 거야? 이놈은 누굴 닮아서 이렇게 고집이 세?」

처음으로 혼자 기차를 타고 먼 거리를 가는 거라, 덕진의 눈에는 모든 게 다 걱정되는 모양이었다.

지율이 플랫폼으로 내려가자 곧 기차가 도착했다. 짐칸에 캐리어를 올린 지율은 자리에 앉아 등을 기댔다.

부모님의 사고 이후 한 번도 여행이라고 부를 만한 걸 해 본 적이 없었다. 다행히 혹시 몰라 아침에 미리 먹은 안정제 덕분인지, 첫 기차 여행은 생각처럼 긴장되지는 않았다. 지율은 비가 내려 온통 회색으로 물든 창밖의 풍경을 몇 시간이고 질리지도 않고 바라보았다.

마침내 희동리와 가장 가까운 기차역에 도착했을 때는 세 시간이 지나 있었다. 지율은 캐리어를 끌고 기차에서 내리며 주변을 둘러보았다. 이곳에는 비가 온 흔적조차 없었다. 청량한 공기 속으로 환한 햇살이 내리쬐고 있었다. 불어오는 바람에서는 짙은 풀 냄새가 났다.

혼자 갈 수 있다며 일부러 덕진에게 도착 시간도 알려 주지 않은 탓에, 희동리까지 가려면 역 앞에서 한 시간에 세 번 오는 버스를 타고 들어가야 했다.

지율은 핸드폰에 적어 둔 경로를 다시 살펴보며 역을 나섰다. 역 바로 앞의 버스정류장에는 사람이 많지 않았다. 때마침 지율이 타야 할 버스가 도착할 시간이었다. 멀리서 이쪽으로 오는 버스가 눈에 띄었다.

버스가 정류장에 멈춰 섰다. 지율이 캐리어를 끌고 타려 하자, 곁에 서 있던 할머니와 할아버지들이 지율을 뒤로 밀며 느릿느릿 버스에 올라탔다. 멈칫하며 뒤로 물러선 지율은 다른 사람들이 다 타기를 기다렸다가 버스 계단에 캐리어를 올리며 한 걸음 내디뎠다.

"기사 양반, 나 내려야 뒤야!"

그때 버스 안에서 웬 할아버지가 소리를 지르며 지율이 막 올라탄 앞문을 비집고 나왔다. 어어, 하던 지율은 한쪽으로 비키려다 중심을 잃고 뒤로 넘어졌다. 계단에서 떨어진 캐리어와 들고 있던 장우산도 함께 나뒹굴었다.

"아이구, 워쩌."

앞문으로 내린 할아버지는 바닥에 주저앉은 지율을 보더니 남 일처럼 끌탕을 하고는 휘적휘적 멀어졌다. 지율이 작은 한숨을 내쉬며 막 몸을 일으키는데, 가까이 다가온 누군가가 우산을 주워 들더니 넘어진 캐리어를 세워 손잡이를 지율 쪽으로 내밀었다.

"여기요."

멈칫한 지율은 시선을 들어 그쪽을 마주 보았다. 또래로 보이는 소녀였다. 동그란 눈에 긴 머리를 하나로 묶은 앳되고 예쁘장한 얼굴이 눈에 들어왔다. 청바지에 반팔 티셔츠, 운동화 차림으로 자신을 쳐다보는 그 얼굴에 지율은 저도 모르게 잠시 시선을 빼앗겼다.

"아따, 타요 안 타요!"

버스 기사가 경적을 울리며 목소리를 높였다. 퍼뜩 현실로 돌아온 지율은 캐리어 손잡이를 받아 들며 황급히 고개를 꾸벅 숙였다.

"감사합니다."

대답을 듣기도 전 후다닥 버스에 올라탄 지율이 창가의 빈자리에 앉기 무섭게 버스가 출발했다. 지율은 작은 한숨을 내쉬며 무심코 창밖으로 시선을 주었다. 멀어지는 정류장에서 방금 그 소녀가 이쪽을 보고 있는 것이 눈에 들어왔다. 시선이 마주치자 소녀가 손에 든 것을 흔들며 뭐라고 소리를 쳤으나, 이미 거리가 제법 되어 무슨 말인지 알아들을 수가 없었다.

소녀가 곧 포기한 듯 몸을 돌렸다. 뭐가 들었는지, 제 몸 반만 한 백팩을 메고 역을 향해 걸어가는 소녀의 뒷모습이 눈에 들어왔다. 점처럼 작아진 소녀의 모습이 역 안으로 완전히 사라질 때까지, 지율은 이유도 모른 채 그 뒷모습에서 눈을 떼지 못했다.

왜일까.

한 번도 그런 적이 없었기에, 당황한 지율은 서둘러 바로 앉으며 무릎 위로 손을 말아 쥐었다. 심장이 작게 쿵쿵거렸다.

"다음 정류장은 희동리 입구, 희동리 입구입니다."

얼마나 지났을까, 버스의 안내 방송이 흘러나왔다. 뛰는 가슴을 진정시킨 지율은 벨을 누르고 멈춰 선 버스에서 내렸다. 캐리어를 끌고 서너 걸음도 채 떼기 전, 지율은 이마를 짚으며 그 자리에 뚝 멈춰 섰다.

"아, 내 우산…."

소녀의 손에 들려 있던 우산은 가져올 생각도 하지 않고, 급하게 캐리어만 가지고 버스를 탔다는 걸 뒤늦게 깨달았던 것이다. 꼼꼼한 지율에게는 드문 일이었다.

소녀가 정류장에서 손에 든 걸 흔들며 자신에게 뭐라고 외치던 모습을 떠올린 지율은 헛웃음을 뱉으며 뒷머리를 긁적였다. 우산을 가져가라는 얘기였던 모양이었다. 아무래도 첫 기차 여행의 작은 액땜이라고 생각해야 할 것 같았다.

덕진이 알려 준 대로 정류장에서 10분쯤 걸어가니 '덕진 동물 병원'이라고 쓰인 간판이 눈에 들어왔다. 한눈에 보기에도 오래된 건물이었다. 페인트가 낡아 떨어지기 시작한 벽을 만져 본 지율이 병원 문을 열자, 자리에 앉아 커피를 마시던 덕진이 눈을 휘둥그렇게 뜨더니 벌떡 일어났다.

"지율아!"

입을 떼기도 전 달려온 덕진이 지율을 끌어안았다. 한참을 끌어안고 지율의 등짝과 엉덩이를 두들기던 덕진이 손을 뻗어 지율의 양 뺨을 잡았다.

"어디 보자, 내 새끼. 아이구, 그새 더 컸네. 어떻게 왔어, 응?"

"기차 타고, 버스 타고 왔죠, 뭐. 저 이제 애 아니에요."

지율의 말에 덕진이 껄껄 웃었다.

"어린놈이 못 하는 소리가 없어. 할애비 눈에는 아직도 꼬맹이다, 이놈아."

몇 달 사이에 덕진의 얼굴은 눈에 띄게 좋아진 채였다. 많이 그을려 까무잡잡해진 얼굴에는 나이를 가늠할 수 없는 활기가 돌고 있었다. 그것을 알아차리자, 마음 한편은 가벼워졌고 동시에 다른 한편은 무겁게 내려앉았다. 그간 덕진을 힘들게 한 게 자신의 존재였다는 생각이 들어서였다.

지율의 속을 알 리 없는 덕진이 지율을 앉히고는 냉장고에서 주스 한 병을 꺼내 주었다. 지율이 막 주스를 마시려는데, 책상 위의 전화벨이 울렸다. 덕진이 수화기를 들었다.

"예, 덕진 동물 병원입니다. 응? 지금? 아니, 오늘 우리 손자놈이 왔는데… 얼마나 급한데 그래? 아이고, 이것 큰일 났구만. 알았어, 알았으니까 잠깐만 끊어 봐. 내가 바로 다시 전화할 테니까."

난처한 표정으로 전화를 끊은 덕진이 지율을 돌아보았다.

"이거 어쩌냐, 할애비가 잠깐 나가 봐야 할 것 같은데."

"괜찮아요. 천천히 다녀오세요."

"그러면 저기, 너 집에 가 있어라. 병원 나가서 오른쪽으로 쭉 가다가 농기계상 있는 골목으로 들어가면 바로 있는 첫 번째 파란 대문 집이야. 열쇠는 우편함 안에 있으니까 가서 씻고, 에어컨도 틀고 좀 쉬고 있어. 할애비가 일 끝나면 금방 갈 테니까. 냉장고에 식혜 꺼내 마시고."

지율을 일으켜 세운 덕진이 엉덩이를 툭툭 치며 지율과 함께 병원을 나섰다. 문을 잠근 덕진이 자전거에 올라타며 지율에게 저쪽으로, 하고 오른쪽 길을 가리켜 보였다. 고개를 끄덕인 지율은 한 손에 들린 주스를 마시며 다른 한 손으로는 캐리어를 끌고 걷기 시작했다.

길가의 담장을 따라 핀 능소화가 화사했다. 지율은 손을 뻗어 가만히 그 꽃잎을 만져 보았다. 금방이라도 찢어질 것처럼 얇고 보드라운 꽃잎이 손끝에서 하늘거렸다.

"능소화. 능, 소, 화. 여름에만 피어. 이건 어떤 사람을 기다리는 꽃이래."

꽃 이름을 가르쳐 주던 또랑또랑한 목소리가 기억을 가로질러 되살아났다. 지율은 잠시 걸음을 멈췄다. 마치 바로 곁에서 말하는 것처럼 지금도 생생한 그 목소리에 문득 가슴 한쪽이 허전해졌다.

그해 여름의 기억은 지금도 흩어진 퍼즐처럼 느껴졌다. 어떤 부분은 결코 다시 완성할 수 없는. 지율은 그 퍼즐을 애써 맞추려 하지 않았다. 잊히지 않는 고통을 끊임없이 복기하기보다는 결국 흘려보내야만 한다는 걸 언젠가부터 깨달은 까닭이었다. 지율은 부서진 퍼즐 조각들을 마음의 상자 안에 담는 법을 알게 되었다.

그럼에도 지금처럼 불현듯 어떤 조각이 상자 밖으로 튀어나올 때가 있었다. 열 살의 기억을 뒤덮은 어둡고 우울한 그림 속, 드물게도 작고 반짝이는 몇 개의 조각들을 목도할 때면 지율의 마음은 언제 어디서든 늘 그해 여름의 희동리로 돌아가곤 했다. 이름도 알 수 없고, 이제는 얼굴도 잘 기억나지 않는 소녀가 내민 손을 잡으며.

지율은 눈썹 위에 손을 펼쳐 대며 길 저편을 보았다. 멀리서 포장되지 않은 도로로 경운기를 타고 지나가는 초로의 남자가 보였다. 뽀얗게 일어나는 흙먼지는 곧 불어오는 초여름 바람에 실려 사라졌다.

지율은 조용한 길을 걸어 덕진의 집으로 향했다. 파란 대문은 새로 칠한 게 분명했지만, 양옥집의 모습은 눈에 익었다. 자신이 태어나기도 전, 외할머니가 계실 때 지었다던 집이었다. 희동리에 처음 왔을 때도 이 집에서 덕진과 함께 지냈었는데, 세를 주다 비워 뒀던 것을 덕진이 이리로 오면서 다시 수리한 모양이었다.

그때 본 맨드라미와 봉숭아 꽃대 대신, 담 아래 심어 둔 수

국이 파랗게 피워 올린 꽃은 대문과 어우러져 그림처럼 보였다. 손을 뻗어 우편함 안에 든 열쇠를 꺼낸 지율은 문을 열고 안으로 들어섰다.

깔끔하게 수리한 집에는 옛 흔적들이 군데군데 남아 있었다. 벽지 대신 나무를 대어 마감한 벽에서는 희미하게 오래된 나무 냄새가 났다. 현관에 캐리어를 내려놓은 지율은 에어컨을 켜는 대신 거실의 큰 창을 활짝 열었다. 남향으로 난 창에서 산뜻한 바람이 불어 들어왔다.

땀에 젖은 몸을 씻고 옷을 갈아입은 지율은 소파에 누워 눈을 감았다. 고요한 초여름의 오후였다. 정원의 그늘 밑, 지하수 수도 근처에서 희미하게 간헐적으로 들리는 소리만이 이 따스한 정적을 가볍게 흔들고는 곧 사라지기를 반복할 뿐이었다. 지율은 가만히 그 소리에 귀를 기울였다.

"...맹꽁이다."

혼잣말을 뇌어 보는 입술 끝에 미소가 걸렸다. 지율은 소파 아래로 한쪽 팔을 늘어뜨렸다. 불어오는 바람이 긴 팔을 스치고 지나가는 감각은 부드러웠다.

"바보야, 이건 맹꽁이야. 너 맹꽁이 모르지? 맹꽁이는 부끄러움이 많아서 낮에는 잘 안 보인대. 원래 밤에만 돌아다니는데, 비가 올 때만 낮에도 나온다고 우리 할머니가 그랬어."

자그마한 손바닥 위에 놓인 갈색 맹꽁이를 냅다 눈앞으로 들이밀던 소녀의 목소리가 떠올랐다. 깜짝 놀라 뒤로 엉덩방아를 찧자 깔깔 웃으며 내밀었던 손도.

그 애와 함께 있으면 아무 말도 할 필요가 없었다. 말하려 애쓰지 않아도 상관없었다. 따가운 햇볕에 빨갛게 익어 버린 팔을 만지며, 마을에서 가장 큰 나무 아래 그 애와 나란히 앉아 꾸벅꾸벅 졸 때면 밤마다 찾아오던 악몽조차 잠시 자신을 내버려 두곤 했다. 그런 순간이면 거기 존재하는 건 오로지 반짝이는 꿈의 파편뿐이었다.

그해 여름은 정말 현실이었을까.

몽롱하게 떠돌던 의식이 천천히 가라앉았다. 긴장이 풀린 몸이 느슨하게 파묻히는 것을 느끼며 지율은 저도 모르게 스르르 잠들었다. 덜 마른 머리칼이 바람에 흐트러지며 이마 위를 이리저리 간지럽혔지만, 지율은 그것조차 알지 못했다.

"아니, 무슨 낮잠을 이렇게 깊게 자. 지율아, 할애비 왔다."

덕진의 목소리에 퍼뜩 눈을 뜨자, 굳은살이 박인 손끝이 다정하게 뺨을 어루만졌다. 멍하니 눈을 깜빡이던 지율은 부스스 몸을 일으켰다. 등을 쓸어 주는 덕진에게서는 햇살을 가득 받은 짚 더미와 나무 냄새가 났다.

"…오셨어요?"

잠긴 목소리로 입술을 달싹이자 덕진이 혀를 찼다.

"그렇게 피곤했냐? 뭐라도 먹고 자지, 들어오자마자 잠들었어?"

 지율이 머쓱하게 웃어 보이자, 그 얼굴을 가만히 들여다보고 있던 덕진이 따라 웃었다.

 "몇 달 떨어져 있었다고 그새 다 큰 놈 같네, 서운하게. 멀리서 보니까 전봇대가 걸어오는 줄 알았다, 이놈아. 키는 자꾸 커서 뭐 하려고 그래. 농구 선수 할래?"

 지율은 대답 대신 면박 아닌 면박을 주는 덕진을 끌어안고 품에 얼굴을 묻었다. 늘 든든한 울타리였고 보호자였던 할아버지가 이제 자신보다 한 뼘은 더 작아졌다는 사실을 깨닫는 건 이상한 기분이었다. 한동안 지율의 머리칼을 쓰다듬던 덕진이 지율의 등을 툭툭 쳤다.

 "너 온다고 어제 고기도 사고, 과일도 많이 샀어. 밥 먹자."

 자리에서 일어난 덕진이 부엌으로 향했다. 냉장고를 열어 고기며 야채 따위를 부산하게 꺼낸 덕진은 도와드리겠다며 일어난 지율을 가까이 오지도 못하게 하고는 저녁을 차렸다. 식탁에 예쁜 테이블 매트 두 장을 놓고, 정갈한 그릇에 반찬과 고기, 야채를 담아 올린 덕진이 지율을 불러 마주 앉았다.

 "학교에서 밥은 잘 먹고 다니냐?"

 덕진의 물음에 지율은 고개를 끄덕였다.

 "네. 아침, 점심, 저녁 다 주고 간식도 주는데요."

 "퍽퍽 잘 먹어, 이놈아. 아무거나 가리지 말고. 이거, 이것도 먹어 봐. 이것도 먹어 보고."

덕진이 식탁에 놓인 그릇들을 지율 앞에 밀어 주었다. 내버려 뒀다가는 모든 그릇이 자신 앞에만 놓일 기세라, 서둘러 덕진을 막은 지율은 고기를 집어 덕진에게 먼저 내밀었다.

"할아버지도 드세요. 저는 제가 알아서 먹을게요."

"그래, 그래."

껄껄 웃은 덕진이 수저를 들었다. 덕진은 식사 내내 많은 질문을 했다. 학교생활은 어떤지, 친구는 생겼는지, 밤에 잠은 잘 자는지, 먹는 게 부실하지는 않은지. 지율이 모든 게 괜찮다고, 아주 잘 지낸다고 대답할 때마다 덕진의 얼굴에 언뜻 교차하는 기쁨과 허전함을 알아보기는 어렵지 않았다.

긴 식사를 마친 뒤 일어난 지율은 자리를 치웠다. 그냥 두라는 덕진의 말을 무시하고, 지율은 꼼꼼하게 그릇을 정리하고 식탁을 닦았다. 제법 능숙한 폼으로 설거지를 하는 지율의 뒷모습을 보고 있던 덕진이 허허, 하고 웃는 소리를 냈다.

"방학 내내 여기 있으려면 심심하지 않을까 모르겠다. 집에서 책만 읽어야 할 텐데 괜찮겠냐? 네 또래 애들이 있으면 불러서 얘기라도 해 보라고 하겠는데…."

덕진이 무심코 한 말에 지율은 저도 모르게 손을 멈추며 뒤를 돌아보았다.

"애들이요?"

"온 지 얼마 안 돼서 잘은 모르겠는데, 동네에 네 또래 애들이 잘 안 보이더라고. 저기, 저 이장댁 막내아들이 너랑 비슷하지 싶긴 한데."

순간 가슴이 쿵쿵거리며 뛰기 시작했다. 지율은 다급하게 물었다.

"저기, 할아버지. 여기 혹시 여자애도 있어요?"

뜻밖의 질문이었는지, 덕진이 멈칫하다 곧 눈을 동그랗게 떴다.

"여자애?"

덕진이 자신을 보는 시선이 의심스러워진 것을 알아차린 지율은 황급히 젖은 손을 내저었다.

"그, 그런 게 아니라요, 그냥! 그냥 궁금해서요!"

"할애비는 한마디도 안 했다."

지율을 놀리듯 대꾸한 덕진이 관자놀이 부근을 긁적이며 잠시 생각에 잠겼다.

"여자애, 여자애가 있었나… 잘 모르겠네. 내가 진료 나가는 데는 그렇게 어린 여자애 있는 집이 없는 것 같은데. 할애비가 내일 나가서 물어봐 줄까?"

"아, 아니에요. 아니에요, 할아버지. 괜찮아요."

고개를 흔든 지율은 얼른 다시 설거지를 시작했다. 금세 훗훗해진 목덜미에서 열이 올랐다. 의아하게 이쪽을 보는 덕진의 시선이 느껴졌다. 덕진에게는 자신이 굳이 여기까지 내려온 또 다른 이유가 뭔지 말한 적이 없었으니 당연한 일이었다.

어쩌면 그 애를 다시 만날 수 있지 않을까 해서.

하기야 자신이 마지막으로 이곳에 왔던 게 7년 전이었다. 짧은 시간은 아니었고, 그 애도 어쩌면 자신처럼 아주 잠시 희동리에 머물렀다 떠났을지도 몰랐다.

대화 한마디 제대로 나눠 본 적 없는 이상한 애 따위 진작 잊어버리지 않았을까.

불현듯 든 생각에 머릿속이 서늘해졌다. 꼭 돌아오겠다고 쓴 엽서를 건넸을 때, 그 애는 그렇게 말했었다.

"다시 못 만나잖아."

이미 그럴 줄 알고 있었던 사람처럼.

지율은 몇 번이고 입술을 물었다 놓으며 애써 아무렇지 않은 척을 했다. 나이도, 이름도 모르는 아이를 7년이나 지나 찾으러 온다는 건 역시 말도 안 되는 일이었을까.

그 여름의 약속을 이제 결코 지킬 수 없게 되어 버렸다는 사실을 깨닫는 건 선뜩한 일이었다. 다시 못 만날 거라는 그 애의 말이 결국 현실이 되어 버렸다는 것 역시도. 마음 한구석이 공기가 빠져나간 풍선처럼 납작하게 꺼졌다.

지율이 마지막 그릇을 헹궈 건조대에 올려 두며 손을 털어 냈을 때, 활짝 열어 둔 창밖에서 토독거리는 소리가 들리기 시작했다. 짙게 내려앉은 어스름 위로 그 소리는 처음에는 작게, 그리고 곧 크게 사방을 채웠다. 비가 내리는 소리였다.

자리에서 일어난 덕진이 열어 둔 창가로 향했다. 금세 시끄러워진 빗소리 사이로 맹꽁이들이 박자를 맞추듯 울기 시작했다. 맹꽁이들은 물과 어두운 곳을 좋아하니, 비 오는 여름밤만큼 짝을 찾기 좋은 때가 없어서였다.

"아이고, 요란해라. 지율이 너 이게 무슨 소린지 아냐?"

덕진의 물음에 지율은 고개를 끄덕였다.

"맹꽁이 소리요."

덕진이 의외라는 표정으로 지율을 돌아보았다.

"아니, 서울 촌놈이 그건 어떻게 알았어?"

"예전에 누가 가르쳐 줬어요."

덕진은 나지막이 대답하는 지율의 얼굴을 한동안 가만히 마주 보았다. 저놈이 무슨 생각을 하고 있나 싶은 표정이었다. 잠시 말이 없던 덕진이 위층 계단을 가리켰다.

"올라가서 짐 풀고 좀 쉬고 있어. 방은 다 치워 놨다."

"네."

캐물을 만한 일이 아니라고 생각한 모양이었다. 고개를 끄덕인 지율은 현관에 놓아둔 캐리어를 들고 위층으로 올라갔다. 침대와 책상 하나가 전부인 작은 방은 덕진의 말대로 깨끗하게 정리되어 있었다.

불을 켜지도 않고 창을 활짝 열어젖힌 지율은 창가의 책상에 앉았다. 습기를 품은 서늘한 바람에서는 싱그러운 냄새가 났다. 여름밤을 온통 적시는 비는 쉽게 그칠 것처럼 보이지 않았다. 잠시 그대로 앉아 있던 지율은 책상 위에 손끝으로 글씨를 끄적였다.

> 금방 올게. 꼭 다시 만나자.
> 내 이름은 한지율이야.

보이지도 않는 글자를 손바닥으로 쓸어 지운 지율은 턱을 괴며 창밖에 내린 어둠을 응시했다. 도시와는 달리 짙게 내린 어둠 속에서 몇 개의 불빛만이 멀리 있는 별처럼 깜빡였다.

긴 숨을 뱉은 지율은 잠시 눈을 감았다. 감은 눈 안에서 기억 속의 작고 반짝이는 조각들이 떠돌았다. 지율은 애써 그것을 다시 주워 담으려 하지 않았다.

다시는 만나지 못한다면, 그 애에게는 그저 언젠가 스쳐 지나간 사람 중 하나일 뿐이라면. 그러나 그렇다고 해도 달라지는 건 없었다. 지율은 그 사실을 받아들이기로 마음먹었다. 기대가 무너졌다 해도, 가장 아름다운 것들은 빛을 잃지 않았다.

그 짧은 여름의 기억들은 언제나 가장 깊은 어둠 속에서 기꺼이 자신에게 손을 내밀었다. 그건 지금까지 그랬듯, 앞으로도 늘 자신을 구원할 기억이었다.

그러니 기도해야 했다.

어떤 모습이든 늘 행복하기를.

네가 내게 그랬던 것처럼, 누군가가 그렇게 네 손을 잡아 주기를.

짙은 여름밤 한가운데서 지율은 오랫동안 잠들지 않고 꿈을 꾸었다. 흘러가는 냇물 위로 하얗게 부서지는 햇살과 불어오는 바람에 실린 여름의 냄새, 작은 손을 맞잡았을 때 서로에게 녹아들던 체온까지도 그대로 간직한 꿈을.

외로운 순간이면 늘 그 꿈의 풍경 속으로 돌아가고 싶었다.

혼자가 아니었던 그곳으로.

"할머니, 너무 많다니까요. 서울에도 반찬 가게가 얼마나 많은데."

자영의 볼멘소리에도 불구하고 현남은 반찬 통을 하나하나 다시 비닐로 싸는 데 여념이 없었다. 현남은 혹여나 새기라도 할까 싶은지 단단히 매듭을 지어 꽁꽁 동여맨 반찬 통을 커다란 백팩에 차곡차곡 챙겨 넣으며 자영에게 눈을 흘겼다.

"아따, 돈 주면 다 사 먹는 걸 누가 몰러서 그런다냐. 근디 암만 돈을 줘 봐, 나가 한 것맨키로 맛난 것이 있는가. 느 엄마도 어릴 적에 이걸 솔찮게 잘 먹었어야."

콩자반이며 장조림, 나물무침에 장아찌까지 알뜰살뜰하게 챙겨 넣은 현남이 벌써 묵직해진 가방을 들어 보고는 혀를 찼다.

"맴 같으면 이따만큼씩 해서 넣어 보낼 것인디, 느가 하도 성화를 하니께 쬐끔씩밖에 안 혔어. 몇 젓갈 집으면 먹잘 것도 없이 동나겄구만. 가서 삼시 세끼 뜨끈하게 밥 차려서 반찬허구 먹어. 알었냐?"

현남을 말린다고 될 일이 아니라는 건 이미 몇 년간의 경험으로 자영도 익히 잘 알고 있었다. 어쩔 수 없다는 얼굴로 웃어 버린 자영은 부러 양푼에 무쳐 둔 진미채를 손으로 집어 입에 넣으며 투덜거렸다.

"서울 가면 서울 음식에 적응해야 되는데, 할머니가 맨날 이렇게 맛있는 거 잔뜩 싸서 보내 주니까 적응을 못 한단 말이에요. 이거 다 먹자마자 도로 내려와 버리면 할머니 때문이야."

"아, 긍께 큰 통으로 싸 가래니께 말도 지지리도 안 듣는구만."

"할머니는 손이 너무 크니까 그렇지!"

눈을 흘기는 자영의 말에 현남이 깔깔대며 웃음을 터트렸다. 한참을 웃다가 시계를 본 현남이 아이구, 하며 황급히 자영의 가방 지퍼를 닫았다.

"오메, 버스 오겄다야. 후딱 가야지, 안 그러면 기차 놓친당께."

"다녀올게요."

묵직한 가방을 둘러멘 자영은 현남에게 꾸벅 고개를 숙여 보였다. 현남이 자영의 뺨을 만져 보고는 얼른 가라는 듯 손을 휘적거리더니 한숨을 쉬었다.

"이번에 가면 느 애비하고 애미가 뭔 생각인지 말 좀 해 보라고 혀. 일도 일인디, 고것들은 워찌 이 깡촌에 애를 처박아 놓고 올 생각도 안 허고 갈 생각도 안 허고… 부모가 돼 가지고 그라면 쓰냐. 정도 없는가, 자식이라고 있는 건 이거 하난디 둘 다 워찌 그리 쌩코롬혀. 즈이들 일이야 즈이들이 알아서 헐 것인디, 애는 뭔 죄가 있다고."

"또 그러신다. 저 엄마랑 아빠가 서울 가자고 해도 싫어요. 어, 버스 놓치겠다. 할머니, 저 가요. 진지 잘 챙겨 드시고 계셔야 돼요!"

자영은 현남의 말이 끝나기 무섭게 황급히 손을 흔들며 대문을 뛰쳐나갔다. 등에 멘 가방은 제법 무거웠지만, 자영은 대문 앞에 나와 자신을 배웅하는 현남이 보이지 않을 때까지 쉬지 않고 달렸다. 현남이 내내 못 박힌 듯 거기 서서 자신을 보고 있을 걸 뻔히 알아서였다.

버스정류장에 도착했을 때는 이미 이마에 땀이 송골송골 맺혀 있었다. 자영은 손수건을 꺼내 이마를 닦으며 정류장의 낡은 벤치에 털썩 주저앉았다. 장에 가는지, 정류장에 나와 앉아 있던 부안댁이 자영을 알아보고 말을 걸었다.

"오메, 자영이 느 가방은 이따시만 한 걸 메고 워딜 간다냐."

"서울에요."

"아이구, 벌써 방학이여?"

자영의 대답에 부안댁이 공연한 걸 물었다는 듯 무릎을 긁적이며 민망한 표정을 했다. 자영은 괜찮다는 얼굴로 웃어 보였다. 동네에서 자신의 사정을 모르는 사람들이 거의 없는 탓이었다.

자영이 희동리에서 할머니인 현남과 살게 된 지도 벌써 7년째였다. 그사이 아빠와 엄마가 찾아온 횟수는 한 손에 꼽을 정도였다. 지나가다 우연히 마을 사람들이 고것들이 지 새끼를 여그다가 아주 갖다 버린 겨, 하고 수군대는 소리를 들은 적도 있었다.

언젠가부터 자영 역시 아빠와 엄마가 자신을 버렸다는 걸 받아들이게 되었다. 그래서는 안 되는 거라고 모두가 말했지만, 세상에는 늘 그래야 하는 일만 벌어지는 건 아니었다. 그건 자영의 나이에 얻기에는 너무 이른 깨달음이었다.

"방학 때는 서울에 올라와 있어. 할머니도 힘드시니까."

엄마가 마지막으로 희동리에 내려왔던 건 자영이 열 살 때의 일이었다. 그때까지 한 번도 서울로 자영을 데려간 적 없던 엄마는 불현듯 그런 말을 꺼냈다. 그렇게 말하며 엄마가 무슨 생각을 했는지 짐작할 길은 없었다.

그때부터 자영은 제 몸만 한 가방을 메고 희동리에서 서울까지를 혼자 오갔다. 처음에는 1년에 두 달은 엄마를 볼 수 있다는 생각에 마냥 기뻤다. 그러나 그 기쁨은 그리 오래가지 않았다.

서울에 올라가면, 자영은 방학 내내 큰 아파트에서 혼자서 아침 일찍 나가고 밤늦게 들어오는 엄마를 기다려야 했다. 엄마의 얼굴을 볼 수 있는 건 주말뿐이었다. 그나마도 회사에서 무슨 일이 생기면 엄마는 자영을 두고 다시 나가곤 했다. 방학 동안 자영이 서울에서 할 수 있는 건 오로지 기다림뿐이었다.

잠들었다 깨면 거실 테이블 위에는 엄마의 카드와 현금이 든 봉투가 놓여 있었다. 아무거나 시켜 먹어, 하고 쓰인 쪽지는 덤이었다.

그러나 자영은 한 번도 그 돈에 손을 댄 적이 없었다. 처음에는 하루 종일 아무것도 먹지 않고 엄마를 기다렸고, 나중에는 혼자 밥을 지어 현남이 챙겨 준 반찬을 놓고 먹었다. 엄마가 오든 오지 않든, 삼시 세끼를 그렇게 차려 먹고 치우기를 반복하면 금방 하루가 지나곤 했다.

현남은 매번 가서 엄마하고 먹으라며 밑반찬을 살뜰하게 싸 주었지만, 자영은 그게 자신을 위한 것이라는 사실을 언젠가부터 눈치채고 있었다. 엄마가 자신을 1년에 두 번 서울로 불러들이는 건 어쩌면 얄팍한 죄책감과 책임감 때문일지도 모른다는 것 역시도.

"그, 참, 자영아. 수의사 선상님 새로 오신 건 아냐?"

부안댁이 얼른 화제를 돌렸다. 자영은 눈을 동그랗게 뜨며 고개를 가로저었다.

"아뇨. 장 선생님 아프시다는 얘기만 들었는데… 누가 새로 오셨어요?"

"엉. 장 선상님은 많이 안 좋으신가 보더라고. 병원 간다구 서울로 올라가시구, 다른 분이 오셨당께. 거시기, 뭐냐, 차, 차, 아, 차덕진 선상님이라고. 언제 한번 마주치면 인사나 드려라야. 서울서 교수님도 허구 그러다가 내려오셨다는디, 인상이 참말로 좋더라니께."

"네, 그럴게요."

자영이 웃으며 대답하자 부안댁이 쩝쩝 입맛을 다셨다. 때마침 도착한 버스에 올라탄 자영은 부안댁과 나란히 앉아 창밖을 보았다. 털털거리며 움직이는 버스 밖으로 낯익은 풍경들이 스쳐 지나갔다.

왜 아무도 반기지 않는 곳에 자꾸만 가는 걸까.

누구도 답을 줄 수 없는 질문을 떠올린 자영은 나오려는 한숨을 눌렀다. 기실 이건 오기에 가까운 감정이었다. 엄마가 나를 원하지 않는다는 걸 아니까. 엄마가 바라는 대로 발길을 끊기는 싫다는.

언제까지 이 무의미한 여행이 계속될지 알 수 없었다. 엄마는 어릴 때부터 지는 걸 싫어했다고 했다. 이건 자신이나 엄마

둘 중 한 사람이 포기해야만 끝날 게임이었다. 그것을 알기에, 마지막까지 악착같이 매달려 보고 싶은 걸지도 몰랐다. 결국 상처투성이로 남겨질 건 자신뿐이라고 생각하면서도.

기차역 정류장에 도착한 버스가 멈춰 섰다. 타고 있던 사람들이 우르르 내리는 사이, 부안댁이 주머니에서 만 원짜리 두어 장을 꺼내 자영의 주머니에 찔러 넣었다. 놀란 자영이 아니에요, 하며 사양하려 했으나 부안댁이 눈을 부라렸다.

"어른이 주시는 건 그냥 받는 겨. 쪼맨한 것이 뭣을 사양허냐."

"…감사합니다."

마지못해 꾸벅 인사를 한 자영은 무거운 가방을 고쳐 메며 버스에서 내렸다. 부안댁이 열린 창으로 잘 갔다 와야, 하고 손을 흔들었다. 고개를 끄덕인 자영이 막 역으로 향하던 참이었다.

뒤늦게 앞문으로 내리던 할아버지가 막 타려는 남자를 냅다 밀치는 것이 눈에 들어왔다. 무방비하게 서 있던 남자가 뒤로 넘어졌다. 들고 있던 장우산과 제법 묵직해 보이는 캐리어가 쿵 소리를 내며 함께 굴러떨어졌다.

할아버지가 뒤도 돌아보지 않고 후다닥 내빼는 사이, 멈칫하던 자영은 가까이 다가가 바닥에 떨어진 장우산을 주워 들었다. 넘어진 캐리어를 세워 놓은 자영은 얼굴을 찌푸리며 몸을 일으키는 남자에게 캐리어 손잡이를 내밀었다.

"여기요."

멈칫한 남자가 당황한 표정으로 자영을 내려다보았다. 자영 역시 무심결에 그를 마주 보았다. 가까이서 보니 남자라기보다는 소년이라는 말이 훨씬 어울릴 얼굴이었다. 고등학생이나 되었을까 싶게 앳된 티가 역력했으나, 훌쩍 큰 키 탓에 그와 시선을 맞추기 위해서는 목을 꺾어 올려다봐야 했다.

이 근방에서는 처음 보는 소년이었다. 기차역 앞인 데다 짐까지 든 걸 보면 아마 외지인인 모양이었다. 아직 미성숙한 소년의 골격인데도, 그린 듯 단정한 얼굴은 이미 완성형에 가까웠다. 자영은 저도 모르게 그 얼굴에 잠시 시선을 빼앗겼다. 누구라도 한 번쯤은 돌아볼 법한 외모였지만 그 때문만은 아니었다.

어디서 봤을까.

이상한 기시감이 지났다. 소년의 시선 역시 자영에게 고정되어 있었다. 자영이 잠시 머뭇거리는 사이, 버스 기사가 고함을 쳤다.

"아따, 타요 안 타요!"

그 목소리에 놀랐는지, 기사 쪽을 돌아본 소년이 얼른 자영에게 인사를 건넸다.

"감사합니다."

소년은 황급히 캐리어를 들고 버스에 올라탔다. 자영은 그가 창가 자리에 앉아 숨을 돌리는 것을 지켜보았다. 저런 사람을 본 적이 있다면 분명히 기억이 날 텐데, 이상하게도 묘한 기시감만이 감돌 뿐이었다. 마침내 버스가 출발했을 때, 고개를 갸웃한 자영은 걸음을 옮기려다 멈칫했다.

소년이 떨어뜨린 장우산이 자기 손에 들려 있었다. 놀란 자영은 버스 뒤에서 우산을 들어 보이며 소리쳤다.

"저기요, 우산 가져가세요!"

그러나 이미 버스는 멀어지고 있었다. 소년이 창 너머로 이쪽을 보았지만, 자신이 무슨 말을 하는지는 알아듣지 못한 것 같았다. 저만치 사라지는 버스를 보고 있던 자영은 헛웃음을 뱉었다.

"뭐야. 진짜. 바보 아냐?"

그건 스스로에게 하는 말이기도 했다. 그 얼굴에 잠시 정신이 팔려, 남의 우산을 들고 있었다는 사실조차 깨닫지 못한 모양이었다.

자영은 손에 들린 우산을 내려다보았다. 검은색 장우산은 제법 크고 튼튼해 보였다. 손잡이에는 한국대학교 수의대라고 쓰여 있었다. 이걸 어디다 버리고 갈 수도 없어, 자영은 어쩔 수 없이 우산을 든 채 역으로 향했다.

기차를 타고 서울로 향하는 동안, 자영은 창가에 턱을 괸 채 멍하니 흘러가는 풍경을 보았다. 낯익은 풍경들은 시간이 지날수록 점차 낯설어졌다. 창 너머로 끝없이 펼쳐진 푸른 들이 사라지고, 그 자리를 회색 건물이 대신했다. 수평선을 빼빽이 채운 아파트를 보면 늘 숨이 막혔다.

　화창했던 하늘은 서울에 가까워질수록 회색으로 가라앉고 있었다. 자영은 햇살이 들어오지 않는 창에 머리를 기대며 잠시 눈을 감았다.

"우리 열차는 잠시 후 마지막 역인 서울역에 도착합니다. 미리 준비하시기 바랍니다. 오늘도 빠르고 편안한 KTX를 이용해 주신 고객 여러분, 고맙습니다."

　어느새인가, 이제는 익숙해진 종착역 안내 방송이 흘러나왔다. 자리에서 일어난 자영이 막 짐칸에 올려 둔 가방을 내리는데, 핸드폰이 짧게 진동했다. 화면을 확인하자 엄마가 보낸 메시지가 눈에 들어왔다.

「오늘 마중 못 가. 현금 가져왔지? 택시 타고 와. 이따가 돈 줄게.」

　잠시 선 채 그 메시지를 보고 있던 자영은 핸드폰을 도로 집어넣었다. 어차피 무슨 기대가 있었던 것도 아니었다. 묵직한 가방을 둘러멘 자영은 통로를 나가려다 뒤를 돌아보았다. 좌석 한쪽에 기대 놓은 장우산이 눈에 들어왔다.

　머뭇거리던 자영은 우산을 집어 들었다. 곧 열차가 멈추고 사람들이 열린 문으로 쏟아져 내렸다. 서울의 인파는 언제 와도 적응이 되지 않았다.

사람들 사이에서 이리저리 휩쓸리며 역을 나서자, 입구 밖에서 쏟아지는 빗줄기가 먼저 눈에 들어왔다. 날이 내내 흐리다 싶더니 기어이 비가 오는 모양이었다. 역 맞은편의 전광판에 흘러가는 뉴스 자막이 보였다.

> 오늘부터 본격적인 장마 시작… 서울·경기 중북부 호우주의보.

요란하게 내리는 비를 보고 있던 자영은 장우산을 든 손에 시선을 주었다. 저도 모르게 하하, 하고 웃는 소리가 새었다. 아까 그 사람이 아니었다면, 서울에서 우산도 없이 비를 맞는 처지가 될 뻔했다는 게 우스워서였다. 짧은 한숨을 뱉은 자영은 우산을 펼쳐 들었다. 비 한 방울도 들이치지 않을 만큼 커다랗고 튼튼한 우산이었다.

"우산 좋다."

혼잣말처럼 중얼거린 자영은 택시를 타고 엄마의 집으로 향했다. 작은 지름길조차 구석구석 알고 있는 희동리와는 달리, 서울은 몇 번을 와도 모든 길이 매번 낯설기만 했다.

동 숫자로만 건물을 구별해야 하는 아파트 숲의 입구에 내린 자영은 위를 올려다보았다. 하늘을 온통 가릴 정도로 높은 건물들에 현기증이 났다. 동 위치를 표시해 둔 표지판을 보며 더듬더듬 걸어가는 모든 순간은 숨이 막혔다.

"저 왔어요."

비밀번호를 누르고 아무도 없는 집에 들어가며, 자영은 일부러 목소리를 높였다. 대답은 돌아오지 않았다. 사람이 들어오면 저절로 켜지는 현관의 센서 등만이 자영을 반길 뿐이었다. 젖은 우산을 접어 현관 한쪽에 세워 둔 자영은 안으로 들어섰다.

혼자 살기에는 지나치게 넓은 집이었다. 세련된 가구들과 깔끔한 인테리어는 마치 드라마에 나오는 집처럼 보였다. 벽면을 가득 채운 커다란 TV와 고급스러운 가죽 소파, 머리칼 한 올 없이 유리처럼 반들거리는 대리석 바닥은 마치 말을 거는 것 같았다.

여기는 네가 있어야 할 곳이 아니라고.

테이블 위에는 언제나처럼 카드와 현금 봉투가 놓여 있었다. 자영은 그것을 내려다보다 카드에 영문으로 찍힌 이름을 입 안으로 뇌어 보았다.

김, 승, 혜. 김승혜.

엄마의 이름은 낯설게 느껴졌다. 어쩌면 엄마도 자신의 이름을 볼 때 그렇게 여길지 모르겠다고 자영은 잠시 생각했다. 부엌으로 간 자영은 가방 속의 반찬 통을 하나하나 꺼냈다. 열어 본 냉장고 속에는 맥주 캔 몇 개와 생수병만이 굴러다니고 있었다.

자영은 말없이 반찬 통을 냉장고 안에 차곡차곡 정리하고 문을 닫았다. 찬장 속 소포장된 쌀을 꺼내 씻고 전기밥솥의 코드를 꽂아 취사 버튼을 누른 자영은 현관 앞의 방에 짐을 풀었다. 붙박이장과 침대 하나가 전부인 방이었다.

샤워를 하고 나와 갓 지은 밥을 그릇에 담고 반찬을 꺼내 식탁 앞에 앉은 자영은 혼자 밥을 먹었다. 방음이 좋은 창 탓인지, 아무 소리도 들리지 않아 적막하기 짝이 없는 식사였다. 사시사철 계절마다 다른 소리가 들리는 희동리에서는 혼자여도 혼자가 아니었지만, 이곳은 달랐다.

승혜가 돌아온 건 그날 밤 11시가 다 되어서였다. 현관의 불이 켜지고, 아무렇게나 벗은 구두 굽이 바닥에 부딪히는 소리가 났다. 안으로 들어서던 승혜가 멈칫했다. 불도 켜지 않은 채 어둠 속에서 가만히 앉아 있는 자영을 그제야 발견한 까닭이었다.

"…언제 왔니?"

승혜가 거실 스위치를 누르며 물었다. 그 목소리에서는 희미하게 술 냄새가 났다. 자영은 앞을 보며 대답했다.

"아까요."

"도착했으면 했다고 연락을 하든가."

되돌아온 말은 무감했다. 들고 있던 가방에 손을 집어넣어 지갑을 꺼낸 승혜가 지폐 몇 장을 꺼내 자영에게 내밀었다.

"택시비."

자영은 말없이 그 돈을 받아 들었다. 언뜻 보기에도 택시비보다 몇 배는 많은 돈이었다. 자영을 흘끔 내려다본 승혜가 방으로 들어갔다. 한참 후 다시 거실로 나온 승혜에게서는 샴푸 냄새와 희미한 화장품 냄새가 풍겼다. 한숨 섞인 목소리가 날아들었다.

"들어가서 자. 엄마 내일도 아침 일찍 나가야 되니까."

"안녕히 주무세요."

자영은 조그맣게 입술을 달싹였다. 승혜는 자영과 눈을 맞추지 않았다. 앉아 있던 자영이 몸을 일으켜 방으로 향하려는데, 승혜가 문득 등 뒤에서 자영에게 물었다.

"아빠랑 요즘도 연락해?"

자영은 발을 멈췄다. 그 물음에 담긴 의도가 뭔지 알 수가 없었다. 자영은 고개를 가로저었다.

"아뇨."

아빠가 마지막으로 연락한 건 재작년의 일이었다. 자영의 대답을 들은 승혜가 낮은 한숨을 뱉고는 방으로 들어가 문을 닫았다. 혼자 남겨진 자영은 멍하니 그 자리에 서 있다가 눈을 감았다. 모르는 사이 고였던 눈물이 소리 없이 뺨을 타고 흘러내렸다.

황급히 뺨을 문질러 닦은 자영은 침대에 누워 이불을 뒤집어썼다. 아빠든 엄마든, 누구도 자신을 원하지 않는다는 사실을 깨달은 지는 이미 오래였다.

그렇다 해도 남아 있는 기대마저 모조리 사라지지는 않았다. 그러기엔 자영은 너무 어린 나이였다. 둥지 밖으로 밀려나 떨어진 새 새끼처럼, 돌아보지 않는 부모를 향해 우는 것 말고는 아무것도 할 수가 없는.

그러니 여기서 물러나는 건 불가능했다. 마지막 끈까지 모두 끊어질까 두려워서였다. 엄마가 자신을 더 이상 원하지 않는다는 걸 알아도 어쩔 수가 없었다. 매달리고, 또 매달리고, 그러다 보면 언젠가는 마음을 돌릴지도 모른다는 실낱같은 희망만이 자영이 계속해서 이곳에 오는 유일한 이유였.

서울에는 그해 여름 내내 비가 내렸다. 역대 최장기간의 장마라고 했다. 자영은 회색으로 물든 그곳에서 한 달을 보냈다. 자영은 매일 아무도 없는 집에서 TV를 크게 틀고 밥을 먹었고, 승혜의 서재에서 책을 꺼내 읽었다. 의미를 모르는 단어들이 너무 많은 그 책들은 마치 승혜와의 대화 같았다. 어쩌면 자신이 그 함의를 평생 이해할 수 없을지도 모른다는 점에서 더더욱.

"…토요일 저녁에 밥 같이 먹으면 안 돼요?"

자영이 그 말을 꺼낸 건 마지막 주가 되어서였다. 그날도 밤늦게 돌아왔던 승혜는 옷을 벗어 걸다 말고 멈칫하며 자영을 돌아보았다.

"왜?"

그렇게 묻는 얼굴에 말문이 막혔다. 자영은 아무 말도 하지 못하고 가만히 서 있을 뿐이었다. 짧은 침묵 후, 승혜는 알았어, 하고 대답했다. 거절당하지 않았다는 것만으로도 벅차, 자영은 저녁 인사 대신 고개만 꾸벅 숙였다. 목이 멘 것을 들키기 싫었던 탓이었다.

그러나 그 약속은 결국 지켜지지 않았다. 금요일 저녁, 출근했던 승혜에게서 전화가 걸려 왔다. 엄마가 먼저 전화를 하는 건 드문 일이었다. 자영이 그 전화를 받기 무섭게 승혜가 지친 목소리로 말했다.

— 엄마 출장이 잡혀서 내일 저녁은 안 되겠다. 오늘 못 들어가고, 내일도 늦게 들어올 것 같으니까 맛있는 거 사 먹어.

그 말에 심장이 바닥으로 툭 떨어졌다. 자영이 할 수 있는 건 네, 하는 대답뿐이었다. 자신은 엄마와 밥 한 끼 마주 앉아 먹는 것조차 허락되지 않는다는 사실을 알아차리는 순간은 선뜩했다.

다음 날 새벽 일찍 자영은 집을 나섰다. 만 원짜리 한 장과 우산 하나만 든 채 자영이 향한 곳은 가까운 전철역이었다. 텅 빈 새벽 전철을 타고, 목적지도 없이 몇 번이나 타고 내리기를 반복하며 자영이 본 건 사람들이었다.

주말 전철에는 가족이 많았다. 어디를 가는지, 아이들과 함께 나온 부모들의 모습을 볼 때면 자영은 거기에서 눈을 떼지 못했다. 낯선 여자아이가 빤히 쳐다보는 시선이 이상했는지, 몇몇 사람들은 서둘러 자리를 피하기도 했다. 아이의 손을 잡고 멀어질 때, 부모들은 하나같이 그 작은 손을 놓칠세라 꽉 움켜쥐고 있었다.

자영은 하루 종일 환승역마다 내려 다른 노선으로 갈아타며 사람들을 지켜보았다. 이 많은 사람 중 누구도 자신의 고통을 눈치채지 못하듯, 자신 역시 그들이 저마다 품은 고통을 알 수 없었다. 그건 슬픔과 위안을 동시에 불러오는 깨달음이었다.

자영이 출발했던 역으로 다시 돌아왔을 때는 이미 자정에 가까운 시간이었다. 밖에는 여전히 비가 내렸다. 자영은 검은 장우산을 펼쳐 들고 조용한 밤거리를 걸어 엄마의 집으로 돌아왔다. 비가 쏟아지는 여름밤의 거리에는 가로등 불빛만이 반짝거렸다.

자영은 현관의 비밀번호를 누르고 문을 열었다. 거실에서 TV 소리가 들렸다. 승혜가 돌아온 모양이었다. 자영이 비에 젖은 우산을 접어 두고 현관 복도로 들어섰을 때, 승혜의 신경질적인 목소리가 거실에서부터 날아들었다.

"…엄마가 오죽하면 전화를 했겠냐고. 그래서 당신은 뭘 어쩌겠다는 건데. 나 혼자 낳았어? 최소한 번갈아 가면서 데리고 있을 생각이라도 하든가. 엄마한테 돈 몇 푼 부쳐 주는 거? 그건 나도 해. 나라고 좋아서 애 한 달씩 데리고 있는 줄 알아? 바빠 죽겠는데 신경만 쓰이고, 나도 귀찮아서 미치겠어. 출장 갔다 오자마자 엄마한테 그런 전화 받는 거 나라고 좋은 줄 알아? 그럼 뭐 어떻게 하자고? 있는 애를 호적에서 파기라도 할 거야? 나도 당신하고 이런 일로 통화하기 싫어. 그러니까 애초에 안 낳았으면 이런 일도 없었잖아. 모성애? 당신 부성애는? 애하고 제대로 연 끊을 생각이면 엄마한테 돈이나 확실히 보내. 최소한의 책임은 지라고. 나도 그럴 테니까."

그 날카로운 단어들은 복도 한가운데 우뚝 선 자영에게 칼날처럼 내리꽂혔다. 아빠와의 통화가 분명했다. 심장이 싸늘하게 가라앉았다.

희동리를 출발할 때 현남이 이번에는 네 엄마 아빠가 무슨 생각인지 물어보기라도 하라고 했는데, 결국 기다리다 못해 직접 연락한 모양이었다. 엄마와 아빠가 현남에게 뭐라고 대답했는지는 알 수 없었으나, 적어도 그 통화로 두 사람의 마음은 확실히 알 수 있었다.

승혜가 휴, 하고 한숨을 뱉으며 전화를 끊었다. 한동안 그 자리에 서 있던 자영은 거실로 발을 옮겼다. 인기척에 멈칫한 승혜가 고개를 돌리더니 자영을 아래위로 훑어보았다. 소파 앞의 테이블에는 반쯤 빈 와인병과 잔이 놓여 있었다. 희미하게 술 냄새가 풍겼다.

"어디 갔다 오니?"

승혜가 다시 TV로 시선을 주며 물었다. 무심한 말투였다. 집에 들어왔을 때 자신이 없다는 걸 이미 알았을 텐데도, 이 시간까지 전화 한 통 하지 않은 그 속내가 궁금해졌다.

엄마랑 아빠는 내가 세상에서 사라져도 괜찮죠?

목까지 차오른 말은 밖으로 나오지 않았다. 자영은 그 말을 삼켰다. 날카롭고 씁쓸한 단어들이 속을 긁으며 내려갔다. 자영은 승혜의 물음에 대답하는 대신 고개를 꾸벅 숙였다.

"…안녕히 주무세요."

승혜는 자영을 보지도 않고 그래, 하며 잔에 와인을 채웠다. 돌아선 자영은 방으로 들어와 문을 닫았다. 한여름인데도 몸이 떨렸다. 에어컨을 세게 틀어 둔 방 안의 싸늘한 공기 탓만은 아니었다. 얼어붙은 심장에서 번진 냉기가 전신으로 스며들었다.

이 이상한 게임에서 자신은 결코 엄마를 이길 수 없었다. 엄마와 아빠에게 자신은 이미 둥지 밖으로 밀려난 새끼일 뿐이었다. 그들의 둥지에는 자신보다 더 중요한 것들이 많았다. 아무리 울부짖어도 돌아보지 않을 만큼.

다음 날 아침 자영은 엄마의 집을 떠났다. 전날 술을 마신 승혜는 드물게도 늦게까지 잠든 채였다. 왔을 때처럼, 빈 반찬통을 가방 안에 차곡차곡 챙겨 넣은 자영은 가벼워진 가방을 둘러메고 덜 마른 우산을 든 채 인사도 없이 조용히 집을 나섰다.

서울을 떠날 때까지도 비는 그치지 않았다. 자영은 출발하는 기차 안에서 눈을 감았다. 창으로 죽죽 내리긋는 빗줄기가 바깥의 풍경을 흐렸다. 몸도 마음도 지친 자영에게 유일한 위안은 그래도 돌아갈 장소가 있다는 것이었다.

감은 눈 안에서 끝없이 펼쳐진 푸른 들이 불어오는 바람에 파도치며 흔들렸다. 여름 바람에 묻어나는 싱그러운 냄새와 흐르는 시냇물 소리, 마을 어귀의 커다란 느티나무 이파리 사이로 아롱지는 햇살이 함께 되살아났다. 그리고 그럴 때면 늘 떠오르는 사람이 있었다.

희동리에 처음 왔던 여덟 살의 여름에 만났던 이상한 아이.

그 애는 들을 수는 있어도 말을 하지는 못했다. 하얀 얼굴이 예뻤고, 웃을 줄도 모르는 것 같았다. 또래 아이들이 없던 희동리에서 자영은 그해 여름을 내내 그 애와 함께 보냈다.

자영은 매일 할머니를 귀찮게 굴며 꽃과 나무, 벌레의 이름을 알아다가 그 애에게 가르쳐 주었다. 가만히 자신을 마주 보며 말없이 귀를 기울이는 얼굴을 보면 신이 났다.

누군가가 자신의 말을 그렇게 들어 주는 건 처음이었다. 엄마도, 아빠도 듣지 못하던 자신의 목소리가 그 애에게만큼은 전부 들리는 것 같았다. 자영은 그 애와 있을 때면 끊임없이 이야기를 쏟아 냈다. 어젯밤에는 무슨 꿈을 꾸었는지, 아침에는 뭘 먹었는지, 자신이 좋아하는 장소는 어디인지, 이곳에서 어떤 꽃이 가장 예쁘고 어떤 나무가 제일 오래되었는지.

그 애는 한 마디도 놓치지 않을 것처럼 자영을 빤히 응시하곤 했다. 항상 자신에게서 시선을 돌리는 엄마나 아빠와는 다르게, 자신을 가엾어하는 할머니와도 다르게. 그 애는 그저 늘 눈을 맞춰 올 뿐이었다. 잃어버린 자기의 언어들을 자영의 목소리로 다시 하나하나 새겨 넣기라도 할 것처럼.

자영은 그 애가 처음 웃었던 날을 기억하고 있었다. 산에 갔다가 갑자기 쏟아지는 소나기에 손을 잡고 뛰어 커다란 나무 아래 나란히 어깨를 맞대고 앉았을 때, 숨을 몰아쉬던 그 애가 고개를 들었다. 그 애는 자영과 눈을 마주치고는, 젖은 나뭇잎 사이로 스미는 햇살 같은 얼굴로 웃었다.

그 모습은 지금도 머릿속에 선명하게 남은 채였다. 빨갛게 상기됐던 두 볼과 들여다보고 있으면 까닭 없이 슬퍼지던 깊은 눈동자, 말 대신 움켜쥔 손을 더 꼭 잡아 오던 체온까지도.

> 금방 올게. 꼭 다시 만나자.
> 내 이름은 한지율이야.

여름이 지났을 때, 그 애는 그렇게 쓴 엽서 한 장을 남기고 마을을 떠났다. 자영은 그 엽서를 지금까지도 가지고 있었다. 책상 서랍 가장 아래쪽에 넣어 둔 그 엽서를 볼 때면 저도 모르게 미소를 지으면서도, 한편으로는 마음이 가라앉았다.

"금방 올게."

그건 아빠와 엄마가 희동리에 자영을 두고 가며 마지막으로 남긴 말이었다.

이제 자영은 그런 약속 따위 아무런 의미도 없다는 걸 알고 있었다. 그 애도 이곳을 떠나면서 자신을 잊어버렸을 테고, 어쩌면 희동리에서 보낸 기억마저 사라졌을지도 몰랐다. 이름이라도 말해 줄 걸 그랬다고 후회한 적도 있었지만, 그랬다 해도 달라질 건 없었을 터였다.

다만, 그래도….

그 애가 아주 가끔이라도 그해의 여름 풍경을 기억했으면 좋겠다고 자영은 간혹 생각하곤 했다. 눈부신 햇살과 따뜻한 바람 속에서 들판 사이로 끝없이 뻗은 길을 달리던 그 순간을.

큰 의미가 아니라도 좋았다. 그저 그 기억이 때로 비에 젖고 지친 마음이 잠시 머물 수 있는 곳이기를 바랐다. 그 여름의 희동리가 그랬던 것처럼, 자신이 무언가를 견뎌야 하는 순간마다 늘 그때를 떠올리는 것처럼.

기차가 서울에서 멀어지며, 창밖으로 무겁게 내려앉았던 회색 구름도 점차 걷혀 갔다. 마침내 자영이 탄 기차가 역에 도착했을 때 창밖에는 눈부신 햇살이 가득했다. 가방과 우산을 챙긴 자영은 멈춘 기차에서 내렸다. 문을 나서자마자 불어오는 바람에서는 익숙한 여름의 냄새가 났다.

때마침 맞은편에 서울행 기차가 곧 도착한다는 방송이 울려 퍼졌다. 삼삼오오 서 있던 사람들이 인사를 나누는 것이 눈에 들어왔다. 떠나는 사람과 배웅하는 사람이 모인 역의 익숙한 풍경이었다.

자영은 가방을 추스르며 걸음을 옮겼다. 그때 맞은편에서 달려오던 아이가 미처 자영을 피하지 못하고 몸을 부딪쳤다. 불시의 습격에 아이와 함께 뒤로 넘어진 자영은 아야, 하며 얼굴을 찡그렸다. 곧 달려온 아이의 아빠가 아이를 붙잡아 일으키며 황급히 자영에게 사과했다.

"죄송합니다."

자영이 뭐라고 대답하기도 전, 남자는 아이를 끌고 막 들어온 서울행 기차로 향했다. 작은 한숨을 내쉰 자영이 막 일어나려는데 누군가가 손을 내밀었다.

"괜찮으세요?"

얼결에 그 손을 잡은 자영은 몸을 일으키며 상대를 쳐다보았다. 키가 큰 남자였다. 역광으로 비치는 햇살에 눈이 부셔 얼굴이 잘 보이지 않았다. 자영이 잡은 손을 놓으며 엉덩이를 툭툭 털자, 몸을 숙인 남자가 곁으로 굴러간 우산을 주워 건넸다.

"우산이요."

"감사합니다."

자영은 고개를 꾸벅 숙이며 우산을 받아 들었다. 남자가 곧 몸을 돌려 멀어졌다. 저만치 세워 둔 캐리어를 든 남자가 막 들어온 서울행 기차에 올라타는 것이 눈에 들어왔다. 자영은 무심코 눈으로 그를 따라갔다. 창 안쪽에서 좌석을 찾는 듯 두리번거리던 그가 자리에 앉는 모습이 보였다.

그가 창밖에 서 있던 누군가에게 손을 흔들었다. 할아버지 뻘쯤 되어 보이는 남자가 마주 손을 흔들며 잘 가라는 손짓을 했다. 자영은 그때 그의 얼굴을 보았다. 남자라기보다는 소년에 가까운 희고 단정한 얼굴은 웃고 있었다. 그 얼굴이 이상하게 낯이 익었다.

자영은 저도 모르게 못 박힌 듯 그 자리에 서서 그를 보았다. 곧 열차가 큰 소리를 내며 움직이기 시작했다. 멀어지기 시작하는 기차 안에서 그가 잠시 이쪽을 본 것 같았지만 확실하지 않았다.

마침내 서울행 열차가 완전히 멀어지고, 배웅하러 온 사람들도 모두 떠난 뒤에야 자영은 퍼뜩 그가 누군지 깨달았다. 여름 방학이 시작되던 날, 정류장에서 만났던 소년이었다. 자영은 손에 들린 우산을 내려다보다 픽 웃었다.

"자기 우산도 못 알아보네, 바보."

자영은 우산을 펴 보았다. 비 한 방울 오지 않는 청명한 여름 날씨 속에서, 아직 습기를 머금고 있던 우산이 활짝 펼쳐지며 비 냄새와 함께 짙은 그늘을 드리웠다. 우산대를 빙글빙글 돌려 본 자영은 곧 우산을 도로 접으며 가벼운 걸음으로 역을 나섰다. 핸드폰을 꺼내 전화를 걸자, 신호가 몇 번 간 뒤 익숙한 목소리가 넘어왔다.

ㅡ 누구여?

현남이었다. 자영은 목소리를 높였다.

"할머니, 저 금방 집에 가요!"

— 아이구, 내 새끼. 워째 말도 안 허구 온디야! 안 그랴도 느가 오늘쯤 올까 싶어서 고기 한 근 사 놨는디. 싸게 오너라잉. 요 앞에 나가서 기다리구 있을 텡게.

반색한 현남이 전화를 끊었다. 한달음에 마을 어귀까지 뛰어올 현남의 모습이 보지 않아도 선했다. 허공으로 긴 숨을 뱉은 자영은 가방을 고쳐 메며 막 도착한 버스를 향해 달려갔다. 발밑에서 피어오른 흙먼지가 바람과 함께 멀리 날아갔다.

자신에게는 돌아갈 곳이 있었다. 그건 언제나 이곳이었다.

지율은 쓰고 있던 안경을 벗어 내려놓으며 보고 있던 논문에서 시선을 떼고 창가로 고개를 돌렸다. 빗소리가 들리는 것 같아서였다. 열린 창으로 얼굴을 쑥 내밀어 본 영숙이 투덜거렸다.

"아따, 퇴근혀야 되는디 갑자기 웬 비여?"

"지금 비 오는 거 맞죠?"

전조도 없이 쏟아지기 시작한 비가 어느새 바깥 거리를 적시고 있었다. 창밖을 가리킨 영숙이 혀를 찼다.

"야. 아아니, 아침에 오늘은 비 한 방울도 안 내린다 혀서 그런 줄 철석같이 믿고 나왔는디."

"우산 있으니까 가져가세요."

지율은 뒤에 세워 둔 우산꽂이에서 우산 하나를 꺼내 영숙에게 건넸다. 손님들이 오며 가며 놓고 가거나 하는 통에 병원에는 늘 여분의 우산이 몇 개씩 굴러다녔다. 반색하며 우산을 받아 든 영숙이 퇴근 준비를 하다 말고 지율에게 물었다.

"아이고, 참. 안 경사는 우산 들고 나갔어라? 아침에 나올 때 봤는디 빈손인 거 같던디."

"그래요?"

"워메, 이쁜 각시 흠씬 젖어 불면 어쩔라구 그러실까."

장난기 어린 말투로 지율을 놀린 영숙이 우산을 펼쳐 들며 손을 흔들었다.

"원장님, 나 먼저 가요잉. 비도 주룩주룩 오는디 원장님도 싸게 퇴근허시쇼."

"네, 들어가세요."

지율이 인사를 건네자 영숙이 부리나케 병원 문을 나섰다. 자리에서 일어난 지율은 창가에 손을 짚으며 바깥을 보았다. 금방 지나갈 소나기는 아닌 듯했다. 경찰서에 우산 하나쯤 없을 거라는 생각은 들지 않았지만, 서둘러 자리를 정리한 지율은 불을 끄고 제일 큼지막한 우산을 뽑아 병원을 나섰다.

자영이 근무하는 읍내 경찰서까지는 버스로 10분 정도의 거리였다. 지율은 때마침 도착한 버스를 타고 경찰서 앞에 내려서는 우산을 펼쳐 들었다. 오늘은 6시 반쯤이면 퇴근한다고 했으니, 곧 나올 것 같았다. 지율이 자영을 기다리는 사이, 경찰서에서 나오던 형사들이 지율을 알아보고는 인사를 건넸다.

"아이구, 이게 누구여. 안 경사 우산 없을까 봐 여까지 오셨소?"

"네."

고개를 끄덕이는 지율을 본 형사들이 놀리듯 덧붙였다.

"아따, 원장님은 언제까지 신혼이실까 고것이 참말로 궁금하당께."

지율은 대답 대신 웃어 보였다. 노래자랑 프로그램까지 나간 바람에, 근방에서는 지율과 자영을 모르는 사람이 없었다. 자영의 동료들이 늘 남편 아주 잘 뒀다며 장난 반 진심 반으로 자영을 놀려 먹을 정도였다.

때마침 문을 나서는 자영의 모습이 눈에 들어왔다. 형사들에게 꾸벅 인사한 지율은 우산을 들고 자영에게 달려갔다. 머리 위에 손을 받치고 있던 자영이 갑자기 씌워진 우산에 눈을 동그랗게 떴다가, 한 박자 늦게 지율인 걸 알아차리고는 활짝 웃었다.

"어떻게 왔어요?"

"오 선생님이 아침에 자영 씨 봤는데 우산을 안 가져간 것 같다잖아요. 이쁜 각시 쫄딱 젖으면 어떡하냐고 그러시길래 우산 들고 뛰어왔죠."

지율의 대답에 자영이 짐짓 눈을 흘기더니 어깨를 나란히

어쩌다가 전원일기

붙여 왔다. 지율은 반대편 손으로 옮겨 쥔 우산을 자영 쪽으로 더 기울였다. 제법 커다란 우산은 둘이 쓰고도 충분할 정도였지만, 행여나 자영이 조금이라도 젖을까 싶어서였다. 자영이 눈을 들어 우산을 쳐다보았다.

"우산 되게 크고 좋네요."

"그러게요. 병원에 있어서 들고 왔는데… 누가 놔두고 간 건가?"

되물은 지율은 그제야 들고 있던 우산을 보았다. 길쭉한 손잡이에 인쇄되어 있던 로고와 글씨는 시간이 많이 지나서인지 군데군데 지워진 지 오래였지만, 알아보지 못할 정도는 아니었다. 지율은 손잡이를 유심히 보다 고개를 갸웃했다.

"한국대학교 수의대? 이거 옛날 로고네요. 진짜 오래된 건가 본데요?"

지율의 말에 자영이 생각났다는 듯 맞장구를 쳤다.

"아, 아아. 맞다. 그거 우리 집에 있던 거예요. 한 십몇 년쯤 됐을걸요. 중간에 한 번 고치긴 했는데, 진짜 튼튼해서 내가 지난번에 지율 씨 쓰라고 병원에 갖다 놨었어요."

"근데 어떻게 딱 수의대 우산이지, 신기하게?"

재미있다는 표정으로 손잡이를 다시 한번 들여다보는 지율의 얼굴에 자영이 어깨를 으쓱해 보였다.

"그러니까요. 옛날에 누가 떨어뜨리고 간 거 주운 건데."

아아, 하고 고개를 끄덕인 지율은 자영을 내려다보며 물었다.

"저녁에 뭐 먹고 싶은 거 있어요?"

"걸어가면서 생각해 봐요."

자영의 말에 지율은 눈을 동그랗게 떴다.

"비 오는데 걸어가자고요?"

"빗소리도 좋은데 좀 걷죠, 뭐."

자영이 지율의 팔짱을 끼어 왔다. 두 사람은 눈을 마주치며 웃고는 젖은 풀 냄새를 풍기는 길을 걷기 시작했다. 연신 우산을 두드리는 경쾌한 빗소리와 어디선가 몰려나온 맹꽁이 떼 소리 사이로, 지율과 자영은 어스름 속을 지나 집으로 향했다. 늘 변함없이 그들을 기다리는 장소, 언제 어디서든 손을 잡고 돌아갈 수 있는 그곳으로.

– 끝 –

어쩌다가 전원일기

초판 1쇄 발행 2022년 10월 20일
초판 2쇄 발행 2022년 11월 18일

지은이 박하민

발행인 배기식
편집자 배수연
제작 김도훈, 권용화
디자인 크리에이티브그룹 디헌

발행처 리디 주식회사
출판신고 2011년 8월 29일 제2011-000264호
주소 서울시 강남구 테헤란로 325, 4층, 10층, 11층(역삼동)
홈페이지 ridibooks.com

ISBN 979-11-6882-788-2 03810
ⓒ 박하민 2022

이 책은 저작권법에 따라 보호를 받는 저작물이므로 무단 전재와 무단 복제를 금지하며,
이 책의 전부 또는 일부를 인용하려면 반드시 저작권자와 리디 주식회사의 서면 동의를 받아야 합니다.

· SOME은 리디 주식회사의 프리미엄 로맨스 레이블입니다.
· 책값은 뒤표지에 있습니다.
· 잘못된 책은 구입하신 곳에서 바꾸어드립니다.